引路人

李宏伟 著

北京出版集团
北京十月文艺出版社

目　录

第一部 月相沉积

《新文明时期·东方部分》第二百七十五页：新文明历88年，丰裕社会居民徐粒、穆雪成立女性组织"团契"，并以朔月、既朔月、蛾眉新月、蛾眉月、夕月、上弦月等二十三月相为月历之纪。

蛾　眉

司徒绿拉开门，门外站着一个面目姣好、表情严肃的女孩，看起来和她差不多大小。女孩身着部里统一发放的便式工作服，拿着密封的文件袋。"有你一份文件，请出示证件。"

司徒绿拿出证件，交给对方核验后，接过文件袋。女孩微微颔首，"有力量的颗粒，是我们的团契。"说完，转身离开。

司徒绿愣了愣，心跳陡然加速。望着女孩的身影从楼道消失，她反锁好门，回到客厅。文件袋里是一张折了两折，打开后很是详细的地图，另有五张她平常用来撰写勘察报告的空白纸张，白底黑横线。

司徒绿没花多少时间即破解谜团。她将地图在桌上铺开，五张白纸三竖两横，刚好覆盖。透过白纸，经黑横线分割，地图上原有的标志，隐约透出粗细不同、分布不匀的点与线段。找来小夹子，将白纸在地图上夹好，举起朝向灯光。顿时，那些点与线段清晰起来，她一边看一边译出——名称：使者；方位：西线以北；目的：收割；限度：三十；流程：跟进。

司徒绿放下地图，取下夹子，归并好白纸。训练结束以来，第一次接到专项命令，她允许自己兴奋一小会儿。兴奋完毕，回到命令上。内容简单，但指派的任务难度不小：她必须前往西线，再向北深入，实施刺杀——对象是谁，多大年龄，什么身份，甚至人数，都不清楚；她必须立即行动，到达西线前后，等待进一步的命令。

司徒绿看向现成的地图，看向用马赛克遮住，只在上面写有"西线"二字的那一片区域。再往北，就是所有人都不愿意提及的沙漠地带。所谓"西线"，不是边境线，也不是路线，是一座城市，更准确说，一片区域。西线的传说不少，每个丰裕社会的人都会在成长过程中听闻，以作为恐吓作为规劝，让他勤谨努力，以免踏足其间。

司徒绿没去过西线，这次总算能探看个究竟。从她所在的东七区到西线，有一趟三天一班，夜间发车，第四日下午到达的火车，但她不可能搞到治安部的证明文件，也就买不到票，就算在黑市上买一份，但应对不了沿途的盘查。团契显然考虑到这一点，给出三十天期限。唯一可行的，就是以一截截的短途，拼凑出这段完整的行程。地图上不同颜色的标识，正意味着不同的出行方式、交通工具。

司徒绿装好地图，略作复盘。自己刚开始休假，团契即下达命令，可见对成员状态掌握之精准。女孩衣着是伪装，但这从侧面证明，团契在部里的力量强大。由是，她决定不做太多遮掩，更不伪造身份，带上便携测量仪以备不时之需即可。三十天耗时计划，基本的衣物、化妆品、洗漱物品等还是得备上，但用量减到必需。如此，一个大的随身携带旅行包即可。最后，她塞进去一盒奢侈品，最爱的巧克力。

司徒绿煮好咖啡，坐下来，就着两块面包，算是解决晚餐。随后收拾东西，思忖再三，她决定不携带武器。天色已然不早，她将五张纸烧成灰烬，倾入马桶冲洗净尽后，洗漱睡觉。

司徒绿尚有疑虑的是，行动的名称"使者"，究竟有没有特别的意味。如果有，那是什么？

夕

　　叠加的画面没来由地出现，黑白的，所有事物都在地上拖着浓黑影子，父亲忧愁面具般的脸，母亲响如鸣哨的声音，在叠加的最底层，又是画面的陪衬、声效，中间是她的哭泣。为什么？为什么我是女孩就得这样？问，一遍遍。水波漾起，接下来是稳定的画面，樱桃园的训练，始终只有一个人，一个声音，一个角度。她教会你各种武器的使用，她教会你各种隐秘的联络方式，她教会你如何在人群中辨认自己人，她教会你赋予自己能量，她教会你去找到独一无二的一眼就知道属于你的答案。女人是被他们塑造的，现在，必须自己定义。

　　搜捕的队伍衔尾而至，手电筒明晃晃，剜得双眼生疼。手电筒背后是什么？看不清楚，高大的黑，宽厚的暗，刺耳的声音响起就再没停歇：就是要等着你定义完成，才过来。大手伸过来，越过手电筒白硬的光，一只两只三只……无法再把精力放在计数上，每一只手钳住身体的一部分，潮湿、黏稠，末端兼有锯齿、指甲、铁钉的锐利，她伸手乱抓，推挡不开，但是凌空的右手忽然被人塞入发烫的物体，一阵挥舞，斩断几只手，身上被人攫拿的窒息顿时松快不少，再看过去，握着的居然是一长条冰。转身逃跑，能听见脚踏在地板上，咯吱咯吱响，几乎就是踩在铁皮上。眼见得跑进一条狭长的暗道，前方有柔和、温暖的光从缝里漏进来。奔上前，对开的两扇木门，没等伸手，吱呀呀打开，更多的手伸进来，朝她挥舞。

司徒绿猛地坐起来，又梦魇似的倒下去，好一会儿才睁开眼睛，醒过来。她躺在床上，仿佛在水温不定的河上漂流，不敢伸出手去，生怕触手所及，全是梦的碎片。她默想一遍训练时，教给她的噩梦清除办法，放空思绪，又澄澈心神，念诵一遍"远离颠倒梦想"，这次真的坐起来，打开灯。墙上的钟指向七点，拉开窗帘，天早放亮。

淋浴完毕，煮碗面吃下，收拾好厨房，做完离开一段时间必需的防护后，司徒绿换上出行的衣服，背上背包，从电梯下楼，走出小区。已是上班高峰，街上的人步履匆忙，没有谁特别不耐烦，也没有谁对他人产生兴趣，大家的脸都在沉郁中带着些麻木。司徒绿跟在几个人身后，上了环线车，她得先到西面的长途站，再从那儿出示证件，购买离开东七区的票。

车上人不少，司徒绿费些力气，才在车厢中部找到一个相对宽裕的地方。旁边一个小女孩挨妈妈坐着，上半身完全倚在妈妈怀里，妈妈目光落在她头上，仿佛在数她的头发。妈妈和女儿没说话，就互相依偎着，仿佛静止了时空。司徒绿看着，想起妈妈。要是……她喊停自己，不想延伸得太开，更不想多愁善感。她双手捏成拳又放开，转动脑袋，看看挤在左右的人。"你们知道吗？我在执行第一次命令，专项的由我主导的命令，只有这些命令才是必要的，才是必须的。"

当然，什么都没说出口，她只是默默地带一点微笑地看着身边的人。如果顺利，她将按照要求，取走一个人的性命，回到东七区，继续她在部里的日常工作，耐心等待下一个命令；如果遇到变故，她将会被人阻止，随之而来的多半是不算短暂的逃亡生涯，时刻留意身边的风吹草动。不，不能这样想，必须完成命令。用手，用锋利的刀刃，用……不，司徒绿再次停止思绪蔓延，不能提前设想如何结束一个人的性命，哪怕是一个自己完全一无所知的人。

复杂思绪下，动作难免慢些，下车、购票，都落在后面。上得长途车，已没全空的座位。司徒绿张望一圈，选了个离后车门不远的位置。座位上靠里的乘客别过头，望着外面，身形瘦小。司徒绿走过去，背包放在行李架上，坐下。那个乘客回过头，很是紧张地看她一眼，十五六岁模样，稚气仍未脱净。司徒绿安慰性地笑一下，女孩反倒更加拘谨，她张张嘴，没说出什么，便索性再次看向窗外。司徒绿也顺势看出去，这一带人烟稀薄，只有沿街几家售卖早点的店铺开了门，一家微型超市半开着门，门上贴着一张长条纸，上下写着"因酉"两个大字。类似情况司徒绿在别的地方见过，原本店里销售烟酒，专营管制更加严格后，只好撤下。

"要口香糖吗？"是旁边的女孩，她拿着口香糖罐的手伸到司徒绿面前。

"谢谢。"司徒绿摊开左手，女孩抖出两粒白色口香糖，缩手将糖罐放回随身带着的牛仔小包里。女孩细嫩水灵的手指触动了司徒绿，她把口香糖放进嘴里，凝神细看。女孩比第一眼耐看很多，仍在努力冲破羞涩对自己的束缚，但这种羞涩与突破的尝试结合，让司徒绿对她生出恰到好处的信任。

"这边，还有那边，我以前常来。"女孩指着窗外，是一片别墅区。"这边""那边"是两个建筑风格差异很大的区域，现在都已荒芜。

"常来？"司徒绿忍不住问道。她特别小的时候，这里还有些人住，没多久也全部迁走，留下一大片空荡荡的房屋。随着配套的生活设施被取消，除偶尔会有迫不得已的人短暂栖身外，几乎没有谁会在这儿停留。

"是呀。我哥哥常骑着自行车，带我过来，我俩到处跑，在各个房子里跑。找到合适的地方，就停下来，我画画他拉小提琴。太阳快没了，才往家里赶。"回忆美妙，女孩嘴角禁不住漾出笑容，等那甜蜜往下沉了沉，她才注意到司徒绿眼神里的疑惑，随即恍然道，"噢——不是你想的那样，我爸爸妈妈只是普通的教师，他们把自己的爱好传给了我俩。小提琴是我妈妈家一代代传下来的，换不起弦，每次拉的时候都特别小心。画画是在哥哥给我做的沙板上……"

"沙板？"

"是呀。他用一块黑漆木板，围上指头宽的木条，找来最细最细的金色沙子，每一次画画，我都把沙子倒在画板上，画完再把沙面抚平，最后装回盛沙子的袋子里。哥哥说，这个画板我可以用一辈子。"

"那好可惜啊！每次的画都留不住……"

女孩笑起来，"不可惜！每一次画完，哥哥都会和我一起看，告诉我他喜欢哪里，哪里还能处理得更好，我们给每一张满意的画都编了号，所以这样的画都保存在我俩心里。哥哥说，等我满十五岁，送我最好的画布、颜料，让我画些别人也看得见的。"

女孩说到后面，声音越来越低。沉默半晌，司徒绿伸出手，在她的右手上用力一握。女孩看向窗外，好一会儿才又回过头来。

"谢谢你。没事，就是想哥哥了。爸爸去世后，他说要去挣钱，走了三年多，也没怎么跟家里联系。妈妈身体不好，最近想他想得厉害，我出来找找，要是生日前还找不到，就回去等着他。"

司徒绿松了口气，"你生日是什么时候？"

"还有三个月十一天！"

"你去哪儿找他？"

"西线。"女孩压低声音，"他走后，让人带过两次钱、报了平安，别的没说。带钱的人也说不清他究竟在做什么。两次对照看，是越来越往西边去的。第二个带钱的人说过'他好像要去西线'，又说'纯粹是猜的'。"

"那你怎么能确定是在西线？"

"我不确定。我沿途找过去，找到西线为止。哥哥以前说起过西线，说一辈子应该去看看。要是有机会，他一定不会放过。"

"你妈妈知道你要去那儿吗？"

"我和妈妈说要去找哥哥，但没说去哪儿找。妈妈特别想他，但我知道，她是希望哥哥早点回来，这样我俩能相互照顾。妈妈她，她……老是胡思乱想，总觉得身体糟糕透顶，怕是挺不过去。其实……"女孩哽咽起来。

司徒绿再次伸出手，握住女孩的左手，那手冰凉，微微颤抖。"你叫什么名字？"

"小允。"

"小允，你会找到你哥哥，你们一起回到妈妈身边。"司徒绿柔声说。

小允没有说话，她望着窗外，身体不时轻微地惊颤一下。司徒绿也没再说话，她对小允充满同情，心头又总有些微的不安挥之不去。尽管西线令人闻之色变，但从未被宣布为禁区，有人去也算正常，况且这趟车确实往西。只是，偏偏就这么巧？她接到指令上路，同车的就有同去的，而且就坐在她旁边，还这么毫无保留地向自己讲述家庭情况。这预示着什么？

不安让司徒绿沉默。她并未就此怀疑小允，毕竟她只是个不谙世事的女孩，说话的方式、情感流露的自然，都让人相信所言不虚。接下来的路上，司徒绿没再问小允的家事，小允情绪宣泄后，也疲累了，大多数时间都昏沉地睡着。

午饭是在路上的服务区解决的。晚上，则在计划的时间到达东一区。四百公里，走了一天。

车子停在东一区的1号停车站。小允背着硕大的帆布包，还有个用素净的蓝布缝制的拎包，里面支棱出一个木框，一面是黑色的。司徒绿知道那就是小允说起过的沙板，她很惊讶，小允居然带着它出门。

"姐姐，再见。"小允说，她又开心起来，"谢谢你。"

司徒绿点点头，她本想问问小允，要去哪儿，和谁在一起，她开始担心起她来。

上　弦

东一区曾是屈指可数的大都市，方圆数百里，物阜民丰、水陆两便，财富、消息、人流往来交织，会聚于此。即便现在，往日光景的残余仍旧撼人心魄。司徒绿从东方之塔上四望，高高低低的大楼、房屋，鳞次栉比排开去，视线的尽头星罗棋布。近处的衰颓肉眼可见，推至远处，一切得以忽略，明晃晃的阳光下，仿佛处处人烟，一片繁华如旧——如同她在得到的资料上瞥见的雪泥鸿爪。

当然，司徒绿知道，视线不需要挪得太远。以外河为界，东一区两岸早就分为无人区和居住区，即使右岸这些年的检测数据证实，仍旧可以居住，但人心惶惶之下，协会还是顺从了民意。如果有个望远镜，从这里将看见空无一人的右岸是何等景象。人的活动退去后，即使受到辐射力量的支配，世界那震怖人心的生机，仍是绝对突破想象的，她对此并不陌生。只不过，规模如东一区右岸这般巨大，让她有所期待。

司徒绿选取五个不同方位，拿出便携式测量仪，测出空气中各项指数，记录下来。情况比她预想的要糟糕，完成团契的任务回去后，她要向部里申请，正式前来进行全面测量。离开之前，她又看了看几乎纯玻璃结构的塔顶内层，通透明亮的旋转餐厅。看得见到处都积满灰尘，看得见灰尘覆盖不住的雅致。可以想象，在它繁盛的往日，每天会有多少人坐电梯上来，在外面的观景层举目眺望，将整个东一区尽收眼底。又有多少人，坐在旋转餐厅的椅子上，享受着美食与美景的双重美妙。都已不再，不只是往日的美好，她从未体会、只能想象的美好，连带那种日子里被视为理所当然的奢靡。

电梯早就停用，司徒绿沿着灰尘、霉菌味道浓烈的楼梯往下。和上来时一样，六十六层的楼数提供没完没了的阶梯，以一再重复的方式，迅速制造出摆脱不了的噩梦幻觉——这现在已经成为东方之塔额外的隐秘的魅力，为少数人私相传诵。阳光猛烈地从楼道高悬的窗户照射进来，增加可见度的同时，也让噩梦的感觉更加浓郁。这样一个阶梯一个阶梯地，一层楼一层楼地，不断抬腿、放下地行进，是催眠的本质，但司徒绿始终保持着大脑的清醒。她在推演，按照部里现有的数据、案例，加以她个人工作以来的实地经验，东一区再有多少年会彻底沦陷，无法居住。绝对不容乐观，这让她很是心痛，同时再度浮现工作中那快成为习惯的虚无感。团契成立的目标什么时候能够实现呢？晚了只怕连施展的地方都没了。想到团契，自然想到这次任务，但她无法往下展开，因为地下二层到了。

　　这条步行道是部里前些年来勘察的一位同事告诉司徒绿的。他得意扬扬地回忆，自己如何找到地下一层车库那个入口，绕开水泥、铁丝网、碎玻璃制成的障碍物，从东侧楼梯下到地下二层，再找到西侧楼梯，捅开锁门的挂锁，进入消防通道，拾级而上。炫耀加上讨好，他对司徒绿有问必答，提供了一份完美的实操手册。尽管将东方之塔纳入"人生必去的十个地方"，但他没忘记告诫司徒绿，治安部抓得越来越紧，"一个人"不要尝试犯禁。司徒绿走在停车场的黑暗中，想着那个同事知道自己无比顺利地上去又下来后，眼睛会瞪得有多大。

　　小小的喜悦没持续多久。司徒绿侧身从隐秘入口而出，眼睛长闭缓睁，习惯外面的明亮，一眼望见入口前这条步行道的尽头，几十米开外的马路上，停着一辆白底深蓝条纹的车，车身三个深蓝大字"治安部"。紧接着，右侧一声咳嗽，她转过去，是个中年男人，体形甚是魁梧。

　　"出来啦？上面和你想象的一样吗？"中年男人问。

　　"还可以。"司徒绿紧盯着对方的移动，又马上醒悟，这不是训练。远处车门开关，下来一人，站在车旁望过来。

　　中年男人举起双手，在面前的空气中一抹，"别紧张，只是回局里做个记录，交纳罚款。"

　　"罚款可以在这儿直接给你们吗？我不需要……"

"哦哦——你要再说下去，就不只是记录和罚款了。"

司徒绿盯中年男人一眼，没再说话。守在车旁的是个三十出头的男子，身量和中年男人差不多，但瘦不少。男子一脸的冷淡，看司徒绿一眼，目光有些凛人。三人上车，男子驾驶，中年男人和司徒绿坐在后座。车上的收音机开着，播音员正在点评什么，"搁置"一词在他嘴里翻来覆去。司徒绿踌躇着，是现在告诉他们自己的身份，还是到分部再说，或者绝口不提？如果透露她是生存部的勘察员，又该如何脱身？如果说了，他们与部里核实，引人猜疑怎么办？就算不核实，留下记录总有后患。犹豫间，她又隐约辨认出播音员话里的另两个高频词"会长""修正案"。

"第十二修正案有结果了？"司徒绿问得急切。

"新闻说，会长决定搁置。"开车的男子答。

"搁置？"中年男子先忍不住，"什么意思，能这么做吗？"

"意思是不再推进，最快三年后才能重启。按照《原则》，会长有权搁置法令、条规，以此暂缓推进或者阻止生效，包括针对《原则》的修正案。不过这是特别措施，随后有详细调查，确定该行为的动机、利益相关，因而整个新文明时期，此前不过两三次。"

"不负责任！""男人皆恶！"中年男人和司徒绿的感慨同时脱口而出，两个人愣了下，没再说话。司徒绿提醒自己，必须集中精神到眼前，可她实在太气愤。

"你的意思是？"开车男子语气冷冷的，仿佛在盘问。

"德不配位。"中年男人的火被拱得更大，"到哪儿去找这样的会长？还最高权力人，推搪敷衍数第一。第十二修正案折腾五六年，理事会总算通过，他给搁置了！他妈的，你是会长啊，你不负责任让谁来负？"

"那他该怎么负责？"

"批准或者驳回，反正不能这么暧昧。当然，他要是真正负起责任，就该批准。总有人说，第十二修正案是强化男女不平等，要将女人从大多数领域赶回家庭；更刻薄的，说是让女人一生就为繁殖准备、奉献，我不同意。新文明时期，职场上各个层面女性所占比例都在降低，尽管降速很慢，趋势不可逆转。修正案将女性比例强制定为'不低于25%'，这不是退步，是承认事实基础上的有力措施。平等不是最高原则，形式上的平等更不是。"中年男人说到这里，特意侧身对着司徒绿，"你觉得呢？"

司徒绿瞪他一眼，她在心里默念"男人皆恶""拿回世界"等团契教导，以此抑制自己对中年男人口出恶言。当然，她对会长尤其愤怒，愤怒于他不敢跟恶意作对，直接驳回第十二修正案。这愤怒夹杂着庆幸，庆幸自己对协会的运作并不关心，更不寄予希望。同时，还有点茫然，他直接批准不是更恶吗？

"也许——"开车的男子语气毫无变化,"也许搁置就是他的负责呢。"

"你想得太复杂——"中年男人说。

车停下。司徒绿看见右侧挨着路的楼门口,挂着一块牌子,由上到下写着"治安部东一区分部"。

"张哥,你先上去。我和她谈谈——"开车的男子回过头说。

"好。"中年男人迟疑一下,瞥一眼司徒绿,下了车。

司徒绿正琢磨"搁置就是他的负责",这个角度她还没想过,忽然意识到右侧已空,正要从左车门下,被叫住。

"你是团契的人?"男子转过身,正对着司徒绿。车里光线并不充足,他目光照样剜人。

"我是生存部的勘察员。"司徒绿说。

"哦——"男子并不惊讶,他看着司徒绿。司徒绿拿出工作证件递给他,"所以,你是在东方之塔上检测?"

"对。"司徒绿拿好递回来的证件,她看着对方,也许现在是下车走人的最佳时机。

对方一句话止住她,"'男人皆恶'——没那么绝对。就算成立,也无法由此推导,女人皆善。你知道上一次会长动用搁置权是什么时候吗?几十年前,时任会长……时任代理会长左后石,搁置《性别确认法案》,为继任会长江振华彻底取消该法案,赢得了必要的时间。"

"等等——"司徒绿需要消化这些话，"你怎么知道这些会长的名字？不是历来都只有第几任的说明吗？"

"这些都是基本的事实，不管怎么遮掩，总会露出水面。我真正要说的是，第九任会长姬启是女性。到目前为止，只有这一任会长是女性，但确实有过。88年9月12日，她遇刺身亡，普遍相信，这和她强力推动《性别确认法案》有直接关系。"

"女性会长""遇刺身亡"……司徒绿再度被迎面而来的信息打蒙。她知道协会对各种信息进行筛查，留下"纯净""无害"的部分，但她以为那些隐藏的部分已被团契照亮……司徒绿心里涌起强烈的恐慌，但恐慌中她还是抓住刚才那些话中尖利的部分，"《性别确认法案》什么内容？"

"已经散佚。可以确定的是，比第十二修正案强硬得多。如果通过，丰裕社会将失去巨大的弹性。"

"你是说，这次会长搁置第十二修正案，是出于同样的目的？"

"不好说。可以明确的是，明年他就卸任了。"男子说到这里，语气忽然一转，"你还要勘察什么地方？我送你去。"

说着，他越过座椅，伸出右手。"陈聿飞——"

司徒绿盯着他，摇摇头。"不了，谢谢。我可以走了吗？"

"当然。"陈聿飞收回右手，"你很害怕？"

司徒绿收回推开车门的左手，"你很可怕？"

"男人皆恶嘛。"陈聿飞坐回去，"抽象的恶吓倒具体的人。"

砰的一声，司徒绿拉上车门，"先去外河吧，来得及的话，再去内河看看。"

陈聿飞带着司徒绿把东一区沿河地带转了个遍，在每个可以作为样本的地点，都停下来，让她顺利地采集数据。他记忆力惊人，总能在司徒绿采集完数据后，以寥寥数语，描述出这个地方近些年的变化——居住人口的增减、配套商业的盛衰，乃至植物生长的枯荣、种类的更替——这些变化让那些数据在司徒绿心里鲜活起来，让她得到的不是干瘪的数据，而是左右数据的力量。

他们更多的时间花在外河。原本，外河沿岸两侧都有木质步行道，供人们散步、锻炼，但步道的时间太过久远，后来又无法维护，因而破损严重，无法再供人持续行走。陈聿飞开着车，以步行道为基准，带着司徒绿由下游上溯。有时候，能看见一段尚且完整的步行道，就放司徒绿下去，在上面走走，体会一下。只要看见步行道下拐的阶梯，他们就停下，想办法从河里取样，测试河水的质量、数值。和预想的不太一样，不同段位的河水质量差别很大，上游几乎属于安全用水，下游则完全有害。

陈聿飞得知司徒绿的测试结果，很淡然。"正常。上游还是外来的水，下游已经被东一区改造。"

"东一区的水会不经过处理，直接排入外河？"

"要看哪边了。左岸生活区的水会经过基本处理，右岸早就无人居住，谁来处理？尝试过很多次，但右岸就像个大筛子或者浑身都是弹孔的伤员，无法填堵更无法救治，总有污染物不知道从什么地方渗透到水里。你现在明白，为什么越到下游，外河两岸越相像？"

确实。他们作起点的下游，河两岸一样的荒凉，让人心理上一片枯黄。

内河的情况也不乐观，各方面的数据尚在安全范围内，但已逼近上限。在最后一个测量点姮娥桥下取得河水，测得数据后，司徒绿默定了结论，她正要和陈聿飞说，却见第二个桥洞里冒出缕缕青烟。

"那是什么？"

陈聿飞看看天色，"做晚饭吧。"

司徒绿看着他，"有人住在那儿？"不等陈聿飞回答，她起身从河滩来到岸上，但这一侧是光溜溜的条石，上到第一个桥洞都困难，别说第二个。

"这边。"陈聿飞指指另一侧。

司徒绿转过去，一挂拇指粗细的绳子编织而成的绳梯，从第二个桥洞里藤蔓那样搭下来，她拽都没拽，直接抓住，攀爬上去。

青烟绵绵，熏得她眼睛发涩、喉咙发痒，禁不住伸出右手在眼前扇动，好一会儿才适应。桥洞里空间不小，可主体是弧形的，并不实用。现在，依托弧形与竖着的桥体，用木板、砖石铺出高低错落的几个平面，充作不同的生活空间。在最低的邻近这边的空间上，摆放着炉子和简易至极的厨房用具，炉子上一口铝锅翻滚着热气。

高一点的空间，横着一大块木板，充作床，放着叠起来的毯子，毯子旁边坐着一个女人。女人从司徒绿上来后就盯着她，但一动没动。司徒绿稍稍犹豫，绕过炉子，走到女人面前。女人四十来岁的样子，衣着和床铺一样，简陋但仍算整洁，她的眼神毫不浑浊。

"你为什么住在这儿？"

"你走吧。"

"你可以到居住区去，找一份工作，过正常的生活。会有人给你安排房子，即使没有，也可以租。你是因为不愿意嫁人，不愿意委屈自己和男人一起生活，才住在这儿吗？"

"你走开。"

"我们……可以帮你……只要……"

"走开。"

女人打断司徒绿，说完调开目光。司徒绿像根被水长久浸泡的木桩站在那里，她明显感到女人不是因为羞愧或别的情绪不再看她，女人只是不想再和她说下去，仿佛她不是个活物。因此她站着，浑身湿漉漉的空茫，却滴不下一滴清水。等能从空茫中拔足时，司徒绿转过身，沿着绳梯，逃了下去。

陈聿飞还在等着，他抽着烟，望着河面。司徒绿没有理他，疾步向河堤这一侧上下桥的阶梯走去，快要拐弯时，她回过头，绳梯已收上去。强烈的无以名状无从宣泄的情绪涌至鼻端涌进眼眶，让她站在原地定了许久，才阻止眼泪流出。随后，她跟在陈聿飞后面，上到车里。

"东一区对她做了什么？"司徒绿不等车开，语气有些恶狠。

"多半是她自己的选择。"陈聿飞不受影响，不紧不慢，淡漠依旧，"东一区像她这样的人不算太少。各个生活区都有……"

"都有不代表可以无动于衷，就算是她的选择，那也是没选择的选择。"

"不一定没有选择，也不是无动于衷……"陈聿飞突然止住，他像是掉进幽深的洞里，许久才爬出来似的说，"不，你是对的。"

司徒绿愣住了，她原本满腔的愤怒被扎了一下，嘶嘶漏气声中，她一时想不明白陈聿飞的"对的"是指什么。

半小时后，他们进到陈聿飞找的一家饭馆，准备用晚餐。一坐下来，陈聿飞又给自己点上一支烟，他抽烟的动作很轻，却少有的专注，仿佛每一口都是最后一口。淡淡的烟雾笼罩着他的脸，让他冷淡的眼变得有些神秘，微皱的眉头见出沉思的力量。

司徒绿也皱着眉头。她竭力让自己的思绪不黏滞在桥洞里的女人身上，而是再往远推，推到能见到东一区内河外河囊括在内的整体面貌上。是的，在这个推拉结构里，桥洞女人是东一区的一块碎片，极小的碎片。今天的测量结果显示，东一区的状况比她在东方之塔上的猜想更糟糕。按理说，部里的巡回测量组早该留意到，并且上报给部里，提请协会决策。难道是因为东一区人口数量庞大，迁移方案不好决定？

"只好分散到各个居住区。"司徒绿不小心出了声，见陈聿飞望着自己，索性补充道，"东一区这么多人，不可能整体搬迁至一个地方。"

"还有多久？"

"几年时间。早做规划，不会有人被污染，受到次生伤害。你知道？"

陈聿飞摇头，"不清楚详情，但估计差不多。你别太乐观，东一区这么庞大，要能搬早着手了。"

"什么？"司徒绿不可思议地看着陈聿飞一脸如常的淡然，"这不是一句话，是几十万人，咱们今天看到的每张脸在内的几十万人。就让他们等在原地，等着水被污染，食物、土地、空气，统统被污染？等着各种疾病找上来，百般折磨后，要他们的命？"

"能搬到哪儿去？损失谁承担，成本谁负担？"陈聿飞更像在自问。问完，烟雾又笼上他的脸。

"所以，那个女人也应该待在桥洞里，直到死去也无法获得人的尊严？"

陈聿飞长久地看司徒绿一眼，没有说话。那一眼的基调仍旧是冷淡，可它让司徒绿镇定下来，让她无话可说。两人就此陷入微妙的沉默，倒还不至于尴尬，只是折损说话的兴致。吃完饭，两人已习惯沉默，更无法在短时间内打破它。于是司徒绿径直坐上车，陈聿飞将她送回酒店。

要下车时，陈聿飞叫住司徒绿。他先点上一支烟，抽到一半，有点发狠有点戏耍地将烟弹出去，看它落在地上。说："好好休息，明天我来接你，咱们换个地方午饭，让你看看另一个东一区。"

司徒绿醒来，已是半上午，回忆得起的，不过一点梦的痕迹。洗漱完毕，舒展筋骨后，她让服务员送了一份东一区驰名的现煮咖啡到房间，品着咖啡，将前一日的测量数据做了整理。

陈聿飞十二点如约来到酒店，司徒绿已在大堂等候。他一身正式的打扮，让司徒绿有些惊讶，她看着那质地优良的西装，收拾得干干净净的头发，整个人洋溢出的抖擞精神，仿佛看到另一个世界的门把手。出了酒店，她才真正惊讶起来——陈聿飞将她领至停车场，走到一辆看起来就很高级的车前，拉开车门。

"你从哪儿找来的车？"车都开了，司徒绿还难以置信，在她认识的人里，还没谁有私家车的。

"我的。"陈聿飞居然有些不好意思。随后，他脸上由里向外，透出司徒绿陌生的神采，"这车好吧？"

"好——"

"岂止好！它就是我的神驹！我十八岁的时候，它就跟着我。知道不再产时，我买了足够的配件，让它能一直陪着我。这么多年——"他抚摸马颈一样，拍拍方向盘，"有它在，就行。"

司徒绿不由得正正身子，初次见面似的看着陈聿飞，"你是什么人？你家里是什么人？"

"没那么夸张。"陈聿飞摇摇头，"不完全是好事。"他意识到什么，住了口，沉默好一会儿，才又说，"都是留下来的，和我关系不大。"

"所以你去当治安员？"

"算是吧。把它开出来不是为炫耀，图个方便，另外也……打个预防针吧。"

司徒绿没明白，但她没往下问，两个人又沉默下来。车经过几条街区和一个荒废的工业园区，进入一段下沉的隧道。隧道没有灯与光亮，开着车灯，还是显得特别深邃、漫长，几乎让人以为进入了黑夜。然后，车在隧道尽头的一堵墙面前停下，陈聿飞关闭车灯，那堵墙发出荧荧蓝光，似乎在以扫描的方式，确认这车和车上的人。漫长的五分钟后，蓝光熄灭，那墙向两边裂开，光涌进来。

开始的眩晕后，司徒绿看明白，眼前是隧道的尽头，是一条正常的路，和他们之前经过的路段差不多。只不过，道路两旁的破败景象一扫而尽，大片的树木、花草，其间掩映着高低错落的建筑，颇为素净。异于常情的是，这些建筑几乎都没玻璃或者采光口，因而更像堡垒。车前行十数公里后，是一片山崖，不算高大，可奇石巨岩错落堆垒。路分作两条，从不同方向通往山的两侧，陈聿飞驾车上了左面的路。沿途，那堡垒般的建筑更密集。

行到山脚下，奇石巨岩之间，筑有与山体同色的铁灰色城堞，形成天然、人工结合的工事。城墙上毫不遮掩地，有身着制服的武装在巡逻，堞口更露着黑洞洞的枪口。

"防护这么严密？"

"真正厉害的你看不见。"陈聿飞说着，车到了城门口，更为费事的检查之后，才放他们进去。

城墙洞比隧道短得多，前方就有光，开过去别有天地。山崖背后仿佛小型盆地，是方圆数十公里的平地，长势良好的稻田。这一切都具备了超出司徒绿理解的洁净，简直就是刚刚被人洗好，摆放在这里。就连头顶的天空，也纤云不染，蓝得如同被调试好的。车向下继续行驶，数百米后进入一片松树林，林子尽头是又一道门。这次简便些，陈聿飞下车在门口的仪器上核对了瞳孔、指纹，门无声打开。

门背后是盘旋下降的坡道，显然进入了地下世界。到处是数米粗的柱子，到处有垂直或倾斜的采光口。因为整体下凹的设计，更因为面积足够大，这儿并不显得幽暗，反而像是一座巨大的地平面以下的园林。各种司徒绿从未见过的树木、花草，蓊郁挺立、奇艳夺人，甚至还有她未曾见过的鸟类与蝴蝶。树丛间是一栋栋独立的灰色房屋，但车子在仅容两辆车的小道上蜿蜒而行，转了无数个弯之后，停在一栋灰色的三层小楼面前。

车门打开，一位满头银发的老者和两个干练的年轻人，已等在楼门前的台阶上。老者快步下了台阶，看步履、身姿可知其身体硬朗程度，陈聿飞等在车旁，任老者走上前来鞠躬，这才点头回礼。

"陈先生，你可许久没来了，我们都很想念。"老者说完，冲司徒绿鞠躬，随后转身引路。

陈聿飞呵呵一笑，也不答话。

上得台阶，老者挥挥手，两个年轻人分立左右，待司徒绿和陈聿飞上去后，一人跟着一个。司徒绿四望，这片区域如在碗底，上呈圆周与地面相接，直径数公里，下落数十米。远处城墙上，近处关键位置，皆有重兵把守。

"今天将军也在，要不要见一见？"老者站在楼门前，躬身让二人先进去后，才又跟上来，问道。

"今天就不见了，我这朋友认生，见到将军反而拘束。"

"那我们直接到三楼。"老者这次紧跟着陈聿飞，保持半个身位的距离。进到楼里，反而像是外面空间的延伸，一丛丛竹子完全消解掉建筑感。每一丛竹子都不一样，有高大的望不到尽头的，显然是主体，也有分隔空间，自成一片小天地的。幽篁深处，是仿若拟体的电梯。

电梯在三楼再度打开，是另一番天地。仿佛一座庭院内的庭院，白墙灰瓦，廊庑相衔。顺铺着白石的小径，他们进到里面一个房间。房间朝外的一面完全透明，因而如同置身满室的奇花异草之中。房间中央是一张木质圆桌，旁边摆着两把椅子。

"二位请品茗歇息，我去稍作准备。"老者说完，带着两位年轻人走出房间。不一会儿，一个形貌端丽的女孩捧着茶具进来，给两人各泡了一杯绿茶。司徒绿并不懂茶，可那茶气入鼻、茶味入口，她就知道，自己此前的嗅觉和味觉多么残缺。这判断等到老者安排的菜陆续上来时，更加笃定。这笃定背后的怀疑，几乎让她疯狂——这些气息、滋味之前都在哪里？

菜品并不算多，两个凉菜，四道热菜，一道汤。菜的形制很精致，分量不多，可供两人七八分饱。但足够！也许老者认为在陈聿飞面前饶舌未免失礼，每道菜只报了菜名，处在震惊中的司徒绿却一个都没记住。唯一还有点印象的，就是七个字的那道似乎出自一首与雪有关的诗。这些根本不重要，重要的是，那些食物进到嘴里时，证明了它们来自一个陌生的或许刚刚诞生的世界，是她从未领略过的。即使她的身体只能感受到其美妙的几分之一，也足够开发出全新的感官。

整个用餐过程，司徒绿都一言不发，外人看来，她沉浸在美食中，却不知道她身体里在持续爆炸。陈聿飞开始还介绍两句，这是什么，那是什么，极其简洁，很快他也被司徒绿感染，不再说话。

饭后，两人又各自品完一杯咖啡，这才由老者送到院子门口。上车后，陈聿飞就掏出烟来，点上一支。感官刚刚被拓展和重塑的司徒绿，闻着前两天还能接受的烟味，忽然整个人都不由自主地感到一阵厌恶，按下半截车窗。

"劣质烟的味道确实不好受。不过，不想天天生活在那个地方，就得习惯这个味道。"陈聿飞说着，使劲吸上一口。

这句话陡然让司徒绿从感官丰沛的眩晕中清醒过来，她暗自责备自己，怎么如此轻易就忘掉究竟是干什么来的。她迅速回想一遍整个过程，要自己记住，训练和真的执行任务，不可同日而语。

陈聿飞再次看破她的心思，"犯不着责备自己，谁都抵御不了，我每次来都会生出不想回去的心。"

"那是什么地方？"司徒绿察觉问得不准确，更正道，"另一个东一区是什么意思？"

"另一个东一区，也可以说是真正的东一区。谁知道真正的意思是什么？传说中的，流传下来的，没谁见过，只能凭借传说和想象臆造的，或者，真实的。见到亲历过的人，听他们说，还能够捕风捉影。对咱们来说呢？就是美好的想象或者臆想。再往后呢？它多半也会消失。

"有人认为，咱们刚才见到的才是生活，才是人应该生活的地方，才是生活应该的样子。所以，他们建造它，保留它，渴望一直生活在里面。那当然是好，可是……"陈聿飞的严肃中掺杂着司徒绿无法明了的情绪，她等着。许久，他也没有继续说下去。

"为什么带我去那儿？"

"主要原因，算是对昨天的话做个说明。那个地方，安保极其严密，各样物质、用品的内循环臻于完善，更有医院、学校等配套设施，数千人生活数十年、上百年甚至更长久，不成问题，维持它可比搬迁、安顿几十万人容易得多。"

司徒绿现在明白，愤怒是最无用的。因此，她听完只是沉默好一会儿，"次要原因呢？"

"你应该知道有这样的地方。丰裕、匮乏之间有很多过渡，哪个区域都有其关于尊严的理解。"陈聿飞话锋一转，"你接下来有什么打算？"

昨天他们去了客运站，东一区前往东三区的车是三天一班，上一班昨天才走，司徒绿还不知道等候的这两天做什么，"……等有车时，去东三区。"

陈聿飞专注地抽完这支烟，等了等，说："明天我送你。"

司徒绿愣了下，看着他，"为什么？"

"第一次这么近距离接触团契的人——"陈聿飞戛然而止，又取出一支烟，先横在鼻子上闻闻，这才点燃，让自己的脸再次被烟雾笼罩。

司徒绿说不清是被这话还是动作冒犯，但怒火升腾的瞬间即被扑灭，她提醒自己不要太敏感。更重要的，这也是她第一次近距离接触陈聿飞这样的人。

"好啊，谢谢！"她看着陈聿飞，"希望你还能带来惊喜。"

九 夜

"治安部管理这么松懈，不用上班？"

"要不要从生存部转过来？"陈聿飞难得地笑了一下，即便笑得清汤寡水，"几天的机动任务时间申请得出来。"

司徒绿没再说话。她本想问他，昨天那句让她不快的话如何理解，但她从陈聿飞的笑里感到，虽然他仍旧保持着距离，但冷淡有所减轻。揪着不放，倒显得自己小气。何况，他现在又是人车合一的模样，仿佛安居在驾驶座上。她看着眼前的路、车窗外的景——其实没有什么可称为景的，就是离开东一区不久，城市残骸般越来越荒凉的破败——但她的心思，还是落回昨天。

"昨天你带我去的地方，有多少年了？"

"一开始就有。比新文明早，比……东一区早。"

"我说的是具体的地儿，现在那番模样。"

"那也很早。旧文明时期，各个国家、不同城市，都有地位、贫富差异，一些人的生活条件，对另一些人而言，胜过神仙皇帝，超乎他们的想象。"

"进入新文明时，这些不都消失了吗？"

"短时间内，确实消失了。随后又开始变化，一切都回到熟悉的路上，变本加厉。昨天咱们去的地方，这十年来，每年都变得更加……逸出现实，这一个现实。"

"既然有那样的地儿，你是其中的成员，为什么又要生活在外面？不允许人在里面生活吗？"

"允许，鼓励！有些人一直活在里面——"陈聿飞点上一支烟，悠悠吐出一口，"那也没什么意思。那样的地方，有它在，想去能去，就可以了。还是活在外面好些，外面的世界不可预料。"

这话让司徒绿非常恼火，"不不不，你不是活在外面，你只是在外面猎奇。你这个样子，根本无法体会，活在外面究竟是什么滋味。"

"是吗？"陈聿飞并未如司徒绿料想的那样，深受刺激，他只是带着探究，凝视司徒绿好一会儿，笑了一下。

汽车正开过也许是作为标志也许是作为建筑奠基的一堆垛形混凝土，混凝土的一侧支棱着几根裸露的枯枝般的钢筋，钢筋上站着三只灰色的鸟。在车头和它们站立的位置齐平时，三只鸟蹬腿振翅，飞起来，一只径直向上，两只掠过车头，消失在视野里。

司徒绿的思绪继续回溯。樱桃园里培训时，没人告诉她，日常生活外，还有另一个世界。新文明以"平等"为根基，她不会幼稚到相信平等已经完全实现，可也没想过，不平等还会达到这个地步。团契认定,现有的糟糕局面,完全由男女之间的不平等造成,是愚蠢、邪恶的男人管理世界,才把它搞成这番模样,因此要用一切办法、手段,从男人那里,把世界拿回来。不过……显然没那么简单。

司徒绿又看看陈聿飞,"你前天提到的那些内容,历任会长的名字、他们的事迹、《性别确认法案》的推动与废除,等等;你昨天带我去的地方,有人在那儿长久经营——这些事,团契都知道吗?"

"团契几十年发展下来,对外仍旧神秘,但它的能量怎么估计都不为过。"

"那它为什么要……要对内遮蔽信息?"

陈聿飞仿佛在等待仿佛在思索,然后以问代答,"你觉得呢?"

"我觉得——团契长期对抗协会,可能被同化了,为自己认定的目标,不拘泥手段,因此对内同样有选择地提供信息,以便……以便保持成员的向心力。"这番话说完,司徒绿才体认到,她身上电流般战栗的是震惊,"我觉得——团契也可能不是刻意遮蔽信息,而是对信息分层设级,提高接触的难度。很多信息未必适合所有成员,需要知道的、应该知道的,经由机缘也好追索也罢,总会打通关卡,得到它们。"

陈聿飞深看司徒绿一眼，"第二个可能是出于情感，还是判断？"

"两个都是判断，也是我……第一次这样想。"

"什么促成的？"

"另一个东一区……那个女人……你的话……嗯……那个女人更重要。我以前认为，女人要么是团契的成员，是有力量的颗粒，要么只是尚未进入团契，是需要我们帮助的人。现在……这之间有巨大的裂隙，有些人愿意待在裂隙里……"

陈聿飞沉默了一会儿，"两种可能都有，也有可能是两种掺杂。团契与协会和任何组织一样，有稳定的运行结构，但又由单独的个人组成。每个人都是有力量的颗粒，每一个颗粒都蕴含着变异。"

这话像黑暗里的微火，让司徒绿似有所悟又难以明了，她正要接话问下去，猛然的撞击袭来。那力量同时到达她的腰、肩、背、颈，爆炸一样，在腿上、脑袋里，沿所有的血液和神经，轰然扩散、加剧。与此同时，甚至略微领先片刻，她在后视镜里看到一只黑乎乎、金灿灿的钢铁巨兽，扑了上来，她的左手忽然被另一只手紧紧攥住，仿佛再不会松开。

宵

——月亮。我的月亮。你的冷光请沿着我的手指往下，请让我在沙漠中，在冷的黄沙堆里，看你圆圆鼓鼓地升起。到半空，你膨胀，把自己越撑越肥，越肥越白，然后破裂成碎片，四散开来。不是爆炸，没有响声。

——走不行，只能跑。必须用尽全部的汗水，在这条滚烫的道路上，跑下去。跑尽汗水，就流泪吧，就流血吧。反正只要还跑着，必须有什么从身体里流淌出来。每跑一步，脚掌的纹路，脚趾的形状，都在路上烙下一层。我知道，它们越来越薄。

——就是那把刀子吗？就是递到手里来，刀柄有着一圈圈螺纹，刀身吐露暗光，刃口如雪，刀尖似电，看一眼都后悔置身于此，又因后悔而对这一选择充满骄傲的那一把吗？你说捅，你说刺，你说扎，你说划，你说要命，你说要敌人的命，你说要那些并不把我们当人的敌人的命，你说要那些并不把我们当人只是当成工具的敌人的命，你说要那些并不把我们当人即使当人也是低他们一等几等的工具的敌人的命。

——火！火！火！火！火！火！火！

　　——看着我。我要你看进我的眼，里面有一个人，面目不清，你想要是他，那你必须看着我眼睛里黑色的部分，让白色的部分退下。是不是轻而易举就看穿看透，看到我眼睛后面脑子后面的墙，看到墙上空空如也，并无阳光照射投下的影子？还得往回看，从墙上收回目光，只看着我的眼，眼里坚实，无可突破。你为什么要回头？

　　——以尺子测定距离，一毫米、一厘米、一分米、一米、一公里，时间宽裕，不紧不慢，总会测量清楚，从水面到水中之月，究竟有多远。没人晃荡，大地也不震动，月亮是稳定的。麻绳、皮绳、毛线、电缆……通通系在它上面。一、二、三，轻轻松松，月亮从水里拔出来。

　　——超越计量的自行延伸的钢铁，横平竖直，铺满原野。取规整而简略的矩形，分割空间，光线与影子由此扁狭，时刻准备走出。各部位同为矩形的人走进来，他们分布在不同空间，据守一方，敲击钢铁传递信息，舔舐钢铁解除饥饿。每次露水降落，钢铁和人都长出鱼鳞状的锈痕。时日推移，渐成通达永恒的废墟。

渐盈凸

"司徒——司徒——司徒——"犹如吟唱，喊声在耳边重叠，司徒绿跟随它的指引，先有微弱的光，然后是绵软的水，再然后，是成片的如实似空的灰色。如风拂过水面，灰色开始伸缩，在某个不可预知的瞬间，定格。上面被纵横交错地分割成一个个小格子，几根同样灰色的横梁结构支撑着。意识清明起来，司徒绿明白自己正盯着房顶，随即明白，她正躺在床上。目光下移，能看见一片白，是床罩和床单。陈聿飞的脸伸过来，焦急、悲伤、探询，瞬间更换为欣喜。

他张张嘴，声音延迟好一会儿，从喉咙里出来。"你总算醒了。这三天真是漫长。有没有觉得哪里不舒服？"

"我睡了三天？"司徒绿开口，发现嗓子干得快结痂，连一句话都要送不出来，陈聿飞拿过一杯水，将吸管送到她嘴边。焦渴得到缓解，气力与精神开始恢复，司徒绿吐出吸管，撑着自己坐起来，靠在床头。又问："三天？"

问完，扫一眼室内，它的狭小超乎想象，只另有一张单人床。她问："这是哪里？"

陈聿飞放下水杯，在另一张床上坐下，"是三天。出事那一刻，你就睡过去了。不是晕倒、昏迷，除一点硬伤外，各项检查都很正常。可你就是睡着，不睁开眼，喊不醒。偶尔嘀咕几句，我能听清，但不明白，说是诗不为过。医生说这是保护性睡眠，自我保护。就像进入只能自己从里面醒来的梦乡，那些话是梦话更是梦中的旅程。所以，第二天他们就把你转移到这里，让你睡个够。"

司徒绿想起了大货车从后面撞上来，还有攥住她手的手，她下意识地看了眼陈聿飞的右手。

"这里是东三区。待会儿出去，你就能看清楚它的面貌。听说当时区域划分特别仓促混乱，毫无条理——可能有，但绝对只有那些划分的人才掌握——"

门开了，一个护士走进来，她脸上的雀斑富有青春气息，与眼角、嘴角细细的皱纹毫不相称。护士看见司徒绿坐着，并不惊讶，她让陈聿飞出去后，用听诊器在司徒绿的前胸、后背，仔细听了一番。

"没事了，你现在就可以出院。"

走到院门口，司徒绿回头看这栋灰色的二层小楼。她已经知道，这是东三区医院，整个东三区唯一的医院。它被院墙围着，包裹着，像是小小的盒子。

车就停在院门口，还没来得及整修，留有剐擦的痕迹，副驾驶一侧的车窗玻璃有道裂纹。陈聿飞拉开车门，发动车，炫耀或者验证似的，兜一小圈，停在司徒绿身边。

"现在知道这神驹的厉害了吧？！要不是它，咱俩就算活下来，也得在医院躺上一两个月。好家伙，当时整个车腾起来，甩出去老远，又在地上滑出好长距离。撞上的当口，气囊就弹出来，别的保护措施也启动，我就在一团白色里，看着天地在眼前加速，只想着……可别受伤。"

司徒绿感到手还被紧紧攥住，她现在知道，那是真实发生的。她问："整个过程你都清醒？"

"运气不错，那货车刹车突然失控，总算速度不太快，咱们又坐在这车里。"

司徒绿尽量让自己的语气不经意，"真是意外吗？"

"调查结果确定是意外。货车的线路，司机的背景，都没问题。出事后，他迅速停下车，跑过来，我掏出证件，他协助我，开车带你到医院。"

司徒绿贪婪地抓住陈聿飞的话，嗅到有用信息：他对调查结果存疑，他治安员的身份起了作用。最坏的猜测，是她的行踪暴露，引起对方——她并不知道这具体是哪一方——怀疑；乐观处在于，即使这样，对方仍不知道她肩负任务的分量——当然，也有可能这个任务本并没多大分量，那个需要被她收割的人并不是什么了不起的角色——虽然这与任务本身的复杂程度并不相符。

陈聿飞等了一会儿，犹如在等司徒绿消化完方才的信息。"本来打算，多送你几天，看来不行了，得先回去。"

"现在就走？"

"不，送出东三区，送到桥那儿。东三区太难走，不可能现在丢下你，谁知道什么时候才能碰上车？"

司徒绿没再往下说，陈聿飞说得有道理，不能在东三区耗得太久。

车驶离医院很久，从后视镜或者回头看，哪怕是头伸出车窗回望，都已看不见医院，最多能凭借印象，感到后面靠近地平线上有个灰色点。这并不重要，因为视线所及，全是灰色，生锈的丧失本来颜色的灰，接近灰烬的死寂。并不是说这里毫无人类活动过的迹象，恰恰相反，到处都能看得见人为的痕迹，低矮的连绵的建筑不用说，坑坑洼洼、破烂不堪的道路不用说，就是连绵的田野、田野旁边的树木，还都看得出被人整修、种植、培育的模样。但所有这一切都只提示"曾经"，曾经的规划、繁荣、生机，现在全部蒙上时间的灰烬，灰烬的灰色渗入所有事物的内里，再返出来。

黏稠又浮动的灰色感染力强劲，即使草和树还点缀着绿叶、红花，即使河流还清澈，天空还瓦蓝，都在感官里被灰色湮没，只留有一点理智确认的余音。汽车在这灰色里行进，如同灰鼠爬进沼泽，绵延无尽，泥淖深滞。要不是道路过于糟糕，不时将汽车抛起、掼下、甩动、摇晃，只怕司徒绿、陈聿飞很快就会沉入灰色的梦里。

司徒绿觉得自己说出的话都是灰色的，"怎么会这样？"

"东三区傍东河而生，居住区和种植区都依赖东河水，东河污染后没有及时采取措施，整个区域饮用水和工农业用水都被污染，当时疏散了所有的人。一百多年了，汽车偶尔经过没问题，长期居住还是不适合。看这死寂的样子，不知道要经过多少年，才能恢复生机。"陈聿飞说到后面，感慨起来。

司徒绿没应声，她本想说人的自愈能力强盛，只要条件适宜，不用多久，这里又会人烟稠密，可这里的情况和人的自愈并无多大关系；她还想说，大自然才不会在意这些，它自有其运行方式，但如果人类不在其中，也没什么可说的。

她拣了个陈聿飞肯定能说的话题，"医院为什么能留下来？"

"有点儿传奇。本来早荒废了，三十年前，有人不想太绕远，穿过东三区。发现医院重新整修，有人居住。是个自称姓卓的七十多岁老人，说他父母都是原来医院里的人，离开之后总是惦念故土。他一把老骨头，得满足双亲遗愿，便带着他们的骨灰，找了回去。埋葬之后，喜欢上那儿，就把医院收拾出来，为过路人诊病开药。慢慢地，医院得到一些资助，在器材、药品上都有质的提升，护士、医生来了好几位，来往的司机、行人方便不少。"

"卓医生后来怎么样？"

"病故了，肝癌。"陈聿飞不安地看看司徒绿，"老人当时八十多，有人说他患病和住在东三区有关，他倒是安慰说，这个年龄，就算生活在保护罩里，也该到点了。"

司徒绿不想再说下去。有种奇异的情绪从她胸腔升起，弥散全身，很难说是悲伤，毕竟她和卓医生素不相识，而且他说得没错，八十多岁，发生点什么都不意外。可她还是心绪难平，仿佛看着事情发生，自己应该做点什么而没做。

沉默就这样不可挽回地充塞在两人之间，加上灰色的延伸，让司徒绿在汽车的颠簸中，睁着眼睛，陷入半睡眠半抽离的状态。灰色中，天光与路旁景致的转换，被她收在眼底，可又飘浮而过。到了检查站，陈聿飞下了车，看司徒绿毫无反应，再次呼唤她时，司徒绿觉得自己既经过了无限的时间，又只是跳跃了一个瞬间。她推开陈聿飞伸过来的手，把着车门，跳下来。

一股热风吹来，身上顿时有汗，让她彻底清醒。检查站在河的这一岸，想要过去的每个人都得排队，检查证件、核实身份，得到一个通行证，凭此过桥。已是黄昏，但检查站前面仍排着长长的队伍，有独自的有结伴的，真不知道这些人是从什么地方冒出来的。

"你回去吧，我拿到通行证就找个地方住下，明天再走。"

"你排队，我去停车，一会儿送你到住的地方。"

司徒绿咬咬嘴唇，没再说话，走过去，排在队伍的后面。队伍虽长，排在里面却并不焦躁，一方面是继续有人加入，没多久就在司徒绿身后接出一条尾巴来；另一方面，队伍的移动不算慢。结伴而来的，自然有说有笑，独自排在里面的，大多数也和前后的人寒暄几句，聊得投机的，就密友一样，从去哪儿做什么，迅速谈到家里人的状况，表达起思念、忧虑，或者予以理解、宽慰。

司徒绿没想和人交谈，这一气息应该散发了出来，因而没有谁主动和她攀谈。她就这样往前挪动，复盘着过去几天的事。那场车祸真的是意外吗？陈聿飞回答"调查结果确定是意外"，听来是肯定，其实是回避，或者说是"官方回答"。有结论，但这个结论未必能说服他。但一定要说是蓄意，也不确凿。这种方式很笨，容易留下线索，更关键的是，对方并没有要她的命。因为陈聿飞亮明了治安员的身份？至少说明，对方对自己的意图并不完全清楚，或者断定她的目的、目标没那么重要，不值得冒险杀死一名治安员。或者，这根本就是个试探，可试探什么呢？陈聿飞与她和她背后的团契的关系？试探他们会如何反应？

说到反应，陈聿飞回去无疑就是，可这意味着什么呢？司徒绿无法确定。是撇清关系，是由明转暗，甚或是黄雀在后？她摇摇头。陈聿飞是什么人、有什么目的，都还未知。那，不排除陈聿飞以此试探，看看她的反应……

"想什么呢？"陈聿飞站到司徒绿身旁。

司徒绿低下头，"没什么，这几天……恍如梦里。"

"是吧，我也有点。"陈聿飞咳嗽一声，想要再说什么，却卡住了。

两人无话，继续随队伍往前蠕动。离检查站窗口还有二十来米，就听见哀告"求求你，给我个通行证吧。让我过去，我必须找到我哥哥"。声音并不尖厉，拖着长长的哭腔。司徒绿一震，看过去。窗口旁边，挨着正在核验身份的人，站着一个人，半扒着窗户。光看这瘦弱的背影，她就知道是谁。

示意陈聿飞站到队列里来，司徒绿快步上去，正听见有人议论"小姑娘真可怜""一个人往那边走太危险"……窗口的办事员正伸长脖子说："孩子，回去吧，我只能按规定办事，帮不了你"——她伸手抓住小姑娘扒在窗户上的手，往后一拽，嘴里嚷着——"不是让你等我吗？怎么自己跑这儿来了？再这么淘气不带你了。"

小姑娘一惊，认出是司徒绿，顿时由惊转喜。司徒绿拉着小允，回到陈聿飞身旁，拿出手巾，擦了擦她那张眼泪泡花的脸，示意她先不要说话。陈聿飞看着这一幕，什么都没说。

没多久轮到司徒绿，她拿出工作证件，从窗口递进去。不等对方说话，又指着小允，"这是我的助手，她的通行证也请开出来。"

一张少见的圆滚滚的脸伸到窗口，仔细盯着小允看，小允马上说："我叫罗小允，协助工作。"

司徒绿看着那张在灯光下尤其发白的脸和那双细小的眼睛，说："我有权限根据情况，聘请一两个助手。"

那张脸迅速抬起来，盯着司徒绿，沉郁的表情一下子融化，双眼带出笑意。随后，她坐了回去。不一会儿，递过来两张通行证，"女士，给你的助手开了张特别通行证，只要她不离开你，后续检查都没问题。"

司徒绿原本担心会出状况，万一检查站去和部里核实，虽然她在休假，出现在这里以及小允的事都有办法解释，但无谓引起注意总是不好。没想到，事情以如此转折的方式顺利解决，于是，她拿过通行证，由衷地说："谢谢！谢谢你。"

从检查站出来，小允反而沉默了，她只是紧紧攥住司徒绿的手，生怕她一不小心撇开自己的样子。陈聿飞开车带他们找了一家离得不远，条件还可以的酒店，先在酒店用了餐，这才道别离去。

进了房间，司徒绿这才仔细打量小允。比起初见时，小允见黑见瘦，可见这几天受了点罪，眼睛倒还是那么亮，盯着人看，让人心里又暖和又惭愧。小允仍旧没怎么说话，但人松弛下来，就是特别依恋司徒绿，形影不离地跟着。

　　洗漱、收拾后，司徒绿见小允瞌睡上脸，自己也委实疲累，便各自上床，说声"好好睡，明天再说"，两个人沉沉睡去。

小　望

"哥哥有个好朋友孟哥,他俩一起长到十五岁,那时候经常来家里玩,爸爸妈妈很喜欢他。后来,他爸爸工作调动,去了东一区。但和哥哥还经常通信,攒出钱来,他们也通个电话。他考上大学那个暑假,来家里住了几天,和哥哥好得就像从未分别。我拿着哥哥留下的最近一封信,按照地址找上去,孟哥已经搬走。邻居热心得很,给了新地址,找上去还是不在。不过这次的邻居知道他住哪儿,直接把我送过去——"

从离开酒店,找到一家早餐店坐下来,小允就开始说。她和司徒绿在一起特别开心,说起来就有些碎。司徒绿喜欢听,小允那清脆的声音招她喜欢,那些碎而密的话让她可以舒心地不去想别的事。

"孟哥家里也不大,有个新冰箱。家里的冰箱坏了后,我再没吃过冰激凌。就没忍住,吃了俩。解了馋,可也没那么解馋——现在的口味比以前少多了,味道也没那么好。我在孟哥家里住了两夜,他四处打探,没任何哥哥的进一步消息。到第三天,我不想再等。孟哥劝不住我,就给了些钱,又托人打听往检查站来的车辆,到下午才找到一辆货车，我就搭顺风车，往东三区来——"

"一辆货车！"司徒绿出了声，她当然知道没这么巧。两人已到桥头，检查员仔细核对了她们的身份证件与通行证，目光在小允的脸与证件上好几个来回，看得司徒绿心慌，到底没说什么就放行了。司徒绿心情大好，背上大包、挎着小包，牵着小允的手，走上桥。尽管桥面宽阔、桥梁结实，但足有四公里长的桥还是越往前走越感悬空，仿佛两头都在现实之外，只剩脚下不知道在风里还是在心里晃动的桥和桥下颜色混杂的江水。司徒绿松开攥得过紧的小允的手，问："货车一路上顺利吗？"

"不顺利。听说一般都走西面，沿着离江不远的平原上的路，这次师傅想节省时间，就走了东面。是能近不少，一段两小时的盘山路也不危险，可刚上山车就坏了，师傅怎么也修不好，只好原地等着。我陪她等了一天一夜，后来发现她不知道要等多久，决定不等了，又没别的车，只好往前走。姐姐，路上一个人都没有，可我一点儿都不害怕，你知道为什么吗？实在太漂亮了！没多少树木，更没花草，到处一片灰，可那些山的轮廓太漂亮了，就像雕琢出来的，离得近的山上能看见石头，不算巨大，每一块都像刚烧制好的积木，边缘很毛糙。可以把它们想象成任何东西，还有待加工的东西。我在山顶坐了好久，把喜欢的都画了一遍，这才心满意足地继续走。带的吃的吃光了，夜越来越深，到处都是月光，我怀疑自己走错了路，这才害怕起来。再转过一道山梁，看见废弃的石林公园里有火光。我顺着岔道跑上去，是三个哥哥姐姐在野营，他们烤着肉，喝着啤酒，完全不像这个世界的人。他们分给我吃的，还给我罐啤酒，我也没客气。"

已到另一侧桥头，再次检查了她俩的身份证明及通行证，放了行。司徒绿带着小允，在停车场穿梭，想找一辆去东八区的车，准备到那儿再决定如何继续往东二十四区走。听了小允的话，她停下来——正如小允说的，那三个人的悠闲放松，完全不像这个世界的——现在，她得说，完全不像她熟悉的这个世界的——可他们也给她另外的并不相干的启发。

"小允，咱们再抄个近路怎么样？不走东八区去东二十四区，直接走东九区过去。那一片是废弃的工厂，危险是危险，但可以省两天时间。"

"好啊！我听姐姐的。那三个哥哥姐姐，他们是东一区的，就是想过一天不一样的生活。整个晚上，我都和他们玩闹，天快亮时，大家才睡下。睡到中午，他们本来要直接回去，听说我的情况后，就先把我送到检查站了。然后——"

小允说到这里，露出在东一区道别时的笑容，看着司徒绿，说："然后，我就碰见姐姐了。"

东八区是巨型生活区域，其周边密布着各种工业园区——东边是钢铁产区、南边是核电区、北边是汽车制造基地——很多年前，东八区的繁荣无序超乎想象，这一点从它所占的面积、残余的迹象，都看得出来。按原计划，今天乘坐公交车或者顺风车，没特殊状况，晚上能赶到东八区，但司徒绿知道，东八区前往东二十四区的道路常年损毁，协会已经无力维修，只能依靠司机与行人自发地填坑续断，一旦遇上事故，堵起来没完没了。

与其这样，不如冒险走东九区。虽然东九区的钢铁厂在地震中遭到毁灭性破坏，但至少它没有严重的辐射，危险却不致命。打定主意后，司徒绿和小允从停车场旁边超市买上足够一天用的面包、饼干、水，又拿过四个盒装牛奶。原本行李就不少，加上这些食物，更见沉重。好在不去东八区后，顺风车要好搭得多——不管是周边什么地方，大部分都会往东九区的方向走一段——两人在路边等了不到一个小时，一辆红色的敞篷跑车就停下来。开车的是个爆炸头的女人，三十多岁模样。她把包裹、行李放在前备厢，让司徒绿和小允坐在后面。

这一段路况很好，车的性能更佳，即使坐得不是特别舒展，即使车上放着从未听过的躁动音乐，司徒绿仍很快睡着。梦中，她再度回到樱桃园，当初受训的地方。一切都如此清晰，有颜色有声音有明暗，绝不可能是幻境，但没有一个人，各种设施、建筑统统消失了，只留下一棵棵樱桃树，树叶深绿、果实艳红，她踮起脚摘下一把，再要放进嘴里时，发现那是一把晶莹的露珠。这时，樱桃树晃动起来，将她摇醒。车停下了，小允下了车，站在她这一侧。

女人还在驾驶座上，从后视镜看着司徒绿，等她彻底醒过来，才也下了车。女人拿出行李，看着装在塑料袋里的食物，皱了皱眉，拿出一个布袋，将它们装进去。布袋不小，装进食物后，还可以放进司徒绿的小包。

司徒绿感激地接过布袋，斜挎上。正要道别，女人止住她，又从前备厢里掏出一根电棒。

"你俩小心点，听说东九区现在有流浪汉出没。"见司徒绿迟疑，她笑起来，"拿着吧，我有防身的，比这个暴力。"

女人的笑声很好听，司徒绿感到再说什么都多余，接过电棒塞进布袋里。她伸开双臂，女人再度笑起来，有点不好意思地和她拥抱了一下。

"我也要，我也要。"

女人大笑，和小允紧紧地拥抱了好一会儿，摸摸她的头，上车离开。

看着女人的车消失在远处，小允忽然转过来，认真地看着司徒绿，说："姐姐，我要你抱我。"

司徒绿也大笑起来，索性放下身上的包与布袋，紧紧地抱住小允，感到她咚咚的心跳和自己的合二为一。松开后，她在小允的额头上吻了一下，"这下满意了吧？"

　　小允开心地蹦跳了两下，往前走去。司徒绿背上包，挎上布袋。起初这一段路还好走，是通往钢厂后门的，沥青早已破碎，垫的钢渣也所余不多，间或还有一丛丛杂草，但路的模样还是清楚可辨的。再往前走，就进入钢铁厂的区域。这么些年过去，钢铁厂的界线还在，以一道半坍塌的围墙为标志。不过大门早已摔倒在地，不费什么力气就能进去。

　　地震对钢铁厂的破坏比想象的严重得多。目力所及，都是震散甚至震垮的建筑，让人怀疑，是不是地震只发生在院墙以内。钢铁厂就像个巨大的独立王国，现在这个王国成了废墟，但还保留着遗骸。纵横几条道，每条道上都有指示牌，交叉路口的尤其明白，有些地方甚至还竖着钢板的厂区详图，标识出"你在这里"。有的路牌与标识已被掩埋，但整体上方位仍旧非常清楚，不需要担心迷路。

　　司徒绿担心的是不小心触碰什么"机关"，引发危墙危房倒塌。还没进厂，她就叮嘱小允紧跟上，不要乱跑，尤其别去碰建筑。进厂之后，她专沿主干道走，避开一切可能有危险的东西，连树都离得远远的。

　　司徒绿的话，小允并没怎么放在心上，她像进了新奇世界，指着这儿望着那儿，嘴里不时吐出一句"姐姐，那是什么""姐姐，怎么会变成这样"之类的话。

钢铁厂又像史前巨兽的家园。不要说冷却塔这样庞大得超过几栋楼的食草动物——当它在地震作用下，轰然倒塌，主要由砖与混凝土组成的部件散落开足有几百米；就是那些纯由钢筋铁骨构成的高炉、焦炉等肉食动物，当它们翻滚在地，钢铁的身躯撕扯着破裂、扭曲着散开，那巨兽遗体般的现场，更加动人心魄。

司徒绿一面提醒小允留神，一面尽可能将眼前的废墟看个完整。她很快由衷赞叹，赞叹并不久远却杳然如传说中的旧文明时期人类，他们对大自然的征服，他们凭借智慧，建造出如此宏大的统辖于人的结构；她也感到惋惜，正是他们的智慧，引发地震、海啸、飓风等灾难，更造成超过人类承受限度的污染。看着这些，她想到樱桃园中，团契给予的培训有潦草的地方——固然这一切已经造成，而且主要由男人造成，可她们也应该参与进来，予以拯救。这不是拯救男人或者男人的世界，而是拯救女人自身，是拯救整个人类。

想到这儿，司徒绿很兴奋，但再一转念：如何拯救呢？团契内部不会没人想到这一点，为什么从未提及？她相信不完全是被仇恨蒙蔽心智，而是真的没有更好的办法。算了，暂且抛开这个念头。小允同样被钢铁厂的规模、样式震撼，她忘记提问，不再跑来跑去，而是站在一个地方就把四面都看个够，甚至坐下来，盯住一个细节，目不转睛，仿佛倒塌的设备还有顽强的生命力，还在与她进行最后的交谈。

后来，小允干脆拿出画板，勾画眼前所见。司徒绿知道时间足够，就放任小允。有时，她还会站在小允身后，看着小允灵巧的手指，在金色的沙面上，只几笔，便抓住眼前事物的神。每次画完实景，小允都会在画面的一角画上或圆或缺、或大或小的月亮，再找到某个角落，画出一个坐卧立行的小人儿。

这样完成后，小允会抬头看着司徒绿，说："钢铁厂睡着了，哥哥正陪着它。"

小允的表情，那单纯的思念，眼神中对钢铁厂与世界悄无声息的安慰，让司徒绿心疼。她相信，如果每一张画都存下来，如果最终将它们归并在一起，这钢铁厂一定会在某个清晨，当月亮在晨曦中隐匿身形时，听从少年的一声口哨、一个手势，猛然收拢地上四散的身体站起来，抖抖身上的皮毛、甩去时间的残渣，拿出百分之百的精神，迈开大步跑起来。

这想象中的画面让司徒绿沉醉，一直走到晾水池。晾水池原本应该是湖泊一样的水面，因为地震在地面撕开的长口子，导致厂区相邻的部分整体下沉，晾水池的水也就全部灌进这几百米长二十余米宽的沟里。想要走到对面，必须从一侧绕过去。

"小允，先别画了。咱们——"司徒绿选定了右侧，"从这边绕过去，到了对面，那大伞下，就歇一会儿，吃过午饭再走。"

晾水池边缘被地震撕裂的痕迹还很明显，地面锯齿一样，交错、突起着整块整块的混凝土，有的地方还露出一截断裂的、已然被雨水和时间耗蚀成一包锈的钢筋。脚下很多地方踩上去都开始摇晃，两人不得不往后一撤再撤，退得离晾水池足够远，再往前绕。好不容易走到裂缝只有两步宽处，司徒绿拉着小允迈过去，却见小允直指前面的一棵梧桐树。

正当午，日光强烈，司徒绿搭个凉棚，眨眨眼，才看清树下有团活动的人影。她稳稳心神，握住小允的手，安抚住她——可以绕开，但她估计躲不开，索性向梧桐树走去。梧桐树下的人影动了动，她走到跟前，看清是三个男人，一个站着两个躺着。他们衣衫褴褛，完全是三个季节的衣着。

躺着的两人听见声响，坐起来。他们望过来，却又如望向远方，仿佛眼前不是两个人，而是两个物体。司徒绿压着自己与小允的脚步，留意着和他们的距离——不太远以免被认为畏惧，不太近以免被认为挑衅。小允的手在发抖，但她强压着，再没别的表现。她们就这样慢慢往前，离得最近时，坐着的两人站起来。司徒绿瞥过去，刚好和其中一个目光对上。那人穿件棉短袖，纽扣松开，露出瘦弱的胸膛，一撇小胡子倒修剪得很好。

"请等等。"小胡子说，声音很清爽。

小允浑身一颤，司徒绿捏捏她的手，她们站住。小胡子上前一步，另外两人围上来，"你们从什么地方过来？"

司徒绿左手抓住布袋，右手慢慢伸进去，握住电棒。她正要开口，小胡子又说，"请不要紧张，我们没有恶意。阿胡、阿达，别闹。"

两个围上来的人，小胡子嘴里的"阿胡""阿达"听到这话，大笑起来，其中一个乐得伸手在大腿上拍起来。啪啪的响声松弛了司徒绿的神经，小允也被逗得笑起来。转变虽然陡峭，总还是好的。离梧桐树不远，有一块相对空旷干净的地方，司徒绿以手势示意，带着小允过去。三个男人搬过几块砖，在地上铺成两个"凳子"，邀请司徒绿、小允坐下，这才随意地往地上一坐。

"叫我阿五就行。"还是小胡子先开口，他指着最初站着、穿件毛背心的男人说，"阿胡。"又指指另一个穿件运动衣，刚在地上坐下，就顺势手肘撑地，半躺下的男人说，"阿达。"

"你们好。"司徒绿犹豫一下，没有介绍自己和小允，她看着阿五。阿五挠挠头，重复了刚才的问题，"你们从什么地方来？"

"东一区。你们怎么会在这里？"

"东一区？那可不近。我们在这儿很长时间了，觉醒以来就一直在这儿。先是我，然后是阿达，后来阿胡过来。中间还有别的人，他们去了别的地方，和他们觉得舒适的人待在一起。"

　　司徒绿听到一个熟悉的词语，受训期间得到强化的词语，"觉醒？"

　　"对！觉醒。"阿五顿时坐直，"不用等协会来宣告，我们是失败者，得不到女性的垂青，必须被扔到匮乏社会去。这些不再重要，我们就想自己待着，匮乏社会也好丰裕社会也罢，和我们都没什么关系。不用等到三十五岁，我们自己解决自己，反正有大片的，他们认为无益有害、不愿意待的地方，我们来好了。"

　　这和司徒绿听到与理解的"觉醒"完全是两回事，可她看看地上的三个人，找不出什么反驳的话。"那你们吃什么呢？"

　　"有什么吃什么，大地会养活生长其上的人。"阿达接过话，"吃饭不是活着的目的，填饱肚子不是最重要的事。"

　　"什么是你们重要的事？"

　　"你看！"阿胡说话了，他指着天上，"那朵云流过的样子多美。你再看看四周，你不觉得钢铁厂现在的样子很美吗？你真应该晚上在这里待待，看天上的星星，听地上的虫鸣——不要以为协会不让人住在这里，虫子就会跟着搬走——你会知道，这个世界的面目非常美丽，这美丽根本不在乎人究竟怎么样，是不是有辐射，是不是有污染。"

　　司徒绿并不接受他们这种方式，可阿胡说的美却是摇动人心的，没多久之前，她和小允不也为钢铁厂的模样而震撼而心颤吗？

由此，她甚至觉得他们的选择没有问题，是能理解的。只不过，她自己不想这样。

"是啊，有的人对辐射、污染怕得要命，有的人以此要挟别的人，达成自己的目的。怕的和要挟的，都可以，都有自己的打算，我们不管，也管不了。我们走得远远的，待在这里，只希望不要来管我们就好。"

"协会真的不管你们吗？"

"管！协会派出过治安员，到处搜捕我们，只要抓住，没有任何缘由，不管是不是三十五岁，一律扔到匮乏社会去。可到后来，协会发现这样的人越来越多，如果把精力放在我们身上，根本忙不过来，就睁一只眼闭一只眼。再说，我们无害啊，自己找个地方待着，不碍任何人的事，更不想自己的血脉延续下去，死就死，死绝就死绝，有什么可提防的？"

协会的反应倒是符合司徒绿的认知，太多挑战十足的事还忙不过来，这些人会碍着谁呢？一心想要死绝的人，又能碍着谁？

"你们要在这里当隐士吗？"

三个男人迟疑地彼此看看，才由阿五说："在这里，在别的地方，都行。我们就想不为那么多事愁苦，顺其自然地活过这一世。隐士不隐士的，没想过。不过……所谓隐士，似乎最终都显了，显了才称为隐士，我们不要这样。隐士有确定的点，退到那里就不再退，我们无限地退下去。"

　　阿胡打断阿五，"就算隐士启发了我们，也并不重要。"

　　话到这个份儿上，没什么好再说的。司徒绿赞同小允，和这三个男人分享她们的午餐。东西本来就不多，阿五他们用得更是节制，只各自取用一小块面包、三个人分一瓶水。吃完之后，他们回到梧桐树下，一个躺着，一个靠树坐着，一个则打着盘腿，不再往这边看，相互也不说话。

望

在东二十四区醒来时，司徒绿首先意识到的，就是阿五他们坐在树下，时间从树叶缝隙漏下的斑斑点点日光中消失。三个人如同三尊雕塑，也不妨想象成钟面上的三根指针，但不约而同地停止了。不是趋向死亡地停止，是生机勃勃地停止，因而有别样的她不熟悉却内在亲切的气息，在其间如潮汐那样不竭进退。

是一个美好的意象。司徒绿告诉自己，因此而欣欣然。她不要那样的生活，但她理解那也是一种生活。另一张床上的小允，鼻翼翕张，嘴唇微启，几颗牙齿俏皮地露出一点白，活脱脱一只小兔子。这是一种完全没有定型，能从其中看到无限可能性的生机。不是具体的小允有无限可能，是这种强劲生长、四处伸展的青春劲头，在一人身上看到无限众人的可能。不用仔细观察，都能想到在这张脸上，晶莹的随时会被太阳镀成金色的茸毛，这具身体内部正噼里啪啦迸发的生长的响声。

司徒绿下床，穿上拖鞋走到窗边，望得见的地方都干净如洗，想必昨晚那场大雨下得非常透彻。东二十四区不大，是一座小小的宜居的镇子。这么一座镇子怎么就有独立的编号，成了一个居住区呢？就算和别的居住点离得远，可真的只有几百人居住。而且，这么美的地方，居然只有几百人居住？

且不管它，先洗漱。司徒绿刷完牙，刚要洗脸，外面房间"啊——"的一声尖叫，是小允。来不及拧上水龙头，她一个箭步冲出去，小允坐在床上，满脸惊恐。

"小允，怎么啦？"门是关着的，窗户开着，但有铁纱窗。

"姐姐，你看——"小允伸出手，两掌沾有暗黑的血迹，指头上尤其黏稠。司徒绿扑上去，抱着小允，电光石火间，她有所醒悟，又松开，退后一步。果然，小允掀开盖在身上的薄毯，下身和紧挨着的床单上有一片红，不是鲜红，是有点粉末状的暗红。

"姐姐，我是怎么啦？会不会死掉？"小允的恐惧由里及外。

司徒绿站在原地，看着小允，仿佛看到多年前的自己。她惊慌失措地尖叫，妈妈赶到房间，妈妈脸上由担忧至微笑的表情变化，妈妈上前拥抱的动作，妈妈那一刻的体温。司徒绿都记得，她只要动念，它们都再现眼前。但是她不能她不愿……

不。小允正望着她。司徒绿上前，拉住小允的双手，在床边坐下。四目相对，"小允，你成人了。从现在起，你必须清醒地意识到，你是一个女人，需要一刻不停地……"她忽然卡壳。

小允眼神变得迷惑，"姐姐，你也是一个女人。"

"是呀。"司徒绿意识到自己太过严肃，她松开小允双手，站起来拥抱她，"我也是女人，这世上有很多的女人。如果你需要，她们……"司徒绿清晰地听到内心深处，仿佛她自己心脏的隔壁，响起"你走开"三个字，顿时无法继续下去。但无论如何，今天都是个重要日子，"这样吧，今天咱们不赶路，四处转转……好吗？"

司徒绿洗好脸出来时，小允已将床单、薄毯折叠好放在一旁。床单下面有一点，用湿毛巾擦擦也就好了。司徒绿先到楼下，在前台续住一天，并让更换一下小允的床单、毯子。女服务员听司徒绿说了情况，很开心地请她转达祝贺。

镇子实在太小，服务员勉强推荐了镇东一处瓷器窑址。早餐后，司徒绿先带小允去镇上喝杯咖啡，看天上的云彩流动，看地上的花草摇曳——出门十天，都在赶路，脑子里全是与任务关联的事，她需要放松。镇子小，镇上的人十分悠闲，不像是夹在丰裕、匮乏这非此即彼的选择中的人。一条小河蜿蜒而过，河水清澈、沙石洁白，两岸各依傍着一条街，就构成整个镇子。

镇上的人多半聚在一起喝茶，几个年轻人围在一张桌子旁玩牌，从咖啡馆的窗户望过去，那静谧如同梦境，水中的伸手一拨就散碎，但总会复原的梦。

"姐姐，为什么大家这样惬意？"

司徒绿并无答案，说出的只是期盼，"总有一些人，经历世事，找到桃源，暂时忘掉一切。"

"真是这样。"狭小的咖啡馆掩不住什么秘密，老板兼服务员听见，搭腔并走过来，坦然在桌旁坐下。"你们看到的，不是这镇上的原住民。原来住的人走了，留下房子家具，谁愿意住愿意用都成。有些经过的人，不想再往前，就停下。这样的人不多，镇子还能容纳。再过些年，谁知道呢？说不定大家都不想再往前了。哪儿又是前呢？"

"你是说，这里不是久留的地方？"

"也能也不能。"老板苦笑着摇摇头，"很早就有专家测定，这个镇子位于地震带上，一旦地震，就会毁灭。能是说，谁也不知道地震什么时候来，晚一天就有一天的悠闲；不能是说，地震确定要来，又不知道具体哪天，这样活成悬念的日子，一般人过不了。"

说完，他站起来，走到窗户边，"这些人都是把每一天当最后一天过。刚才你说'桃源'，这里真是，一住下来就忘掉外面的世界。可你也说'暂时'。谁说不是暂时呢？我带来的咖啡豆快没了，那时我就不在这儿待着了。"

司徒绿有些错愕，没想到引出这样一番话，小允神色颇为伤感，让她不忍，两人便结完账，出门往镇东寻瓷器旧窑址。不需要多远，不需要问路，一直向东不到两公里就到。不是单纯的窑址，旁边倒塌大半的房屋，房屋里的工具，稍远处一块几乎平整光秃的地上，表面一层泥被取用一空，都说明这里曾是完整的瓷器制作地。规模不大，就这么一个作坊，就这么两口窑。

司徒绿和小允走进倒塌大半的房屋。它原本四周敞开，上面铺盖稻草，现在四根柱子余下两根，稻草滑落在地上，但余下的空间还能遮风避雨。一侧是转轮等工具，一侧则摆着几排架子。架子上零星歪着几个残破的盘子、碗，地上不少碎片。小允被架子吸引，走过去扒拉一番残余的瓷器，都是线条与简易的几何图案，笔触很有几分拙劲，稚趣十足，但并不值得细看。她又蹲下，翻拣地上的碎片，司徒绿本想提醒她别被划伤，看那专注的神情，再看看从稻草缝里漏进来的缕缕阳光，忍住了。

转轮旁边是刮片，地上还有小刀、颜料、绘笔。想象得出，以前作坊里的生活，悠闲自在。自然，瓷器产量不高，质量也非上乘。司徒绿伸手拨动其中一个转轮，有些滞涩，可好歹还是转了起来。

"姐姐，你看。"小允扬了扬右手。

司徒绿走过去。白色的碎瓷底上，是一朵蓝色的花，细看叶子、花瓣，能断定是略微抽象化处理过的菊花。菊花静穆着落在瓷底上，盛开着，不张扬不热烈，自有内在的端肃。这静穆洇染开来，正似一滴墨滴入一碗水，是缓慢地扩张开来的力量，但这力量一望可知，迟早会消泯，会浸入白色的瓷底。

"美吧!"小允得意地说,"一眼就看中了,简直就是这座镇子才会有、才会开的花。肯定不止这一块,你让我再找找——"

司徒绿一愣,什么是这个镇子才会有、才会开的花呢?符合它"经历世事""暂时忘掉一切"的气息?很难说两者之间有什么关系,可小允一说出,又觉得就是那么回事,无可更易。她蹲下,在地上翻找起来,想看看这一片究竟是从什么样的物品上碎裂开的。这并不容易,别看地上碎片一堆,可几乎都是纯白的,它们不受时间磨损的温润看着非常舒服,却不能提供线索。偶尔带着一片、一点或者一缕蓝色花纹的瓷片,都被她们小心翼翼拿出来,擦拭干净,放在一旁。

用掉好几个小时,够得着的碎片都翻拣一遍,找出三四十块,抛开那些一眼看去就不是一个完整器皿上的,还剩二十八块。司徒绿和小允把它们分成四排,一块块看过去,有几块的裂痕、图案可以拼在一起,可完全看不出整体面貌。余下都是零碎,有一块和小允之前发现的菊花碎片差不多大小,上面是飘逸的两团青色,说不清是云彩是衣服,还是连绵的山之一角。

"姐姐,这一块你留着,我们各有一块。"

司徒绿郑重接过,擦拭几下,攥在手里。就当它是衣服吧,一个身着青衫的人,面对着一丛或者一枝菊花,有风自南方而来,吹起他的衣袂。

既　望

　　司徒绿和小允在邮政所旁边找到一家简易的家庭旅馆，旅馆提供面食，两人用了一点。路上颠簸一天，还遇到道路封堵，等了一个多小时，但两人状态都还可以——昨天一天的休整，是必要的。

　　回到房间，小允聊天的劲头十足。阳台不小，摆着两把摇椅，司徒绿干脆拉着小允，躺到摇椅上。三层楼而已，可不在中心位置，地势又高，整个东二十五区的夜景能看个七七八八。灯光分布得非常疏阔，绵延十数里，别有一番热闹景象。很久没见这么煊赫的夜景，司徒绿有点激动，她不断回想前一天在东二十四区的所见，深深明白，人到底是群居动物。

　　"姐姐，你那块好看，还是我这块好看？"小允又拿出她那块有着青色菊花的瓷片。一路上，她没少问这个问题，每一次都管司徒绿要过瓷片，比较半天。现在，司徒绿不等她问，掏出瓷片，递过去。一天的不停摩挲下来，瓷片边缘光滑不少。

　　小允将两块并在一起，对照着看半天，手又伸得直直地，冲着东南方向，分开又并拢，最后留出一点点空隙，保持不动。司徒绿起初并没在意，察觉小允保持的时间过久，才看她一眼，小允那凝固般的表情，眼神的恍惚让她有点惊讶，在小允面前挥挥手，没反应。

"小允，小允——"司徒绿喊道，顺小允手的方向看去，并无异常。"别比画了，再怎么看，都是我那块好。"

这话刺激了小允，她往司徒绿这边瞟两眼，目光恢复之前的清明。她递来瓷片，"姐姐，真的是你这块好看，特别好看。"

司徒绿有点惊讶，拿过来，对照细看。大约受小允那话的暗示，她那块似乎更加朦胧，白瓷片上的蓝色更见飘逸。

"不，要对着月亮。"

司徒绿自己那块瓷片先对准月亮，是心理暗示吧，瓷片上的那团蓝色自浅淡部分始，沿与月亮衔接的边缘，逸散开来，丝丝缕缕的蓝色向月亮挹注。定一定神，瓷片自然还是瓷片，月亮还是月亮。可目光一偏离，注意力一分散，蓝色的飘动就继续，连带月亮都变幻不定起来。再以小允那块，对着月亮，做个对照。瓷片上的菊花、皎洁的圆月，仿佛相持相守，悬挂空中，并无互动。再是自己那片。三者都活过来，蓝色的丝缕拂过月亮，漫溢到小允的瓷片上，菊花的花瓣由是舒展，月亮的光芒由是朦胧，三者如同在炼丹炉内，相互追逐，彼此吞吐，要成就一块新的璞玉。

这是无法持久凝视的变化，没多久，司徒绿就双眼灼痛，脑子里闹钟般喧嚣，有锤击般敲打，有声音莫名喊叫：停止，停止；退出，退出！她只得停止、退出，紧闭双眼，再睁开。疼痛消失，敲打与声音消失，双手也已分开，两块瓷片都不在眼睛、月球之间。司徒绿不愿再试，她把瓷片递回给小允。小允看着她，目光灼灼。司徒绿无法确信，小允看到的感受到的是否和自己一样。如果不，她见到了什么？如果是，她怎么坚持下来的？

　　小允接过瓷片，放在兜里，仍看着司徒绿，"姐姐，我说得没错吧？你这一块真的好看，比我的好看。"

　　说罢，小允笑了一下。司徒绿再次怔住，小允的笑里，她见到方才月球上的变化。司徒绿伸手抓住小允，要问个明白。小允的手在她抓住的瞬间颤抖起来，继而整个身体颤抖不已，司徒绿要看清小允，才知道自己在颤抖在摇晃，仿佛她和她置身的世界正被电击。司徒绿蓦地反应过来，扶着摇晃的躺椅站起，拽一把小允。

　　"快！下楼，地震了。"

　　已发蒙的小允被这句话叫醒，陷在躺椅里的身体被一拽而起。她冲进房间，要收拾东西，被司徒绿拦住，但司徒绿的小包就放在床头，她顺手抓起。天花板扑簌簌往下落灰，各种物品翻滚着摔落在地，落地声破碎声碰撞声，哗啦一片。灯光明暗相间，晃动不已，楼道如巨兽弯曲的肠子，走在其中左摇右摆，站立不稳。两个人这样踩着楼梯，跌跌撞撞被甩到外面。

　　整个东二十五区，不，整个世界都被发动了。各处都在轰响，以脚踩的大地深处为酝酿，在喉部反复扒挠，经过奇痒难耐的蠕动，嘶吼出来，喷吐出来。眼见的世界，正被巨手反复揉搓，不断塑形不断毁弃，烟尘从各个地方升起，垮塌声由四面八方传来。随即，大片大片的区域由灯火通明，再无规律地熄灭，残余的光明反而平添一股阴森。她回头看去，旅店整个都活泛起来，摇头晃脑，仿佛醉汉，随时都会摔倒在地。

但首先摔倒的是司徒绿。倒地的瞬间，受过的训练起了作用，她双肘撑地，往旁边翻滚几圈，护住头部。大地开始配合她，它的表层翻滚起来，就像狂风袭击下，海面巨大的波澜，或者有人抓住大地的一角，抖动地毯那样，让它被地面的起伏熨过。司徒绿缩手抱头，借这外来的力道，在地上鲤鱼摆尾，卸掉自然的狂悖。随即，又一股力量，将她抛起，往旁边摔去。扛住这轮发作，大地缓和下来，脾气慢慢消退，偶有余绪，但不足以造成伤害。

司徒绿站起来，四周一片狼藉，但大部分建筑还屹立着，包括她们的旅馆。离她不远，小允趴在地上，瘦弱的身体特别无助，如同飓风袭过时，其边缘瑟瑟发抖的小花。稍远一点，腾地而起的粉尘烟雾中，原本蹲着、躺着或者摔倒在地的人，像复原的植物，慢慢站起来。他们模糊的身影挺立，存心要校正被地震击倒的城市的方向，有的人还伸手在身上擦拭，大概是被之前的袭击吓到，或伤及。

没有任何预兆，残余的灯光蓦地熄灭，黑暗笼罩整个世界。原本沉默的散落的人群，呼喊起来，他们叫嚷着亲人的昵称或者姓名，甚或干脆骂上一句，不管是在骂谁。

"小允，你在哪里？"司徒绿惶急喊道。

"姐姐，我在这儿。"回答声不远，是小允之前趴着的地方。

一呼一应间，有如奇迹发生，洁白的光落在她们中间。小允已站起来，正张望四周。那洁白的光从她身上辉散开来，落在每个活动的人身上，落在那些被阴影遮蔽的躯体上。是月光，之前太过着急，看不到它。

月光给整个世界蒙上一层温柔的纱。被摧毁的建筑，有的还在摇晃不休，有的还在烟尘升腾。摇晃也好升腾也罢，一切的一切，都在牛奶般朦胧、丝滑的月光里，得到安抚。一应的灾难，因了这月光，不再那么凄惨。

"姐姐——"小允奔过来，抓住司徒绿的手臂，猛地扑到她怀里。拥抱得足够久，这才松开手。"姐姐，是不是咱们那么看月亮，引起的？"

司徒绿一下没明白，等她反应过来，好笑地捏了捏小允的脸，"你以为咱们捡到的是什么？法宝呀？！"

还有余震。人们行动起来，极其熟练地翻出帐篷，在街道两旁等安全的空地上搭建起连营。很快，帐篷里燃起蜡烛，挤进人，溢出聊天、说笑的声音。司徒绿和小允站在一旁，看着他们忙得起劲。很快，她们找到帮得上忙的地方，赶上去搭把手。帐篷搭好，她俩被拉进一顶大帐篷。帐篷里燃着三支蜡烛，不能将每个角落都照亮，也已相当不错。司徒绿和小允被安排在一个地铺上。还有五个人，一个女人四十岁上下，穿一身司徒绿眼熟的衣服，坐在行军床上，缝一件衣服；三个孩子，女孩躺在行军床上，枕着女人的大腿，望着司徒绿和小允；两个男孩在另一个地铺上，蹦跳着，在比赛什么；最后那个地铺上，坐着一个皱着眉头的男人。

司徒绿看缝补的女人，女人恰好也看过来，"你是我们住的旅馆的老板娘吧？"

女人笑起来，"我以为你早认出我了呢……"

"你俩站在楼下，她就看到。"男人插话道。他说完也笑起来，笑容和女人十分相像，"她看你俩站得远，不会受伤，就没管。"

"站得远不远都不会受伤，她俩站得远，不会吓着。"

"为什么不会受伤？"小允按捺不住好奇。

"这地震看着吓人，可它聪明得很，分人分地方，知道什么人该伤，什么地方该避开。"男人说到这里，和女人又笑起来，"这么多年，地震被我们驯服了，乖得很。能怎么驯服？不断试探！哪些房子脆弱，容易倒塌，就离远点；哪些房子再怎么折腾，都稳得住，就住着。光住不行，还得加固，不断加固，挣的钱，所有的心血，都花在这上面。就像把猪养肥才能杀，房子越加固越能吊起地震的胃口。我们驯服地震，又饲育地震，用死的人活的人，用倒塌的房子，用不垮的房子。"

男人说到后面，声音低下去，快要听不见，但他的情绪越来越高，最后每个字都像是爆炸在喉咙。司徒绿等到他喘一大口粗气的关头，插一句："不断加固了，为什么地震时，大家还都往外面跑？"

"总得给地震面子嘛——你跑都不跑，它伤到自尊，不知道会搞出什么名堂。你们这次运气好，震级不低呢。我估计……怎么也得有个8级多，8.3或者8.4，超不过8.5。打这么多年交道，不会估错。这里每个人都会算，根据来时的强烈程度、持续时间等等，心里默一默就知道。"

司徒绿相信男人的话。她成长的地方没这么频繁的地震，但飓风不断，整个居住区域的人早学会了怎么和飓风打交道：看天象知道飓风什么时候来，强度大概是多少；飓风来时如何避免损失，至少将受损程度降至最低……如她们沿途所见，每个居住区的人都自有一套适应环境的本领。

两个男孩停止蹦跳，坐在地铺上，睁大眼睛看着司徒绿和小允。司徒绿想起包里还有吃的，起身要去房间里拿回行李。男人劝阻不住，就拿出手电筒，陪她上楼。包都在，小允的画板歪在地上，但完好无损。

他们回到帐篷时，两个男孩跑出去玩了。司徒绿翻出一盒饼干、三块巧克力，递给女人。小允兴奋地接过画板，铺开沙子，她看看男人又看看女人，画起"合影"来。

"你们怎么会有这么多孩子？协会早就颁布劝说令，要大家最好不要孩子，要也不能超过一个……"司徒绿问。

"不要孩子？！"男人激动起来，音量翻了一番，"他们是想让人死绝！不是要所有人死绝，是我们这样的人都死掉。说什么文明延续，扯他妈淡，是他们的文明，他们来延续。他们就想着，让我们死绝，剩下的都属于他们。白痴，从来就没有一个社会，只有上流人士。底层的人都死绝了，哪里还有什么上层社会，没人还延续什么文明？"

司徒绿吃了一惊，男人这番话和她培训时被告知的非常相近，只要把他说的"底层—上层"换成"女人—男人"就行。难道说，整个社会都明白这一点；只不过，每个人都从自己的角度，有着不同的阐释结构？如果是这样，哪个结构才最具现实解剖性呢？

"人家问咱们孩子，你扯那么远干吗？"女人埋怨道，她咬断线头，放下衣服，安顿好睡得香甜的女儿，这才走过来，挨男人坐下。女人伸出右手，搁进男人左手。

男人再说话就平静得多，"我知道。说的不是咱们一家，说的是只能生活在这种地方，整天和地震打交道的人。不是所有人都这么惨……算了，不说那些高高在上的人，希望他们下辈子生在火山口上吧。"

男人被自己这个诅咒逗乐了，又不好意思起来。"这仨孩子，是我两个朋友和她弟弟的。说要驯服地震，谈何容易？这样了，他们还要捣鼓核电。不管核电的规模是不是真的在继续扩大，至少没有停。我知道，要用电嘛，又没别的资源。可以前完全没电，不也活下来了吗？——唉，扯远了。看起来，我们和地震和平相处，它来一下，吓唬吓唬人，就退回去。可这种勉强维持，是用什么代价才达到的？"

男人又有点激动，他轻轻将女人的手搁在她腿上，站起来，踱了两步。停在行军床上发出轻微鼾声的小女孩身边，看着她，他的目光再次柔软下来。"这三个孩子，都是在地震中成了孤儿。这个当时还不到一岁！怎么办？当然得我们养，让他们长大。我都不知道，长大干吗，像我们一样，在这种地方继续生活？为了养这三个孩子，我们不能要自己的孩子，一个都不能！"

说完，他回到女人身边，颓然坐下，抓住她的手。"我最对不住的就是她，连自己的孩子都不能要，连完整的当母亲的滋味究竟是什么，都品尝不到。"

　　"不是。"女人红了脸，但她任凭男人抓着自己，"没什么，更谈不上对不住。我有三个孩子呢，我是他们的妈妈。够了，不管怎样都够了，特别是比起他们的父母。"

　　女人说完，帐篷里的人都沉默了。小允在沙子上作画的声音、行军床上的小女孩的鼾声，相伴相随地响起，不时有余震来袭，摇晃中外面总有什么掉落。这些更加剧沉默，司徒绿快要承受不住时，两个小男孩跑进来。

　　"爸爸，爸爸，外面的月亮好大啊。"一个说。

　　另一个说："爸爸，爸爸，我们一起去外面玩吧。捉迷藏怎么样？"

　　两个男孩去拉男人，男人没动。女人一手一个，捉住他们，拉到自己身边。"今天就不出去了。不过呢，有礼物，姐姐带给你们的。"

　　说完，女人起身拿过两块巧克力。两个男孩目光紧紧追随她，得到巧克力后，他们先咬下一小块，迅速被那味道震住。过了一会儿，喜悦浮上脸，他俩比赛似的，把巧克力塞进嘴里。

　　司徒绿看向小允的画板。看得出来，小允想把沙子的细节表现力榨取净尽，但终归是沙粒，画面仍旧有些粗线条的抽象，这反而让它具有别样的感染力。画面并不复杂，是五口人的生活，他们挤在小小的房间。可是沙子的颗粒、颗粒间的缝隙，又给出另一种暗示，仿佛他们不在同一个空间，只是被拓印到同一个平面。画板不大，画不出五个人的表情，只看到写意的五官。因此，可以说这是他们的现在，也可以说是他们的过去或者未来。更可以说，这不是他们五个人，而是任何五个人。

　　小允还在耐心地画着，司徒绿的悲伤无法止抑。她躺下来，看着黑色的帐篷顶部，闭上眼睛。

立　待

到底没睡好，天蒙蒙亮时醒来。司徒绿坐起，动动手，扭扭脖子，精神一些后，来到帐篷外。空气清凉，吸入肺里，让人一振。晨光曚昽，眼前事物的边界还有些模糊，一团一团地矗立着。她往前走，路过一顶顶帐篷，大多数还沉寂着，偶尔漏出一点鼾声，咳嗽，咬牙声，一两句梦话。

离开这片帐篷，跨过两条路口，往旁边去。这条街道绝对是重灾区，房屋几乎全部倒塌，即使有断壁残垣，被反复摧残的痕迹也特别明显。地上到处都是裂缝，能迈过去，可也迈得胆战心惊，仿佛钢铁厂景象的强化版。不同的是，这里断然不会有人居住，因为毫无保障。她不知道自己要找什么，可就是沿着街道往前。光线更明亮了，事物都从成团的朦胧中被释放，地上影影绰绰有了阴影。街道两旁，能看出往日店铺的迹象。倒塌的砖瓦石里，不时露出一角店招，尘深垢重。

再往里，路更加破烂，有的地方裂口巨大，需要下去再上来。司徒绿执着向前，仿佛有谁在前方候着。走完这条街道，眼前是个体育场，曾经的体育场。现在一半斜插入地下，是船翻后插入水中，水再退去，空留船在沙滩的情形。椭圆形的结构还看得出，座椅破碎大半，完好的都翻着，难以就座。中间是足球场，草还活着，有的生长得极其茂盛。透过草丛，看得到斜下方的球门。等等。那儿不像球门，倒像住户的家门。

司徒绿稳住身形，慢慢地向斜下方，即地平面下走去。下面的草长势差些，有几处已干枯。体育场倒塌时，建筑材料掉得到处都是，她就像蹚过一条不知深浅的河，抬脚落脚都小心翼翼，以免踩着尖锐的东西，或者引发新的坍塌。

不需要保持这一动作太长时间，司徒绿就走到足够看得清的地方。门框和球网还在，但成了住户的家门，门里堆着日常生活用品，还有个人影在蠕动。离得再近些，看得到球网缝补与编织一般，纵横交错，缀满各种绳子，颜色、粗细各不相同，甚至有树枝与铁丝，有的地方之细之密，让人以为是一片屋顶。那蠕动的人影是个须发斑白的老人，他在用纸箱分割成两个区域的球门内来回，从塞着生活用品的左边，不断地拿着东西去放着一张沙发当床的右边。

老人看见司徒绿，停顿几秒，继续他的穿梭。沙发上躺着个人，老人在给他拿吃的，找玩具。司徒绿走下去，是个胡子拉碴的中年人，穿着背心、短裤，眼睛盯着上面，一眨不眨。司徒绿蹲下，往上望，一片黑乎乎中，只有垮掉半个的体育场轮廓。

“嘘——”男人说，“不要说话，再等等就掉下来。”

“掉什么掉，你都等三天了。”老人拿过一只一捏会叫的小黄鸭，塞进男人左手。

男人继续瞪着眼睛，“我数十下！1——2——3——4——5——6——”

他的声音稳定，间隔均匀，没几声就营造出节奏，让司徒绿紧张又期待，她再次仰起脖子。

“7——8——9——10！”数到最后，声音尖厉起来。司徒绿仍旧什么都没看见，她等着，近乎偏执。没多大一会儿，一根洁白的羽毛飘飘悠悠，落进视野。

“我就知道它会落下来！”男人躺着，一动不动，声音雀跃，“三天前鸽子停住，羽毛粘在上面，就知道它会落下来。”

那羽毛摇摆着，打着轻旋，飘飘悠悠，正冲着男人头顶。羽毛落得还剩一手高，男人扔下小黄鸭，伸出手，上身半坐半蹦，要抓住它。起身瞬间，他“哎哟”一声，重重摔回去，沙发吱吱嘎嘎一阵响。这动作带起小风，卷着羽毛。只见它往旁边一闪，在男人和司徒绿的注视下，翻滚一圈，落向男人右手。男人顺从地摊开手掌，接住羽毛。

“嘿嘿……还真是给我的。我的礼物，爸爸。你看，鸽子捎给我的礼物，我收到了。”

"收到了就好，好好躺着吧，不知道疼、不能乱动啊？"老人这次没拿东西，只是站在一旁，叨叨。

"知道。哎哟——"男人这才叫出声，"疼——疼——"

老人关切地探头张望，不等他说话，男人哈哈笑起来，"骗你呢。鸽子，我的鸽子，带给我礼物，捎给我口信。鸽子，鸽子，你是不是迷路了呀，你是不是也看见太阳像个烙红的铁盘子？"

"鸽子早飞走啦！"老头说。这次男人没理他，专心玩着羽毛。老人看司徒绿一眼，但也只是看一眼，脸上的疲惫、忧伤毫无变化。司徒绿瞥见沙发后有两个铁架凳子，一手一个拿过来，放一个在老人身边。老人又看她一眼，弯腰端着凳子，挪到球门外，坐下。司徒绿跟过去，放下自己的凳子，也坐下。球场倾斜，要坐好不容易，得双腿紧绷，架在两侧。她没法像老人那样，随随便便腿一搭，就在地上生根。

老人看向球场另一侧，那边也在阴影里，但是中场明亮得多，分得清草坪与砖瓦钢条。老人就望着，仿佛沉到时间的底部，毫无波澜，搅不起岁月的沉渣与泡沫。司徒绿陪坐一旁，感到心头沉静，感到沉静深处的空白，感到空白尽头的虚无。

"你怎么找到这的？"老人语气自然，仿佛两人一直在聊天。

"顺着走过来的。你们怎么在这儿待着，一直都在这儿吗？"

"总得找个地方。孩子病得越来越重，以往我能带着他跑，陪着他藏。现在不行，我越来越老，他越来越小，他要是身子能跟着小，还好一些。"

"你们躲藏很多年了？"

"他二十二岁出的事，治疗不及时，脑子受损，智力只有十二三岁，还能工作，可不会有女孩子喜欢。到三十五岁，只得流放，我想陪着他，反正他妈妈不在了，爷儿俩还有个照应。本来批准了，赶上什么甄别，又不同意。只好带着他东躲西藏，吃的苦就不说了，还不小心进过辐射区，导致他大脑退化严重，身体越来越差。到这儿，实在跑不动，又想他以前那么爱踢球，在球场安顿下来算是天意。就这么住着，住一天是一天。等被找到，爱怎么处置怎么处置。没准儿，地震先收了我们。"

"你们住这儿，吃什么呢？"

"孩子，世上可吃的东西很多，只要你想活下去。"老人看看司徒绿，目光柔和了些，"我一把年纪，可也是逃亡之后才明白，填饱肚子不难，难的是躲避搜捕。还有更难的，就是你要接受，别人可以像猎人搜寻猎物那样，搜捕你。接受不了的话，你会怀疑自己是不是人。是没达到要求，可这要求合理吗？甚至连我想附加惩罚，流放自己，都不被同意。"

司徒绿不知怎么回答，她随即发现，无须回答。两个身影出现在体育场入口，看他们相互间的距离，保持的姿势，步步为营的谨慎，司徒绿猜到他们的身份。她冷冷地看着，留意着他们的双手。老人则视若无睹，他看向他们，目光又穿过他们，看着全然的恒久的废墟。

两个人逼上来。一个鬓角已有白发，另一个年轻得多。年轻的按捺不住兴奋，从身后掏出一根拇指粗细的绳索，双手横举，如鞭似棍。

"请不要妄动。"鬓角已白的说，他站住，望望沙发，又看向老人，"总算找到你们。"他盯着老人，动作极为缓慢地从随身携带的包里，拿出便携式指纹机。"请配合我，验证身份。"

"有必要吗？你追捕了十五年，不知道我们是谁？"

"不是我个人追捕你，我知道没用，必须依照条例确认。"鬓角已白的男人说着，缓步上前，指纹机伸到老人面前，"请验证你的右手拇指，左手无名指。小许——"他对那个年轻人说，"不要这么紧张，到这儿来。"

他指的是司徒绿和沙发之间。小许应声过去，仍举着绳索。司徒绿知道，那绳索可以抽长，可以变作棍子，一旦缠绕在身上，会越收越紧。但她还是稳稳坐在凳子上，留意着老人这边。老人按鬓角已白的男人吩咐，将右手拇指、左手无名指先后放入指纹机，两次都是放入后约五秒钟，嘀的一声，指纹机指示灯由绿变红。鬓角已白的男人情绪起伏明显，在原地肃立十数秒后，他将指纹机放

回包里，拿出一根同样的黑色绳索，老人很配合地双手并拢，举在
胸前。

"他这个年纪，犯得着吗？"司徒绿忍不住出声。

鬓角已白的男人这才正式地看着司徒绿，目光陡然凌厉，似要
剜进心里，"按照条例，必须如此。你是谁，为什么会在这里？"

"我只是路过。"司徒绿不是不知道条例，也清楚到龄逃跑
的严重性，只是看老人被这么对待，实在于心不忍。为避免产生误
会，她尽可能和缓，"条例是为人制定的。他们父子俩，一个这把
年纪，一个那种状态，没必要这样。"

小许抢白道："同情啦？不忍啦？不赖我们。要怪就怪他们父
子，当时为什么要逃跑？害得刘头儿这么多年没一天消停。你想帮
他们，好啊，有现成的办法，真为他们好你就去做，做不到就别在
这儿假惺惺。"

"你说什么？！"司徒绿陡然站起，一半恼怒一半疑惑，但出
口瞬间，她明白过来。

"我说你，要拯救他们，有的是办法。做不到就闭嘴，那就
是——"小许看着司徒绿，有一点警惕，更多是戏谑，一字一顿，
"嫁——给——他！"他指着沙发上的男子，"嫁给这家伙！嫁给
他你就能救这父子俩，两个赖在丰裕社会的废物！"

"小许！"鬓角已白的男人出口阻止。司徒绿先他喊声而动，

　　她左脚勾住凳子，向小许一甩，同时利用地势，扑下去。小许下意识躲闪凳子，司徒绿随即踹在他的右手。同时，她右拳向上，打中小许下巴。小许摔倒在地，"哎哟"不断，绳索到了司徒绿手中。

　　司徒绿双眼在双手上瞟过，低头看看在前的左脚。第一次实战并获胜，力量比想象中出得更顺畅，击打得更猛烈，让她有点惶恐，惶恐中又涌起得意，她看向鬓角已白的男人。他还站在老人身旁，毫无意外，甚至不看小许一眼。确信司徒绿看向自己，鬓角已白的男人拿着绳索，套在老人举起的手上，他的动作轻柔，仅仅是捆缚，没使劲往里勒——当然，这已然确保老人不可能挣脱，别人无法解开。

　　"女士，我们按条例办事，也会在许可范围内与人方便。小许言语冒犯，得到教训，怨不得谁。但你明白，阻拦不了我们，一时拦得住，只是把你自己搭进来。"

　　说话间，小许爬了起来。他揉着下巴，恨恨地看着司徒绿，没再说话。

　　司徒绿明白鬓角已白的男人说得没错。对抗下去只有一个结果，她也变成老人说的"猎物"。何况，她还有任务在身。想到这儿，司徒绿将绳索递给小许，"绳子松一点，对你没坏处。"

　　小许接过绳子，走到沙发边，捉住躺着男人的左手。男人主动伸过右手，那片洁白的羽毛快要杵到他鼻子下。"给你。鸽子捎给我的，现在给你。给你玩，玩了要还给我。也不是我的。鸽子说，过一阵回来，再取走。"

小许一阵慌乱，接过羽毛。

男人又抓起小黄鸭，举到小许面前，先捏得鸭子嘎嘎直叫，再晃晃，"看好鸽子的礼物，鸭子也是好朋友。"

司徒绿转过身，走到静立一旁的老人面前。老人正扭头看着沙发上这一幕，没说话也没表情，只有他的目光复杂无比，里面有释然，有痛苦，有无比坚硬的沉默以及司徒绿领略过的虚无。

"老先生，对不起，没帮上忙。"

老人看司徒绿一眼，又接着看他儿子。司徒绿转身离开的刹那，老人轻声说："孩子，谢谢你。"——司徒绿的眼泪流了下来，她无法冷静判断接下来的行为是否合适，那是她此刻唯一能做的。

司徒绿走到鬓角已白的男人身旁，让自己的话尽可能清楚，"我是生存部的勘察员司徒绿，刚才所做的一切，与老人和他的儿子无关。"

居待、寝待

回到帐篷和小允会合，告别家庭旅馆老板一家子后，司徒绿发足狂奔。小允怎么喊也无法止住她，只好努力跟上，要不是包和重物都由她背着，小允的小碎步根本跟不上。居住区没受到太多损坏，但道路的破坏却显而易见，它毕竟没法像房屋那样加固。司徒绿不管这些，遇砖踩砖，见石翻石。

两人就这样沿着尚可辨认的道路，一往无前。停下，不过是进食，喝水。东二十五区不算太大，但一天走不出去。小允好几次拉住司徒绿，想尽可能搭便车走，能快一点是一点，能节约一点时间、体力是一点。没用，司徒绿的目光散乱又凝聚。她的注意力没在拉住自己的小允身上，只自始至终集中在脚下这一段道路。开始还能正常地行走，过一个多小时，阳光越来越烈，身上汗水越流越多，简直如在蒸笼内，意识逐渐飘忽。

下午，温度在下降，意识的迷乱在加剧。到最后，只剩一个念头，如黑夜里前方的火烛，飘飘悠悠、跳动不已，却绝不熄灭，那就是"走"。最多，有些周边念头萦绕；最多，牵扯进走的目的与目的地。司徒绿就这么走着，带着小允走过人烟稠密的居住区，经过大小各异、新旧不同的帐篷，无视镇静的慌张的愁苦的悲伤的或者无表情的脸；她们经过人烟稀少的村落，那里房舍倾圮，植物生猛，间或还有几条野狗、一头野猪跑出。夜幕降临时，她们来到一条十字街，沿街立着一排排的木质铁皮屋。

司徒绿走过十字街，迈开大步继续向前，完全无视小允快要累瘫在地。小允以几乎崩溃的方式搁下画板，赶到司徒绿面前，双手如翅展开。"姐姐，咱们先歇歇吧，实在走不动了。"

眼见司徒绿魔怔一样，还要绕过去，小允干脆一屁股坐在地上，抱着司徒绿的双腿哭起来，"姐姐，你怎么啦？你不要吓我，你再这样，咱们还怎么去西线呀！"

司徒绿挣扎几次都没挣脱，她像棵风中小树，根基无法动弹，上半身直摇晃，双手一通乱摆后，俯身去推小允。接触到小允身体的刹那，司徒绿停住了，宛如发条终于转完，陷入静止。过一会儿，身上的禁制得以解除，司徒绿瘫软下来，好在有小允可扶，才没摔倒在地。

随身体恢复的，还有神智，"小允，辛苦你。"

说完，司徒绿又站了一会儿，能够迈开步时，拉着小允，好不容易找到一家愿意留她们住下的。那家人还做了一顿饭给她们吃，极为简单，可两个人吃得非常香。又累又困，饭后就上床歇息。

"姐姐，你早上去哪儿了？"躺下后，小允问。

"就在外面走走。"司徒绿不想说，那些画面，尤其是那父子俩的神情还在眼前，让她几乎又得走起来才能排遣。她也不想小允知道这些事。

"快睡吧。"司徒绿说，小允没了动静，转过来一看，睡着了。她摇摇头，今天真是对不住这孩子。睡意随即袭来，她也睡过去。可并不平静，她睡着却又听见声音响起，很遥远很单调，如同鼓点。一定是梦。她这么告诉自己，然而并无所见，并非黑暗中看不清，是眼前无物，甚至无以确定有身在的空间。说是梦，不就意味着已睡去？她忽然醒悟，又被醒悟往回推了一层。

然后她就醒了。是有人在持续猛烈地砸门。司徒绿坐起来，房间里黑着，微弱的光从窗户漏进来，不足以看清。她等了等，等眼睛适应黑暗，房间里物品的轮廓若隐若现。再看小允，仍睡着，也许在她自己的梦里探寻。

司徒绿下床，穿好衣物，来不及穿鞋，门被砸开。她伸手一捞，右手抓住枕头，左手接住掉落的枕巾，在床上一滚，到门边。门被推开后，一片寂静，仿佛是自动开的。司徒绿蹲伏着。两三分钟过去，一只手蓦地伸进来，伸向灯的开关。司徒绿一跃而起，右手抓住那手，往里一拽，对方猝不及防，半个身体被拽进来，她再左膝盖向上，用力一顶。听得"啊"一声，再一撒手，那人软在地上。

"厉害！但我劝你搞清楚——"屋外声音响起，是个男人，

"我数三声，你扔下武器，打开灯，站到我能看清楚你的地方。否则，我开枪。"

"1——"

司徒绿毫不犹豫，打开灯，站到门外就能看清的地方。门外男人一步步走进来，果然是小许，他脖子上缠着几圈纱布，下巴托着，脸有些肿。小许拿着枪，对着司徒绿，他身后跟着个结实的男人，手持长棍。小许示意司徒绿往旁边站，自己走到屋里，持长棍的男人跟进来，俯身看躺着的男人。两人体形差不多，恍惚间面貌还有几分相似，躺着的男人正捂着左肋部，试图坐起。离他不远，地上扔着一把尖刀。两人低语了两句，持棍的将躺着的扶起来。一串压抑不住的"唉哟"声中，他们走了出去。

司徒绿盯着小许，"你是搜捕员，可以乱开枪吗？"

她又说："没事！他不能把我怎么样。"这句是对小允说的，她总算醒了，坐在床头，看看司徒绿又看看小许，与其说是害怕，不如说是全然的困惑。大概她以为自己做了个特别逼真的梦，逼真到不知如何反应。

"你可以试试。"小许算是回答，他空着左手对着小允虚拍两下，以示安慰，"别怕，和你无关。"

"你说你是生存部的勘察员，证件呢？"

"你只是搜捕员，没有权力查验我的证件。"

"你协助逃亡者，更不要说，攻击搜捕员。不要考验我的耐心，伤着你我无所谓，伤着无辜不好。"

司徒绿指指身后放着包的行李架，"在包里。"

"取出来，放在床上。我只说一遍，不要耍花招，那样我开枪顺理成章。"

司徒绿走过去，拿起小包，取出工作证件，放在床上，再后退几步。这时，扶着同伴离去的持棍男子走进来，小许让他用随身携带的绳索将司徒绿双手反捆在身后。他仔细查验司徒绿的证件后，将它放回小包，将小包斜挎在身上。

"你必须跟我们走一趟，我怀疑你身份造假。你对我的暴力袭击，要进一步调查。"小许说完，示意司徒绿走在前面，持棍男人在一旁押送，他举枪殿后。

司徒绿飞速衡量，决定先跟着他们走，再寻找机会——她可以冒险，让部里知道自己的动向，但不能把时间扔在这里。她看向小允，无论小允是否懂她目光中的含义，希望她至少保持镇定。小允很镇定，但她的目光有点发直。

外面停了辆车，亮着灯。他们住宿的房间是冲着路直接开门，不知道被惊醒的户主一家是否站在窗边观望，司徒绿出门时，还是停顿了一会儿，希望他们不要受到进一步的打扰。脚下路暗加上心怀观望，走得就不快，大概小许也看不太清，或者因为这段路不长，他并没催促。趁夜色，往旁边一蹿、开跑？不行，子弹或许能避开，但她双手被缚，绝难逃掉。再说，她不能扔下小允。

司徒绿脚步继续放慢，但小许注意到了，他跟着慢下来。

"你有权力拘捕非逃亡者吗？"司徒绿索性站住，她没回头。声音并不高，小许能听见，未必听得清楚。持棍男人随即也站住。

"非说不可的话，你声音大点。"小许喊了一嗓子，司徒绿只得大声又问一遍。

"作为勘察员，你应该知道协助逃亡者、攻击搜捕员有多严重。"

司徒绿这才意识到，小许在变更他们前两天龃龉的性质，依他所言，她面对的就不是能不能前往西线，完成任务了。

"你不要夸大其词，说我协助、攻击什么的，这不由你决定。"

"更不由你决定。不要拖延，我不会给你机会逃走，你最好也别给我机会开枪。"

司徒绿确实没找到机会。天色已过最黑暗的时刻，正向光明移动。等天光大亮，机会将更渺茫。想明白这点，她不再啰唆，加快了脚步——上车瞬间，也许是机会。很快走到离车十米左右，那是辆皮卡车，那个受伤的男人，坐在副驾驶座，正望着他们。

巨大的轰鸣忽然响起，如雷暴如嘶吼，且在响起同时，拉开足够的空间，如彗星曳尾，如猛虎扑食，向司徒绿站立的方向袭来。电光石火间，司徒绿反应过来，那声音挟巨大的身形袭向她身后，是扑向小许。她抬脚侧踢，持棍的男人一个趔趄。紧接着，她听见枪响，接连两声。但她无暇多虑，跟上两步，连环踢出，踢开棍子，踢倒丢掉棍子的男人，将他踢晕在地。

一个人欺身上前，不等司徒绿做出反应，就去掉她手上的束缚，递给她一个东西，说："叫上小允，快！"

那声音入耳，是陈聿飞。没来由的，司徒绿心头一宽。递到她手上的，正是之前被小许拿过去的包。她瞥见陈聿飞正冲向皮卡车，仿佛能看见车上男人脸上的惊恐，但她没再停留，而是发足狂奔，回到房间。小允穿好衣服，正靠在门边呆望，看到司徒绿，她一脸醒过来的惊喜，马上明白眼前的处境，收拾好两人的行李。

司徒绿穿好鞋，带上包，拉着小允跑到车前，陈聿飞已坐在驾驶座上，之前持刀的男人被反捆着双手扔在路旁。她俩一上车，皮卡车扬长离去。车灯照亮道路也分开逐渐稀薄的黑暗，跑了不到一个小时，天开始放亮。

有很多疑惑，从何问起？司徒绿几次开口，都找不到最核心的那根线头，一团话就此乱在咽喉。然后，越发浓稠的睡意袭来，仿佛过去的一天一夜不断在她身上涂抹。在这睡意快涂抹成茧之前，司徒绿趁车停下休息，让小允换到副驾驶，一个人蜷在了后座。

更　待

　　这次是自然醒。从炽热而无实质内容的梦里，就像下台阶，来到平地。睁开眼时，天色比入睡前亮一些。司徒绿坐起来，有重生感。

　　"姐姐，你总算醒了——"小允半个身子趴在椅背上，亲热地喊，"猜猜你睡了多长时间？"

　　本以为只是一会儿工夫，听小允这么说，司徒绿疑惑地盯着窗外，天色似乎在变暗——这也许是心理作用，但外面的景致和入睡前大相径庭是确凿的。之前，还算震区范围，可是一片葱茏、举目皆翠，现在荒漠连天，土林、沙丘望不到头，仿佛被置换进另一个世界。

　　"我……睡了一天吗？"

　　陈聿飞回过头，"你呀，睡了一个世纪。"

　　"真睡一个世纪，就不必醒，醒也没意义。"

　　"你说什么，姐姐？什么不必醒，怎么就没意义了？"

　　"我……瞎感慨一句——你想想，一个世纪是多久？一百年！我睡上一百年，不是早就饿死，是死后连皮肉都不存在，只剩一把头发、一堆骨头，在后面椅子上，骨碌碌骨碌碌，滚来滚去。更麻烦的是，我还得先在车上腐烂，身体里爬出无数虫子，钻满整个驾驶室。你们拿这些虫子怎么办？杀死吧，又好像是我的一部分；不管吧，又不停地爬呀爬。"

"啊——姐姐，你不要说了。就算你变成虫子，我也舍不得杀死你。"

小允的样子让司徒绿深感罪过，陈聿飞倒是不慌不忙，"小允，她逗你呢。一百年后，咱们变成什么啦？还不是先一样的虫子，再光光的骨头？虫子时，大家一起爬。骨头时，还像现在这样，咱俩在前面坐着，她在后面躺着。只有这车，一直往前开。它想去什么地儿，就带咱们仨去什么地儿。"

小允被逗得咯咯笑起来，笑着笑着停下，"你撒谎——车怎么能自己开呢？就算它想，也早累死，饿死了。嗯……等我……等我有空，我要画一幅这样的画。车上不止咱们仨，得是四个人。不，五个，不，六个……"

司徒绿知道这"四""五""六"里添了谁，她想安慰两句，肚子却一连串地咕咕作响，"小允，你一说'饿'，我可真饿得不行。"

"能不饿吗？你从昨天睡到今天，四十来个小时。小允，把留下的好东西给她吧。"

小允递过一个用纸包裹得严严实实的小包，打开来，里面还有个纸盒子。再打开纸盒子，是两个土豆，盒子的一角还有一些辣椒面。土豆凉了，淡淡的吸引人的香味还在，司徒绿拿起一个，咬上一口，蘸着辣椒面再来一口，顿时整个口腔塞满香味——辣椒面里放有盐——她更饿了。

"吃一个就得了。前面有家酒店，说不定分得到烤羊。"

光"烤羊"两个字，司徒绿就口水横流，她努力克制着，吃掉一个半土豆。但车并没在碰见的饭店门前停下，而是驶入一片土林，在土林背后停住。陈聿飞先下车，敲着车窗说："咱们得把车扔在这里，徒步走到酒店去。"

"啊——"小允叫道，"离得还有多远啊？为什么要扔在这里？"

"不远，几公里。保证你们不会错过烤羊——"

司徒绿摸摸小允的头发，小允吐吐舌头，拉着司徒绿的右手，两人跟在陈聿飞后面。

果然还有一条烤羊腿。说是酒店非常勉强，不过是倚着一块巨石，搭出来的几间房子。可挨着房子，巨石的空余处，就用饱墨写有"酒店"二字，而且显然隔段时间就重新描过，因此只能说是"酒店"。这并不重要，重要的是，店内有冰凉的西瓜、喷香的烤羊腿。

司徒绿、小允、陈聿飞围坐在酒店二楼露台上一张桌子旁，享用完西瓜，这才用小刀一片片切下羊腿肉。外焦里嫩的肉，酥里裹着鲜，让小允一个劲说"好吃"。司徒绿没有这么夸张，但几块肉下去，饥饿消退，满足感上浮。等大家都有点饱餍后的慵懒后，她提议去店外走走。

夜色笼罩，也就四周地平线还有一圈或淡或浓的白，星光由头顶往四周镶嵌。到处都是土与沙子，他们走上一阵，在一个土丘旁慢下来。

"你怎么来了？"

"你有危险。"陈聿飞开门见山，他语气里的严肃，司徒绿此前未曾领教，"我原本以为车祸是意外，也不排除是冲我来。回去是想别再连累你，还要查一查。但查得的结果，多半不是意外，更有可能是冲你。还有一种可能，你早被人注意到，咱俩碰上，特别是我带你走那一趟，成了引线。"

"为什么要冲你来？你带我去那儿，怎么就成了引线？"

"我只能说，那个地方不是孤立的。那次多半是试探，接下来不会再试探了，极有可能直接下狠手。我决定回来。寻找你俩踪迹时，我发现那三个家伙也在找，就跟上他们。你们没看到我的摩托吧？有速度又自由……"

"多可惜呀，那么好的摩托。"小允说，看来她当时并没被吓蒙。

"不可惜。那车不能再骑，不能因为它招来别的事。"

司徒绿尽可能问得自然些，"你究竟是什么人？"

"我是一个人，有人想让我成为'他们'的一部分，我不能同意。但并不是说，这事一定是'他们'干的，有好些别的'他们'。但请你相信，我也好，'他们'也好，对你们没恶意。"

"姐姐，听不懂……"

陈聿飞摸摸小允的头，没解释。司徒绿明白他的意思，"你们"肯定是指团契，"他们"呢？她不确定。至少有一个"他们"是她去过的所谓"真正的东一区"背后的力量，再根据陈聿飞的话，可以推断，还有与这个力量相关或角力的。

"你知道小许的身份吗？"

"知道，搜捕员。"真正让司徒绿吃惊的，是陈聿飞后面的话，他说："小许是搜捕员，可他们这次行动，极有可能不是正式的。起先注意到这一点，是因为他们的车牌，我能断定是假的。他们的行动遮遮掩掩，我猜想并非受命来抓你，至少不是治安部的意思。"

这么一点，司徒绿立即明白，为什么小许的举止让她别扭。之前，她归之于私人恩怨，小许公报私仇，才对自己毫不留情，甚至不惜指认她的工作证件为"伪造"。要是这样，他要把她带去哪儿，意欲何为？不，她随即更正——就算小许前来"并非受命"，可也难说完全为报私仇，陈聿飞背后牵扯着"他们"，小许难保没有。那个鬓角已白的男人包括在内吗？

"你们究竟要去哪儿？"陈聿飞打断司徒绿的沉思。

"西线。"没必要再隐瞒。司徒绿不给陈聿飞留出反应的时间，"小许他们会不会把抓我失败的事报到治安部？"

陈聿飞看着司徒绿，双眼灼亮，"不会。他们如此隐秘，显然不想让你的真实行踪暴露，那样会暴露他们自己。但——"

"什么？"

"他们会更留意你的动向。假如小许背后有股力量，他们对你的真实身份、目的，就算此前漫不经心，现在也高度关注。小许可能是受命抓你回去，也可能和车祸一样，是进一步的试探。现在，试探结束。"

"所以你连夜赶路，扔掉摩托，避免被发现？"

"我想看看前方的惊喜。"

司徒绿笑出声来，随即一阵掩饰性的咳嗽。陈聿飞说得没错，小许只是序曲。之前，她可以只被当作多管闲事的勘察员，没有援手，拖着个小女孩；现在，他们断定她勘察员身份背后另有目的，并且有人暗中襄助——接下来，针对她的动作、力度都会加大。但，继续往前，完成任务外，她不做他想。受训时，她们即被告知，鼓励独立完成任务，必要时，可向组织求援。目前的处境尚不足以让她有丝毫畏惧，或者升起求援的念头，反而激起她的斗志。

"现在——"司徒绿说，"你和小允去酒店休息，养足精神咱们出发。"

"你呢？"

"我在外面守着。睡了两天，没必要回床上躺着。我照看着，以防再来人偷袭；也想想明天的行动。"

陈聿飞没有反驳，他确实很疲惫，有司徒绿在外面巡夜提防，显然更为妥当。他拿出枪来，就是小许那把，递给司徒绿。

"防个身。小允，走吧。"陈聿飞走出两步，又站住，"对了——我请东一区负责的朋友进行排查，住在桥洞等地方的人，愿意进入居住区的，帮着安排房子、工作；不愿意但需要生活物资的，尽可能提供帮助；什么都不愿意不需要的，也不打扰。"

司徒绿正揣枪入兜，听这话怔住了，"所以你当时说，'你是对的'？"

"你确实是对的。"陈聿飞背冲着她，挥挥手。

小允还不舍地等在旁边，司徒绿抱住她，和她贴了贴脸。松开后，小允小跑两步，跟上陈聿飞，往酒店而去。

司徒绿盯着陈聿飞和小允的背影消失在酒店，这才回过神细看地形。她站的地方视野开阔，足够安全，可离酒店太远，真有人来袭，无法看清，更别说预警，甚而解决对方。再看天上，东方云彩已有变化，黑里透出混沌的白，但还得等上好一阵，才能仰仗月光。绕酒店转上一圈，只有那块巨石最合适，它一侧凿下一排台阶，简陋，可够她上到石顶。

上了顶，她才知道上面有多适合。酒店正面就在下方，顶上并非平面，好几处开裂，有一处凹下去一块，坐在凹处正好藏住身影。巨石顶端走一圈，下方三面是石堆，只酒店背后这面是沙堆。

排摸清楚，司徒绿不急于在凹处坐下，反而在一块平滑处躺下——就算月亮出来，下面的人也绝不可能发现她。这一躺，满天星辰犹如垂直下降，铺在眼前，璀璨透明得让人心疼，闪烁不已让人欲伸手，捂住，摘下，私藏。星光落在眼皮上，灵魂追随它们，进入邈远无限的宇宙。要是群星背后，亦有一双眼睛，看下来，会看见什么？

就这么躺着，天象倏忽，星河移动，只觉一瞬间或者无限长，或者一瞬间即是无限长，司徒绿感到脸上有茸茸白光，伸手抹过，再看手上，又白茸茸一片。这白并不晃眼，如凝脂似暖玉，她恍然回神，一下坐起来。是的，眼前一片白，再定定神，是四处铺上一层，近乎白色的光芒。再抬头，月已至中天，明显不圆，可亮度丝毫无有减弱。许久不见如此静谧的一幕，近处的酒店、远处的沙丘土丘，都在薄纱内，影影绰绰、朦朦胧胧，有着神秘的无法测度的召唤性力量。司徒绿有点愧疚，居然一晃就忘了时间，忘了还有两个人的安全需要守候。凭着这静谧与神秘，她又无端确信，这段时间，并无任何事情发生。

是这么想，可她还是离开平滑处，走向凹处。没走上几步，她一眼看见酒店门口有个黑影，没等她采取行动，那黑影晃动，陡然变长，直达天际。整个世界同时晃动，以司徒绿未曾经历的方式和强度。如同一只手在匀速地转动一只盘子，忽然失控，在最短时间内，甚或是同时，对盘子托、拉、拽、举，一气呵成，掼在地上。碎片飞扬，巨石颠簸，司徒绿再站不稳，须臾间，她本能地跑向下面是沙堆那一侧。不是跑，是跑的极限，水上飞一般，身体在腾起，脚下在动荡，每一步都踩在大地的鼓点上。到得边缘，不由她多想，巨石正由地下上升。司徒绿腾空而起，坠向地面，双脚沾地的瞬间，屈腰抱腿，顺着沙丘往下翻滚。

翻滚一停，司徒绿起身发足，往前面奔去。地下的巨兽狂性大发，咆哮未减，一阵阵如闷雷似轰鸣，从她脚下传来，烫得她左蹿右跳。肆虐前所未有，巨石隆隆上升，房屋噼里啪啦倒塌，地面如波浪起伏，这一切在月光的映照下无比诡异，连月光自身都无比诡异。好歹奔到房屋前，已坍塌成一堆，没一处完好。司徒绿直冲过去，左胳膊却被人抓住，她右手挥拳、左腿起蹬，都被对方躲过，拖着那人向废墟冲出几步，耳听得："是我——是我——陈聿飞！"

司徒绿刹住脚，是陈聿飞，脸上有血迹。

"你受伤啦？小允呢？"

"没事，流点血而已。小允在——"陈聿飞一指，小允在不远处的月光下。看到司徒绿，跑过来，扑进她怀里。

"姐姐，咱们的包没啦，埋到房子下面了。"

"没事。你俩没事就好！"

地震最猛烈的一波总算过去。余震不断，等巨兽这一次发作渐趋平和，酒店里逃出的人，借着月光，刨人的刨人，找物的找物。多年地震训导下，用了简易、轻便的建材。因此，受伤难免，但并无死亡。司徒绿、陈聿飞和别的人，找到伤者，清理压在身上的建材，将他们抬出来。人不多，就七个，月光下躺成一排，止血和包扎后，安定下来。

陈聿飞几番翻腾，找到装有证件的小包，大包却无有踪迹。

"咱们现在就得出发。"

司徒绿下意识地看看四周，没见可疑的人。

"不是小许他们找上来了——"陈聿飞抬抬手，"去西线必须从东三十三区经七号隧道到达东八十一区。我担心这次地震会破坏隧道，那麻烦就大了。咱们早点赶到，过了隧道，心里踏实。

"也就十几公里，现在出发，中午前能到。"

渐亏凸

首先看到的，是连绵不绝的山。山势不算奇崛，但一座座层叠相衔，如巨型的阵，等待人来破除。山上成片的茂密的树木早被砍伐一光，只剩下杂草、荆棘，最醒目的，还是东一块西一块光秃秃的岩石，因为降水、滑坡、地震等裸露出来的黄土。望过去，如一排排秃顶，站在一起，挤在一块。

还有两公里，陈聿飞就感慨，"情况不妙！"

确实不妙。道路破碎，本来还算宽阔，现在到处停着车辆，大多还算懂事地搁在两旁，少数却不讲理地占据中央，或者干脆横过来。车上落满灰尘，车身破败不堪，轮胎干瘪塌陷，诸如此类，让人一眼看出，是漫长时间的遗弃。勉强还活着的车，挤开一条路，可也不让人乐观。它们挣扎求生，在废弃车辆间找空隙，见缝插针地堵塞。司徒绿和小允跟在陈聿飞身后，找出这些车辆留出的只够人通过的余地，一步步往前挪去。到处是喇叭声，到处是绝望、麻木掺杂的脸。

离隧道还有几百米，车辆稠密得令人呼吸困难。司机们从车里下来，张望、打探，骂骂咧咧地望着前方，悠闲或苦中作乐的，干脆就着车顶盖玩起了牌，甚或拿出各自不多的食物，彼此分享。一辆大货车，车厢里坐着四个男人，面前居然摆有啤酒。陈聿飞一路跟人闲聊，打探情况，推推搡搡，挤开一条道、一道缝。

但没用，再往前走不到三百米，已经封路，铁马将隧道隔绝，保护起来。无须抬头，就能见到隧道周边的山体滑坡严重，还有一道巨大的口子，足够种下几人合围的树。铁马后面站着身着不同制服的人，有维护秩序的治安员，有抢修隧道的维护员，还有两个头戴白帽的督察员。

"什么情况？"陈聿飞仰头问旁边站在车顶上，探着身子观望的男人，"大概什么时候能修好？"

"不好说。"男人俯身答道，声音洪亮，如同广播。周边的人不由自主地抬头望，"快则两三天，慢了七八天，十天半个月也说不准。"

"这破隧道，时不时来这么一下。还不如早点另想法子——"旁边一人插嘴。

"能想什么法子？！"一个年纪不轻的女人不屑地反驳，"你以为协会真是一帮白痴？但凡有别的法子，早想了。这隧道是老出事，一出事就得重新打通。可是真的有效率，不是这几十公里的隧道，想去东八十一区，门都没有。"

站得稍远的一个老者频频点头，看没谁注意自己，只得抛开矜持，"对！这隧道是老出事，可出不了大事。为什么？这一带的地质构造、山体结构，这个，这个……山里面岩石的体积、质地，保证隧道出事也就是小打小闹。什么地方垮塌一点，什么地方进些水，无非这样。比起别的方式，平常维护，出事维修，这隧道最经济有效。"

被老者吸引的人纷纷点头，有人以夸张的语气配合，"你老懂得这么多，是这方面的行家！"

"那可不，我以前……"

"快看呀！"站在车顶的男人一声大叫，夸张地指着前方，"从隧道里清出来两辆车，拖出来的！车里还有人，哎哟，还是个女的，还挺年轻，看样子危险了……"

陈聿飞没再听下去，他转过身来，示意司徒绿和小允往外走。三个人比挤进去更加费力地挤出来，往旁边一条小道走上一段，呼吸又自如了。

"咱们找个地方先住下，等等看，希望时间不要太久。"

司徒绿也这么想，"找个人多、热闹的地方，有什么变化，好打探消息。"

好不容易找到住处，陈聿飞实在太困，径自睡下。司徒绿和小允在房间里聊了一会儿，看她哈欠连天，便让她也躺下。说自己出去，买点必备的衣物。

　　衣物当然要买。靠着隧道，大概更靠着隧道不时出状况，这里还算热闹。几条街道并拢，像个小镇。镇上有各样买卖，品类匮乏，但总算能把店里摆满。镇上以受困于此的司机、行人为多，因而住宿兼饮食的酒店、喝茶兼聊天的茶馆不少，日头正烈，没多少人在外面走动。司徒绿走过两条街，如她所想，镇上没电话点。买上换洗衣物、日常用品后，她四处探看，没发现团契的符号，也找不到活动的迹象。但团契无处不在，只要求助，必有人出现。司徒绿找了几个僻静处，左右张望，确定没人注意，才用备好的画笔，画上团契的符号。

　　三根木柴组成一堆火，腾腾的火焰上方，是一轮圆满的月亮。

下　弦

第三天下午，还是没人找上门来。司徒绿知道，她留下了足够的标志，如果附近有团契的人，她的一举一动已被看在眼里。

隧道的修复也没进展，眼见时间涓滴流逝，司徒绿有些焦虑。傍晚，陈聿飞主动说，再去隧道那儿打听。司徒绿带着小允在街上转了几圈，看她还很精神，两人又到一家茶馆，坐下听人说书。说的是"月球隐士铁箭射章鱼"，台上男子眉飞色舞，正说到宇宙章鱼喷出墨汁，乌云蔽月，月球隐士的月光铠甲，能量骤减……上茶的服务员在司徒绿桌面轻扣两下，得到她注意，努了努嘴。

茶馆楼梯旁站着一个年轻男子，身着洁白的衬衣。司徒绿疑惑地站起来，走过去。那个一身洁白衬衣，显得异常干净的男子待她走到面前，拿出一张纸，上面用粉色的笔，画着那个符号。三根木柴搭在一起，烧得正旺，火焰上方是满月。火焰与月亮之间，加上了点点火星。司徒绿知道的团契符号里，没这一圈火星，而且她从未听说，团契里有男人。

但司徒绿还是有些激动，她按捺住情绪，"有什么事吗？"

干净的男子神色比她还激动，他用目光止住司徒绿，偏了偏头。司徒绿见小允正专注地盯着说书先生，便跟着干净的男子下楼。没想到，男子直接出茶馆，往西而去。司徒绿稍稍犹豫，跟了上去。

天色已暗，街上的人多起来。男子走在前面，离司徒绿几个身位，他不回头，也不停下。司徒绿伸手入兜，握住枪，不紧不慢地跟着。

过两条街，快走出人群聚居处，两旁已见荒凉。司徒绿正要叫住对方，男子却停下，转过身，冲司徒绿招招手。不等她如何反应，他再次转身，斜刺里走进一条巷子。司徒绿气乐了，"我倒要看你耍什么花招"，她跟上去。巷子不宽，仅够两人并身而过。男子在前，巷子的暗淡衬得他的衬衣愈发明亮。

司徒绿往里走了几十米，经过两道开在墙上的窄窄的门后，停下，"站住！再不说话，我回去了。"

男子应声站住，转过身来，往回走十来步，站在几米开外，脸上是干净的笑容。他看了司徒绿好一会儿，"你要我说什么？"

"说你带我来这儿，想说的话；说我跟你来这儿，想听的话。"

"我知道要说什么，不知道你要听什么？"

"少啰唆。你纸上的图案怎么来的？"

"哦，这个啊——"男子露出得意的笑容，干净的得意，"跟你学的！"

"跟我？"

"对！你这两天不是到处画吗？你搞得那么隐秘，要不是你这么好看，简直鬼鬼祟祟。我只能远远跟着你，你走后才能观摩。"男子继续干净地笑着，"女孩子怎么能用那么黑不溜秋的颜色？你看，我给你改成粉色多好！加上一圈火星，是不是更有趣了？"

"无聊！"司徒绿往后退去，"你自己画吧，爱画多少画多少。"

"当然自己画！但我现在想在你身上画，你看哪里最合适？是胸口呢，还是屁股，还是你的脸，或者别的什么地方？"男子随司徒绿后退而前进，语气趋向淫荡，笑声更见猥琐，"你现在想走——"

话音未落，吱嘎两声，司徒绿身后，那两扇门打开，和男子年龄相仿的两个年轻人走出来。三个人站成三角，都冲着她。左边门里出来的手拿明晃晃的匕首，右边的则拿着黑乎乎的东西，像是短棍。

"乖乖的，留下来。让我们尽情地画，管保把你画成这世上最美的女人。"男子也解下腰带作为武器。

必须速战速决。司徒绿掏出手枪，打开保险，先对准男子，然后掉转枪口，依次指向身后的两个年轻人，再回到男子。"你们打错算盘了，滚开。"

男子的笑凝结在脸上，几乎垮下来，两个年轻人被施了定身术般，僵在那里。司徒绿一步一步往后退，但没退出几步，就听男子喉咙被谁撕破一般，大喊："玩具枪！兄弟们，她在耍我们。"

紧跟着，一团混沌的光扑上来，司徒绿还没想好，就听见砰的一声，持枪的右手一震。时间被喊停，以衬衣作光扑上来的干净男子，仿佛被狂风往回拍了一下，跌回两步，定在那里，血从他的胸口冒出来。在又黑了几分的巷子里，他的血仿佛自成光体，特别显眼、明亮，在他胸口如一朵同时向内向外翻卷着绽放的玫瑰。时间继续，干净的男子向后，摔倒在地。身后左侧的年轻人"啊"地大喊，声音比身影更先到达，足够司徒绿侧身开出两枪，将他撂倒。没看他一眼，枪口就带着司徒绿朝向右侧的年轻人。他站在那里，像是急冻后取出，正在化冻。手枪没留出时间，它以两次司徒绿的右手已然习惯的颤动，点在他的身上。

手枪的行为终止，被子弹与血擦亮的巷子暗下来，直暗到司徒绿的双眼几乎辨认不出黑白，才又往回调了调。她垂下双手，任手枪挣脱，自右手滑落。她像奔向一道重生的关隘，冲向巷子的尽头，冲到大街上。大街被两侧的灯光照得苍白，地上如同冰层闪着寒芒，司徒绿站在上面，感觉脚下随时都会融化，将她吞噬，感觉前后左右都在断裂，要将她抛开。

在无止境下坠开始之前，她最后的求救的目光撒向远处，捞到一张熟悉的脸，又一张熟悉的脸。他们向她奔来，口腔里发出宛若拯救的呼喊。她等着，用意念作支撑，直到小允扑到面前，才双腿发软，顺着陈聿飞搀扶的手往下倒去。几乎同时，两双手从两旁分别扶住她的胳膊与腰，像是撑木扶持将要被狂风掀倒的树。

司徒绿的意识处于漂流状态，她能看见两双手的主人，是两个女人。她们一左一右以搂、抱、抬结合的方式，像对待珍贵的器物，将她带回住宿的酒店。陈聿飞早撒开手，站在一旁。他投过来的目光，目光里的担忧、自责，都被接收，她只是说不出一句话，来作为回应。

"隧道还得一周才能修复，前提是没有强烈的余震。"司徒绿被安置着，靠墙坐在床上，陈聿飞说出打探的结果。

"我们就是为了这个来的。"一个女人说。

司徒绿看着其中一个女人嘴唇翕动，听着话语从她口中出来，可是她一错眼，再辨认不清究竟是哪一个说的。她无法确定，这个在说时，另一个是不是说了同样的话，她无法同时盯住两张嘴。不妨当成是一个人说，一个合两个女人为一体的"女人"——这样一想，她似乎能让这些话语在意识的河流中激起些波纹。

"很抱歉，让你们等这么久。如果只是司徒绿一个人，会早点和她接触。你们是三个，花了些时间确认。陈先生身上有些谜团，但相助的心毋庸置疑。"

"谢谢。解决问题更重要，别的不说，需要的话以后再说。"

"这正是我们要说的。在这里空等不行，白白耗费时间，久了恐怕有变。考虑再三，有个备选方案，目前唯一可行的方案。但我们只能提出来，得你们自己决定，得司徒绿来决定。"

"既然是'唯一可行'，就没别的选择。"

"不，听姐姐的决定。姐姐——"小允走到司徒绿面前，"你听完，可以就说一声，不想说，就眨眨眼。好吗？"

"请说吧。"小允对女人说。

"离开这里，去东十七区。我们安排好快艇，你们乘它渡过五号湖，也就是死湖，在东五十八区上岸，由那里往西线去。这算条捷径，能把之前等的时间赶出来。"

"为什么我们之前不走这条路？"

"这是条死亡之路。你知道五号湖为什么叫死湖吗？它容纳了巨多的放射性物质，任何人靠近它、想要穿过去，都需要穿戴厚厚的防辐射服。更恐怖的是，多年沉积，湖水腐蚀性巨大，人掉进去没命不说，通常的钢铁机器，浸泡超过一定时间，也会受到严重腐蚀。要是你穿着防辐射服，架着船走着走着，船熄火了，只能待在原地，等着它迟早沉没。这是什么样的感受？"

"陈先生说得很形象，死湖正是因此被视为禁区。但没这么夸张，至少不再这么夸张。我们找到一种防腐蚀剂，经过测试，可以延缓湖水的腐蚀作用。按快艇的通常速度，十八个小时穿过死湖没问题，与湖水接触的关键部位涂抹这种防腐蚀剂后，快艇可以保持二十个小时的正常运转。"

"我们最多有两个小时的富余，不管是因为迷路、走错方向，还是快艇故障？"

"对！"

"是你们安排人驾驶，还是我们自己来？"

"对不起，只能你们自己来。"

"这几乎就是送死！"陈聿飞以几近夸张的语气感叹道。然后，他转向司徒绿，"我没问题。"

大家看着司徒绿，房间里一时安静得如同坐着两头大象。不需久等，司徒绿两只眼睛的上眼皮遮天幕布那样，漫长、轻捷地阖向下眼皮。

有　明

蛾眉残

　　做出去死湖的决定关闭了司徒绿和外界交流的大门。在那之后，别人对她说什么、做什么，她能接收到，能明白，但就是没法开口作答。每次只要她想开口，眼前就出现同时向内向外生长的玫瑰。血玫瑰，鲜红的血液翻卷着喷涌，一刻不停地喷溅，找到她意识深处那些语言，将它们浸泡成一团，再滴滴答答无止境地落向一个永恒空白，她无法辨认无法描述的空间。有时，那血玫瑰还在片片花瓣上，翻折出一张干净的脸，那个身着白衬衣的干净男人的脸，脸部有着精准的时间刻度，到露出那些过分的笑容之前为止。

　　司徒绿明白，血玫瑰及其背后关联的事，构成她意识的护城河，当她想要以语言或者文字乃至手势，与他人交流时，必须经过血玫瑰的水域。现在，凭一己之力乃至陈聿飞、小允等人的帮助，她无法跨过这条奔腾的波浪时时的河。好在，只要甘愿禁锢意识，不做交流之想，她还能跟随小允他们，完成日常生活之种种事项。就这样，她一个人待着时，和正常人没两样；和他们在一起而避开交流意愿时，她确实在人群中。因此，陈聿飞在和两个女人讨论后，决定先不送司徒绿就医——一方面，他不能违拗她继续赶路的计划；另一方面，得过了死湖，才有可以信赖的医院。

于是，四个人带着司徒绿，乘着找来的车，经过两天的奔袭，得以望见一片深蓝中泛着银白的大水。又前行几小时，在天黑前到达离湖十数公里的一个废弃村子。两个女人说，必须在这里做好一应准备，才能安全地接近死湖。又说，尽可以放心，这里直抵的湖岸是前往东十七区最近的。该说的该注意的都在一路上嘱咐完毕，落脚后，再没什么可说的。两个女人对陈聿飞仍有提防，陈聿飞则担忧着司徒绿。小允则陡然间成熟起来，在几个人之间穿插、搭话，维持气氛。晚饭后，她带着司徒绿在废弃的村子转了两圈。漫天星斗下，司徒绿几乎用尽力气，才将她搂在怀里，抚摸着她的头发——这让小允高兴得蹦起来。

第二天早上，司徒绿在湖水隐隐的声响中醒来。早餐已备好——除开一盒用矿泉水冲淡的牛奶，与他们一路上吃的东西并没区别，几块面包，一点黄油，再加一盒鱼罐头。他们期待地看着司徒绿，又低下头掩饰这期待。司徒绿懂，她刚想说点什么，那血玫瑰就横到眼前，她定定神，意识内缩，才能走过去。

十六岁加入团契后，司徒绿断断续续在樱桃园受训三年，此后依靠信息供给、任务协助等，保持和团契的联系，但首次独立执行任务，她更切实地感受到团契的力量，正如那句话说的，"有力量的颗粒，是我们的团契"。用完早餐，两个女人变戏法似的从后备厢拿出五套防辐射服来，是最轻薄但防御效果最好的新款。赶到湖边废弃码头时，快艇已泊在那里。

两个女人提醒完陈聿飞驾驶快艇时特别注意的事项后，分别与小允、司徒绿拥抱。她们隔着防辐射服，亲吻了司徒绿的脸颊，这才道别。司徒绿看着她们的背影，离去的车辆，在心里道了珍重。

快艇是五个人的标配，陈聿飞在后面驾驶，司徒绿和小允坐在前面，面朝他。中间放着三个人原有及两个女人为他们准备的物品。防辐射服是不可能在中途解开、脱下的，因而没有准备食物，但擦拭溅至身上的湖水的毛巾、以备万一的绳索等都有。两块预备更换的电池，很是压舱。靠近岸边的湖面上到处都是垃圾，各种腐蚀得奇形怪状的易拉罐、塑料袋在水面上沉浮嬉戏，还有材质不明但闪着诡异光芒的块状物品，一些被湖水蚀刻得像艺术品的木板、纸板，残余的树枝、草团……应有尽有。少不了只剩半块躯体的鱼、无法辨认原本是什么的动物残骸，还有一些不忍细看也无法细看的东西。

这样垃圾包围的情况下，忍受着实质上与想象里都很难闻的气息，快艇出发了。发动机的声音有些滞闷，划开的水面有些黏稠。司徒绿知道，这些感受都带有先入为主的印记，但她仍旧生出极其强烈的废墟感，有着未来、末日影子的废墟。随着快艇行进，湖岸远退，他们陷身于湖水和波涛的包围。但还有鸟在水面飞过，且偶尔落下，踩在浮物上，或啄向什么。它们不知道死亡是何物，更不懂得避开辐射，其灰色的翅膀、白色的腹部掠过时，既有生命的跃动，也有无法开解的荒凉，仿佛它们是机械制品，一不小心就会露出内里的能量块。

"姐姐，你好些吗？"小允两只手伸出来，捂住司徒绿的右手。隔着防辐射服，她的声音有一点点失真，"你不要就这么不理我啊。我见到哥哥时，还要介绍你们认识呢。姐姐，我们还有多久就能找到哥哥呢？千万要在生日前见到他，让他和我一起许个愿。我只要见到他，和他回去就好。剩下的所有心愿，都是希望你能好起来。"

小允的眼睛给了司徒绿天真的温暖，她说不了什么，但能握住小允的手。这一握和一握的力量，给了小允想要的回答，她激动地看着司徒绿，眼睛有点湿润，随即不好意思地抱住司徒绿，靠在她身上。

湖面是完全的大水模样，四周渺无涯际，只在水天相接处，有地平线浮沉不已。也不妨说，天地被吞食净尽，只留下水面的弯曲。如此辽阔，垃圾就被忽略，只在碰巧反射阳光时，才让人意识到。湖水有其特性，照样是蓝，却深入天空的底部，而深蓝乃至发黑，乘风跳跃的银色，是细小的斑点，偶尔被拉成一条线。

司徒绿正盯着一只俯冲的鸥鸟，小腹忽然胀痛起来，缓慢、坚固、沉坠，绝不要命，也绝不让人安宁。没别的办法，她只好搂着小允，闭上眼睛，借由快艇的节奏，迷迷糊糊，摇摇晃晃起来。四肢百骸慢慢松弛，意识逐渐模糊，仿佛在水面上越摊越开、越摊越薄，渐趋与水面共振，随水波荡漾。但始终有一缕游丝牵绊着，让她无法睡去，是小腹的疼痛，是贴着意识绽放在水面上的血玫瑰，抑或两者就是一体，搅拌在了一起。她闭着眼睛，听快艇划开水，听分开的波浪在身后复归湖面，听陈聿飞偶尔和小允说上一两句，听小允忽然哼出小调，又在唱完之前戛然而止，嘴里发出掩藏不住的嘿嘿声。到某个节点，她眼前金晃晃的，总算进到某个阶段似的，身上一阵轻松，睁开眼来。

小允正侧着头，盯着司徒绿看，吓了一跳，往旁边一让，随即回过身，紧紧搂住司徒绿。"姐姐，你醒啦。看看那边是什么？"

"什么？"司徒绿随口问道，问完怔住了，她看着小允。

"鱼！大鱼呀！"然后，小允反应过来，搂着司徒绿的双手松开，在快艇上蹦了一下，大叫："太好了！姐姐，你终于肯跟我们说话！姐姐，你再说一句，和我说一句！"

司徒绿笑了，"说什么？"

"说什么都行！"小允心满意足地坐下，冲着陈聿飞，"姐姐想说什么说什么，想干吗就干吗！"

司徒绿睁开眼起，陈聿飞就看着她，没管小允折腾得快艇摇摆不定。司徒绿咳嗽一声，掐掉团契标志等内容，讲了跟随那个干净的男子进到巷子后，发生的事。特别是那朵在白衬衣上盛开，无法凋零的血玫瑰。没有粉色的标志作饵，故事缺乏说服力，她为什么要跟他走呢？陈聿飞肯定注意到了这一点，但他没问。

司徒绿也有疑问，"那是些什么人？这么猖獗？"

"不像是团伙，更像自行纠结的不轨分子。"

"看他们的行为方式，不是初犯，说不定有受害者……落在他们手中。"

"那儿人员流动大，这种状况很难避免。"陈聿飞有点难堪，更有点沮丧，"那三个人死了，肯定会有人查找原因，真有人被囚禁，能脱身。"

"类似情况多吗？"

"不算少。不一定是这种方式，但治安状况在持续恶化，已到失控边缘，治安员能做的非常有限。"

"因为这个，才没那么快来人查他们怎么死的，我们才有时间离开？"

"对！人力严重匮乏……要是事先知道这三个是什么样的人，人员充足也不一定会查。"

"这不对啊，不符合《原则》——"司徒绿生生把这句话咽下去。换作她，也不会太在意那三个人的生死。

"姐姐，看大鱼——"小允再度嚷嚷起来，她指着司徒绿右侧，那里有一截鱼鳍般黑乎乎的东西。

"小允，不会是鱼。就算是，也不可能那么大。"

"说不定是鲸，最起码也是鲨鱼啊。"小允的神情，分不清是认真的，还是在逗乐。但她提醒了司徒绿，她看一眼陈聿飞，陈聿飞正看过来。两人眼神一对，快艇向着"鱼尾"而去。

花了半个小时，才到跟前。几百米外，小允就用"原来是艘大船"否定了"大鱼"。船足有两层楼高，多半是撞在岩石或者搁浅在什么东西上，湖水都快漫到船舷，仍旧稳稳当当。船上有两个分开的舱室，陈聿飞驾着快艇绕船一圈，找到锈迹满满的扶手铁梯，他使劲掰了掰，确定稳固后，停下快艇。

司徒绿站起来，把快艇前面的缆绳系在铁梯上，率先爬上去，再回身拉小允。陈聿飞熄掉快艇的火，停靠好，也爬上来。

风与浪把湖水带到甲板上，年久日深，甲板被腐蚀得坑坑洼洼，有的地方露出拳头大的洞，还有几块甲板完全朽烂。司徒绿抓住小允的手，踩着龙骨脊小心向前，不忘提醒跟进的陈聿飞，不要剐破防辐射服。甲板上东一摊西一堆地落着鸟粪，不少鸟毛粘在粪堆上，这船显然成了群鸟的乐园。离他们近的那处舱房，是乐园中的乐园，不高的房顶上鸟粪鸟毛外，还有几只鸟的尸体。其中一只居然靠着一侧，站立着，身子早被风掏出几个窟窿，眼睛的位置是两个洞，望过来更见力量。

"别看了。"司徒绿在小允眼前挥挥手，小允顺势低下头，瞅着脚下的每一步。

舱房的门带上了，但抓住门把手左右摇晃，也就开了。这是驾驶舱，仪表盘和窗户玻璃上都蒙着一层如灰尘似苔藓的灰色物质。顺着楼梯往楼下走到一半，是发动机等设备，光线昏暗，无法再往下去。

另一个舱房门一拉就开，可刚拉开一条缝，就涌出一股浓烈的气味，隔着防辐射服，仍差点让人呕吐。陈聿飞和司徒绿、小允，分立门的两侧，等待许久，才由陈聿飞上前，完全拉开。又等了一会儿，陈聿飞率先走过去，没进两步，他又回过身，挡住司徒绿和小允。

"不用看——"

司徒绿和小允同时问："是什么？"

"尸体。"

隔着防辐射服，司徒绿看不清小允的表情，可小允的身体摇摆着，欲进又退、欲退又进。最后，两人在陈聿飞的摇头中，走了进去。是尸体，一共十具。像个会客室，中间有张茶几，茶几上摆着十个不同形制与质地的杯子，陶的、瓷的、玻璃的、不锈钢的，还有一只一次性纸杯。十具尸体围着茶几，盘腿坐在地上。他们的衣服还披挂着条缕，但皮肤、肌肉消失得差不多了，骨头峻嶒着露在外面，有的部位挂着风干的肉，有的部位长着白色的毛。

"姐姐，这是些什么人，怎么会死在这里？"

司徒绿不知道，但看他们的坐姿，相互间比较均匀的距离，同时朝向茶几，彼此关系应该不差，更像是从容求死。她避开这些尸体，往前走几步——味道仍很强烈——来到茶几旁，茶几上有一张折叠的纸条。纸条展开，巴掌大，上面规规矩矩写着八个黑字：文明何义，延续何为？

黑字已随时间推移，变得浅淡，几处甚至破损出孔，靠前后内容和残余部分，才能推断。司徒绿将纸条递给陈聿飞，向在座十人鞠了三躬，带着小允出来。湖面有风掠过，风中一股金属味，但能让人醒醒神。

"姐姐，你认识他们吗？还是知道他们是谁？"

"不认识，也不知道。不管他们是谁，死在这里，与湖水为伴，都让人同情。看纸条的意思，多半不是为私事而死，更值得尊重。"

"那纸条上写的什么？"

陈聿飞正好出来，听小允问，递给她。小允看后，又递给司徒绿，司徒绿将它攥在手里，回到快艇上，搁进放证件的包里。陈聿飞发动快艇，他仪式性地绕着船转了三圈，这才离去。很长时间，三个人都没说话。直到日头西坠，湖面上的银光看来更甚，陈聿飞提议歇息一会儿。

"别歇息了，我来开吧。"司徒绿站起来，走到驾驶位，"有问题你告诉我。"

"一直往西就行，注意别撞着什么。"陈聿飞走到中间，看司徒绿开了一会儿，没什么问题，这才过去挨小允坐下。

"他们是什么人？"司徒绿等他坐定，问。

"不知道，也没听过这样的事。"

"文明何义，延续何为？"司徒绿回答不了。这八个字和十具尸骨牢牢地长成了一体，散发着幽暗的毛茸茸的白光，让她忍不住探看又无法逼视。

三个人都没再说话。这沉默在他们于黎明时分，抵达东五十八区，舍弃快艇，上岸之后也没打破。这趟顺利得异乎寻常的死湖之旅，似乎只为让他们看到那十个死去的人，将他们的消息带回人间。

找到一家旅馆，草草用过饭后，他们决定美美实实睡上一觉，养足精神。进到房间，司徒绿拿掉卫生巾，看见里面一摊黑色的血迹时，那在船上花瓣已然变薄变淡的血玫瑰，又在头脑里遥遥褪去几层。

残

"姐姐，那是什么？看到不少。都是这么几间房子，和铁丝网连在一起。"

"我也看到，但不清楚。你知道吗？"

"那就是舌头。"

"那就是舌头？第一次见到，以为比这个大很多呢。"

"舌头是什么？"

"嘴里的器官，这根舌头两面都是嘴。哈哈……你看，那房子一半在铁丝网内，一半在铁丝网外，像不像同时伸进铁丝网两边的舌头？"

"真像！做什么的？"

"你知道铁丝网那边是什么？辐射源。以前，如果地震什么的破坏核电站，出现新的污染，就用铁丝网围起来。光围起来不行，还得派人进去，清理、填埋等等。这些人就从这头进去，穿上防辐射服，坐车到工作地点。每天干完活再出来，换下防辐射服，清理身上的残余，洗澡。"

"真危险！他们像是送到辐射嘴里的食物。"

"没错！这种房子开始没名字，大概就是这些去的人，有这种感受，管它叫'舌头'，慢慢传开。"

三人休息一天后，前往东七十二区，准备在那里核验身份，办理特别通行证，进入西线。坐的是老旧的公交车，按座位售票，司徒绿选的面对面，她和小允坐在一边，陈聿飞坐在另一边。车开出没多久，就能看见大片被铁丝网围住的区域，还有灰色的破败建筑，小允忍不住问起来。

老公交车摇晃，三个人有一句没一句闲聊。司徒绿有点不习惯，这是她出发以来，最日常的一天。到后来，她索性不说话，听小允往下问、陈聿飞接着答。

"舌头为什么废弃了？污染源不需要处理了吗？"

"后来有了快速高效的机器，不需要这么多人，也就不需要这么多舌头了。"

"真能高效处理，怎么会污染越来越严重？"

"因为核电站越建越多啊。能源有限，只能靠核电。可地震完全不受控制，今天这儿震一下，明天那儿震一下，只好不停建，不停增加污染源。现在对核电的利用，就是'饮鸩止渴'的生动阐释。"

"为什么要用这么多电？少用电不就能少建核电站，污染源不就少了吗？"

"小姑娘说得好!"坐陈聿飞旁边的中年男人一直闭着眼,本以为他在打盹,突然插起话来,"为什么要用这么多电?电是必需的吗?人类存在了多少年,电发明了多少年?完全本末倒置!电是会带来便利,可这么搞下去,最大的便利就是人类灭亡的便利。"

他说得激动,声音高起来,最后一句几乎是吼。司徒绿、陈聿飞面面相觑,这是最常引起撕裂的话题之一,引起过不少骚动,因此被协会禁止公开讨论。虽说私下闲聊不会有谁来干涉,可是中年男人这么慷慨激昂,总归不妥。

但话说到这里,不能不接茬,陈聿飞等周围人的注意力转移后,才说:"这不是非此即彼的选择题,现在基本的生活便利、文明成果的保存,甚至整个人类的延续都很难离开电能。完全不用电显然不行,可要是在有限范围内使用,又由谁来判断、监督使用情况呢?"

陈聿飞说的是讨论这个问题时的老生常谈,小允听着可能新鲜,中年男人绝不陌生。可中年男人也提不出有力的反驳,他"哼"一声,先表示不屑,"有什么好判断的?一刀切,一律不准用。一个生重病的人,停止不良嗜好,能好起来,应不应该停?哪个不良嗜好不是刺激感官,一时让人快乐?你夸大其词了,几百年前没电,人们不活得好好的?最关键的是什么?是活下去。"

另一番老生常谈。司徒绿示意陈聿飞,别再争论。忽然,"文明何义，延续何为"八个字在她脑海飘过。这不就是他们争论的吗？可答案是什么呢？讨论得出结果吗？

"这样吧——"中年男人的情绪无法平息，他盯着司徒绿，逼她拿主意似的，"下一站你们跟我下去看看，就知道，这不是争论能解决的问题，根本而言，这也不需要争论，只需要解决。"

这出人意料的变化，让司徒绿和陈聿飞发蒙，让小允雀跃。

"我们赶时间，怕是没法跟着你……去领略……"司徒绿一时间措辞困难。

中年男人手一挥，打断她，"不是领略，是看见，看见真实情况。"意识到自己太激动，他平静了一会儿，才又说，"不至于这么紧迫！下午还有趟车，只耽误两个半小时，晚一点到而已。这点时间，就当是——是死亡的不良嗜好吧，还不能满足一下？"

"死亡的不良嗜好"这个形容打动了司徒绿，她点点头。达成一致后，大家反而没话可说，气氛有点尴尬。中年男人意识到了，他再度闭上眼睛。

好在下一站就到。中年男人先下车，陈聿飞让司徒绿、小允跟着，自己殿后。离站台不远有一条水泥道，往里去一百来米，是座灰色围墙圈起来的院子，面积不小。院门上竖着巨大的牌匾，离得这么远，上写五个大字也清楚可见——"玉热疗养院"，陈聿飞"啊"了一声。

　　见司徒绿、小允都看向自己，他解释道："刚听车上报站名，玉热山。我一时没想起，玉热疗养院就在这儿。"

　　"是啊！这就是玉热疗养院，远近皆知、闻风丧胆。"中年男人走过来，伸出右手，"你们好，我叫常青田，车上一时没忍住，得罪了。带你们去玉热疗养院看看吧，一会儿你们不用说话，有人问，就说是我的家人。"

　　说完，常青田看着疗养院，呆立一会儿，又说："希望你们就来这一次，不管是玉热还是别的疗养院。当然——"

　　他以低到司徒绿无法确定是否听清，只能猜测的声音，又咕哝了一句，"也希望我是最后一次。"

　　司徒绿看看陈聿飞，见他一脸肃穆，就没再问下去。玉热疗养院的院墙特别高，可见的地方都刷成灰色，让人压抑中情绪稳定的深灰。两扇对开大铁门，紧锁着，两边都开有侧门。靠左侧，是密闭的房间，门口挂着牌子，灰底子上写三个白字"审核室"。

　　常青田让他们稍等，走过去，推门而入。他待了足有十分钟，才出来，拿着一张纸。看他神情，疲惫得像待了十个小时。三个人跟着他走到左侧小门，那张纸递给守在门里的年轻人，对方在纸和四个人之间看了几个来回，打开门，放他们进去。

　　院子里好些，建筑仍以灰色为主，可总算树木花草繁盛。常青田回过头来，苦笑着说："我不知道随告别次数增多，家人的数量必须减少。按规定，最多只能进来三个人，磨好半天，才同意。"

"你告别了很多次吗？"

常青田点点头又摇摇头，"这是第三次，他们说很多。就三次，很多吗？唉，最后一次，这是最后一次。我还算好的，家里第一例，听说从第二例开始，就只能一个人来一次。"

陈聿飞点点头，没再说什么。司徒绿听这黑话般的聊天，一点头绪都没有，小允也茫然地看着她。院子里很多灰色的六层建筑，他们走到编号为7的楼前，仍旧有人核验常青田手里的纸。进到楼里，像是医院的住院部，又像是老式居民楼，光线暗淡，没有电梯。他们从楼梯上到五楼，503。

房间里比外面好很多，灯光明亮，四个角放着四张床。四张床四个人，三个老人，一个小伙子。小伙子侧身躺着，背冲着门。三个老人统一的蓝白条纹衬衫，一个坐在床上，戴着花镜翻看一本书；一个坐在床边，复盘摆在床上的象棋；另一个站在床头，望着窗外。

"爸——"常青田喊一声，走到站着的老人跟前。陈聿飞他们也往老人身前去了去，没那么近，没喊。司徒绿顺老人的目光，看到远处两座巨大的烟囱，其中一个正冒青烟。

"青田啊，"老人转过身，看着常青田，好一会儿才说话。他的神情、语气在这个过程中，经过细微的调整，由热切变得冷漠，

"怎么又来了？"

"今天我得来。"汗顺着常青田的脸颊直往下流，"这三位朋友，他们来看你。"

司徒绿、陈聿飞、小允听见，忙冲着老人鞠躬，问好。

老人看看他们三个，点点头，接下来的话仍是说给常青田的，"青田，就这样吧。你看你，跑这几趟，耽误多少事，耗费多少资源？还带朋友来，不值当。我早就不该再活下去，简直就是在跟你夺食，跟巧巧夺食，一想着啊我就羞愧。"

"爸，你别这么说，我们，我们都挺好的。"

"巧巧好吗？想我没？"

"想，每天睡觉前都说'要爷爷讲故事'，起床后第一件事，就是'要爷爷挤牙膏'。要不是不允许，早带她来看你了。"

"千万别来！"老人双手乱摆，"好了，就这样吧。回去和你妈妈说，这一生有她有你我很知足。巧巧，是梦里才有的福分。走吧，陪我走到告别室，一会儿带我回家。"

常青田再也控制不住，一屁股坐在床上，双手捂住脸。

"嘿——这家伙，永远长不大。"老人苦笑着，求助地看着另外两个老人。两个老人从常青田他们进房间起，就留意着这边，收到常青田父亲的求援，一个放下书，另一个又挪一步棋子。两人下床的下床，穿鞋的穿鞋。

下象棋的老人拍拍常青田，"小常啊，别悲伤。你爸是想通了，可到底骨肉相连，你这么难过，他很为难。"

"是啊——"看书的老人先搭句腔，再走过来，"要高兴，你爸这么快就想明白，决定做最后也是最大的贡献。昨天他教导我俩好半天，让我们早做决定，不要拖拖拉拉，让家里人脸上无光。"

常青田的父亲听了两个人的话，满脸兴奋，望望常青田，又感歉然和不安，几次伸出手想拍拍常青田，临了都缩回去。司徒绿看不下去了，她正要叫常青田，他忽然就抬起头，伸手抹去脸上的泪痕，"爸，是儿子不孝。你别说了，我都明白。"

两个老人把常青田父子送到门口，亲热地道了别。司徒绿跟在陈聿飞、小允后面，临走前，她看了眼躺在另一张床上的年轻人，他始终一动不动地卧在那里，像是进入了冬眠。司徒绿刚出门，就见常青田的父亲急匆匆赶回来，嘴里念叨着"怎么忘了呢怎么能把这个忘了"，他从床头柜里拿出一根黑色的绳子，绳子下面垂着明晃晃的物件，像是蜜蜡之类的东西。

"差点把它忘了，这可是她唯一送给我的礼物，从十六岁就跟着我了。"老人嘟嘟囔囔，没再看任何人，没再和谁打招呼，走了出去。

司徒绿听见一声撕心裂肺的号啕，回过头，那个年轻人翻过身，朝着天花板，脸上眼泪横飞。那两个老人瞬间化身木偶，呆呆地望着他。

到楼下，常青田冲司徒绿他们挥挥手，扶着老人绕过7号楼，往后面去。后面树木掩翠，林静径深，似乎通往完全别样的所在。司徒绿见旁边几棵苹果树下，有两张空长条椅，率先过去坐下。

"早知道他来这里，就不在车上争了。"陈聿飞感慨起来。

"怎么啦？这里不是疗养院吗？"

"是疗养院，可不是那个疗养院。小允，有没有什么地方，觉得奇怪？"

小允想了想，又挠挠头，"进来手续很麻烦，限制亲人和探望次数很怪。嗯——这些人脸上的表情很不一样——"

"怎么不一样？"

"嗯——情绪很复杂，好像什么都有，表情怪怪的，又想哭又想笑，又想平静下来。"

"你说得太对了，这个疗养院不一样就在这里。一般的疗养院是帮助人恢复身体。这里也帮助人，但帮助人恢复精神。"

"挺好呀——"

"是挺好，但得看恢复精神后做什么。得重病的人，一旦确定无法救治，或者救治成本太高，医院就会开出证明，指定他来疗养院。疗养院花上一段时间，调养好他的精神状况，等到他信服，能够愉快接受之后，再由疗养院指导或者帮助，安乐死。"

"啊？！"司徒绿惊呼。

"安乐死是什么意思？"小允拽拽司徒绿的胳膊。

"就是让人……快乐地死去。"

"死去怎么会快乐？"小允看看陈聿飞，又看看司徒绿。

"不一定。如果一个人相信一些东西，比如说他再活下去毫无价值，他能做的唯一贡献，是以死为世界节约资源；比如说他有牵挂的事有深爱的人，他的死有助于事情往好了发展、家人过上美好的生活；再比如说死亡只是肉体的消殒，精神上他将和更高的存在融为一体；等等——反正只要他有所信，就可能带着信念，快乐地死去。至少，死得安心。"

"要是一直不快乐，也不安心呢？"小允睁大眼睛。

"不可能。"陈聿飞斩截异常，"来了疗养院，没人会死得不安乐。"

太阳正炽烈。寒意仍从司徒绿的脊背升起，迅速上窜，就像网状的刺，包裹着她的身体，向内扎入。

喉头发紧，牙齿发颤，司徒绿使出最大力气，往外挤话，"每个重病人都必须来吗？我之前怎么没听说？"

"发展部的试点，先在偏僻的地方进行，积累经验后逐步推广。长远计划，是扩大到丧失劳动能力或超过一定年龄的人群，无论有病与否。"

　　司徒绿再说不出话来。陈聿飞拿出烟，点上后猛抽一口，在呛人的烟雾中，又说："得重病的人，都会给定时间，限期安乐。家人最多能探望三次，最后一次是送别。常青田就是来送别他父亲。"

　　"啊！送他爸爸去死？"

　　陈聿飞看着小允，"对，就送到后面。"司徒绿明白那两根烟囱是做什么的了，更加气紧，但陈聿飞没让她喘息，他指着过道。一个女人捧着白色包袱，向他们走来，包袱里的盒状物若隐若现。

　　司徒绿触电一样，要站而站不起来，差点摔倒在长椅上。陈聿飞和小允赶忙一左一右搀住她，听着她嘴里发出嘶嘶的"走，走……"。

　　和捧着白色包袱的女人擦肩而过时，司徒绿听见她念叨，"你最喜欢苹果树的……"

晓

"没有苹果树。"司徒绿站在酒店门口，望着朝暾中散去雾气、清晰起来的山丘，大多光秃秃的，没有一丝绿色。少数几座覆着一层不管是草还是灌木，绿得都有些不真实。她对自己说了三遍，说一遍就把这二十来天发生的事，那些让她夜里无法踏实入睡的画面，统统在心里过一遍。过一遍，就往下压一层。她知道，必须专注眼前，专注任务。她也知道，这一趟还没走完，有些东西已永久改变。

"没有苹果树。"她又默念一遍。这句话究竟是什么意思？她还不能确定，不想确定。只要默念，她就能听见那个女人的话作为回应。也许，她的话是那个女人的话的回应，才更合乎逻辑。的确没有苹果树，你最喜欢的苹果树被人伐倒，叶子掉在地上，果子还没来得及生长。

司徒绿等那棵苹果树在地上干枯，叶子腐烂成泥，果子最终在虚空中成熟并掉落，这才让树在心里后退，向着果核退去。然后，她看见陈聿飞带着小允走过来，两人脸上都有笑意。

"看你俩的神情，办成了什么大事？"

陈聿飞四周望望，"进屋再说。"

没想到，酒店那简陋前台后面的姑娘看见他们，招手请司徒绿过去。"你是司徒绿吗？"司徒绿点头后，她拿出一个密封的牛皮纸信封，"有人让我交给你。"

司徒绿张望一圈，整个大厅就他们四个人。"谁？什么时候？"

"没多久，一个女孩。"那姑娘看着她，"她交给我，就走了。"

司徒绿接过信封，仍旧前后没有一个字，"谢谢。"

陈聿飞和小允都没问信封的事。进了屋，陈聿飞从小允背着的包里拿出一个纸袋，打开纸袋，是三张前往西线的特别通行证。

"这个能行吗？"这么顺利，司徒绿有点不踏实。

"放心吧。到了西线，会有人接应。"

陈聿飞的能量再次让司徒绿惊讶，他的意图始终都不明朗，也让她不太踏实。当然，一个以猎奇为生的人，极有可能如他所言，仅仅是被好奇心驱动。如果是这样，她不介意在顺利完成任务的同时，让他知道得更多。毕竟，客观上她得到他不小的助益，更何况……司徒绿看陈聿飞一眼，"你难道不好奇我去西线做什么吗？"

"好奇。"陈聿飞爽快承认，说完笑了，司徒绿跟着笑起来。

"你回房间收拾东西，一会儿告诉你。"陈聿飞离开后，司徒绿当着小允的面撕开信封。里面就一张肖像照，七十来岁的老头，留着寸头，抬头纹和法令纹雕刻般清晰，目光如锥，任何人见过一眼绝忘不了的面容。照片背面，铅笔写有"匮乏社会，现场收割／等"两行九个字。

司徒绿找到火柴，将照片烧成灰烬，倒入马桶冲走。小允看着她做这些，没帮忙，没说话。司徒绿收拾好东西，把出入证放进包里。"匮乏社会"是任务实施的地点，正是"西线以北"；"现场收割"是要她亲自动手，形同废话——团契知道陈聿飞、小允和她在一起，实质意思是，她必须独立完成，他俩不能在现场。至于别的，具体场所、如何到达、收割工具等，都只能"等"。

检查站下午三点开放，每次三小时。离得不算远，三个人吃完午饭，稍事休息，两点出发。在路上，司徒绿告诉陈聿飞，自己要从西线前往匮乏社会，完成一项任务。

陈聿飞毫不惊讶，只说："我和你一起过去。放心，不干扰，不添乱。"

司徒绿心里一暖，没说话。陈聿飞也没再说什么，他点上烟，很是平静地享受起来。小允看着他俩，笑着想说话，被司徒绿的目光挡住。三个人就这样一路默契地沉默，走到检查站。

这里比东三区的检查站更正规，规模更大，楼前的队列得有一里长。从队尾，能望见楼周围由围墙、栅栏、铁丝网等构成的分割线。随队伍向前，能看清三层小楼；然后，看到墙上用马赛克镶嵌着"检查站"三个大字；继续，看到少数人从检查站后门出去，大多数人从前门进去，又从旁边的侧门出来。

司徒绿指指出来的人，"他们没通过？"

"对。通过的从后门出，进入缓冲地带，再走上两三公里，进入西线。没通过的，哪里来哪里回。"

"可是……"司徒绿压低声音，"怎么会有这么多人想去西线，还不让去呢？"

"你看看，排队多是什么人。"

之前没当心，一看吓一跳，"怎么会这么多年轻人？"

"就是这意思。年轻人想去西线，大多是寻求刺激。有那么多西线的传说，极端得简直就是地狱的现实版，有多少人见过地狱？有多少人对地狱不好奇？听起来再恐怖，代价再大，想去的大有人在。"

他们到了。楼里一层一字排开，摆着三张椭圆形桌子，上面各有一台电脑。每张桌子后面坐两个人，一男一女，男左女右。陈聿飞带着司徒绿、小允到二号桌前，递上三个人的通行证，女的接过去，在电脑上输入证件号码，进行核对。

"三个人——"男的仔细打量他们，"什么关系，去做什么？"

"表亲，去找我堂叔，她的舅舅、她的姑父，看看他怎么样，奶奶的病怎么医治，得请他拿主意。"

"哦？关系这么复杂？"男的连用两个升调，女的听完刚才那番话，不动声色地抬头瞥陈聿飞一眼，侧过身，对男的耳语两句。

"给你们十天时间。"男的说着，拿起印章，在三个人的通行证第二页啪啪各盖了一戳，又在上面手写一番。陈聿飞接过来，见章上"限　　日"的中间，写上了"拾"。

"谢谢。"陈聿飞带着司徒绿、小允，从女人旁边的通道走过去。

通道尽头是一扇门，推开后，还有一道栅栏，一个男人站在那儿，仔细查过三人的证件，大手一挥，让他们进入缓冲地带。缓冲地带一片平坦，现在能从这头望见那头，中间是大片的卵石，卵石缝里稀稀拉拉长着野草、蒺藜，被人踩出了三条道——一条对应着一张椭圆桌子。

"这原来是条河吗？"小允又活泛起来。

"是条河，看这宽度，就知道当时水有多大。现在都没了，短短几十年，沧海桑田。"

"你怎么知道短短几十年？说得像亲眼见证。"

"它干涸的时间比你我都早，但这些情况还没湮没。为什么有西线？就是因为这条河的干枯。最开始，又宽阔又湍急，是天然屏障，隔开丰裕社会、匮乏社会，等它变得浅缓，有人试图穿梭这里，两边自由来去。丰裕社会开始在沿岸修建围墙等隔离设施，但架不住总有人出于种种原因，往匮乏社会跑，各种情况、人员纠结到一起，最后两边达成一致，搞了这么个缓冲地带，才算又平衡下来。"

西线入口的检查宽松得多，简单瞄一眼就挥挥手，让人进去。司徒绿过去后，又等了等，没瞧见一个被拦住的。

"好不容易经过丰裕社会的关口，到这里再拦下就太过分了。那边知道这边的情况，也没办法，只能检控得再严些。"陈聿飞走在最后，不忘解释。

过了入口，司徒绿不敢相信自己的眼睛。这面是个缓坡，很长，坡上到处是帐篷，大大小小、横七竖八，色彩鲜艳如新的有，辨别不出本来颜色的有，破破烂烂的更是不少，已然无法挡风避雨。

陈聿飞一马当先，快步向下，走上几步，干脆跑起来，司徒绿、小允跟在后面，控制住身体的倾斜，还算稳当。沿途所见，岂止眼花缭乱。帐篷有差别，但帐篷之间却没多大差别，到处都躺着、坐着各式各样的年轻人，晒着太阳，用不知哪儿来的设备，播放着不知哪儿来的歌曲。个个手拿酒瓶，人人吞云吐雾。那混杂的绝不单单是酒精和烟草的味道，吸引着人又排斥着人。不少人都光着身子，瘦弱的身体在阳光下显得黑黑白白、大大小小，还有公然在阳光下或者帐篷里交媾的——司徒绿几次要提醒小允，"目不斜视、专注脚下"，最终觉得顺其自然为好。

偶尔，路过像是被阳光烤熟的人，奄奄一息地躺在地上，不剩多少活力，脸上却洋溢着迷幻的近乎冰冷的笑容，甚至有人直直地瞪着太阳，仿佛那只是金色的花朵。阳光、风、苍蝇，围绕着他们，在他们身上起舞，同时舞动天堂和地狱、冥想与躁动、死亡与生机，长长的鞭子在他们上方甩过，鞭梢闪电般抽动，噼啪作响。

这是段漫长而轻飘的路，到陈聿飞面前，司徒绿恍若隔世，注视着自己的那张脸陌生得不行。

"这是什么地方，这些都是什么人？"

"这里就是著名的驰荡坡。整个西线都是放纵之地，一块恣肆妄为的两边都不统辖的飞地。在这里，所有的欲望都能得到满足，所有的烦恼都会抛在一边，连时间也被抛开。因为，大多数的放纵和大多数人的放纵，都只通往一个去处，死亡。"

"死亡？"

"死亡。你看看这些年轻人，除了死亡，还有什么别的资本？除了死亡，他们也得不到更多快感。他们费尽周折，来到这里，带着全部身家，甚至父辈的家当，买下酒精、烟草、毒品，买下最便捷的刺激物，躺在帐篷里，躺在阳光下。尽情享用，享用完毕就去死，这就是在抵押死亡、享受死亡。"

司徒绿盯着陈聿飞，他抑制不住的兴奋劲头，让她陌生。陈聿飞被盯得住了嘴，他寒战似的，哆嗦一下，救命般掏出烟点上，几口下去，缓缓恢复平常模样，只是冷淡中平添一份神伤。抽完烟，陈聿飞指着不远处的一辆黄色班车，"咱们得坐这车，去西线——嗯，不能说城区吧，至少是比这儿更丰富的地方。"

车上没几个人，之前陈聿飞的话，有点抽象且辞藻过剩，司徒绿又问："这些年轻人就这么躺着，躺到死？"

"绝大部分是。少数人能够醒过来，起身离开。"

"为什么？为什么一躺下去就站不起来了？"

"你尝过放纵的滋味吗？如果你一直生活其中的环境，说是丰裕，实际上只是没那么匮乏，而且这种'丰裕'都因人而异，你的各种需求都被抑制，甚至尚未开发，等你到了可以随心所欲沉溺于享受的地方，多半都会在还没明白这一切意味着什么、代价是什么的时候，就消耗光钱财、身体，一命呜呼了。"

小允坐在司徒绿旁边，提出了她的问题："为什么要有这样的地方呢？"

"丰裕社会需要它，匮乏社会需要它。也就是说，协会需要它，人类需要它。这个问题太复杂，简单类比，就像你在学校，老师需要坏同学，好同学也需要坏同学。"

问题和解释也许复杂，但简单类比更复杂，小允一脸茫然地看着司徒绿。司徒绿明白陈聿飞的意思，但她没想到这些需要会如此简单、赤裸，连持续性都被放弃。按照陈聿飞的逻辑推演，只有一个原因：真的需要。为什么？什么变化导致的？

黄色班车开过沙草交织的路段，进入繁华区域。不是高楼大厦，灯红酒绿，是人气旺盛，买卖红火。道路两旁是一层二层为主最多不超过三层的房屋，建材各式各样，不乏凑合而成，但货物琳琅满目，单从班车上望去，司徒绿就能发现，她在丰裕社会所见的，这儿差不多都有。另有些货品，丰裕社会未必找得到。

车开到一个宽阔的广场，停下。陈聿飞三人下车，天色昏黄，各处渐次亮起灯光，偶有蜡烛。一个等候在此的男人，上来和陈聿飞打招呼，说"跟我来"，转身向广场西北角而去。

西北角是一排排石头房子，男人带着他们穿过一条巷子，下两次阶梯，推开右手边一栋房屋的门，把他们让进去。

"你们可以管我叫蔡哥。"进了屋，蔡哥热情了些，他在桌上摆好面包、土豆、水，邀请大家晚餐，"简单了点，不过管饱。不知道你们是第几次来，但这里比你们看到的要复杂，那些美食美物，也不是我们一般人享受得起的。"

陈聿飞点点头，招呼司徒绿、小允别客气。

"用完餐就休息吧。明天是自由日，今天整个西线都会尽早休息，以便留出精力，尽享狂欢。"蔡哥说完，离开房间。

晦

"自由日是什么？庆祝人们获得自由吗？"

"我没听说过自由日，对它一无所知。"

"新文明时期历史上，有过名称类似或者以狂欢形式庆祝的节日吗？听起来，这个节日和新文明的总体精神相悖，丰裕社会不会搞，匮乏社会没条件搞。"

"我想想。很多年以前，有个日子叫独立日，又叫告别日。'独立''自由'，真要有关系也合乎情理。但独立日不是普遍性的节日，它是年轻人的私密聚会。"

"哪一天？"

"七月第一个星期天。"

——这是早餐时，司徒绿和陈聿飞的交谈。

"每年的自由日都是固定的吗？"

"我来西线，知道有这个节日后，它都是在每年七月的第一个星期天。时间不固定在哪一天，可一年的什么时候举行，是清楚的。"

"它什么来由？"

"各种说法都有，有一种最被认可。说它是先辈到来，决定创建西线的日子——他们决定把这个地方搞得和丰裕社会、匮乏社会都不一样。那时，他们的信念是'自由'。每个人有权安排自己的生活与生命，决定不了怎么活，也要决定怎么死。"

"还有什么说法？"

"有说是挫败丰裕社会、匮乏社会联合进攻的日子，有说是第一位女性到达这里的日子，有说是第一批创建者们集体婚礼的日子，甚至还有说是首次从银冠玉仙人掌提炼出强劲致幻剂玉髓的日子。"

"那你知道独立日吗？又叫告别日。"

"那是什么日子？和自由日有关吗？从哪儿独立，告别什么？"

——这是早餐后，司徒绿和蔡哥的交谈。

聊天之前，司徒绿和蔡哥说，他们今天留下来，感受狂欢节。更重要的是，帮助小允寻找她哥哥——罗小让，小允说了她知道的哥哥的消息，讲了她为什么确定他在西线，然后她描述了哥哥离开家时的身高、样貌、衣着。最后，她拿出珍藏的，有点花了的两寸照片。

"我没听过这个名字，没见过你说的这个人。"蔡哥摇摇头，"按你说的情况，你哥哥未必在西线，有可能他去了别的地方，有可能传话的人听岔了，也有可能……"

司徒绿明白他的意思，小允也明白，她的眼泪流下来。蔡哥有点慌张，忙出言安慰："当然，他也可能在西线。别看西线的核心地带不到十平方公里，但大大小小十七个区域。每个区域由不同的人维持，他们互不隶属，联系也不紧密。他们区域内的人，包括他们的手下，极为混杂，很多人我也不认识。"

"怎么会有十七个区域？"司徒绿忍不住问道。

"还不是丰裕社会那帮家伙搞的！丰裕社会需要西线存在，但不希望西线强大。别说丰裕社会，匮乏社会在西线的力量也不弱。夹缝中哪儿有独立的生存？这样也好，逼得西线越来越纯粹，只有放纵享乐，无所不为，无恶不作！"蔡哥大笑。

司徒绿笑不出来。她必须在一天之内确定罗小让的踪迹，要么确定他没在西线，"那怎么找？"

"我把情况传出去，让各个区域内的朋友帮着打听。是互不隶属，可各区域之间并没什么大不了的冲突，有时候是演给那些人看的。"说到这里，蔡哥一抱拳，"很抱歉，没法陪你们。转转吧，自由走动，哪儿都能去。记得晚上七点回到广场，我带你们去大乐场，那里才是狂欢节高潮的地方。"

三人从石屋出来，先到广场。跳舞的人挤满了，各种完好或者破烂的电子设备以及原始乐器的伴奏下，人们尽情扭动身体。独自沉浸也好，与他人默契搭配也罢，每个人都跳得灵魂出窍、浑然忘我，他们淋漓尽致地，把汗水甩在地上和彼此身上。

　　没具体的目的地，三人顺着人流往前。开始很新鲜，这里的人有一种司徒绿没见过的舒展，他们待人友善，对自己放纵，看中的东西想买就买，高兴了就随手分给碰见的人，让人不禁产生错觉，以为仍旧生活在传说中普遍富足的时代。但再加辨认，就从他们的舒展中，看到癫狂，那些消费、纵欲隐隐带着狠劲，时时准备毁灭。这狠劲与毁灭被狂欢节的气氛强力遮掩，又被死亡不经意地突显。每个角落，每处荒漠都看到倒毙的人，大街上偶尔还有猝死或自戕的人。每当这时，管理各个区域的人勤谨可见，他们迅速出现，将尸体拖走。活着的人丝毫不受影响，他们走在死者踏足的路上，踩着死者的脚印，甚至直接跨过死者的身体，在血迹里狂欢，在自己与他人的尖叫、笑声中，摆弄欲望。

　　三个人旁观了大型嗑药现场。由银冠玉仙人掌提炼的半透明白色粉末，人称玉髓的致幻药品，在这里被滥用如水。有人吸食，有人注射，更有人向天空抛撒。现场用坚固的铁栅栏加玻璃围起来，具备整个西线最好的防护。看守的小伙子说，防护栏既保护里面的人，不让他们冲出来，走散在人群中；也给外面的人提个醒，让他们进去嗨之前，看清状况。

　　"如果致幻严重，他们互相伤害怎么办？"司徒绿指着一个看起来要暴走的吸食者。

小伙子老练地摇摇头，"不会。玉髓引起的幻觉里，很少有暴力场景。"他指指护栏上方，两个粗细不一的喷管，"有必要的话，会喷水让他们冷静。"

小伙子问了小允的年龄，邀请司徒绿、陈聿飞进去体验，他们婉拒后离开。

"咱们只是看，不参与其中，体会不到他们的感受，也就不明白这狂欢节的意义究竟在哪儿。"司徒绿不是真的想参与，是无法解决眼前的困惑。

"不需要参与。有些事，看一眼就知道是什么样子。体会不到不一定是因为没参与，是你已经知道它是什么样子。"

陈聿飞这话里的道理兜了好几个来回，司徒绿琢磨着，走着，看着。一天下来，可能是没参与导致的，也可能是琢磨太久造成的，很是疲累。小允还好，比司徒绿、陈聿飞专注得多，她目不转睛地看着出现在面前的一个个人，不管他们在做什么，只看着他们的脸。有时候，她嘴里还念念叨叨"这不是这不是这个也不是……"，司徒绿听得心酸，恨不得罗小让马上出现。然而他们回到广场时，也没见他。

"哥哥在忙什么事，没出来。"

"小允，你哥哥就算出来，你也未必能看到。狂欢节这么多人，咱们才看到多少。"

"就是。"陈聿飞也应声安慰，"等蔡哥把消息传出去，你哥哥要是在这儿，一定会来找你。"

但蔡哥一见他们就摇摇头，司徒绿和陈聿飞没来得及阻拦，他就直接对小允说："消息传给各个区域了，让大家帮着找。到现在还没回音，你哥哥多半不在这儿。"

小允抬头看着蔡哥，眼睛一转，问："你没说，是我在找他吧？"

"没有。"蔡哥老老实实回答，"西线人太复杂，搞不清什么人在这儿，想做什么。我只说了名字、长相，让大家帮着找。找到了，咱们再过去。"

"那他肯定躲起来，想看看是谁在找他。知道是我，他会出来。"

蔡哥看看司徒绿、陈聿飞，面露苦笑，"好好好，我们等他。现在，我们先去大乐城。"

走的是另一条路，从广场一侧下近百台阶，打开一道门，门背后是两旁树木蓊茸的小道。

"转了一天，有没有嗨起来？"蔡哥走在前面，说话时便转过头来，有点梗着脖子。这话说完，他索性转过身来，倒退着走。

"看了看，这种嗨不适合我们，尤其不适合司徒和小允。"

"那倒不一定，你们肯定看到，西线的女人可不少，每个狂欢节，放得最开的就是从丰裕社会赶来的女人。女人活的时间也更长，两三年很普遍，五六年不稀奇，还有活上十年二十年，留下来生活的。男的就不灵，大多半年一年就没了命。"

"怎么差别这么大？"

"你们买东西了吗？就算没买，总吃过午饭，感觉怎么样？"

"贵。菜品倒是比丰裕社会还丰富，价格足足贵了三四倍。"

"这里东西的种类没有丰裕社会多，不管是日用还是菜蔬，这是肯定的。只不过你平常可能不怎么去，没太多接触。但——"蔡哥竖起一根指头，"贵是真贵！平均下来就是丰裕社会的三四倍，有的贵十倍不止，特别是不符合条例要求的那些东西。来这儿的年轻人，本来就是卷光家财也不富裕，哪儿还经得起这么花。没钱，更活不长。"

"女的为什么能活得久？"

小允又能提问，蔡哥很高兴，可他答得很含糊，"她们总归有办法。"

说完，蔡哥转过身。小允明白了，她脸一下子红了，没再往下说。

大乐场和这个名字给予人的想象不一样，它不是什么纸醉金迷的不夜场所，它是一圈帐篷中间围着一顶大帐篷。每顶帐篷里都有不少人，可没那么喧闹，常常只在寂静之后，夹杂着一阵短暂的哗响，有喝彩、惋惜、大笑，没有痛骂和争吵。每个帐篷都摆有好几张桌子，人们分成群，围在桌旁。桌上，是扑克牌、骰子、牌九、麻将等玩乐工具。

"这是赌场，但不是那种赌场——"蔡哥指着一张牌桌，桌旁坐有六人，每人手里都拿三张牌，"没庄家，不收场地费。赌钱，赌任何东西，你提出来，有人接受，就能坐下来赌一把。形式不拘，可以是这些工具、它们的固定玩法，可以是别的工具、它们的随意玩法。你看他们——"

拿着三张牌的六个人亮出手里的牌，他们比得非常简单，三张牌加起来点数大为赢。围观者的注视下，五个人脱下所有衣裤，交给获胜者，一丝不挂地走开了。获胜者并不拿走，她将它们折叠好放在地上，谁需要谁取用。

"你们要不要赌点什么？没关系，四处转转吧，说不定什么赌局就让你们感兴趣。先在这里等等我——"

蔡哥挤开人群，往大帐篷去。等了好一会儿，他拿着三张粗纤维卡片回来，示意他们随机抽取。司徒绿顺手一抽，卡片上用仙人掌汁写着2117，陈聿飞那张写着1514，小允则是0232。

"收好。零点抽取年度狂欢幸运星，满足抽中者一个愿望。只要在场所有人加起来能实现的，就会帮他实现。"

小允顿时激动了，"每个来的人都有吗？"

"愿意来的都有，在箱子里随机摸取。幸运礼物是很棒，但也没那么多人当回事。大多数人在零点之前，就输掉了自己的号牌，还有人在此之前，把自己的命输掉。所以经常找半天，找不到幸运者。"

"司徒、小允——"蔡哥离开后，陈聿飞把两人叫到帐篷外，"无论如何，咱们明天就得出发，前往匮乏社会。"

司徒绿担心地看着小允，小允倒是很爽快，"出发前还没找到哥哥的话，我跟你们走，但我相信哥哥一定会先找到我的。"

"好——"陈聿飞没多说，"我坐一会儿，咱们零点见。"

说完，他走到不远处一株仙人掌旁，坐下。司徒绿带着小允在外面的八个帐篷挨个转了一圈，和白天一样，她没参与进去，因而没什么特别的感受，不过是白天所见种种放纵感官的转换与变形，其中的虚无感更强而已。她们到过中间的大帐篷，帐篷顶上挂着巨大的八盏枝形吊灯，下面搭了个圆形舞台，舞台中央是一台绿色的摇号机。舞台用白绳子拦着，还有人看守。

小允仍旧专注地看着每一张脸，见她一次次失望又鼓起希望，司徒绿对帐篷里的喧闹生起越来越强烈的厌倦，心里开始呼喊："零点快点到来吧。"

越喊越快，越喊越强。

朔

终于，零点要到了。

所有人往中央的帐篷拥来，司徒绿右手拉着小允，顺着人潮往里去，忽然她的左手被人握住，是陈聿飞。三个人被席卷到离大帐篷中央舞台几米远的地方站定，前面有三层脑袋。

陈聿飞松开手，大家望向舞台。有人站在舞台中央，摇号机旁边，是个两米多高，得三百来斤的铁塔大汉。灯光下，短裤、T恤遮挡之外，他的身体黝黑光亮，汗毛如野草纵横。

"各位朋友！"大汉开口，震慑全场，"又是一年狂欢日，到了最期盼的时刻，找出我们的幸运星。希望我们摇出号时，这位朋友还是清醒的，至少希望他是活着的——"

全场哄笑。"好了，现在——"

"等一下——"娇嗲的声音打断大汉，司徒绿三人站立的左前侧，忽然分出一条道来，一个穿着超短裙、吊带背心，性感无比的女人走过，她来到舞台边缘，并没跨步上去，而是伸出双手。

铁塔大汉过去，抓住那双手，往上一提，女人小鸟一样飞上去，飞过舞台，坐在大汉的左肩。托着她，大汉绕舞台走上一圈，女人则搂住他的脖子，俯身在其右耳低语两句。大汉肃穆细听，脸现喜色，再归于肃穆。随后，大汉回到方才立足处，双手托女人双脚，往上一抛，女人在空中翻滚，向下坠落。

众人惊呼。大汉双手却如飞鸟，紧追如箭矢的女人，在她离地不到一米，双手抚住其两肋，飞鸟、箭矢翩跹起舞，稳稳将女人托住放至舞台下。再看大汉，已单膝跪地。这系列动作一气呵成，如演练过千万遍的严丝合缝。

掌声雷动，女人谢幕似的行礼四方，顺着众人让出的道原路返回，消失在帐篷外。

"各位朋友！"大汉站回摇号机旁，"人人尊敬的庞先生，咱们狂欢日的倡导者、主办者，决定今天增加一个回馈环节。现在，有请庞雨春庞先生！"

再一次延宕，让众人意外，"庞雨春"三个字又掀起雷动的掌声。大家寻找无果，回过神，却早有一人站在摇号机的另一侧，身着正装，大方谦和。他矮于常人，往那儿一站，却让大汉顿显稀松，谁都辨认得出谁是主谁是仆。庞雨春一头铁灰头发，一脸波折皱纹，看起来一切都正好。正好庄重，正好威严。

"各位——"庞雨春声音不大，正好每个人能听清，"承蒙厚爱，无以为报。今天增加回馈环节，以推波助澜。"

大汉接过话，"庞先生决定，增加三位特别幸运星，随机抽取。幸运者提出要求，庞先生负责奖品。"

现场再次欢呼一片，也有不耐烦潜滋暗长，嘀咕出声。司徒绿听得"三位"，心里一动，预感翻滚，但她还不能判断究竟是何意味。再看陈聿飞，一脸平静地盯着庞雨春。

"现在——开始——摇号！"大汉说完，按下摇号机上的按钮。

绿色摇号机中间，是矩形液晶屏，从左至右分作四格。现在，四个格子0~9的阿拉伯数字在翻飞，欢快的伴音响起。十秒钟，伴音停顿，最左边的数字停留在0上；过去五秒，伴音再停顿，第二个数字停留在2上；又是五秒，第三个数字停留在3上；最后五秒，伴音停止，数字是又一个2。

司徒绿心里咚的一声，预感落实。小允尖叫："啊！是我！"她往上蹦了蹦，双手高举。前面的人面带祝福地转过头来，看看她然后往旁边让开。陈聿飞恰好看过来，他还是那么冷淡，目光似乎在要求司徒绿"平静"。

"第一位幸运星产生，祝贺你，小姑娘！现在寻找第二位。"

同样一番操作，数字是2117。小允要高兴疯了，双手摇摆，喊着"姐姐，姐姐"。司徒绿的预感往"糟糕"倾斜了一下，这反而让她踏实下来，她调头看了一圈，都是人，要想顺利离开，必须制造混乱。忽然，有人一阵摸索后，抓住她的左手。感觉有点熟悉，再看陈聿飞神色，是他没错。司徒绿偏偏头，见陈聿飞左侧站着一个细高个，莫非……正想着，她腰上一硬，有个东西抵上。那是枪。

大汉再次祝贺小允的福气，连姐姐都跟着走运。现在第三个幸运星的第四个数字，正稳稳固定在4上。

"1514！1514在哪里？祝贺你，今晚的第三位特别幸运星。"大汉高声喊道。

陈聿飞松开右手，双手高举，向左侧挤了挤，喊道："这里！"

"好！三位特别幸运星产生了，祝贺他们。"大汉高举双手，已经疲颓的欢呼声就势停下，"庞先生说，特别幸运星的礼物由他准备，三份大礼，为避免三位过于暴露，惹人眼馋，不请他们上台。庞先生给到来的每位朋友准备了一份玉髓，已在外面备好，现在就能领取。"

"谢谢庞先生！请大家有序领取，一刻钟后我们回到这里，抽取唯一的狂欢幸运星！"

大汉说完，原本围在舞台周围的人，从帐篷的四个门往外拥去。

"走吧。"细高个低声说，收起枪，但还揣在衣兜里。司徒绿身后的人收起枪，她往后看，小允背后居然跟着两个人，可见他们吃准了她和陈聿飞。

陈聿飞看司徒绿一眼，两人目光对接，确定暂且忍耐。出帐篷，见左前方一行人，中间正是庞雨春。庞雨春没做任何表示，转身就走，他的步子略急。很快离开大乐场，离开灯光，步入星光下，人影模糊起来。模糊的那一刻，司徒绿他们身后的人，跟随庞雨春的人，直接亮出枪。

前行几百米，绕过一座沙丘，来到另一座沙丘前，庞雨春站住，转过身来。

司徒绿一眼看到离庞雨春不远，地上挖了个大坑。她心知"不好"，却苦于没办法，只好大喊："庞先生，庞先生！"

庞雨春上前两步，一摆手，"没空听你啰唆！你们受匮乏社会那个老鬼派遣，到这里来捣乱，想搞垮我的大乐场。今天，不是审判，是执行。"

说完，手一挥。有人说"上前"，同时有两把枪，一把抵住脑袋，一把抵住腰。司徒绿只得跟陈聿飞、小允往前。庞雨春根本不给机会，他们刚到坑边，就听他说"执行"，枪声随即响起。司徒绿觉得枪仿佛击中后脑勺，又仿佛击中后脑勺上方的风，扑通三声，是自己又仿佛是别人滚进沙坑。与此同时，听得一声叱喝"谁？"——又是几声枪响。隐隐，还有什么地方传来欢呼。

她定定神，自己还站在坑边，陈聿飞在左、小允在右，沙坑里黑乎乎的有人影。

"胆识过人!"庞雨春鼓着掌走过来,依次拍拍陈丰飞、司徒绿和小允,"特别是这个小姑娘。"

"庞先生——"司徒绿思虑千转,"这是什么情况?"

"有人要我干掉你们,特别是你,司徒小姐。刚好,我手下有三个吃里爬外的东西,就来了一出李代桃僵。"庞雨春突然提高声音,"出来吧!"

果然,面前沙丘的一侧走出个人来。星光下看不清楚,按轮廓,算不得高,偏瘦。那人走几步,停下来,说:"听说有人在找我?"

"哥哥!"小允一声尖叫,几步快跑,扑了上去,那人一把抱住她,往上举起,在半空停了停,才放下来。

"主意都是小让出的,找他算账吧。"庞雨春打着哈欠,带走其他人。

"两位,这边请。"罗小让说着,绕回到他刚刚出来的沙丘背后,那里并没有什么布置,只不过完全挡住了大乐场的灯光,连喧闹都降下来。

"两位,谢谢你们不嫌累赘,一路都带着小允。"罗小让抱拳致谢,"我这个妹妹很不省心,一路上又总有人窥伺你们,实在不容易。"

"小让，别客气。"司徒绿单刀直入，"你对我们的行踪了如指掌啊！"

罗小让忙摆手，"别误会，你们进入西线，我才知道。老薛散布消息，说有人找我，我过来发现小允在，就和庞先生合计这么一出。如有得罪，请千万担待。"

"那你怎么说'总有人窥伺'？"

"你们刚进入西线，我们就接到丰裕社会传来的指令，要求将你们留下，无论邀请还是用强。五个小时后，又传来指令，说留不下的话，死伤勿论。"

陈聿飞插话，"你们听命于丰裕社会？还是听命于丰裕社会的某些人？"

"当然是丰裕社会那些有权力的人，他们随时能将西线荡平。当然，这首先得他们内部达成一致，还愿意承受代价。他们知道代价，不会轻易动这个念头；可我们也得记住他们能做到，不轻易给他们由头。"

"这次为什么这么做？"司徒绿把话题带回原来的轨道，"因为我们带着小允过来？没我们，小允迟早也能找过来。而且，我和小允只是半路相逢，这一点只要丰裕社会那些支使得动你们的人去查一下，一清二楚。"

"不仅为这个。最近一段时间，丰裕社会压榨得太厉害，我们必须有所表示，让他们知道不能这么逼迫。"

陈聿飞摇摇头，"西线这么散沙一盘，光你们表示起不到什么作用，只会被迅速除掉。"

"说得好。"罗小让冲陈聿飞竖起拇指，"西线是丰裕社会的宣泄口，是它和匮乏社会之间的缓冲，地理、政治、性别……各方面的缓冲。正因为如此，丰裕社会要牢牢地控制住西线，他们分化出十七个区域，不断挑拨各区域之间的矛盾，不断更换代理人，使得这么多年西线纷争不休，乖乖听命于他们。"

司徒绿明白了，"你说服了十七个区域联合起来？"

"不能算我说服。首先得益于庞先生的个人魅力，多年经营，他在十七个区域广受敬重。庞先生深谋远虑，我提出去联合各家，他鼎力支持。"

"单纯说服很难吧？"

"根子上就两条，利益分配和西线的未来。只要大家认识到，后者是决定性的。西线的未来依赖什么？依赖丰裕社会，丰裕社会崩溃，匮乏社会也难长久，西线更不用说。污染不断扩散，资源捉襟见肘，丰裕社会离崩溃不远。西线怎么办？别无妙招，只能积攒资源与财富，寻找可以退去，生存下来的地方。为此，必须联合起来，还必须与别的力量联合起来，才有一点点生机。"

罗小让这番话抑扬顿挫，想必当初更结合西线实际，具体翔实，才说得动各区域的负责人。

司徒绿捕捉到这番话里的弦外之音，"匮乏社会和你们是什么关系，对你们的联合有什么影响？"

"匮乏社会以前对西线比较冷漠，大概担心我们败坏他们的人心，又担心我们受丰裕社会唆使，向他们渗透。几年前开始，他们对西线热情起来，支持我们联合，这也是我们能够联合的重要原因。"

"哥哥，你们一直说这些，不累吗？"小允插嘴道。和罗小让相见后，她一直静静听着。

"哈哈，小允听不下去了。"罗小让松弛下来，靠着沙丘坐下，"咱们都坐着聊吧。小允，刚才枪毙时，你为什么不害怕？"

"你知道呀！"小允嘻嘻笑，"我知道你会出来找我，就是不知道什么时候。站到沙坑前面，我知道是你安排的，马上就能见到你，你肯定不会让我死掉，为什么要害怕？"

"你怎么知道？"

"你忘了，小时候你带我在沙滩上玩过，坑没那么深，我倒下去啃了一嘴沙子。玩三次，三次都是我倒，三次都啃一嘴沙子。"

大家乐了，司徒绿总算明白小允刚刚为什么那么沉着。

"哥哥，这么长时间，你都不回来看我们？你知道妈妈快病得不行了吗？"

"妈妈病得这么厉害吗？"罗小让一下站起来，"知道你来找我，我以为，以为你们只是想我了。对不起，对不起，这边事情太多，联合还不稳定，一时半会儿走不开。我以为等我找到适合生存的地方，再回去把你们带过去，就行了。就算这事没解决，再等等，等你十六岁生日，我会带着最好的画布和颜料回来。"

小允哭起来，"我不要画布、颜料，我不要让妈妈再等等。"

司徒绿站起来，走到小允身边，抱住她。小允却被引爆似的，哇地大哭起来。

"小让，你明天就带小允回去吧。妈妈的身体重要，庞先生和十七个区域的管理者能理解。"陈聿飞说。

"回，肯定回。"罗小让也走到小允面前，摸摸她的头，"明天不走，后天走。安排好你们去匮乏社会的事，我们就走。"

罗小让主动提起这事，司徒绿、陈聿飞顿时看着他，虽然星光下看不清他的脸。小允也停止哭泣，看着哥哥。

"明天说不定能给你们介绍一位新朋友，由他带你们去。不早了，回去休息吧。白天只能辛苦你们继续猫在这儿，晚上出发。司徒，你的头发得剪掉。"

"为什么？"这是个话题外的要求。

"匮乏社会没有女人。"

既 朔

来人四十多岁，瘦癯，脸狭长，眼圆大，浑身上下，一体黝黑。他神情严肃得近乎麻木，站在灯光下，任司徒绿他们打量。

估摸着差不多，他才开口，又说了一遍，"几位好，我叫陶达，接你们去匮乏社会。"——即使有肤色衬托，他的牙齿也没那么白。

司徒绿伸出手，和他握一下。陈聿飞在握手时说"辛苦"，陶达没回应，他只是睁着大眼看着陈聿飞。

"姐姐，你现在的样子真好看——"下午见到司徒绿的新模样后，这话小允说过很多遍，现在又说一遍。她的声音发颤，快要哭出来。

司徒绿拉拉她的手，摸摸她的头，最后和她拥抱在一起。"好好为我画张画，等我回来去找你要。"司徒绿擦去小允的眼泪，和她拉了勾。

临上车前，罗小让把司徒绿叫到一旁，递给她一把带鞘的短狭匕首，"防个身吧。"

就这样，和小允、小让、蔡哥、庞雨春道别，离开西线，司徒绿和陈聿飞坐上陶达开的车，由一丛仙人掌旁边的暗道，进入匮乏社会。

陶达让司徒绿、陈聿飞坐在后面，或许就是不想多说话。上车后，他专注于驾驶，似乎没空关注别的。司徒绿本想既来之则安之，到目的地再说，随时间推移，她感到沉默的异样。

"陶达，你什么时候来的这边？"司徒绿问，她能从车内镜看见陶达一角脸，拼不出他的表情。

"三十五岁。"

"谁派你来的？"

"你为什么要来这边？"陶达不答反问，"我受命接你们，不该多嘴，但女人不能出现在匮乏社会。"

"出现了呢？"

"出现又被发现，女人死于非命，社会动荡不安。"

司徒绿一窒，不知如何接续，听得陈聿飞咳嗽一声，"陶达，你在丰裕社会还有家人吗？"

"我来匮乏社会之前，他们就都死了。"

只能沉默。司徒绿目光顺着车灯而去，是一段段不断接续着铺上的沙子路，灯光下有点发白。照亮的同时，灯光拒斥了别的部分，说撕裂也不为过。

"你可以不开车灯。"

"开车灯不是为照亮路，是为躲避。"

"躲避什么？"

"便于兔子什么的躲避，以免撞到车上来。"

陈聿飞伸过手握了握司徒绿，以示劝慰，司徒绿回握他，表示并没什么。她倚着车窗，望出去。天空幽深，黑中带一点蓝，用最透明最柔软的事物形容它，都不会矛盾更不会错误。明亮或暗淡的星，密布周天，是点缀是镶嵌，让一整块幕布熠熠生辉。心理上，又知道这是无穷数的星辰，从遥远得以光年计的地方，投掷过来的光芒，以在同一个平面上的视像，掩盖它们参差的距离——如此一想，又仿佛从星辰间看上去微小的距离，看到实则辽阔广寒的天宇。顿时生出今夕何夕，此身何在的怅惘。

司徒绿思绪飞出车内，悬在半空，再回首俯瞰。群沙密集如群星罗列，每一粒紧密相连又互不相属，它们拥挤成一道道更替不已的沙梁，堆积成一座座不忘消长的沙丘。此刻，它们让开一条路，让一只两眼放射电光的机械甲虫在上面，贴地而行。这甲虫老实、稳妥地沿着道路最平坦的部分向前。前方等着的，是同样浩瀚的沙海，是刚刚被撕开又自行合拢的并不纯粹的黑暗。突然，机械甲虫停下来，放射电光的眼睛闭上，鸣响不已的寂静迅速从四方合拢，将它牢牢罩住，犹如海水淹没礁石。

"怎么啦？"司徒绿思绪回落。

"听——"陶达说。

听不出任何异样，风刮过沙丘与坑洼呜咽作响，沙子摩擦沙子簌簌作响，有虫子呼朋唤友，有鸟掠过天空扇动翅膀。啪嗒是草折断茎，滴答是露水翻过叶，刺啦是手指划过座椅，嗡轰是发动机提供动力。陶达一定听到了什么，他像狮子或猎豹静下来等候猎物犯错。等了很久，等到东方将白，司徒绿和陈聿飞都困意袭身，将睡欲睡时，动起来。车以蹑行的速度，拐下他们一直在行进的道路，往右绕过两座沙丘，伏在第三座沙丘背面。司徒绿以为还要再次等待，汽车忽然提速，正是狮子扑向羚羊那样，冲刺。几百米过后，远灯忽然打开，强光扫视下，汽车快速蹿过几丛密集低伏的植物，尽管车身一度向右倾斜，尽管车体猛烈颠簸，但还是沿着起伏的沙子，冲过一道横挡着的木质铁马，将它撞得稀烂，就要扬长而去。

但斜刺里冲出两辆车，一辆横在前方，别住大半个车头，一辆堵在后面，挤住小半个车尾。两辆车都没开灯，像是两只沉默的兽，蹲伏在黎明前的夜色里。陶达迅速熄了车灯，司徒绿眼前只剩一团虚影，里面有仪表盘留下的红点。最初的将要爆炸的寂静还没过去，前面车辆后车门打开，三个人影先后钻出来，他们脚步沉稳地向这辆车过来，一只手举在胸前。

忽然，一束光从远处打过来，白炽、强力，将三辆车罩住。接着，巨大的轰鸣声响起。

"趴下！"陶达猛喝一声，不管司徒绿、陈聿飞是否做好准备，踩动油门。车先后退，撞在挡住车尾的那辆车上，咣当一声，几乎与此同时，向前猛冲，撞在前面的车上。枪声响起，嗒、嗒、嗒，点射的声音，随后是嗒嗒嗒的连击声。陶达的车重复一遍方才的流程，向后向前，撞开前方横挡车辆的同时加速，风驰电掣。

道路极其颠簸，陶达毫无减速的意思，继续在这条路上走一段，才猛地左拐，上到之前偏离的道路。司徒绿这才直起腰，她在后视镜里隐隐看见有胜过星辰的光亮，再从后挡风玻璃看去，三只眼睛紧紧跟随。陶达如臂使指地操作，让车继续奔驰。现在，这辆车成为猎物，三只眼睛是捕食者，但它们没被甩开分毫，也没逼近丝毫，距离一直不变。

这疾驰拉开天幕，东方浮现一缕白，并开始扩散，范围越来越大。前方能看见一粒亮光，越来越明亮，超过星辰。陶达开始减速，后面的车辆逼近，三只眼睛变成六只。随即，司徒绿见到前方数十米道旁矗立着如册页亦如树木的一块巨石，紧挨巨石的路上正趴着两辆与他们相对的车，车已发动、开着前灯，但没打远灯。

陶达一踩刹车，汽车强力摩擦地面，驶过巨石与两辆车之间，停下。也不熄火，就让车灯闪烁，静静等待。司徒绿从后挡风玻璃看着那六只眼睛也慢下来，它们行到几百米开外，停住。她产生了两群巨型肉食动物对视而自己夹在中间的紧张。

然后，那六只眼睛变得暗淡。接着，它们调转身躯，一声不响地离去。

司徒绿这才掉过头，踏实坐下，她抓住陈聿飞的手。谁都没说话，车继续动起来，前行几百米，之前那粒亮光证明是一只巨大的灯泡。灯泡下面，是个汽车充电站，充电站旁边，是家小饭馆。

"你们去用早餐。"陶达说，"我去去就来。"他一掉头，向着来路开去。

店里饮食简单，只提供炙饼和仙人掌汤，但足够了。特别是仙人掌汤，翠绿的碎块，浮在冒着热气的汤里，很醒神，喝上一口，一晚上的疲乏，追逐的紧张，大大缓解。

陶达走进来，在对面坐下。司徒绿有异样感，抬头发现陶达正看向自己，目光在盯的专注与失神的涣散间不由自主地切换，但他黝黑的脸上看不出变化。

陶达意识到司徒绿在看自己，低下头，掰一块囊，咬一口。

"开头那些是什么人？"陈聿飞问。

"不知道是谁，拦截你们的。"

"后来的是你们的人？"

"是。"陶达点头，盯着仙人掌汤发了会儿愣，才端起碗，喝一口。

"他们是匪乏社会内部的人，还是内部与外面勾结的人？"

陶达重重看陈聿飞一眼，"不好说，内外勾结更有可能。他们不是要拦截，是要干掉你们。"

"从西线过来，有几条路通往目的地？"司徒绿问。

陶达一怔，"不算特别绕远的，有三条，我们走的是最便捷的。"

"因为他们三条道都会拦截？"

陶达若有所思，"他们猜不透我们走哪条道，多半认为我们不会走这一条。接应我们的人，只需要在这条道上准备就行。"

"要不是你车技了得，要不是接应的人及时出现，我们麻烦大了。"陈聿飞说得真诚，"前面还会有人拦截吗？"

"不太可能。过了那块沉积岩，已进入居住区，人越来越多，被发现、抓住的惩罚严峻异常，他们不敢冒险。"

"你因此断定他们更可能是与外面勾结的？"

陶达给司徒绿一个赞许的眼神，但他旋即烦躁起来，手里的一小块炙饼扔进汤碗里。"我的任务就是把你们送到目的地，再把你们送走，你们从哪儿来就滚回哪里。"

陶达的粗暴特别是那个"滚"字让司徒绿很诧异，她看着陶达沉郁的脸色，再看看陈聿飞，没再说话。

用完早餐，陶达坚持付自己那份钱，三个人继续赶路。是居住区了，人明显多起来，那些不管是木板还是铁皮搭的简易房子，居然很有序，车上望得见的地方也收拾得干干净净。很多人待在室外，晒着太阳，聊着天，那场景和丰裕社会没什么区别。让她触目惊心的是，所见全是男人，中年的老年的，健康的衰弱的，清一色男人。因为全是男的，他们衣着都很单薄，大多数只遮个羞就够了。赤身裸体的不鲜见，尤其是快要丧失性别特征的老人。

司徒绿第一次来到匮乏社会，这里不像西线，在丰裕社会有那么多传说，但这里才是丰裕社会最初与最根本的对立面，所有无名恐惧的根源与去处。进入之前，她有很多想象，更有巨大的不敢面对的畏缩，因此同意把头发剪短。但现在，这里似乎和丰裕社会没什么两样。她不会这么快下判断，可确实要微调想象给予的印象。

不清楚匮乏社会以什么条件决定聚居地带，也许是水源，也许是仙人掌适宜生长的状况？反正车驶过一个居住区，经过一段荒漠，又进入一个居住区，如此反复。一路上，司徒绿看不见工业生产区，但能见到居住区附近成片的幽绿的仙人掌。

汽车往里深入，所见全是滚滚黄沙，道路大概是很多年前甚至旧文明时期修筑的，缺少养护，早就破烂不堪。但所有的坑洼都有黄沙填满，因而不算颠簸。最重要的是，有一条可以辨认的路。

陶达发过火后，一直沉着脸，但他偶尔会从车内镜看一眼司徒绿，好几次欲言又止。陈聿飞对匮乏社会没那么大的兴趣，他的注意力更多放在司徒绿和陶达身上，留意着他俩的互动。

"陶达，你知道司徒绿去匮乏社会做什么，对吗？"陶达又一次看向司徒绿后，陈聿飞冷不丁问道。

"嗯——"陶达答完，被自己吓住，默默往前开出三五公里，才又说，"谁知道她去做什么，爱做什么做什么。"

司徒绿被两人的对话吸引，她并不在意陶达的语气，"你之前接到的任务是什么？"

"接你们过去，别的不知道。我不能弄清楚了再决定听不听安排。"

"谁让你来的？"

陶达不说话。司徒绿换个方式，"早餐时，你的朋友对你说了什么？守在那里，拦住跟踪车辆的那些朋友。"

车内镜的一角也见得出陶达的诧愕，他望了司徒绿半眼，"你在审问我吗？"

"不是。你有话要问我。"

陶达踌躇着，问："你们真是去杀人？"

司徒绿看陈聿飞一眼，陈聿飞看着前座椅背，像是听到一句最平常的话。她略一思忖，反问："有谁该死吗？"

"谁有权力决定？至少，来匮乏社会杀人的人，肯定该死。"

司徒绿没理会陶达话里的刺，但陶达的话，把她想过很多次，又不断压下的问题，再次推到面前：她如何决定该不该收割？换掉这个词语避讳的事实，她怎么判断该不该杀死一个人？"履行对团契的义务""执行第一次任务时最艰难，必须遵照命令，坚决执行"，她想起受训时的誓言、前辈的现身说法，以此鼓舞自己。

"匮乏社会现在能做到自给自足吗？"陈聿飞插嘴。

"越来越难。以前可以，现在男女比例进一步拉大，听说主动从丰裕社会消失的人在增多，但从流放过来的人数上可看不出来，就算沙漠种植技术提高不少，产量仍跟不上。"

"那怎么办？"

"还能怎么办？只能进一步加强配给，尽量不饿死人。但是，这么下去不是办法。"

"没出乱子？"

"没有。匮乏社会确实匮乏，但真的平等，从上至下，没人能得到超过配额的物资，大家都知道这一点，没谁抱怨。"陶达用一句话总结，"这种情况下，谁都不能闹事。"

"长久怎么解决？"

毫无征兆，陶达再度发作。他使劲拍打方向盘，像个小孩子，"怎么解决，怎么解决，我要知道还在这里开车，还来接你们？"说完他紧抿着嘴，坚决不再让谁撬开似的。

陈聿飞与司徒绿对看一眼，没再说话。就这样沉闷地又开了好多个小时，天黑之前，他们看到一片绿洲。绿洲深处散布着几圈房屋，木质的铁皮的混凝土的都有。一簇蓬松松的绿在前方出现，确定不是幻境时，司徒绿就猜测，那是目的地。果然，车越开越近，绿色面积愈发阔大，得有三四平方公里，还有一湾极其清澈的湖。湖边有芦苇，湖里有水鸟。

离绿洲不到一公里，路旁有一片三叶树林，树木都已枯死，但巨大的树干和赤裸的枝丫仍占据一大片。陶达将车停下，说："你们在这里下车。"

"我们自己过去？"陈聿飞的话，像是早做好准备。

"我来接你们。现在带你们过去太惹眼，等夜深人静，大家都睡了。在此之前，辛苦你们在三叶树林里等。巡查不会到这边，但他们很警醒，要注意。"

司徒绿和陈聿飞下了车。关上车门后，陈聿飞又特意拍拍副驾驶的车门，在陶达打开车窗后，大声说："我们最多等到十一点，你再不来我们就自己过去。"

陶达挥了挥手，开车离去。

司徒绿和陈聿飞带着他们早上买下的炙饼，走到三叶树林里，司徒绿靠着一根树干坐下，陈聿飞则走到一截树枝前，掰下一小截把玩。夜幕正迅速垂下。

"他会回来吗？"

"你看这个可以做武器吗？"陈聿飞走过来，把那一截枯枝递给司徒绿，"面对面使用会不会太短？作为暗器呢？会不会太轻？"

司徒绿接过来，比画两下，"再长一些，作为箭杆很好。他会回来吗？"

"他自己都不知道，我没法判断。"

"他自己不知道？"

"他要确定，你是否真的去杀人。如果是，他又该怎么办。"

"所以把我们扔这儿？"

"扔我们在这儿是早想好的。他说的理由成立，别人不知道他开车出入为什么，把我们放下来等到夜深，非常妥当。但现在，更急迫。"

司徒绿并没因此紧张。显然，陶达不止听闻了她要去杀人，还知道要杀的是谁，那个人和他关系匪浅。他回去核实，将触发连锁反应，对方必然加倍防范，甚至主动出击。但这些事都既来之，则安之，现在她有更关注的事。

"你来过这里，匮乏社会、西线，你都到过。"她说。

陈聿飞退回去，另找了根三叶树枝，折下走过来，递给司徒绿。司徒绿接过来，持剑般挑、刺一番，"可以作箭杆。"

"对。我来过，在匮乏社会待过很长一段时间，西线要短得多。西线很容易腻。"

"怎么样？"

"你看到了。"

"想让你成为其中一部分的那个'他们'，是主宰另一个东一区的力量吗？另一个东一区背后，还有另一个丰裕社会，对吗？这些人走下去，是不是会清除所有别的力量？"

"是，对。力量是伴生、平衡的，但每股力量都想一家独大。我以为自己能够游离其外，现在明白，我不能也不该。谢谢你让我穿透猎奇。"陈聿飞默了默，"尽管仍是猎奇，至少更主动。"

司徒绿一阵慌乱。有什么在向她敞开，而她似乎还没做好看仔细的准备，或者她觑过去的双眼在第一个瞬间就被那敞开之物的光华晃花，以至于她不得不低下头。

好在，陈聿飞只是稍等了等，就又说话了，"你们团契为什么会暗杀？"

"为推翻男人的统治，团契可以使用任何手段。"

"你现在仍这么想？"

"……看情况。"

两人没再说话。陈聿飞在旁边一棵倾倒的树上坐下，夜色遮住大地的四角，再次露出灿烂的群星，尽管有远有近、有明有暗，但每一颗都像刚刚被一双手擦拭过，又像刚刚被放置上去，洁净而摇摇欲坠。

仿佛就这么一瞬间，绿洲那边起了一阵喧嚷，望过去，有一片灯光更亮。

司徒绿看看表，"十一点，陶达不会来了。"

"也不会有人过来。"

"他希望我们知难而退？"

"他知道我们不会退，他也不会告诉别人我们在这儿，他现在就是只鸵鸟。"

"等他消停，等到十二点。"

蛾眉新

两人一前一后，猫着腰，靠近绿洲深处那些房屋。大部分房屋已混入夜晚的阒寂中，只几处还亮着灯，中间偏北的两层小楼，楼上楼下都很亮堂，如绿洲体内含着的明珠。

陈聿飞先停住，观察一会儿，退回来，"我先过去，没人的话，你再跟上。如果有人，我把他们引开，你趁机上二楼。"

说完，他看着司徒绿。司徒绿看不清他的脸，但感觉得到他目光的灼灼，"你这么坚定真好，无论发生什么，都要继续坚定。还有……回去再说。"说完，他不等司徒绿回答，上了最直接的通往两层小楼的路。司徒绿站在原地，持续深呼吸，默念"有力量的颗粒，是我们的团契"。之前三叶树林里感觉晃眼的物事，现在看得清清楚楚，她不用再回避——这给了她力量。她抬眼望满天星斗，接受它们冷冷的光的凝视。

仪式完毕，司徒绿绕开陈聿飞的路，来到最近的一座木屋旁。木屋里的人已入睡，鼾声穿透了木板。再转到一座铁皮屋一侧，没听见声响，但这儿地势略高，望得见小楼二层四个房间都亮着灯，右侧第一间的窗帘上还衬有活动的人影。这些房屋应该是前前后后一座座建起来的，没什么规划，东一座西一栋。走起来不是很顺畅，有时明明小楼就在前面，一绕又背对它了，但这只耗费些时间，不是问题。

司徒绿摸到只隔两座房屋且可以直接冲过去、上到小楼的地方，她贴着墙，静心等待陈聿飞给出信号。五分钟过去，没有动静，司徒绿决定不再等。小楼的楼梯是以两折折叠，靠在外墙的，因此少一道楼内的关卡。她疾步走到楼梯下，观望一圈，四外无人，只有深夜的微风吹动的声响。蹑步上楼梯，是铁的，动作再轻柔，都一步一响，好歹声音不大更不刺耳。

一级两级三级……司徒绿心里随着声响不自禁数起来，数到九时她不再继续。又四步，到转折处小小的平台上。有个人影在等着，无须细看，她知道是陶达。随她的步子，陶达往平台中间挪动，挡住去路。

抓住楼梯这一侧栏杆，飞身横踹，击倒陶达乃至把他踢下楼梯不成问题。她还可以抓着栏杆，飞身跳跃，上到二楼，冲进有人影的房间。都没有。司徒绿在平台上，隔一肘距离，与陶达对峙。

陶达言简意赅，"退下去，他能活。"

司徒绿盯着陶达，一步一步往下退。楼下已经两圈人，紧密的一圈，有三个，他们扶持或者说挟持着一个人，另有八人手持棍棒，分散站立。她一眼认出被挟持的陈聿飞，他头歪着，似已昏迷。

"他没事。"陶达说，声音压得很低，"你们哪儿来回哪儿去，我送。"

司徒绿没说话。陈聿飞还算平安，她松了口气。她默想一遍流程，打倒陶达，击退挟持陈聿飞的人，打败包围上来的八个人。如果顺利，要花多少时间？在此期间，更多人拥出，就算能解决，陈聿飞怎么办？关键是，惊动目标——多半已惊动——完不成任务，怎么办？但现实不允许长考，她再次看向陶达，准备进击。

正当其时，有声音在高处响起——"住手。"——有光照下，光线成一束，并不强烈，但把纠缠的一群人都拢了进去。每个人的影子投射在地上，更见拥挤。

"陶达，请司徒小姐上来，照顾好陈先生。"那声音平静，在沙漠的夜晚显得干巴，但声音里有着"权威"一词无法涵盖的力量。说完，那束光消失。

"是，赵先生！"陶达像个犯错的孩子，垂头丧气，"司徒小姐，多有得罪。你上去吧，陈先生交给我。"

说完，他冲司徒绿深鞠一躬，"请干脆利落，拜托了。"

变化太过突然，司徒绿愣在那儿，看着陶达他们搀扶陈聿飞进到一楼。不能再耽误，她拾级而上。刚才深怀警惕，每一阶都如履薄冰；现在头绪纷乱，每一阶都如履浮冰。刚才每一步都慢，现在每一步都飘。楼梯终究不长，上到二楼，司徒绿立定，让夜风将脑袋清凉，吐出一口气，拉开房门，走进去。

房间比想象中要大，也可能是过于空旷衬的。中间有张小茶几，上面有一只手枪、一把长刀、一个手电筒，此外就是墙壁。对着门的墙上，悬挂着很多块屏幕，中间一块大，周围八块小，都没打开。一个瘦长个的人穿着灰色T恤、蓝色牛仔裤，脚下是仙人掌纤维织就的草鞋，站在大屏幕前。他的身姿如玉山，挺拔而并不僵硬，板寸的头发已然花白。他静立着，仿佛在等人喊"开始"。

有窗户那面墙挂着仙人掌纤维的素净窗帘，另两面各自挂着一幅画。左手是色彩堆积的油画，颗粒触手可及的灰色地面，是蜂巢或细胞般互相挨挤、推搡而成的半透明泡沫。泡沫层层累叠，每个里面都装有一个人——只能认定是人，因为大多数的形体都被抽象、简化成线与点——最上面的泡沫里，那人的双手正推那层薄薄的膜，如小鸟要破壳而出。他的脸是清楚的，但表情奇异，不是在用力，而仿佛在聆听。整个画面都是灰黑色，只在远处，悬着一个深蓝为主的球体，它让画面更冷。

右手是大面积留白的水墨画。在一条未明的路上，走着一个一身白衣的人，只有背影，肩着世界那般，孤独、决绝。极淡的墨在他周边洇染，可视作雾视作雨雪，或者干脆就是一团墨，也可以当作风，当作宇宙深处落下的尘埃。再远处，白衣人张望的去向，是另一团起伏的浓重不少的墨，墨间有线条，隐约勾出形体，但一时间并不容易分辨，究竟是山是云气，还是一座工厂，甚至是遥远的另一个天体。左上方，则有几乎圆满的月，它就用线圈一下，但光华满目，铺在纸上，如同生自白衣人的体内。

"挂在这儿，是为提醒一些事。"

说话的人转过来，看着司徒绿。是照片上那个人，司徒绿此行的收割对象。他的皱纹比照片上还重，法令纹如同从两颊砍下去，抬头纹则是带自娘胎一般，如老虎的"王"烙在额头。他的目光锐利更胜照片上，不是锥子，是针尖，是针尖后面连着利剑，随便看过来，就能穿透人心。

他看着司徒绿，十数秒后，伸出右手，"辛苦了。"

司徒绿握了一下，那手比她想象的好一点，比干树皮好一点。

"为见到你，为死一个人，先死了七个。"

"你是指……"

"他们五个，我们两个，这不是算术题，但有些运算必须进行。"那人说着，点点头，"每个很长的故事，都能简短截说。我是赵一，是我找到团契，让你来。"

司徒绿后退两步，再看看对方，"怎么可能……"

"是我。"赵一神情肃然，"是我请团契安排一个人，来杀掉我，砍下仙人掌一样，收割我。"

万千念头在司徒绿的头脑里转动，有的无所关联，有的前后贯通，特别是陶达的态度——当他听说自己前来的目的，当他回来确认却发现这是赵一的命令。思虑辗转，等她稍作调整，再要提问时，那几个显示屏已打开。小的上面是八张不同的脸，正以困惑、愤恨、震惊、错愕等表情凝视这端，她认识的只有团契的首领。大屏幕上，则是房间里的图像，她自己那张脸，正占据画面中央。

"让他们看着吧，我们继续。简短的故事也需要缘由，才能明白。你知道新文明时期的最高管理机构吧？"

"这……谁都知道……是文明延续协会……"

"是文明延续协会。资源快要耗尽，灾害频仍时，人类决定解散旧有管理体系，国家消失，由东西方文明延续协会两个机构负责基本运转，由此开启人类的新文明时期。"不知道是赵一天生的镜头感，还是后天多次演练的结果，他的话语、表情、动作配合得天衣无缝，每个时刻定格都堪称艺术品，让人有信赖的意愿。司徒绿一错眼，大屏幕切换成赵一的脸，镜头与角度偶尔还有变化，但并没让画面显得做作。

"会长是文明延续协会的象征，是首席权力人，虽然这权力是协商性的。协会成立时，人类整体的生存与延续成为头等大事，又鉴于男女比例的严重失衡，《丰裕社会维持原则》以婚姻为立法根基，所有年满三十五岁没得到女性青睐没步入婚姻的人，都会被送到沙漠组成匮乏社会，留下更多的资源，组成丰裕社会。"

司徒绿不知道赵一为什么要讲述这些常识，但她仍旧本能般被它们刺激，团契的判定仍旧浮现——"所谓丰裕，每个毛孔都充满女性沉默的牺牲""婚姻不过是以赞颂物化女性""三十五岁成为售卖的标准"——她几乎要出口反驳，却莫名听到"你走开"。听从地往旁边挪动两步后，司徒绿站住——赵一没对她这样说，但似乎也不是那个女人的声音。

"匮乏社会是人类历史上最伟大的自我牺牲，尽管后来这种牺牲变成强迫。为回报这份牺牲，更为制衡，匮乏社会与丰裕社会达成协议：以十年为期，双方轮流出人，担任东方文明延续协会会长。这是份隐秘协议，只有三级以上会员才能知晓，以防止被滥用。"

说到这里，赵一才停下，转身看着屏幕墙，司徒绿也看过去。八块小屏幕上的人都震惊了，有人震惊中带着惊诧，有人带着迷惘，有人则掩饰不住地愤怒。赵一仔细看完众人的脸，又转过来。

"不要担心，视频传输不会中断，因为我还是会长；不会有武装力量前来攻击，那需要我批准。你没有想到我是会长？"

"你说轮流担任时，闪了一下念头。但还是难以置信……会长是……"

"好，再长话短说，我的十年任期再有半年就结束。四十年前来到匮乏社会，我没想过有一天会担任会长。十年前担任会长，我没想到，会在结束前，破坏所有规则。但不破不行，生存空间日益缩小，再以建核电站维持、泄露后撤退的模式，人类将无空间可退缩。协会之所以成立，是基于一个共识，相互取暖、互相扶持，渡过难关，因此才有人愿意牺牲，这些牺牲才伟大。现在，是重新审视这一共识、牺牲的时刻。"

"因为……牺牲难以为继，共识……即将崩溃？"

"更因为这个共识，牺牲本身需要再审视。新文明迄今快一百五十年，生存条件每况愈下，生存空间日益收缩，如此强大压力下，牺牲奇迹般地持续下来，但余地已被消耗殆尽。相信你一路行来，见到、听闻不少人心离散的事，人类作为一个整体，拥有共同的价值、利益，这一点不再被信奉，各种小群体林立，这是一方面。另一方面，持续一百余年的牺牲，如果要求继续，那不是牺牲，是压榨，是奴役，只是镶嵌了美德的赞颂的花边，这固然考验新文明的道德基础，更留下巨大的将一切爆炸成碎片的隐患。"

说到这里，赵一停顿十数秒，像是以沉默施加压力，以压力要求聚焦，才又接着说："远虑近忧，拢为一体，但近忧迫在眉睫。那些小群体里，强势者要碾压弱势方，直接摒弃共识，忘却他人的牺牲，集中资源，维持极少数人的生活品质，延续他们的生存。这样的群体，这样的力量，不但丰裕社会有，匮乏社会也有，他们绍结一处，肆无忌惮。”

“你作为会长……应该……”

“会长更不能肆无忌惮。”

“那……他们打算在各地建立避难所，把它搞成世外桃源吗？就像……就像东一区的那样？”

“是的，就像你去过的东一区那样，把污染尽可能抵挡在避难所之外。但这还不够，仅仅抵挡是完全消极的，必须进取，必须夺回这一百五十年耽误的时间，必须加速为整体生存而停滞的发展。为此，必须抛弃绝大多数人，让他们进一步牺牲。因为要发展，就得加大使用资源的力度，就得更大规模、力度地使用核能。甚至有人提出并得到不少的附和——以大规模的屠戮，让现有的百分之九十的人尽速死掉，以节约资源。”

司徒绿头皮一紧，凉意顺着脊柱传遍全身，让她禁不住地发颤，潜藏在意识深处的几个字脱口而出，“文明何义，延续何为？”

“你说什么？”

司徒绿喘了口气，又说一遍。赵一沉思许久，“这并不是完全贪图享乐的疯狂，它设定了积极与进取，那就是集中所有的资源，聚焦唯一的目标，在耗尽地球的全部能源之前，逃离地球。进到月球、火星，或者任何别的地方，重新建立人类的生存空间。蓝图里，甚至有朝一日，部分人类的后裔能回到地球。这是丰裕社会、匮乏社会的高阶同构，是理性的疯狂，是疯狂的理性。"

"只有这一条路吗？必须死掉百分之九十的人？等等……这不是算术题，但有些运算必须进行……你是这个意思？你早就做了决定？不对——"司徒绿摇摇头，"你要是决定了，就不会让我来……"

赵一一笑，随即收敛，"有些运算必须进行。我们拟定一个基本的计算模型，前提是现有的文明条件不变，并且能够提供持续的向地球之外发展的能量，照此运算下去，必须死掉那些人，节省出那些资源。你觉得'现有的文明条件'是什么？换句话说，你觉得咱们生活在什么样的文明条件下？"

"按照标准的说法……人类文明延续协会成立之初，即确立逐渐削减资源损耗的目标。现在的生活条件，比那时已倒退一百五十年……听说以前达到的文明顶峰，吃穿住行，与生活相关的一切，都极其完美、便利……人和人之间的关系比现在紧密……就像，就像……就像所有人都是一家人……"

"你就像一个孩子，描述着口耳相传的糖果。你说的这些就是'现有的文明条件'，近乎完美的便利，优质的吃穿住行解决方案，大都还在，只不过，仅供极少数人享用。东一区你去过的地方就有，只不过你见识不到。"

这话冲击之大，远甚赵一是会长，司徒绿头晕目眩，感到自己正在深渊里跌落，"这么说，新文明肇始于谎言，一部分人对另一部分人的欺骗？"

赵一凝重地摇头，"不是。那时的形势，还有条件把这些当作文明的火种，在小范围保留。它们当时仅仅是保存，历任会长在内的管理者，都唯恐与它们产生不必要的个人联系，以免辱没前人的信重、托付。直到几十年前，确定按照目前的趋势，人类社会将发生大幅度后退时，这些高耗能的物品反而在一定范围内得到使用，并在使用的人群中诱导出刚才说到的，理性的疯狂。这疯狂有个好听的名字，叫'行者计划'——必须行动起来，从根本的意义上、从文明的最高层，拯救人类，而不是坐以待毙。"

"行者计划""使者计划"，两个概念在司徒绿的头脑里高速碰撞，反而让她冷静下来，极端地冷静，"'行者计划'的反面是什么？……你们不可能只有一个模型，只进行一次运算。"

"当然不可能。没有名称，但'行者计划'确实有反面。我们拟定新的条件，不做人员方面的牺牲，持续削减现有的资源上的消耗，借助地球自我净化的能力，熬过目前的污染，你知道要倒退多少年吗？少则几千年，多则上万年。那还要求，所有人都必须投入体力劳动，温饱成为最迫切的需求。当然，现有的文明成果会以固化的形式留存下来，说不定还能有一两座核电站维持它们的运转，直到人类熬过艰难时期，有精力重新启用它们。这听起来还能接受，对吧？问题在于，这个前景有很多变数，无法预料。按照这一计算模型的大概率细化，这一道路走不通，它将在几十年后，导致地球生态系统彻底崩溃，人类无法承受其重，整体性的灭绝到来。可能有少量的人存活，但遭遇的基因创伤、数量上的绝对劣势，会让他们竞争不过经受辐射变异存续的物种。那时，人类将彻底退出地球的舞台。"

司徒绿呆住了。她盯着眼前的赵一，如同盯着一块朽烂的木板。第二个模型比较下，第一个模型导出的方案，"行者计划"似乎不再那么疯狂，尽管它异常冷酷。可是，这真的不是运算，不要说设想由她去按下按钮，夺走多少人的性命，就是设想这件事本身，她都无法接受。一个人能为整个人类负责吗？一个人该为所有的人负责吗？况且……"文明何义，延续何为？"八个字又兜回来，如果人类迟早……如果一切……

"没有什么……永恒……"司徒绿被自己的话吓住了，她看看赵一，他在自己的情境中，没注意她说了什么，便赶紧收了声。她不怕赵一听见，但她怕他追问，这话背后到底是什么意思，她还不清楚。不对，她清楚，但她清楚的是一句废话，它还在乱麻中，指向不了选择，更指向不了行动。她对赵一产生了深切的同情，同时庆幸自己不是赵一，不是面对按钮的人。接着，她在这庆幸中看到缝隙。她来这里不是做选择题的，是赵一让她来的。她是个"使者"，他必然需要她传达什么。

"我这次过来……是随机的，还是指定的？使者计划……"

"什么？"瞬间的困惑后，赵一明白过来，"有条件。我希望是初次执行任务的人，希望能离这里尽可能远，你大概是这个指定范围内的随机人选。当然，收到指令的那一刻，你就是指定的，指定给我的人被我指定。"

"离得尽可能远……是让我沿途看到丰裕社会的现状；初次执行任务……是让我所见都留下足够深的印象，震惊不轻易散去？"

"对，全新的使者才能完整传递信息。"赵一说完，掉转目光，盯着那幅水墨看了许久。他看，司徒绿就等着，她留意着他的表情，只有眉皱得更深。"你知道月球隐士吗？"

"没人不知道吧？那些故事流传得那么广，版本那么多，每一个……"

"你觉得怎么样？"

"很精彩。也能对人……有所安慰，但模式固定，隐藏在月球上的超级英雄，总在危难时刻拯救地球。不管什么问题，他都在最关键时刻出现，一一化解。问题是，这样一来，危难时刻失去了意义。所谓的危险，更像是布置好的场景……"

"你听到的月球隐士故事，作者是谁？"

"所有的故事都声称是赵一平所作,不管它们风格差异多大,人物性格如何不同。赵一平……赵一……你就是赵一平?"

赵一脸上的皱纹绽放,是真正的开心,"不是,我没这么好的想象力。但我可能听过第一个月球隐士故事,赵一平不是我。赵一平是我的叔叔,他甘愿单身。三十五岁前夜,独自走进辐射区。他未必是第一个这么做的丰裕社会到龄男人,但他肯定是第一个因这一行为被大肆宣扬的,以便暗示他人效仿。那段时间,他几乎无人不知,无人不晓。我是他这个行为的受益者。我本名叫赵匀,那之后改为赵一,算是纪念他。"

说到这里,赵一长吁一口气,"我听到的那个月球隐士故事没这么传奇。的确有个超能者,守候在月球上,但他能做的有限,不过是在又一次危机爆发时,从地球上救走一个小男孩,带回月球,以便他将来回到地球,重启人类文明。很巧,这个故事里有一个行者,也有一个使者。"

"所以……你想成为月球隐士?成为……拯救人类的超级英雄?只不过现在需要的不是超级能力,而是……超级意志下的决断,所以你支持'行者计划',抢救出一个小男孩那样,留下一小群人,享受着高度发达的文明成果,继续进化、提升……直到他们离开地球,在新的空间繁衍生息,重新创造人类文明……直到有一天,污染过去或者被消除,他们再以胜利者的姿态,以始祖的面目，重新回到地球？"

这次，赵一看向那幅油画，"还记得开始那则运算吗？五个，两个，七个，一个……要么一个，要么七个，你会怎么选？选中的死去，留下的才能活着。"

"你来选。"司徒绿恨不得将目光化成钉子，将赵一钉在墙上，钉进那幅油画里，"不管哪一方，都先想想……你在哪儿……"

"谢谢提醒，我会先行把自己搁进去。啪啪啪——"赵一鼓了三下掌，鼓完摊开双手，"你看，现在同样是一道选择题。我的左手是'行者计划'，计算模型下，大概率的光明前景在等着。只不过，要先穿过深重、绝望的黑暗，将现有的绝大多数人流放到死亡的领地。而我的右手，是弃绝'行者计划'，所有人都在船上，随着它在必然来临的蒙昧、昏暗中向前漂，也许能漂过这段流域，进入光明、广阔的洋面。沿途当然会有人死掉，但数量不大，更不集中在同一个时间段。就算船沉在中途，所有人跌落水中，在溺水而亡前，总能听见同类的呼喊，总能抓住某人的手。这会是人类的绝唱，莫大的堪称永恒的安慰。这一次，你选左手，还是右手？"

司徒绿任赵一注视着自己，静静站立，决不接他的话。赵一并不意外，但他还是等着，等到似乎有别的人替他演算了一遍，做出决定，这才看看左手，再看看右手，然后双手在空中一拍，啪的一声脆响。"这是我的选择。"

"我不明白……你们明白吗？"司徒绿看向屏幕上的人，他们同样一脸迷惑。

"我的选择，就是放弃选择，把它交出去，交给所有相关者。不管是丰裕社会最有权势的人，还是匮乏社会最卑微的人，不管是遵纪守法、过着清教徒生活的人，还是纵欲无度、随时可能死去的人……所有人参与进来，不是一人一票似的参与，每个人的能量当然不一样，甚至很多人根本不知道这个选择的意义，但是没关系，他们的能量会被释放出来，各种能量最终会达成一致、形成平衡，它指向的结果就是最终的选择。"

司徒绿看着赵一，她终于能毫不避让地看着他了，"你是认真的吗？你知不知道……这个能量达成一致的过程，会死掉多少人？……你是会长，本来必须选择，但你用这种方式放弃你的职责，就像……你不敢批准，更不敢否决第十二修正案……在那上面，你用搁置作为借口……在这上面，你用放弃作为逃避……"

"我在这个时间点上，身处这样的位置，做出最适宜的决定。第十二修正案，目前最好的处理是搁置，将来的人是推动是废止，自有他们的决定。"赵一不羞不恼，"至于这个选择，承担责任并不难，死掉大量的人、文明大幅度倒退，哪一种都有疯狂理性支撑，都兼具被指责被赞美的地方。只要我选，必然有人说我是圣徒，同时有人说我是魔鬼。这不重要，问题是这样足够吗？抵到这一选择咽喉上的可能性，都被穷尽了吗？绝没有。因此，我看不到这上面的最适宜的决定，也因此，我把它交出来。呼唤所有人的参与，呼唤他们的能量，呼唤偶然性的揳入。说不定有更适宜的方案，有更具智慧的人，被偶然性筛选出来。同时，不管是哪个选择，不管人类将来决定走哪条道，都必须被偶然性先行检验、甄别。"

"可是……"

"你说得没错，偶然性的冲撞，能量的重新一致，甚至可能带来更大的灾难，死掉无数的人。我知道，我接受，我先把自己搁进来。无论如何阐释，必须进行运算总是耻辱，我无法以死亡来洗刷，只能用死亡来锚定来接受。死亡不能拒绝任何行为的后果，但可以对视它。但我的死亡并不仅仅是这样，这样就太软弱，它还是强力，是胁迫是要求。我的死亡噱头十足，具备足够的传播力量，《原则》亦有相应约定，二者结合能够保证，咱们这次见面，我说的一切将公之于众，同时要求所有人在选择之前，慎重。光把自己搁进来是不够，但我现在连把自己搁进来这个过程也交出。"

"所以，我是给你带来死亡的使者，也是将你死亡传递出去的使者？"

赵一非常温和地笑了，"我担任过一次使者，传递过一次信息。也许正是那一个使者的传递，导致这一个使者的出现。现在，我们合作成为一个使者，传递一个信息。是什么呢？传递人类被逼到一个境地，必须做出选择，必须行动起来。此时此地，人类把自己置于如此悖谬、荒诞的境地。这是难堪的终点，但起因早就埋下，假如人类能熬过去，应该检索来路。对，这是郑重其事的传递，你是伟大的使者。但这并不充分！刚才我说的，你要求我选的，不是在我的两只手上，它只在我的左手。我的右手，空空荡荡，连空气都有限。它是讥讽，是嘲笑，是对人类孜孜求发展的否定，是对人类本身的否定。生而为人，我单凭自己否定不了人，阐释不了否定的意义，但我可以有这个行为。所以，当我左右手一拍，你就见证那句话：不是砰的一声，而是啪的一声。"

说到这里，赵一再次伸出双手，手掌朝上摊开，仿佛邀请司徒绿查验不久前那啪的一声脆响留下的痕迹。"无论左手，抑或右手。无论肯定，还是见证。无论肃剧，还是谐剧。我都交出死亡，留下一个标记，只有死亡才能保证其真诚，只有死亡才能领会其哂笑。但我不能自行其是，必须由你，自外而入的使者，来完成，来将这一标记另存。这才让此时此刻，具备基本分量，要求未来的人，想明白。或者……"

赵一又说了句什么，司徒绿没能听清。他说完，转过去和八个屏幕上的八个人一一对视。然后，他转过来，问道："这样可以吗？"

　　问出的瞬间，司徒绿看见赵一的嘴角挂上一抹笑意。是放松，是冷嘲，是热情，是托付，是戏谑，是等待，是郑重托底，是留置悬念。这一切之外，另有纯然的放空。

　　那托底的放空让司徒绿眩晕，在起初的信赖之上，催生出敬意并带着强烈的召唤，她持着临别时，罗小让赠送的匕首，一步一步，向赵一走去。相距还有五步之远，她已然看清赵一正以凝视等候死亡的入驻，忽然心头再次响起"你走开"，是那个女人的又是这一路所见每一张面孔告诉她的。她停住，看着赵一，带着眩晕，要极力突破笼罩着她的那些话语合围而成的疑惑，"恐怕……不可以……你把自己先搁了进来，把自己……算作牺牲……把我……当成你的祭司……"

　　她在吃力地寻找每一个词语，毋宁说她在努力让自己被每一个词语找到，因而声音低沉，断断续续，身子也随之摇摇晃晃，但在摇晃中，她毕竟站稳了，度过了最初的艰难，然后，司徒绿看见鲜明的形象。"有一个女人……生活在桥洞里……她维护着自己的尊严……不知道她怎么成现在这样，不知道她是否了解外面的世界，是否了解……你所说的这些危机，是否了解人类到了你所说的关键时刻……但她过着她力所能及的生活，不需要改变。我可能……说得太绝对了，但不能否认，如果不遭遇强制性的改变，她愿意维持现在的状态……"

司徒绿深呼吸一口，她看过去。赵一仍旧凝视着她，但还没法从等候抵达的境地抽身，屏幕上八个原本等待终局的人，却被这意外的延宕搞得困惑，他们甚至有几分疲惫。

"我说的也不是一个女人，而是……像她那样的生活，她对尊严的理解和自持……对，哪一种生活状态的人都有其关于尊严的理解，他的维护都应该受到尊重。"对这句话有了体会，给了司徒绿力量，"不，我说的就是一个女人，一个具体的活生生的女人。你太郑重其事……太将自己所处的时刻当成关键时刻……"

赵一迎着司徒绿的目光，似乎已经返回。司徒绿继续下去，她语气仍有迟疑，一方面在斟酌词语，另一方面在自我提醒，这只是自己的喉咙，"你的安排很好……运算周密，郑重无比……以至于牵涉其中的每一个人每一处牺牲，都如此精准。但……它毕竟是运算，两千种模型是运算，两种模型也是运算，如果凭计算机就推演得出、就能断定人类的未来，那人类早就没了未来。依据计算机运算模型的再运算，更是独断的泡影，必须到此为止……"

眼见屏幕上八个人的神情由疲惫转向厌倦，司徒绿更加明了要说的，她现在只看着赵一，"来的路上，我在死湖见到围坐一圈的……骸骨，他们提出了那个问题……文明何义，延续何为？我无法给出确切的回答，这个问题一直在也远比找到确定的答案更重要。但我想，取消每个人对尊严的探求，一定不是文明的方向；把每个人概括成一个数字，简化成条件设定，纳入一种计算模型，一定不是文明的方向。其实……匮乏社会与丰裕社会的分化也好，团契的出现也好，如果它们维持不变，本身就是一种计算模型，是一种僵化。"

司徒绿长出一口气，仿佛漫长的泅渡终于见到岸，"对不起，扯得太远了……我不是要用保障每个人的理想，来悬空你面临的选择。我只是明白，我大约就是你呼唤的偶然性的率先揳入。偶然性怎么会按照我们的预期降临呢？你认为，把自己的死亡和死亡过程放在天平上，就能平衡计算模型的暴力，至少坦然面对。不，从来没有置身事外的面对，更没有预先筹划的偶然。我决定不杀死你，这个选择是我对偶然性的理解，也是不确定在你身上的运行。"

赵一并没被这些话击倒，他仍旧看着司徒绿，目光中有她不能理解的东西。司徒绿有一点恼怒，语速加快，"有些运算必须进行，是这样。但在这个运算中，偶然性的揳入，要求你成为除不尽的余数，除不尽也是运算的必然。你的死亡是一次性支付，但你的不死，你活着，才成为能量重新达成一致过程中的提醒，长久鲜活的骨鲠在喉的提醒。有一天，人们或许会唾弃、咒骂你放弃选择，让他们深陷痛苦，但只有知晓并领受这一切，才能让你的行为严肃起来，才能让你成为不管是圣徒还是魔鬼。"

　　这些话出口宣泄了那一点恼怒，让司徒绿在变得疲倦的同时，忽然又明白一点，她补充道："其实，你的目的已经实现。这些视频都是证据，现在的局面，所有的困境，你想传递的东西，都在其中。此刻的流血是不必要的，团契的任务，作为你的使者，我已从实质上完成。现在，我得走了，我必须成为自己的使者。"

　　说完，司徒绿最后看了赵一一眼。他凝视着她，神情比刚才更见肃穆与漠然，但之前他身上那让她眩晕的托底的放空依稀在落向实处，在澄澈碧蓝。那实处她无法明了，那澄澈她无法明白，可迷蒙间，司徒绿恍然想到，如果赵一连她的放弃都预料到了呢？那是不是意味着，他接受任何结果，但……不能也不应该主动选择？她不是要否定自己刚才的话，她只是不确定，如果连偶然性本身都纳入了偶然呢？更坚决一点，偶然性当然是偶然的。想到这里，她似乎更理解了赵一，又似乎更不能理解他。

　　恍惚中，司徒绿总算笃定了一点：这些现在已经与她无关。于是，她鞠躬致敬，将匕首插回鞘中。

第二部　来自月球的黏稠雨液

1

应该从那部电影开始报告。也许。

那天是我实习的第一百五十二天，也是我们监视江教授的第一百五十二天。没错，每一个实习生都准确记得实习的天数，因为这是一种倒数。起初，我们还有些兴奋，对匮乏社会有着十足的新鲜感，不过这种劲头很快在日复一日的重复中消耗殆尽，更重要的是，随着时间推移，匮乏所显示的威力日益强大。过不了多久[①]，每一个实习生都被唯一的念头主导：回到丰裕社会。当然，这是温习《实习守则》的好时候，早前背熟的条款只有进入具体情境，才生动、实在，具备边界。

江教授来自东十三区，他个子不高，满头干净的白发每二十天理一次，常年保持着板寸的发型，让他一副白发青年的模样。江教授腰板挺得很直，举止间充满审慎与自尊，待人接物时还饱含一种

---

① 指导员注：根据以往报告，实习生适应或者说能开始忍受匮乏社会的时间大多为十二天。最近一位突破十天的，是现任协会秘书处第三秘书的姜维，适应时间为八天。

审查员注：此条注解内容没有必要，建议设置阅读权限，七级会员以上方可读到。

冷漠的谦和。这样一个老头，除了早晚两次例行散步外，整日都待在他的八平方米房间里，实在令人难以相信会是匮乏社会的精神领袖之一。另一方面，当我们逐渐意识到，在匮乏社会，一个带有独立卫生间的十二平方米房间意味着什么的时候，我们不得不相信，这个沉默的老头非比寻常。

　　说是监视江教授，不如说我们的生活就是咀嚼匮乏社会的本质——枯燥乏味，这提升了我们的想象力，对丰裕社会的回忆总是带着想象的甘甜。按照协会的要求，有价值地度过实习期，完成一份有价值的报告，永久回到丰裕社会——这是咀嚼后的决心，是枯燥乏味的回味。这回味历久弥醇，但时间还得一天一天过。按照要求，我们四名实习生分别与原有的四名工作人员，组成四个小组，轮流执行任务，每一次八个小时。这意味着，我们每工作一次，就能休息一整天。

　　过了二十八天，我们才找到处理休息日的方法，从习惯中慢慢挖掘出乐趣。一开始，休息时间对我们是折磨，没有任何娱乐，没有任何可以打发时间的事情。除了互相说话，还能做什么呢？可说话和记忆一样让人害怕，出口的每一句话，每一个名词、动词，乃至于虚词，都是一个下拉菜单，琳琅罗列着丰裕社会影像般清晰的细节，可望而不可即。那个阶段，时间还没有呈现它纯粹的一面，还没有像粗糙的沙粒那样撒在我们身上，镶嵌进我们的皮肤，睡觉、行走、吃饭……无论何时，只要你意识清楚，不，时间都没有呈现出它的均匀、粗糙、愚蠢。①

　　监视江教授这件事情本身没有什么趣味，作为被观看者，江教授承担不了任何可供移情的角色，他只充当只提供视觉的容纳器，广漠戈壁上的一个凹陷或者凸起。不，这么说依然把他的角色浪漫化了，更直白一点儿——我只能尽力描述感受，无法承诺也无法保证准确——江教授是根钉子，钉在墙上，空荡荡的墙，不洁白如新不霉迹斑斑没有壁纸没有裂缝的墙，摘除任何想象力与想象力着力点的墙，这么一堵墙上，有这么一颗钉子。如此，你的目光不挂在它上面，还能挂在哪里？

　　就是这样，看江教授的八个小时挂上了之后休息的二十四小时，是两个人各二十四小时。我相信，完全可以往上面挂得更多，完全可以把整个丰裕社会，把整个人类社会的二十四小时挂在上面，这颗钉子都不会颤一颤，都不会增加它承受的重量多一克。匮乏承受丰富，一条被检验被证实的真理。②

---

　　①　指导员注：此处语句矛盾、意思含混，不过并不影响基本的理解。

　　②　指导员注：报告者此处的情绪没有克制，做出的判断也过于荒谬，这样的语句对将来阅读此报告的年轻人容易产生不良影响。建议此处进行相应处理，如果可能，请求删除此句。或者此段。

　　审查员注：实习初期，大多数实习生由于观感冲击，都会玩一些愤世嫉俗的语言游戏。根据《丰裕社会维持原则》，不能对报告进行增删修改。不过建议考虑根据查询者的年龄与身份，对本处或本报告其他类似地方进行阅览权限设置。

　　有谁知道江教授限囿自己于八平方米的房间，如何消耗这些时间？难以确定。他总是在几张纸上写写画画，有时候还折叠个没完。上面究竟有什么内容？这是我们最初的好奇心所在，是钉子帽。先在的四名工作人员及时泼了冷水，挫平了一线希望之光。"我们奉命监视江教授，也奉命不能打扰他的生活，不能进入他的房间，不能做进一步了解。"概括些说，"我们监视江教授所有的生活表象，并将一切汇报上去。没有命令，绝对不允许沿此深入。"

　　艰难的自我斗争。江教授摊开纸张，再次涂写时，你只需要调整其中一个镜头的位置、拉近放大，就能使谜底揭晓、真相大白。硬挺强挨实习初期的人，有谁没被这类念头焚烧？步骤一，支开同组的工作人员或趁其不备，右手处理电脑，调整镜头；步骤二，放大镜头对准纸张，好奇心释放与满足；步骤三，拍下来，留作日后秘藏。更甜蜜方法：说服同组的工作人员，说服不同小组成员，共谋共享。秘密与阴谋，如果只能在灯光背面，乐趣丧失，了无滋味。慢，往回退。三个步骤，炽热念头焚烧的前辈，你们在等什么？慢，再往回退。几张纸，写写画画。为什么要搞清楚上面是什么？哈，不是一颗钉子，茂密茁壮的钉子森林。悬想不挨近，万物可悬挂。表象即深入。浅显辩证法也不是人人能参透。

　　就是这样。我们挨过了最艰难的初始阶段。那休息的二十四小时，用途渐次展开，找到了去处。不是谁都有幸进入匮乏社会——哦，不，没有丝毫反讽。没有谁希望三十五岁之后被流放到匮乏社会，在此之前，的确是有幸。展开是观看的邀请，是"来"的指令。匮乏也需要认知，何况是匮乏社会。双重悖论，展开与认知本就超越匮乏。匮乏而成社会，照见人类固有的思维陋习：模拟与拟象。推敲词语，这是唯一能够导向的结论。就组织形态而言，幻觉制造器，流放地想象乐园，具体而微、因陋就简的模仿。匮乏社会与丰裕社会如出一辙，向往超结构稳定。统治本来就不需要过多的想象力①。

这是报告，不是学术论文，概念演绎与扯淡到此结束。说我们如何使用工作之余的二十四小时。没有谁规定，实习生不能离开划定的范围，只能无头苍蝇样围绕限定时间空间旋转。可以猜测，协

---

① 指导员注：这一句的意思不明朗。"统治"不知道是否为报告者生造？查遍词典都未见到收录。假如"统治"意思与我们所用的"管理"相近，这句话将不可饶恕。

审查员注：新文明时期，"统治"概念及其所指就已消亡，协会作为暂时机构，只是受委托，根据《丰裕社会维持原则》，根据大多数意愿进行管理。"统治"作为生僻词也早已经被从词典清除。这里的要害不是这句话，而是报告者从何知道这样一个死词？从他对这个词语的运用来看，显然完全掌握其含义与用法。建议依据整个事件的调查结果，判定这个词语的污染源。如证实来自报告者的丰裕社会教育与经历。则需再一次根据《原则》启动"第三净化方案"了。

会希望实习生能够走出去，了解感受匮乏社会，报告的价值在此。①
实习第十八天，视线从江教授的房间转移后，我提出要去外面走走
看看。查阅《实习守则》，并无类似情景获批流程示意，仅建议
"依据内心对丰裕社会价值的认识及行为是否与匮乏社会的沿袭相
悖"。"提出"不是"陈述"是邀请与说服，除王参要接替我监视
江教授，张耳、李执二人都欣然接受，原本监视江教授的几位工作
人员对此兴趣缺乏。

"实在没有什么可看的。"原话如此。

"毫无益处，只会增加对丰裕社会的渴念。"原话同样如此。

现在明白，他们的拒绝与冷淡是因为身份不同。无论如何，我
们都只是实习生，是匮乏社会匆匆过客，终将返回的前景——"终
将"夸张了时间的可忍受性，一百八十天而已，即使在当时，也能
数得清。按我的理解，实习近乎匮乏社会免疫力的获得。实习过

①　指导员注：自鸣得意也就罢了，忖度协会的意思，违背《原则》第八条
第三款，这份报告还有继续阅读必要否？建议对该实习生提出警告。

　　审查员注：如其名称所示，《原则》目的"维持丰裕社会"。本段虽忖度协
会意图，然所涉为匮乏社会，《原则》并不适用。且猜测具有洞见，不妨看完报
告全文再来评定此段文字。

后，谁还会让自己沉沦到真的被流放过去？①——终将返回的前景涂抹实习以色彩，实习生们认为这属于观光，是能够享受的观光。终身滞留那边的他们当然缺乏观光所需的平和心态、猎奇眼光。这是现在所明白的。在现场，那两句话只让我认定他们僵化。

也好，都是实习生，更无拘束，也更多未知的刺激。事实上，我们很快认清，所谓刺激只是虚构。目力所及处，全是沙漠、沙漠、沙漠，干燥、干燥、干燥——这是所有的定义。统一样式的棚屋与铁皮屋犹如经过"复制""粘贴"的简单处理，密密匝匝落在沙漠上，鳞次栉比蔓延向远方。少量的木板房则如同杂草，找准每一个空隙，横安斜放地支棱在那里。不管是棚屋、铁皮屋还是木板房，我们所能见到的可以遮挡阳光的空间里，都挤满了人。他们目光呆滞如死尸，浑身软塌塌地随便倚靠在什么地方，等待下一次食品与饮水的供应，估计火焰炙烧也改变不了他们倚靠的姿势。很难见到有人离开房屋，错过一次供应意味着十二小时的漫长等待是主因，看厌而至于看无可看恐怕是更大内因。这让咣当咣当响着摇过大街的破烂公交车更像是阳光下的幽灵。

---

① 指导员注：迄今确乎没有实习生再堕落到匮乏社会者，这也是协会对丰裕社会未来可能管理者的保护吧。此说有理有力，可以视作报告者道德感与判断力的正常回归。上一个判断过于粗率，在此收回。

审查员注：并非如此。不过可以视作没有。

对，阳光不缺乏。阳光供大于求。阳光毫无理性地倾泻。没有温情成分的联想，直接是烈火兜头倾倒，躲无可躲，让无可让，只能以血肉之躯迎接承受。阳光榨干一切水的可能承载与容纳，干燥生根入髓。走在街上，目睹处处升腾如汽之光，让我燥热欲狂、浑身颤抖。

张耳最先退缩，他推导出我和李执都认可的结论——各处雷同，继续下去不过是重复，其意义最多也就是量与规模。干燥与阳光同样对于我们体内储备的水分与能量提出考验，当然，我们出门时有携带压缩解渴剂，但是张耳有所畏惧地说："看看这些沉默不语的男人，他们沉默不语，他们依然是男人。如果知道我们是实习生，是观光客，他们不会撕碎我们吗？协会有足够细腻与令人恐惧的措施，惩罚违规流放者，可这能抵消撕碎丰裕社会的人引发的快感吗？抵消不了万一！"

最后这句话，嘶吼出来的。事实上，那一刻我的感受很奇特，张耳的描述没有触动我，他的表现刺激了我。他不是在商量、说服，他是在乞求，干燥与阳光蒸发了他的平等身份与意识，他把我放到了领导者的位置。氛围与感受都很微妙，不知道是否违反了《实习守则》乃至《原则》，如果有，协会也会因为我的被动及微妙之微乎其微而谅解我吧。

一面请求谅解一面继续为恶是人的本性吧？毋宁说，请求谅解是继续为恶的催情剂。我意识到张耳把我放在了不恰当的位置，却贪恋不恰当的刺激。领导者的角色与权威必须深化。

我拒绝了张耳的乞求，并非直接。李执的犹豫与不甘及时被我捕捉，王参之后该张耳值班，之后才是李执，他还有十六个小时。张耳的描述让李执心生畏惧，好不容易出来却要立即回去又撕咬这份畏惧。我看看太阳，老到地说："我们刚出来半个小时，现在就回去？决心不是白下了吗？我敢保证，回去咱们谁都睡不着，都要搞清楚蔓延的房屋与沙漠远处是什么。那时可没有后悔药片。"

比之妥协，一味强硬更是愚蠢，张耳得到宽慰会完成李执的倾斜。"我们可以换个方式，不再徒劳地走下去，下一辆车来就拦下上去。提高效率，有限时间内走得更远。也有遮挡，阳光不直接照在身上，适当保护水分。服用压缩解渴剂，也不那么明目张胆，引人注目。"

李执赞同，张耳也满意，他还用"早点说嘛，我就不用担心了"这句废话进行奉承，明确主从关系。①

下一辆公交车很快到来。刚才说过这些幽灵一样咣当响的公交

---

① 指导员注：此处描述应属夸大，对张耳也过于漫画化。报告者是要用这种方式来证明自己对整个事件的引导作用吗？协会确立了"自立""平等"原则，教育界对此原则始终如一地坚持与贯彻，张耳怎么可能如此迅速地寻求"主从关系"？

车，等到上了车，你的第一个念头一定是，"幽灵"这个词太过溢美了，或者可以说，"幽灵"这个词的内涵扩大了。穷酸、破烂、陈旧、肮脏……糟糕一词以及能够与这个词相互关联相互阐释的词语，都触及了这辆公交车，触及而已，它们依旧具有词语被提及时的轻飘，依旧啃不到这辆车的车厢里面。你只能用"有必要这么做作吗？"这样的疑问来填平这辆车状况的糟糕与差劲。有什么办法？即使如此，我们也只能以它为马了。又一轮平衡与涂抹吧，没有这样的车，目睹没有变化的贫瘠城市会让人发疯。

车里有人。司机一脸的络腮胡子，和所有公交车司机一样光着膀子，不一样的是他干瘪的身体，瘦到见骨，衬托得一脸的胡子长势茂盛的灌木样。转动方向盘的力气从何而来？踩下刹车的判断力源生何处？下车时，谜团也没有解开。车里有人，指的是司机之外的人。身体佝偻、皱纹密布，身体瘦到变形，都是衰老已盛、死之将至的表征，他却依然在车厢里走来走去，忙来忙去，举起右手在车厢壁画个不停。四壁光秃，座椅摇晃，刺剌耳目的强光，叠在一起堵住了我们，很久我们才注意到他。可他一直盯着我们，一边忙活一边盯着我们。

"实习生，你们上这个车干什么？"我们注意力都降落在他身上，他才咧嘴笑，我们在匮乏社会第一次见到的笑容。就是笑，单纯的动作，没有复杂意味。笑完问。这问话吓了我们一跳。

"你怎么知道我们是实习生？"张耳以反问招认。

"你们两个，也不必这么看他。谁都看得出来你们是实习生。否认没有什么意思，不是没有什么好处，是没有什么意思。你们看，你们相互看看，看你们的身体，看看我们的身体，司机的，我的。屋子里那些人的。他们瘦、黑，没有一处多余的肉，只有不足。你们不胖，你们更不瘦，像我们这样的瘦。"

"我们也有可能是新流放过来的。年过三十五，找不到媳妇，成不了家，不适合丰裕社会的延续需要，成了多出来的男人，流放至此。"我意不在辩解，只是想弄明白。

"哈！二十岁冒充三十五岁，演技呢？光有演技也还不行呢！这里最发达的产业就是整容，很多人都要整成小于三十五岁，保留对丰裕社会的控诉，撒娇述说冤屈。可又有谁能够整成二十岁的模样，眼神和动作可以模仿，身上散发的气息是退不回去的。"一副阅人无数的笃定与狡黠。

"整容？最发达的产业？"李执大为震惊，不妨碍他敏锐地抓取出有用信息，"你是说匮乏社会有着完整的活动与生活？我的意思是，这里的人们依旧干不同的工作，挣不同的工资吗？他们依然以种种因素为彼此划分高低，判别贵贱吗？"

"多新鲜啊！这里物质匮乏，可仍然是社会。不然谁来养活这里无数的人口？谁来推动这个匮乏的社会运转下去？你以为丰裕社会每天定时提供的两顿吃食就足够让这些男人心平气和地活下去，干下去？"分不清老人是惊奇还是不屑。他点到为止，转身忙活起刚才的事情，没有继续下去的意思。疑问的泡沫填满了张耳的嘴，他大张开它，随时准备吐出来一团。我用目光阻止他，让他吞回了这些泡沫。这是个什么样的人？他为什么会在车上？难以明确。可以确定的是他刚才的话。那像是常识，我们初到匮乏社会，这里的匮乏程度，迥异于丰裕社会的生活方式——此刻回想，谈不上迥异，阳光下依靠某处发呆和坐在生态屋里对着屏幕忙碌，二者间有那么大差异吗？异曲同工。殊途同归。[1]——蒙蔽了我们，使得我们忽视基本常识。匮乏社会如何运转暂且不论，"整容"一说的确解释了为什么不久前的半小时行走，我们见到的都是三十五岁以下的面孔。那些完全倚靠某处，看来只为下一次供应而活的男人，有时间有精力（还要有金钱？）去整容，整容也只是为了保留年轻面容，以对丰裕社会进行撒娇式控诉？稍稍偏离了常识。也能解释得通。追认合理性总是更为容易。

　　放下玄想。先弄清楚老人在做什么吧。——慢，这个地方漏下

----

[1]　指导员注：质疑匮乏社会，同时质疑丰裕社会，最终将两者相提并论，报告者呈现出来的思维混乱、立场混乱让人震惊。

审查员注：惯常的怀疑，寻找同类项、归纳整理，这是人类思考的皮相。没有什么好惊慌的。如果一届实习中连一次这样的怀疑都产生不了，协会的发展，丰裕社会的维持有什么人可以寄托？

了什么。算了，回头再想吧。我们跟从老人，看他伸出双手在车厢壁、座椅，偶尔还有车厢地板，可能够得着的地方，他都不断地摩挲。寻找什么？确认什么？我们三人互相看了看，看到彼此的嘴里填满疑问的泡沫。匮乏社会的先知？我只能想到这么远了。威仪不具备。神秘倒类似。

嘿。是有颜色的。泡沫破裂。我们三人注意到了车厢里面是有颜色的，灰黑为主，深浅不一的颜色。老人摸索的双手如同行动缓慢的蜗牛，沿途留下灰黑色黏液。我迟迟不敢确定那些黏液是他的血液，到现在仍然难以确定，离那一场景的时空坐标越远，越难以确定。他摸索的双手是在以血液涂抹，这是当时我（我们？从未和张耳、李执核对过，那像是一块隐痛，我们没有交流过，没有谈论过。不敢触及。也许他们的报告会有所涉及。①）的直觉。

察觉到此，我以整体的目光观看车厢内部的画面，过于强烈的阳光反而让一切晦暗，灰黑色草灰蛇线、隐约跳荡，轮廓能够把握。一幅壁画，一家人的聚餐，三口之家，旧文明社会常见的圣家庭构图，原始想象，自然丰沛。父亲威严，母亲慈爱，稚子欢快。比例并不得当，三口之家占据了画面的大部分，父亲母亲分据一面

---

① 审查员注：提请理事会议参考张耳报告第二页、李执报告第十八页，两人都触及了这件事情，都有噩梦般的表述。对照另两份报告可知，报告者在本报告中有所隐瞒，对此，提请理事会议予以适当惩戒。

车厢壁，孩子占据车厢地板，余下捉襟见肘的空间里塞满植物，树与藤蔓、草与花朵，插进动物，牛羊、飞鸟、游鱼、虫豸。满满当当又不拥挤，不是车厢空间营造的错觉，是画面内在，人与物，生命与石头，都不紧张，都只是在了该在的位置，比例失当不是失手，是再次安排，是用应然的筛子筛选而成就。这画面的从容、安定、自在，凝聚又安放，提神又轻松，这感受我在念兹在兹的丰裕社会都无有体会。身在车厢也让人身在画内，唯愿不停留。

我这样如痴如怔，公交车开往何处，中间是否停驻浑然忘记。目光、心神、身体，都随老人的手指运行，涂抹。我匀不出点滴精力关注张耳李执，我只听从老人的指引，我看到了另外有光，不是匮乏社会粗糙野蛮的光，不是丰裕社会甜腻飘浮的光，是迎接与引渡的光。那像是回忆的猛然翻身。①

一阵力，一只手，一阵摇晃。我定了定神，目光从壁画里拔出

①　指导员注：好一番潜意识梦境。好一句"甜腻飘浮"的评语。报告者看到的另外的光是什么？是为前文明社会招魂吗？"圣家庭"的词汇绝非出本指导员，这一点恳请协会务必调查明确。

审查员注：张耳、李执二人的报告未曾提及壁画，只是说"老人奇怪地用血在车厢里面涂抹，他的血液也奇怪地呈黑灰色"。此处的感受与联想，虽未被彻底禁绝，但根据《原则》第二条第一款，"为节约资源，不鼓励一切煽情言行"，再次提请对本报告将来的查阅进行权限设置。另外，建议协会以适当方式查清公交车上是否确有壁画。艺术，不管多么拙劣，都是丰裕社会的违禁品，更是匮乏社会的致命丸，绝对不能允许它的存在。

来，扫过四周。张耳李执困惑的目光靠上来，又退开去。

"怎么啦？"我问。

"正想问你呢。不言不语，也搞不清楚究竟为什么发呆。"李执说。

那个老人停止了摸索，身子斜斜地挨在公交车后门上。车厢三面的壁画还在，图案仍旧辨认得出，不过再怎么看，刚才的感觉都消遁无形。再定定神，画面的笨拙扑面而来。车外面，阳光不依不饶没完没了地泼过大街，车轮一路扬起滚烫的沙子。大街两边同样不依不饶没完没了，贴满了一排排房屋。往远处比较，房屋绵延不尽无休无止，隐约的起伏证明了我们没有陷身出发地的梦魇，实实在在地离开了不近的距离。

"我们得回去了。不然我交不了班啦！"不准时交接班是实习大忌，可能影响协会如何安排你的将来，张耳有理由着急。他也并不过于慌张，我由此也能判断我们离开得并不算太远。

"回去啊！现在就走。你们从中门下吧，我去后门问问那个老人家，这里是哪里。下次咱们有机会接着往前走。"我边走边说，后面的话也许他们就听不真切了。巧合的是，老人家也掀动了后门的铃铛，示意下车。

司机停下车，车门老态毕现地吱嘎张开，老人跌了下去。我跟上拽住了他，免得他摔在地上。

"实习生，你们还没有走啊？"老人居然比我更吃惊。

"马上走。老人家，我想问问你，你什么时候到这儿来的？"张耳李执也下了车，他们懒得动弹，站在下车的地方看着我。我需要压低声音，我没有时间兜圈子。

"什么？你是说被流放到匮乏社会来？我今天七十八，你自己算吧。"老人可不管我，大声得很。张耳李执听见了，那反应像没听见一样。奇怪，我在掩藏什么？我有什么不想被别人听见的吗？真是难以理解的想法，我好像要拥有，已经拥有，一个秘密似的。不行，这一点必须写在报告里。如实向协会报告，同时也请协会给予指导，分析这种心态源出何处。①

"你刚才画的是什么？是你们一家吗？"这次我没有压低声音，同样没有时间兜圈子。

"我爸我妈，我。唉，老咯，不记得他们长什么模样了，不记得画的是哪儿了，可就有那么一幅图总挂在脑子里去不掉，我就出来坐车，画到车上去，车能载它到处跑。"老人说。说完不再理我，转身走开。他蹒跚的步子一拐一拐走到路边的一个棚屋里，没

---

① 指导员注：此处应为真实表露。无论如何，实习生对协会的信任与依赖仍然让人感动。

审查员注："对拥有秘密的渴望"——此处不失为可以进行充分分析的有效案例，对于个体在变化环境下心理机制的变化与运作研究都有很好的参考价值。

有回头看我，没有回头道别。

　　如果他不走开，我还会问下去。我也许会问，你爸你妈现在还在吗？答案基本上可以想见。我也许会问，就这样被流放，你甘心吗？——我真的有勇气问出这样的问题？——他应该会给出我们熟悉的答案吧？为了整个人类的存续，为了父母晚年的幸福，不在乎牺牲自己。女人们那么高贵、那么稀少，过了三十五自己仍然单身，被流放理所当然。

　　也许，我只会再问他最后一个问题，我问他，回去的公交车在哪里赶？

2

再次出门深入匮乏社会，是三十三天之后。在此期间，我和张耳、李执，我们三人谁都没有提起之前那一趟干燥的出行，那就像是白热阳光下各自的迷幻，难以确定，无法也不能相互打探。王参依稀感知我们有什么事情瞒着他，却也没有追问与了解的兴致——是啊，如此匮乏的生活，好奇心也会匮乏。

公交车里画壁画的老人那几句零散的话，焦点失准的冷嘲，在我心中激起的热情仍然没有完全退散。如果有产业，一定就有不同层面的配合与配件，组织形态、运转流程、层级分属……丰裕社会所习见的一切都会附着其上，如果真的有这些，那一定是可以搞清楚的，如果搞清楚它们，如果实习报告立足于此，那我可能真的发现了丰裕社会一直忽视的东西，这次实习这份报告也就具备了即使微弱却也实在的价值。[①]

---

① 指导员注：回溯让这些话语难以分辨。当时的真实想法？事后追加的大义？存疑。

审查员注：这类事情，结果仍为判断首要条件。不必强行分辨报告者的动机，不过此处的解释也说得通。

我承认，虚荣是第二次出行的驱动力。独自出行而没有劝说王参张耳李执加入，有单独行动带来的想象刺激，有自己能够解决问题的自我放大，有对他人尤其是张耳的轻微厌恶——那次回来后，张耳也意识到自己表现出来的臣服意识与行为，虚弱衍生尴尬，尴尬衍生做作，做作让我厌恶——必须说出来，虚荣之外，还有类似《原则》禁止的"煽情"涌动内心。老人的壁画张耳李执视若无睹，老人的话语他们听而不闻，这让我心生孤独。既然如此，我为什么不干脆撇开他们，独自行动呢？是这样。计划第二次出行时，我心里扎满了骄傲、孤独、伤感这些甜蜜的刺、柔软的刺，我不愿意拔出它们，我要用行动来轻抚它们。

是这样。现在，我明了《原则》禁止煽情情绪存在的原因，它们就是扎得人舒服的刺，一旦扎进去，你只祈望它能扎得更深。它完全围绕自我的甜蜜痛苦与柔软粗暴鼓动人推动人魅惑人吞没人，谁能喊一声停下来？！谁能伸出手拔出来？！谁负担得起拔出它留下的孔眼？！我就是在这一根刺的作用下，迈出了第二次的步子，我任凭它我乞求它扎得深一点，再深一点。①

煽情迷糊了我的心，煽情也清醒我的脑。诸般情绪泛溢，我行

---

① 指导员注：以煽情的方式反煽情。诡辩还是忏悔？
审查员注：煽情是丰裕社会的大敌，对丰裕社会的基石有动摇之能，煽情又最难明辨与抵挡。——这段话即是又一例。

动越发谨慎。狂热的谨慎。我要条分缕析。不同于我们寄身之地的匮乏社会，不一样的匮乏社会，本质的匮乏社会，如果有，它在哪里？如果有，如何抵达？时间如何测量，如何估算？监视这一正事绝对不能耽误，万分之一秒都不行，不是惩罚高悬恐惧使然，我的尊严、我作为一个丰裕社会种子的心理诉求都不允许。如果抵达，准备几套预案能够应对可能出现的意外与突发？思虑所及，给出解答必须前置于行动。

脚踏实地，清除这个词所有比喻与引申层面的意义，就是我要的。我走出监视的小楼，双脚踏在匮乏社会实在的土地上，移动脚步摸清周围的底，确定下一次远足的方向。失望随之而来，我的时间可谓充足，行动也可谓自由，收获只能说乌有。从哪个方向看，往哪个方向走，都只是复制粘贴的沙地上的建筑。那些几层小楼，那些棚屋铁皮屋，那些杂乱的木板房，那些耀眼阳光，晕染得那些坐着靠着躺着的人如此的生命黯淡、气息微弱。那些准时响起发出指令的广播，那些定时定量的供应，在在印证了丰裕社会向我们的描述——"匮乏社会是自生自灭的终点站。是人类文明整体濒危时的自我清理措施。"

当然，这时候我对这些画面不再是简单的触目惊心，甚至任凭怀疑的阴云飘浮于这些阳光燎烤的人与物。想到它们背后有另一层存在，不免对这些假象心生鄙夷，你看，就是这样迅速与轻飘，一念之间，就转换颠倒了感受与判断。话说回来，不如此断言，我又如何能够忍受这匮乏的一再重复与无限延伸？我又坐过几次公交车，往不同方向乘坐，沿途仍旧是高低错落的重复，仍旧是孤零零的大仙人掌。我尽量充分利用时间，几乎坐上十二个小时再往回走。没有几次我就发现这种行走是噩梦，无论哪个方向，都目睹了重复，这深度擦伤记忆，制造幻觉。

一个想法的轮廓在脑子里浮现，我犹豫是否应该赌一次，来清晰它勘验它。值完下一次班，我索性坐上一趟公交车，遗忘时间概念，听之任之，看它能把我带到哪里。现实快捷得我来不及感慨，二十小时不到，汽车就转回了我离开的监控小楼。兜圈子，我的想法得以证实。如果你从来没有进入匮乏社会——显然，这是每个丰裕社会的正常人都要竭力避免的，也是大多数丰裕人必然不会有的经历——你大概理解不了我不断提到匮乏社会的重复性。必须感谢协会，在我们出发前，让我们吃下的定向胶囊，它总是让我们在千篇一律的情景中毫无偏差地回到出发地。扯远了。我利用不同时间，换乘不同公交车，每次都能够回到出发地。我不相信自己走遍了匮乏社会，我认为自己进入了某种设计。

如何确定这些公交车会穷尽匮乏社会的领土？如果我乘坐的公交车只是在这片区域里面兜转，我当然也只能出入这片区域。不管怎么说，按照我们接受的新文明教育，匮乏社会的广阔都远不是一辆破旧公交车能够在一天时间里走遍的。念及此，好多次我在公交车上都东张西望，指望一缕灵光乍现，指示出一条通往另一片区域的道路。没有。前后走了十次，我已经画出了所在匮乏社会的交通图，他们周延地连成一片，自足自立，找不到可以出去的缝隙与缺口。——这当然是悖论，它取消了我们出现在这里的逻辑起点。除非，我们出生在这里，变化的只是记忆。

不是一点收获没有。每一辆公交车的车厢与地板都有图案可辨、色彩灰暗的壁画，内容相仿，风格相同，一家三口以旧文明社会的圣家庭结构出现在不同场景。这些显然出自同一人的壁画，有时候吸纳我让我沉堕，有时候拒绝我毫无感应。画幅的数量与画面的面积足以击溃它们由那个老人用鲜血绘就的断言，可如果不是，又是谁又是什么呢？我试图从司机那里找到答案，至少发现蛛丝马迹，可司机一个个不明所以的样子，实在无法交谈下去。这些图案一定有深意，只要找到进入的方法。面对那一张张呆滞到近乎反讽的面孔，我每每如此自勉。

我没有纠缠于圣家庭结构的可能天启，毕竟眼下最迫切的是弄清楚匮乏社会的边界，深入其中一探究竟。司机问不出来什么，也许其他路人可以提供惊喜。我抱着这样的念头，和匮乏社会的一些居民交流。也不是一无所获，只不过不是我目前想要的。这些长期生活在戈壁中的男人，因为时间的长短，肤色呈深浅不一的黑，神色也程度不等地由绝望向麻木过渡。我的问话开始小心翼翼，都是些他们如何打发时间、都去过匮乏社会的什么地方这类小粘钩话题；耐心迅速丧失后，我会拿出对匮乏社会有什么了解、是否对远方有兴趣这类开瓶器话题；更为狂热的后来，我直接甩出有没有办法离开这里、大家到底怎么生活这些电钻话题。没有用。这些男人，难怪他们会被流放匮乏社会，活该他们过了三十五岁仍然找不到青睐他们的女人仍然没有女人愿意恩赐他们一段婚姻确定和他们相守一生共同成为丰裕社会的选民与动力，他们像是最为麻木最为顽固的黑色金刚石，面对任何问题都一脸茫然一脸呆滞一脸滴水不沾，以此让你自讨没趣自动缩回。有那么三五个愿意开口的，都是要述说自己的冤屈，本来有一个女人说好在一起，临到大限却不知道怎么变卦了，这让他如何能短时间找到另一个？！其中有点幽默感的，会先赞叹我肌肤娇嫩面容清秀完全不像已过三十五岁——居然再没有人如公交车上那个老头那般目光如炬，现在我大致明白原因：他们的心思都在自己身上，在让他们噬脐不及的过往时光，只有那个老头目光能从自己身上挪开，放到其他人身上——然后让我猜测他们的年龄。无论你猜测多少，接下来都是他们的怨艾。

　　这些掩耳盗铃的谨慎的狂热问话下来，我切身体会到，匮乏社会是一种惩罚，它不像《原则》告诉我们的，是人类文明自救的手段，它是一种残酷的惩罚。这种惩罚我赞成。这些没有价值的男人，就应该让他们自生自灭，就应该从丰裕社会清空。①

　　这些男人浑浑噩噩的反应刺激了我，恶的念头油然而生，我想冲到江教授面前，嘲笑他戏弄他——这样的人如果是匮乏社会的根蒂，他作为精神领袖还有任何价值吗？我并不清楚江教授向他们提供了什么，作为精神领袖，或许是希望？当然即使是盛怒之下，我也不可能真的前去质问他羞辱他，"接触监视对象"是《实习守则》明确禁止的。但最终转换我思路的，也正是这条禁令。我最该问的人，就是江教授。如果有不同的匮乏社会，他必然知道。这个念头烧灼了我，我坐立不安即刻就想实现。这其中，向着问题得到解决迈出一大步的欣喜、一窥江教授精神领袖真假的急切、违背《实习手册》禁令的刺激，诸般滋味杂陈。

　　如何找到接触江教授的机会？这其实不难。《实习手册》有近乎烦琐的规定与禁忌，对于惩罚只是在总则说明"一切违背《手册》的行为，将提交协会予以判定、处罚"，我想，之所以如此，是因为实习是难得的荣誉，没有哪个实习生会视为草芥，实习期间见识了匮乏社会更会让实习生戒惧警惕，不想将来被流放至此。

---

　　① 指导员注：报告者的语气再次转变，这里面有丰裕社会正常居民对匮乏社会的天然厌恶，更有协会不提倡的邪恶情绪。教育者职责在肩，敢不惶恐惊悚？

　　审查员：净化必须不断进行。对匮乏社会的适当厌恶，适当恐惧，也是保持丰裕社会活力的必要因素。毕竟，事关人类整体的存续。

《实习手册》依靠对匮乏社会的恐惧保持效力，这种恐惧在实习生心里生根，他们会按照《实习手册》严格检视自己的行为。可是，如果有例外呢？如果有实习生，按捺不住好奇心的鼓噪，做出违禁举动。他如果抱怨协会对此过于疏忽，没有提供丝毫防止他犯禁的现实措施，客观上纵容与鼓励了犯禁行为。他是不是有那么一点儿道理？①

　　抛开自我辩解。继续报告事实。产生上述意识后，我密切留意与江教授接触的机会。没几天，轮到我们小组陪江教授进行傍晚散步，我们两人一前一后，各与江教授保持五米左右的距离，一起来回于他固定的散步路线。自从怀疑江教授精神领袖身份后，我特别留意他与其他流放到匮乏社会的男人们的互动。江教授步履从容，神态自如地走在路上，目光柔和地落在每一个望向他的男人身上，但并不作停留。那些男人一如寻常，痴痴呆呆的目光抛过来，里面没有一丝特别含义。连对熟人的辨认与示意都没有。冷漠一如寻常。由是，我们很快就和几位老同事一样，很放心散步沿途的

――――――――――――

　　① 指导员注：苍白无力的自我辩解。几十个实习生，单单报告者违禁，责任似乎不能向外寻找与推卸。

　　审查员注：问题不在这里。问题在于，协会历来主张，丰裕社会、匮乏社会是选择，留在丰裕社会的条件很明确、去往匮乏社会的条件很清楚，必须保证选择的自主性，由此产生的责任与后果自然必须由做出选择的人承担。协会是管理结构，协会也从来不越俎代庖。

安全。

　　那天傍晚的夕阳提前敛起炽热的光簇，只一味地鲜嫩红艳，挨在西天，似乎随时都可能熟烂而破皮流淌出漫天的汁液。走在这样的天空下，江教授步子放得比平常慢，也不看向那些如同迷失在干燥梦中的男人，他一会儿抬头一会儿低头，遇到重大难题的样子。走出两个街区，江教授站住不动，径直望着天空。那太阳的小半截已然没入远处地平线下，剩余大半截不堪重负又心有不甘地搭在那儿，欲滴的表皮也开始收紧，浮现干瘪结痂的前期征兆。走在前面的同事没有察觉这即兴的停顿，速度均匀地继续向前，见此状况，我紧赶几步，上去搀住江教授的右胳膊，轻声说："江教授，您没事吧？"

　　江教授本能地往旁边缩了缩，胳膊被我牢牢地把住，没能缩开。他有点儿受惊，他的注意力还留在天空那破烂的红色圆球上，因而他的目光并没有迅速转移到我身上来。

　　"江教授，我想看看真实的匮乏社会，您能帮我吗？"我声音压得更低，不过我确信他能听见。

　　前面的同事终于察觉有异，他转过身来，也因为看到的情境出乎预料而有所迟疑。就在同事转身的瞬间，江教授的身体突然软弱无力地向左侧倾斜，因为我把住他的右胳膊，他当然没有倒下去。他的身体与我的胳膊拉开的角度与紧绷的态势，完美准确地向我的同事提供了解释。也是这个动作让我确信，江教授会帮助我。

"我看江教授摇摇晃晃，怕他突然晕厥摔倒。"我略显夸张地抬了抬左胳膊，向走回来的同事解释。①

那天的散步就这样结束，我和同事一左一右搀扶江教授，走回监控大楼，将他送回住处。回去路上，我对我们和江教授，更规范一点说，对监控者与被监控者的关系产生了好奇与疑惑。这像是互相知晓，互相配合的一种表演。江教授知道我们的存在，知道他的一举一动都在我们的注视下，他要做到习以为常，要做到我们似乎不存在。绕一点说，江教授假装不知道我们存在，我们假装不知道他假装不知道我们存在。我们互相寄生，又主动竖起玻璃，与对方区隔。脱离常轨的情况出现时，我们又对敲碎玻璃彼此面对安之若素。

这团乱麻还没有理出头绪，江教授的房间就到了。我们半送半推地让他进了屋，听着门嘭的一声在面前关上然后转身离开，只是这短短的数秒，我和同事又恢复了监视者的身份。我们又回到玻璃的这一面。通过监视器，我看到江教授躺在床上，紧闭双眼，嘴巴微张，似乎不堪衰弱。我有些好笑，好笑之余又心生恨意——没

① 审查员注：有关这次接触的详情，请参看工号 13593023 事后报告。他当时的判断是报告者的话合乎情境，可以采信，从情理而言，他也不相信有谁会冒上一页所提及的风险。另外，提请协会调取当时不同位置的监控。

想到这个老头如此狡猾，演戏演得如此全套，看来协会安排我们长期监视他这样的人是正确的——愤恨之余又心生担忧，足足两个小时，他都躺在那里一动不动，如果不是监控他生命特征的仪器提示正常，我们真的会认为他出了大问题。

两个小时后，江教授坐了起来，他去了趟洗手间，磨蹭了近二十分钟，出来到桌子前面坐下。这一系列坐立行走的动作，他都身子不稳，摇摇晃晃，但到底没有摔倒。我看他坐下，拿起一张白纸，凝神端视，不由得心脏怦怦狂跳。我直觉他会给我启示。我看看同事，他显然对江教授和他的白纸厌烦到极点，也因为长达数年都没有从这些白纸上发现什么异常而心理放松，发现我看他，他苦笑了一下，然后转身去接水。

"你休息一会儿吧，我盯着，有情况我告诉你。"我说。监视对象在房间里时，两个人轮流休息是大家默认的方式。我们都知道，这等情况下，不可能发生什么意外。监视器对江教授房间全天候不停歇地监视与录制，我们进行监视的房间同样一秒不落地被录像与记录，这都保证了发生的一切可供稽查。没有什么好担心的。

同事听了我的话，又到监视器前面确定江教授再一次在白纸上写写画画，便点点头，喝完水在唯一的扶手椅上坐下来，闭上眼睛。

我等着江教授。我知道他会在合适的时候给出信号。这信号我能看懂，然后我只需要按照他的提示就能得到我想要的答案。出于这种信心，即使接下来的三个小时，江教授除了喝水与上厕所外，心无旁骛地伏在书桌上，写写停停，我也毫不焦虑与急躁。同事中间醒过一次，看我精神高涨，开了句玩笑后又睡了过去。

等到晚上十一点十五分，江教授停下手里的工作，在凳子上坐直，双手伸直举过头顶，右手握住左手指尖，就是我们平常要伸一个舒展的懒腰前一刻的样子。我明白这是信号，便执行了心里预演过的步骤一与步骤二，调整镜头对准桌面上的纸并拉近。

纸上凌乱一团，像是一幅素描、一幅地图、难以认清的字迹，这些东西搅拌之后倾倒在上面，又用东西结结实实拍了拍。我不能即时弄清楚这些符号的含义，相信江教授也不会冒风险给予我清楚的线索，我能做的就是调动大脑，把它调成一台扫描器那样将整个画面复制下来，存储好。江教授也可能出于考验或挑战，也可能出于保险，留给我的时间也就够伸一个长懒腰。幸好，我复制完毕。幸好，我和江教授都恢复正常后，同事就醒了过来。[①]

① 指导员注：依据报告者的描述，建议协会考虑加强监视纪律，或者增派监视人手。如果另一个人不休息，如果多了一个监视人员，报告者不可能顺利获得江教授传递的消息。不是为报告者辩护，而是考虑到，即使因为监控设备存在，没有任何举动会被漏掉，但这都是事后追查。不能阻止损害于当时。

审查员注：报告者通过监视器所见，请参见视频资料：VN-E.538989071254，江教授所作原件，请参见文字资料：PN-E：673890132444421。

"我看着，你放松一下。王参他们快来接班了。"他说。江教授也适时关灯，上床睡觉了。

回到住处后不用说都会失眠，问题是失眠得毫无价值，那张纸上的内容在脑子里梳理疏通、排列组合，提供不了分毫可依凭的线索，连可能性都看不出。要是江教授以前涂写的纸张在手边，通过对比就能判断出这一张纸是特意写给我的，还是和以前一样，只是时间的排泄物。可是我没有。他听清楚了我的意思，如果不愿施以援手、予以点拨，忽视是最有效率最自然的反应。躺在床上演戏、伸懒腰给信号……总不会只是为了消遣我吧？思绪在失眠时尤其天马行空没有边际，情绪在失眠时更加患得患失自怨自艾，一晚消耗，到了天明，我感觉自己就像一条横在床上的干涸河流。

放弃显然不适宜。枯坐没有答案，那就还是出去走走吧。停下。我停住系鞋带的手，俯身屏息，有微弱的光芒划过，尽力回溯，凝神捕捉。干涸河流。水的气息渗透，一滴水涌现。转移到江教授画的那张图上，噢，对了，正是。豁然开朗。我长吁一口气。仰身躺在床上，没有系鞋带的鞋子掉在地上。江教授画的是一张河流示意图，河流这样的东西，即使在丰裕社会，如果不特意去保护区，也根本见不到。这让它和很多旧文明时期的生物一样，成为濒危的词语，没法存储在记忆上层，轻易浮现在脑海里。尤其是现在身处匮乏社会的沙漠，要想也只会想到抽象的水，而不会想到河。

　　破解了江教授的第一层谜语，整理出思维盲点出现的线路，失眠带来的飘忽感与失真消散殆尽。虽然沙漠里一张河流示意图并不意味着答案，反而指向更大的谜面，可好歹有了方向。我这样躺着，轻而易举就睡着了。

　　如我所料，睡足醒来后，脑子里再调出江教授的那张纸，不同层次的谜语迎刃而解。占据整个画面的素描是一枝仙人掌，不是挺拔的仙人掌，是蹲伏的能够在旧文明时期图册上见到的假山石那样的仙人掌。起先没有认出来，与它矮胖的身影有关，更与它浑身光溜，没有一根刺有关。一旦认定是仙人掌，就能认出实际上它是有刺的。只不过这些刺没有长在仙人掌身上，而是脱落开来，乱糟糟地插在纸张空白处——就是那些无从厘清的字迹。这些字迹各个部分同样脱节得厉害，像是一场残酷战事后散落的肢体，想要拼装，也不知如何下手。我任随这些脱节的部首在脑子里飞舞，搅缠得最混乱的时候，我大致辨认出了是三个字。

　　"江—教—授"。

3

仙人掌。高大、饱满、多汁，颜色喜人，姿态稳重，模样含蓄。放在旧文明时期，仙人掌一定是匮乏社会的图腾。在这绿洲成为传说、三叶树只有残骸的无尽沙漠，只有仙人掌保留下些微绿色，慰藉远途而来注定带着憎恶离开的实习生。

现在，一株没有刺只能以文字充数的，矮胖臃肿的仙人掌毫不迟疑地给予我慰藉。我首先要找到它在哪里。这不是一个简单的任务，作为匮乏社会里除了男人外唯一充足的生物，仙人掌满坑满谷，即使它们各具特色两两不同，光凭数量也足以让人崩溃，让人把它们认作一个模子机械复制而成。我仍然要找出那一株仙人掌在哪里。

我并不焦虑，稍作回想，我就为自己这么快就向前迈进这么多吃惊不已。我不是被流放过来的需要清空的男人，我是丰裕社会挑选出来的优秀种子，注定与这片土地没有什么关系的过路人，她居然这么快向我敞开怀抱，让我可能见识到她迥然不同的实在，这固然有我思索求索的作用，更可能的还是她选中了我，要向我诉说，要通过我向愿意聆听的人述说。[①]

　　我再次抓紧一切时间外出。现在停下来，我才惊觉，那一段时间王参张耳李执他们的作息与安排像是从我生活中切割开了，对他们如何熬过那么漫长的时间好奇不已。当时完全不在意。值班。寻找。这是仅有的两个主题。没有多长时间，我不敢说匮乏社会里每一株仙人掌都被我编号记下，至少我敢说，我比对了所有醒目的仙人掌，没有与江教授所绘制相吻合的。就这样我也不怀疑江教授的意图，更不怀疑对那张图纸的解读是否正确。他知道我时间有限，他同意秘密向我敞开，他就不会人为增加难度。他只是确保说得隐晦而已。要拨开这层隐晦，我需要让自己放轻松，再放轻松，等待真实自动浮现。

　　真实的确自动浮现。一个太阳推迟了很久才露出面孔来的早晨，我已在公交车里颠簸了两个小时。在它用其他物件的影子提醒我，向我宣告到来时，我迎着阳光抬起头。然后，我大喊："请停

---

　　① 指导员注：意识混乱的三段文字，两处"注定"貌似描述对自我角色的明白认知，用来强化"述说"及其背后的选定意味，充其量只是再度煽情。目的何在？自我辩解还是软化理事会会议？

　　审查员注：从报告开始，报告者意识混乱、认知矛盾的地方屡次出现，他不是从一开始就有意识扮演反丰裕社会的人，可以说，直到写这份报告时，他的自我认知依然不是"反丰裕社会"。这一点可以采信。"注定"一词及其背后隐藏的天选意识需要重视，这是每一个反丰裕社会者必然会有的自我煽情。

下，我要下车。"

　　仙人掌不是仙人掌，是我面前的这几座房屋。两栋二层小楼旁边一座木板房，矮矮胖胖，脑满肠肥，正是江教授画给我的仙人掌模样——后来我知道，这幅图并非指向特定的房屋，因为一旦我把仙人掌解作房屋，就能发现匮乏社会里到处是构成这一图案的房屋组合，每一处也都是通道。江教授的本意不过在于此，是我过度理解了。当时没有这么简单，苦心寻觅的图案如同旧文明时期画像中的圣人，头顶光华不期而至，自然会让人确信是注定。

　　欣喜中，我跌跌撞撞扑向这栋房屋，房屋里面那些面无表情坐着的男人，看着我走近，看着我走进，没有人搭理我。我不愿意再问，我也面无表情地往里走，挨个地方看挨个地方找，总会有人叫住我的吧。别有洞天谈不上，这些房屋和我们从外面看到的差异悬殊一点不假。每一个房间里面照样塞满了人，这些人没有等死似的发呆，而是像正常人或者差不多像正常人那样，聊天、沉思、玩可以玩的游戏，几个看不出年龄，估计都在知天命以上的老人，更是玩起了捉迷藏。看着他们颤颤巍巍的身影在人丛中钻来挤去、高立低伏，我也松了一口气，仿佛几十天来第一次闻到人的气味。

　　没有人管我就继续。我上了二楼，二楼与一楼仿佛，只是人少了一点儿。不知为什么，我一上二楼，就有了"匮乏社会同样分高低"这一念头。也许是有些人屁股下面坐着干仙人掌编织的垫子？

也许是有些人手里拿着一块仙人掌吮吸？也许是有人用手指在墙上指指画画，一如迷走在演算途中的科学家？这些都是一楼没有的景象。我不打扰他们在做的事，我不停下自己的寻找。二楼没有人阻止我就上楼顶。

通往楼顶的阶梯有人。一个同样黧黑干瘦的男人坐在楼梯那里，像是等着我也像是防备我，一看到我走近就站起来。他没有说话没有任何动作，只是看着我。他的目光不是常见的冷漠与茫然，是盘查是询问。

我说："江教授。"

男人点点头。我注意到他的脖子有些过分的细与长，点头的动作也因此呈现出朦胧的风情。男人并不给我留出时间来对他的风情做出反应，点完头他就转身拾级而上，我也抬脚步步跟随。楼顶上并不开阔，有限的空间都被仙人掌占据，矮小的有点发黄的仙人掌，斜斜竖竖地插在楼顶上没及脚背的沙粒间。没有种植在沙地上，没有机会奋力从沙地深处抓取水分，它们还能活着已然不易。楼顶背面是一块独立的空间，里面几株茁壮挺拔的仙人掌，碧绿生翠。再远一点，就是同样如此处的高高低低的房屋、棚屋了。

那个男人给我留出了打量的时间，眼见我粗粗扫过就示意我跟上，我踩着他的足迹绕过楼顶上的小房间。眼前是一条坡度较高的滑梯，依据楼房一侧墙壁简单处理而成，通向下面的院子。滑梯上光洁如洗，可见使用频率之高。我按照那个男人的手势，坐上滑梯，他向我摆了摆手，我松开扶住梯沿的双手，全身像炮弹出膛一样向下冲。

速度给短暂的滑翔抹上了超现实色彩，坠落式俯冲由此开启了奇境之门，至今回想，我能确信两端所见的匮乏社会的真实，往来中间的摆渡过程却难以断定是否现实发生。如果是，那就太故弄玄虚了；如果否，那些记忆从何而来我又如何往返？①

推开疑虑，跃入这奇境之门吧。我的俯冲没有受到阻碍，双脚挨着院子里的地面时，不受任何影响地直插进入，我的双腿、腹部、腰部、胸膛、肩背、双手、脖颈、脑袋全部没入铺在地面的沙子里，那些沙子像透明的空气一样轻，像泡沫一样没有实质，我像是一把薄如蝉翼的利刃刺入水中那样在沙子里继续滑行。沙子柔软

---

① 指导员注：并非记忆失真，报告者刻意隐瞒，不愿意向协会坦白匮乏社会内部如何交通，他对协会并不信任。他担心"背叛"匮乏社会证明了他对丰裕社会的背叛。

审查员注：据植入报告者体内跟踪芯片记录器所载内容，见视频资料：VN-E-M 538989091286，报告者进入楼房内部后即一片黑暗，中间持续一小时零八分十一秒，初步断定，这段时间他完全闭上眼睛，呈熟睡状态。目前推断，他进入大楼后，即服下深度迷幻剂，身体进入睡眠状态，大脑高度亢奋，想象活跃，下述内容或许正是迷幻剂所致。如本推断可以采纳，提请理事会议注意致幻剂来源——我们判断为仙人掌提炼——以及这一药品在匮乏社会自我形象认知方面——由此关联其对丰裕社会态度——的作用与意义。

地摩擦过我的肌肤，要不是意识到进入了沙子里而不敢睁开眼睛，我真想看看这是一个什么样的世界。

也许滑行了一分钟，也许是十个小时，如果时间是一种重力，那下滑途中我一定处于时间失重，失去了对感觉的判断标准。反正我双脚一踏在实处，被沙子泡沫包裹的感觉立即破裂。我伸手在脸上抹了两把，确信没有一粒沙子黏附在上面，这才慢慢腾腾睁开双眼。昏暗的地方，一盏如豆之灯勉强撩开近处黑暗，能够看清灯挂在岩壁上，能够看到我前面不远处站着两个人，他们似乎在盯着我，也像是在等着我。

他们的表情和目光都隐在黑暗里，我也不指望他们会和我说什么，按照楼梯那里的流程，我说："江教授。"说完，一个人上前两步，抓住我的手，不清楚他的动机，我僵了僵，还是任凭他牵引。他拉着我走了几步，手上使了点力气，示意我小心，脚下一矮，我踩在了一个晃动之物上面。又往前走了两步，他示意我坐下，随后松开我的手。木桨拨动水声不紧不慢一下下响起，我明白坐在了一艘船上。——可能就是一架独木舟而已。不一会儿，小船摆动了两三下之后，一豆灯光也完全湮没，剩下的只是拨动水的声音与潮湿的气息。

黑暗如死，浸入口鼻，前方又有一豆灯光浮现，让我勉强徐徐吐出胸中黑暗。轻轻一颤，小船靠岸，又是一只手拽住我，把我扶到岸上。岸上另有一个人等候，他说："跟我来吧。"说完转身。

我跟着这个人拾级而上，一步步离开黑暗，一寸寸望见天光。进入完全清朗的天空下，我不由得深呼吸几次，迫切地要把光吸进脏腑。深呼吸完毕，我放眼看去，已身处街市。毫无疑问，这里无法比拟丰裕社会的繁华熙攘，却也人气颇旺，街道两旁店铺销售的日常用品，品种并不丰富，大多数也都是仙人掌制品，可人们挑选与购买的兴趣丝毫不受影响。有些别扭的是，来来往往都是男人，黝黑瘦削的男人，他们神态自若、举止镇定，显然一切已经超越习以为常化为他们的生活。这些男人真真假假的青壮年面孔提醒了我那位老人的话，也提醒了我到这儿来的目的，那个带我上来的人还在，他一直等在旁边，等我从初次目睹正常的匮乏社会中回过神来。

"赵先生，你好。这一次我负责带你四处走走看看，我姓钱，你叫我小钱就可以。有什么问题你可以问我，我尽力解答。"他的口气和神态不像超过三十五岁，因此我几乎是怀着一点儿恶意地脱口问道："你也整过容吗？"

"当然。"小钱——我是否叫他老钱才合适？从年龄论，我是小赵——没有丝毫的不自然，"这是匮乏社会第一代居住者们的方式，他们大概以此表示对被流放的抗议，或者作为自我身份的标识。没有强行要求，不过作为约定俗成得到大家的遵守。整容是很多人进入匮乏社会后做的第一件事。"

"那你多少岁了？"

"来到匮乏社会，那种具体的数字失去了意义。我们有两种说法，三十五岁之前，三十五岁之后。这一适用于丰裕社会的算法，在这里也得到嘲讽性使用，因为所有人——当然，除了像你们这样的实习生——都是三十五岁之后。另一种说法是，死亡前多少年，死亡后多少年。"小钱说着，伸手示意我往右边去。

"以死亡论年龄不是更加虚妄吗？谁知道自己什么时候死啊？再说死了再计算年龄意义在哪里？"我已经听糊涂了。

"不虚妄，在丰裕社会时，我们每个人都认为匮乏社会是惩罚，因而称为'流放'，但来到匮乏社会，也是一种提升，能通过前站三年的洁净，才有可能获准进入真正的匮乏社会。到了这里，每个人都会为自己设定一个死亡期限，他计算时间与年龄的方式就以距离那个时间还有多久来衡量。因此，我可以说，我的年龄是死前八年三个月。"

小钱让我看街道旁边一家名叫"木坐"的小店，门前有序排了有十多个人，好像是在售卖某种饮料。小钱让我等等，自己走上前去，他说了两句什么，有几个男人回过头来看了看我，倒是都显得很友善，甚至还有人冲我微笑。老实说，我有点儿慌乱，像是有点儿不大的秘密但完全被人窥破了。

　　小钱端着两杯饮料走回来，递了一杯给我。有点儿涩，倒是很提神，深绿色，应该是仙人掌汁吧？

　　"没错，就是仙人掌汁，不过榨取后加入独有的配料调制出来的。"小钱完全知道我在想什么，"这算是这条街上最美味的东西了。我每次过来都不放过。"

　　"你刚刚和他们提到我了？"其实我想知道他是不是把我的身份告诉了那些人，没有来由地，想到那些人知道我还会返回丰裕社会，我有些不好意思得近于羞愧。①

　　"是啊。我告诉他们你从来没有喝过'木坐'的饮料。大家觉得奇怪。店里也因此额外奉送了两杯。我沾了你的光。"如果不是小钱的年龄和性别梗在那里，我必须说，他说这些话的语气和模样有点儿可爱。

　　"你之前说通过前站三年的洁净，那是怎么回事？"

　　"前站就是你来之前那儿。每个人来到匮乏社会的人，都会在

---

　　① 指导员注：这么多细节，这么多文字，能够确认其真实性的，似乎只有这一段感受。

　　审查员注：指导员迄今的文字告诉我们，对匮乏社会的妖魔化如今是多么寻常与深入人心。这固然是协会所需要的态度，但过于情绪化会影响判断力。有必要建议协会考虑向指导员所代表的教育界等精英人士提供更多的匮乏社会情况。

　　报告者此处的描述，依然不能排除为致幻剂作用，但作为分析对象，仍然具有结构意义。

那里待够三年，纯粹时间的洁净。纯粹时间就是你什么都不干，不用劳动，不用思考，不用感受，就让时间在你身上白白流淌，时间会冲刷掉丰裕社会残留的影响。"

"什么影响？"

"贪恋物质。贪恋享受。用物质量化人生与生命，由此进入加速单行道，完全无法停顿。洁净就是提醒，时间就这样流失也是可以的，时间可以不产生效率，可以身外无物地活着。"他再次示意我右拐，我们离开刚才那条宽阔的大街，转入一条小巷。

"这一切要在自由选择下来谈论。因为失败因为没有竞争力，被丰裕社会流放，再来倾销这一套理论，只能自我安慰吧。当然自我安慰是必要的，每个人都或多或少、或此时或彼时地自我安慰。可是明明被物质抛弃却以抛弃物质为立论基础，作为一个团队或者说整个匮乏社会的指导，太过矫饰。"他对丰裕社会的基石——物质的意义如此轻描淡写如此不屑一顾，我恼怒之下也就顾不得谈话礼仪了。

"你放大了自由选择的重要性。你所谓的自由选择，匮乏社会也存在，比如极少数人在经过前站的三年洁净之后，选择留在前站。但这类自由选择只是即兴行为，增加不了有分量的砝码。因为他们之所以留下来，要么是被悲情笼罩，想要作为控诉者存在于此，要么是心怀侥幸，梦想哪一天能够回到丰裕社会。这二者实际上是一个意思。不管怎么说，除了你们这些实习生外，丰裕社会通向匮乏社会的也只是单行道，只有来的没有去的。到了这里就不要回想过去，就应该立足于此。我们可以用旧文明社会时期的哲学术语'先验'来模拟每一个从丰裕社会过来的男人的处境。匮乏是他的先验条件。"

"你没有说服我。不过让我们停止这些空谈吧，你要做的是带我四处看看，我要做的就是看。"我终止了这种白痴般的争论。

"没错。"小钱笑出了声，"我这个人喜欢口舌争胜。抱歉。匮乏社会也不是完全禁止一切感官放松。呐，这里就是一座电影院，经常放映一些我看不懂的电影，江教授很喜欢这里，每过一段时间他就会前来光顾。"

小钱所指是小巷里极不起眼的一个小木门，它夹在两个门脸之间，窄窄的一条，仅够一个壮实男人通过而已。看不到店招，只有木板门上写着"今日放映"几个粉笔字，下面有擦拭痕迹，看不清具体写的什么。如此逼仄的空间，如此简陋的门面，能够提供什么感官放松？

"看不清今日到底放映什么。"我嘀咕了一声，很想见识一下。

"每天早上八点、下午两点准时放映，开始后就会擦掉片子的名目。——这是多年来的老规矩。可惜，今天时间有限，要不然还能带你进去看看。不过呢，也只是你可惜，我可是真的没有兴趣。能够免了也是幸事一桩。"小钱看出了我的心思，以这种方式拒绝了。他提到时间也兜头浇了我一盆凉水，我摆脱了这个念头，在心里把要想知道的地方挨个梳理了一番，要求自己一定要抓紧。

"我想知道，匮乏社会如何维持运转？嗯，这里的人们如何工作，他们的动力如何保证，他们工作中是什么样的关系？"尽管都是从丰裕社会而来，小钱也比我年长，按理对丰裕社会了解得也比我更清楚，我还是不自觉地认为他和丰裕社会没有什么关系，对丰裕社会也没有什么了解，从而又补充了一句，"丰裕社会一直在维持匮乏社会的运转，提供基本的物质。"

"这是宣传，也是部分事实。你看到的前站的人们，他们的生活由丰裕社会维持，定点定量供应，你可以理解成对他们甘愿牺牲的供奉，也可以理解成对于同类失败者的怜悯，因而用基本的物质饲养起来。即使在匮乏社会，'供应'也是最基本最单薄的东西，勉强维持生命不死。而且它也只向每个人提供三年。原因众说纷纭。极端的说法是，丰裕社会本来就只计划被流放者活三年，如果消耗过巨也违背流放的本意；自尊的说法是，经过前几代居住者努力，匮乏社会实现了自给自足，完全可以拒绝丰裕社会的施舍，双方经过谈判妥协，一致同意拿出前站作为缓冲，并且保障极少数长期滞留前站者的基本生活。匮乏社会也逐渐将这三年调整成了洁净行动。

"至于你所说的运转维持。匮乏社会的根基就是洁净行动后人类的心。准确地说，是男人们的心。如此净化之后，纯净心灵向每个人提出必要的要求，要求他进行基本的工作给予基本的付出，并且向匮乏社会取用基本的物质。"

"我想知道，你口中如此纯净纯洁的匮乏社会，如何解决性欲问题？据我所知，协会曾经动议，对所有流放至匮乏社会的男人实行化学阉割。后来这项议案被否决，反对者认为这样太不人道，他们认为即使赤裸裸的毁灭也应该遵循人道而行。也有深谋远虑者反对，他们看到这其中包含了当量惊人的不确定性。遍览旧文明时期史册典籍，都没有记载数量庞大的失去性这一最大发泄途径的男人们困居在一起的情况。一群年过三十五的男人聚在一起，旺盛的精力与旺盛的性欲无处倾泻，他们可能以内耗以相互撕咬的方式发泄，火通过火燃烧。消除他们的性欲，就是完全把火引向外面。极有可能会吞噬掉整个丰裕社会。正是这一明智的担忧否决了化学阉割，也许它也保护了留存于丰裕社会的不堪一击的人类文明种子。这个否决没有解决问题，只是甩包袱，丰裕社会应该承担的责任推给匮乏社会自我解决。可是性欲仍在，或许更为旺盛炽烈，那么，匮乏社会如何解决？"这个问题一直存在我心中，这样的时间这样的场景，以这样的方式问出来，也出乎我自己的想象与预料。只是小钱的神态与话语迫使我必须回击，必须使出狠招，让他无话可说。

小钱如我所料地沉默了。他情不自禁地加快了脚步，我没有提醒他注意这个举动的潜在意识——逼人太甚从来不是我的风格，况且这个问题主要不是将死对方，是想得到解答。——因此，我也只是调整步伐，跟上他的节奏而已，尽管落后了两三步。

小钱带我走出了那条狭窄的巷子，我们进入了一条宽阔、整洁的大街，这条大街即使放在丰裕社会也不过于寒酸，它只是少了些从匮乏社会的角度来说并非必要的装饰，取而代之的是庄重的氛围。街道两旁的房屋也是少见的三叶树木门，透露出里面内敛、持重、绝不寒酸的整体风格。每一扇门上都挂着一张仙人掌纤维编织物，不同只在于颜色或红或绿。街上不多的男人，一律一脸郑重其事。他们不是匆忙经过这条街，而是且行且打量。他们对仙人掌纤维编织物的颜色很在意，屈指可数几个人之后，我发现了其中的规律：他们对悬挂红色编织物的门只是报以温和微笑，绿色编织物则让他们目光明亮，进而两个人默契地走过去摘下它，推开门拿出红色编织物挂在门上。然后他们会从里面关上木门，留给外面一个郑重的背影。

没多久，我又注意到，一扇挂着红色编织物的木门拉开，两个神采舒畅的男人走出来，他们拿出绿色编织物挂在门上，随即挥手道别。我知道这些房间、编织物、男人之间有联系，这些联系也在脑子若隐若现、呼之欲出，可就是差一点儿劲道。

小钱显然对这些仙人掌纤维编织物颜色变化的背后含义了然于胸，他没有跟随我的目光打量这些男人，而是一直留意着我的目光、忖度我的想法，等到我皱着眉头深思而不得其解，他适时停下脚步，转过脸看着我。一脸不言而喻。

小钱的神情、动作、目光汇聚一处，瞬间拂开我脑中的迷雾。这迷雾散开露出的不言而喻，我恍然大悟，我难以置信，我兴致盎然。要想确证，只有亲身一试——我还不想这么深度涉入，可是不亲眼目睹又无法平息蓬勃生长的好奇心，更无法获得问题的实在解答——这一刻，问题的实在解答俨然成了回答诸般疑虑的词根。

"我要进去看一下。"我说。我的语气必须让我的要求不能被拒绝。

"可以。"小钱完全没有拒绝。我们往前又走了一段路，才看到一个绿色的编织物镇定自若地挂在一扇木门把手上。小钱上前拉开木门，做出请进的手势。

"你也要进来吗？"即使小钱进来，也不会有什么发生。可是想到一起进入这样房间的含义，我就浑身别扭。

"噢，当然不。你的认识和我们不一样，如果我进来可能你会不舒服吧？！"小钱说着示意我进去，然后从外面关上门。

我先看见红色的仙人掌纤维编织物，它待在门边的一个挂钩上，独身一个却显得成双成对。这个房间和最普通酒店的普通标准间相仿佛，只是更加简陋。一间卧室配洗手间，卧室里一张单人床、一把椅子，洗手间里一个莲蓬喷头、一个马桶。房间里称得上装饰的，也就是蓝色百叶窗。它放下来遮挡住了大部分光线与视线，也让房间里飘散着薄薄的微蓝天光，有种流动的气息。

这些东西证实了我的想法，也让我意犹未尽。我走到床前，掀开床上的毛巾，看了看裸露的床体，没有任何装饰，也没有任何能够增加舒适度的铺设，伸手按一按，床铺还有一定的柔软度，在上面活动想来不至于让人难受。再在椅子上坐一下，感受相差不多。

笃笃敲门声。小钱有点儿不好意思地半侧身站在门口："对不起，有人来了。按规定不允许一个人待在里面，你是江教授安排来的，不会有麻烦。可是解释起来啰唆。"

我点点头，走出来。小钱把那个绿色的编织物挂回门上，我在里面这段时间，他一直拿在手上。两个男人拿着门上的编织物，一前一后走过来，经过我们身边他们略略低了低头，像是有点儿羞怯像是礼貌地打个招呼。我也学着小钱的样子，低一低头，然后我们转身离开。或许是心理作用，我隐隐听见身后传来水流声。是那个莲蓬喷头打开了吧？此刻它正冲洗一具身体还是两具？

"这个答案你满意吗？"小钱陪着我沉默下去，等到我们走出这条街，才问。

"你们如何定义性欲？"我以问作答。

"在丰裕社会，性通常有两个作用，生殖与宣泄——性带来的快乐也是宣泄的一种，说宣泄本身就是快乐也未尝不可。"看来我在房间里面的时候，小钱在整理思路、筹措词语，一说起来就头头是道。

"匮乏社会只有一种性别，只有被流放来的男人，生殖作用取消，只剩下宣泄了。从生理过程看，匮乏社会的宣泄与丰裕社会的宣泄一样，但其实质并不一样。丰裕社会的性与旧文明时期并无本质差异，指向高潮，指向身体快乐。匮乏社会的性不是，它指向净化，它从来不是目的。这么说吧，匮乏社会从来不以性为罪为恶，从来不试图根除它，匮乏社会只是将它视作会对人产生影响的身体机能，当身体提出要求时，我们就来到这里予以释放，予以宣泄。不过我们从来不会耽溺于此，之前之后它都不会占据我们的时间，消耗我们的心灵。"

小钱说到这里，停下来看了看我，可能他需要确定我是否能够理解。

"如果是这样，这种事情只需要自助就可以了。为什么还要进行这样的安排？"

"匮乏社会不反对自助。不过自助的净化意义显然不大，我们借用一个旧文明时期概念，称刚才那样的街区为'互助公社'，这样相互帮助的净化称为'互助机制'。一具身体能够坦然面对另一具身体，一个人和另一个人在最为私密的事情上能够互相帮助，共同得到净化，这是突破。是对性的功能与作用的认识突破，是对身体这一思想承载器皿的认识突破。"小钱娓娓而谈的模样如今仍宛在眼前，那时候我就怀疑他可能是江教授与匮乏社会特意安排给我的，现在越发确定。

　　"你们怎么保证这种'互助机制'中不会出现丰裕社会极力反对的'爱情'这种东西？如果出现，必然是同性之间的感情，这更是丰裕社会严令禁止的，可以说是双重违背。丰裕社会想必不会容许匮乏社会出现这等情形吧？"我援引丰裕社会的禁令，心里并没有那么踏实。

　　"在我们的认识中，匮乏社会是丰裕社会的提升，是丰裕社会金字塔的最尖端。作为丰裕社会基石的种种规章要求，在这里当然得到更加严格地执行。"小钱这番话只让我想起小钱刚才用过的一个词——"宣传"，并没有增加任何可信度。他敏锐地感觉到了，对此宽厚地一笑，问我，"你认为，依据你在'互助公社'所见，依据我刚才所说，你认为，匮乏社会还有两个人之间存在'爱情'的必要吗？如果'爱情'不存在，同性之间的爱情当然更不存在了？"

　　小钱的话没有拨开云雾呈清明，我没能在很短的时间厘清他这番话的逻辑与法理顺序。我也因此，有点儿庆幸时间所剩不多，我得离开这个地方，回到监视江教授那儿。也就是小钱口中的"前站"。

　　后来我又去过匮乏社会几次，对那里的了解越来越多，不过已经没有第一次的冲击那么强烈。甚至，当发现匮乏社会和丰裕社会保持了大体上的同构关系，差异只在数量与程度，而非实质时，我还有点儿厌倦。

　　所以还坚持去，不过是因为相对于前站的生活，那边毕竟没有那么强烈的重复性，每一次还能见到一些新鲜事物。我也还想证明自己的厌倦是浅尝辄止的错误，是叶公好龙的偏离。

　　上述错误与偏离日益被证明实际并不存在时，不顾一切与江教授谈谈，要求他答疑解惑的愿望也滋长迅速。我直觉，江教授也有此愿望。这一天不远。①

---

　　① 审查员注：小钱前后的论述具备可信性。整合匮乏社会的理论基础、匮乏社会如何看待自身与丰裕社会、匮乏社会如何解决最为迫切的问题，论述中都有涉猎。逻辑自洽。值得深入分析。

4

终于要说到那部电影了。如果没有那部电影，这份报告是不是会从一个完全不同的角度来写，写的又是完全不一样的内容？

我不知道。我必须切入正题。

可是还有"之前"，切入正题之前，我想说一说那天早上的事情，尽管他们会有各自的说法，但是我知道，我的说法，我对此的描述，绝不只是八分之一。它也许是二分之一，也许是事情的全部。

那天我们是零点到早上八点当值。我和搭档进入监控室时，江教授房间早已经灯光关闭，沉寂板结如铁。通过红外监视器，能看到他躺在床上，气息平稳，仰卧的身体因呼吸而轻微起伏。我的搭档甚至玩笑地将声监调到最大，我们在江教授节奏舒缓的呼吸声中静静坐了十分钟。那是美好的十分钟，没有心猿意马，无须坐立不安，只需听从一种天然让人放松的涨落。

十分钟后，搭档哈欠连天地关掉声监，默契地走到扶手椅上坐下，靠着椅背闭上眼睛。——如果协会因为此处的内容，认定我的搭档对这次事件负有责任，我想替他辩解几句：值班期间休息固然不符合规定，却也是具体情境必然。监视对象清醒地进行活动，一举一动再多拖沓、冗长、陈旧，都还勉强可以当成观察对象，凭借分解其动作，来填满时间的空当。监视对象躺在那里睡觉，俨然成为无可依托之物，这时候监视者最好的举动就是同等待之，以睡眠丰富睡眠。何况，我以自己的清醒向他做出了保证。何况，严密高效的监控设备足以放松人的警惕。

我也要说，上述辩解没有英雄气概作祟。我不是要从搭档身上揽过，不是要放大自己的作用，我只是希望还协会盛怒之下放大的判断以本原。至于我的责任我的罪，殷切希望协会同理处置。①

我为什么没有睡意？做了准备。我从下午五点睡到晚上十一点半被搭档叫醒。为晚上独自盯着江教授做准备，为了预感中的面谈做准备。江教授应该知道我们已经实习了一百五十一天，如果真有要和我说的，需要让我知道的，他该抓紧时间了。

我怀着期待，盯着红外监视器里江教授夜晚里仍在新陈代谢，仍在向着衰老与死亡不可逆行进的身体。这样一具身体，仍然令丰裕社会，令我们尊敬的协会不放心，需要对其一举一动都了若指

---

① 指导员注：报告者是英雄主义发作吗？刚才认为自己占有了全部的事实，现在又承揽全部的责任。

审查员注：报告者的描述与现场监控内容吻合，工号 13593023 难以谅解地渎职，不过报告者此处的辩解也合情合理，并非完全的英雄主义发作。建议免予追究 13593023 责任。

掌，其中究竟隐藏了什么样的力量与秘密？这样一具身体，不动声色地安坐在八平方米房间内，居然就对我的举动洞若观火，遥控指挥得井井有条，他的一系列安排，对我究竟有什么目的在里面？

这些都是我最近时常思索而没有答案的，不过，我不着急。我只是让最初的疑窦膨胀成为疑团，成为一块推动我行动的巨大实体物质。

江教授果然早有预谋，晨光熹微的六点钟，他就醒过来。和所有老人一样，醒来的江教授并没有一场睡眠休整后的轻松，他怔忡地坐在床上，用呼呼喘气来找回现实的节奏，然后是一通猛烈的咳嗽，损耗严重的衰朽身躯借助咳嗽，各个部位各种部件终于归回原位。这时候，他才恢复平日腰板挺直的精神领袖风采。

恢复神采的江教授，起床后的日常动作仍旧比往日迟缓，在卫生间里一待就是二十分钟。出于基本的尊重，尽管卫生间也安装了监控设备，不过因为启动它需要层层报批通过，在我实习这一百多天里，我们从来没有使用过。听我的搭档说，他们在此工作的三年也没有动用卫生间的监控设备。他说，每周都会安排专人检测卫生间，确保里面的确没有可以与外界保持通信的设备，匮乏社会严禁自杀，因此不必担心此项意外。可那天的二十分钟对我煎熬至极，如果私自启用卫生间的监控设备只会面临事后追加处罚，我会毫不犹豫。

　　不是二十分钟的绝对值有多大，老年男人嘛，完全能够理解。何况，江教授此前有过更长记录。只在于，我认定了这天早上江教授会对我有所交代，怎么能甘心盯着时间一分一秒流逝，直向八点钟逼近，而毫不理会我的期盼？

　　江教授走出卫生间的那一刻，我的煎熬瞬间宣告结束。他稳重的脚步走向门口，我清楚看到他在门锁上转动了几圈，奇迹发生了，江教授不占用时间地回到了书桌前——以事后准确语言来说，是切换到了书桌前，一如往常地在一张白纸上写起字来。我怀疑自己的眼睛或神经出了问题，我更不相信这个早晨会以他坐回书桌前平淡收场。[①]

　　我不再多想，走出监控室，向江教授房间奔去。跑出没多久，就看见他迎面而来。那天江教授短衣短裤，平常的长者风度外平添了几分干练。江教授见到我毫不惊讶，可他的释然与惊喜也没有期待的那么强烈，时间宽裕一点的话，我会醒悟他必然会有这样的安排，但是他的安排并不必然指向我，我只是众多可能中实现了的一个。如果我早有这样的认识，这份报告是否再次有可能拐向其他

_____

　　①　指导员注：江教授如何回到书桌的？其中究竟隐藏了什么玄机？

　　审查者：匮乏社会居然易如反掌地实现视频切换，他们如何完成的事先录制，如何精确计算时间，以这样的方式延阻了人们对报告者失踪的确认？他们究竟隐藏了多少实力？这些实力一旦运用，将对丰裕社会产生什么样的破坏或伤害？建议对匮乏社会实行一次大起底，并考虑启用《丰裕社会维持原则》三级预案。

方向？

　　我没有时间，我没有耐心等候他调整出我希望的表情。我恨不得冲上去握住他的手，用我双手握住他的一只手。江教授微微颔首止住了我的冲动，然后他颇显正式地点了点头，算是确认了我们监视者与被监视者的关系。

　　"我要散会儿步，可以吗？"他说。

　　可以吗？这么生分的话，我该如何回答？！我只有不作声，默默转换角色，跟在他身后，心里阵阵凄凉。

　　太阳已经出现。因为心里凄凉吗？怎么今天的太阳比往日更红润，更脱离二维剪影圆形形象，而涨成了举步维艰的球形？！它甚至停下来注视江教授那徐缓的步伐，似乎不得到命令不能行动。嗯，它不但停滞不前，还允许一个不明的物体逼近它、吞食它。如果不是情绪低落，我不会如此向太阳移情，也不会如此笨拙地直到太阳被完全遮住才意识到是日食。

　　天空由清明晨光转呈晦暗黄昏，我亦喜亦忧，天象都如此助我为我打掩护，疑问与困惑再不和盘托出就是辜负，江教授却神色自若、安步向前，全然没有留意我的满腹心事，或者他留意到了却并不在意。我揣摩不定，不敢贸然上前，只好停住脚步，期望他会意识到我的异常。就是这样，我仍然没有丝毫把握，于是张开嘴巴，气息吞吐，"江……江……江教授……"

我说完了。江教授也不见了。不是江教授不见了，是世界从我眼前消失了。不仅世界从我眼前消失，我也从我眼前消失了。光线消散，无影无踪，我看不见我的身体，只有我的嗫嚅微弱回旋，轻荡耳畔，"……江教授……"

我抬头望天，天空黑暗深沉，这黑暗来得如此猛烈如此浓烈，以至于渐次湛现的群星也被我认作更深的黑。天空没有一丝风动，我站在那里却听见城市呼呼刮过。我站在那里，目睹太阳一点点被吐出来，像是我自己被吐出来，被我自己吐出来。①

几分钟，漫长的几分钟，江教授真的消失了。星光晴朗，太阳被逐渐吐出来，阳光辉耀时我才目能视物，才发现几分钟前还几米之遥的江教授不见了。大脑空白，空白倒也短暂，我很快认清了形势：江教授逃了。我转身就跑，不是逃跑，是跑向离我最近的楼房。我跑过街道，跑过大门，跑进房间，跑过沉默的人群，跑上二楼，推开楼梯边站起来不知是迎接我还是阻拦我的男人，跑上房顶，顺着滑梯滑下，坠入奇境之门，坐上又一艘黑暗中飘荡的小

---

① 指导员注：日食期间发生的一切至关重要，持续时间数分钟，报告者所扮演的角色，其在此事件中需要承担的责任也视乎这短短几分钟内的行为。这一段文字如此语焉不详，如此低劣煽情，甚至语句不通，这很难不让人进行合乎情理的推断：内中有所隐瞒，隐瞒内容或许至关重要。

审查员注：日食也得到完全的利用，显然一切尽在江教授他们的掌握。匮乏社会的能量不容小觑，提请协会关注，并做好相关预案。

船。那时候我才意识到，我的判断毫无道理，不过我知道，我不会错。

我的确没错。我一路奔跑，到了那条狭窄的巷子，到了那家电影院门前，一个留着长长头发的男人正慢慢悠悠地擦掉黑板上的字，他不急不躁地擦着，却也擦得一点儿痕迹都不留。我刹了一下脚步，问："什么电影？"也不等他回答就直往里闯，他嘀咕了一串，听清楚的就一个"雨"字。

我进去时，电影已经开始放映，片头、工作人员名单、演出阵容等等内容业已交代完毕，因而仍旧难以判断究竟是一部什么样的片子。电影里环境幽暗，一时分辨不清具体所在，遥远的长镜头，直直地固定下来。没有任何动静，仿佛渗透出拍摄器材微微轰鸣的声音，这显然是不可能的。我站在那里，下定决心要等到画面变化才就座。就是这一转念，画面尽头似乎动起来。噢，一个衣着款式、颜色和作为环境的天桥很难区分开的人向镜头走过来。摄影机的位置始终没有变，这人缓慢均匀稳定的步子向前迈来，越迈越近，越近他的上半身戳出镜头外越多。

灰蓝色牛仔裤贴向镜头，清晰可辨的织物纤维放大成一团模糊的色块，持续三四秒，镜头上扬，一张普通青年男子的脸以六十度俯视，他让自己的脸掠过镜头，说："你要拍就拍吧。" 语气有些无奈，有些不快，有些不在乎。长镜头追随他离开的方向，直到他走出镜头。我大致猜出,环境是宽阔的立交桥下。依据天色与行人的稀少,可能正是东方吐白时分。

我这才抽出时间打量这家电影院,它远比我从外面看到的宽敞,里面简易地摆放了七八排椅子,每一排十张左右。电影院观众稀少,两个男人挨着坐在最后一排,江教授则坐在第一排,他伸直双腿,松弛地差不多半仰地靠在椅背上,盯着大屏幕。我对后排那两个男人在做什么有点儿好奇,更想知道认定匮乏社会里的性只会通过定点宣泄、绝无耽溺的小钱,如果见到这一幕,他会怎么说。不过,我目前最想的还是冰释自己的疑虑。

我走到江教授面前,站在那里盯着他,江教授视若未见。我顿时怒火上升,前跨两步,干脆挡住他的视线。江教授仍然以我为空气,我得用拳头在他脸上来两下作为提醒吧?我当然不必这么做,因为江教授失笑地看着我,光影交替的电影院里,他的笑含义不清。

"赵一,你动作还真快。等电影看完咱们再说,好吗?"这番话算是追加的解释。

这番话回避了我所有的问题,不过总算是个回应。丰裕社会给予我的教养,不合时宜地想起《实习手册》相关禁令,二者结合到一起——也许只是我性格中天生的多思游移起了作用,我同意了他的提议。而且,在匮乏社会看一场电影?!别说来实习之前打破脑袋都想不到，就是回到丰裕社会和人说起，也完全不会有人信。为什么不尝个鲜呢？

我也试着在第一排模仿江教授的样子坐下，离得太近了，仰头望银幕也让我眩晕。我决定往后几排挪一挪，我站起来，诚实又白痴地对江教授说："我坐后面去，你坐在这儿不要动啊！"

江教授只是挥了挥手，如同赶走一只聒噪的苍蝇。

我又换了一次，才在倒数第三排里侧一个位置上坐下来，也许倒数第二排更合适，不过实在不想离那两个动作鬼祟地进行什么活动的男人太近。电影里已经是青天白日，那个普通青年坐在一辆车里，透过车窗玻璃，一动不动地盯着不远处一个露天咖啡馆，咖啡馆里只有一位中年女人喝着咖啡。这个女人似乎沉迷于咖啡的味道，对周围的一切都不关注，不过这段时间的实习经验帮助我从她过快地举杯动作中读出，她完全清楚自己正被人注视。

女人很快喝光了杯中的咖啡，她招手叫来老板，让他再上一杯咖啡。他们还简单聊了两句，不过并没有语音或字幕提示具体内容。女人的动作似乎更快，可是她只喝了两口，就放下杯子。女人从兜里掏出两张纸币放在桌上，转身离开。普通青年等了一下，确定女人有意步行一会儿，才拉开车门走下来，快步跟上，在离女人四五步时，减缓步速，不即不离地跟着。

这也是一个跟踪者一个监视者！我大吃一惊，片子本身没有什么，但是这样的情景下，这样的一部电影像是光线反打，突然把我揪出来，推倒在众人脚下。我的惊慌难以平定，我想知道江教授会不会一边看电影，一边把自己搁进电影里面，其中还有一个狼狈的身影，那就是我。我也不安地对那个普通青年充满同情，甚至不敢去看他那一张严肃工作的普通面孔，生怕一不小心认出那就是我的脸。

这时江教授伸出了一只手，这只右手刺进了放映机投射的光影里，在银幕上留下了一小截阴影，像是一截树枝突兀地生长在那里。难道他洞悉了我的心理变化？还是他只是在提醒我身后那两个人，他们弄出的响动已经快和电影的配乐声一样大了？

那个普通青年顾不上自我怀疑，因为那个女人动作突然加快，她快跑两步之后，一下子穿过车流，蹿到了马路对面。对面一辆车也适时停下来，女人以超过其年龄与身体的敏捷，拉开后车门钻进去。汽车扬长而去。可是这么常见的招数怎么能够甩开普通青年，他没有穿过车流，而是走到路边，侧身进了刚才停在咖啡馆前那辆车。驾驶座上坐着另一个普通青年，他的区别仅在于脸庞窄了一些，颧骨高了一些，下巴长了一些。——鉴于电影始终没有人物姓名提示，我决定称原来的普通青年为一号青年，现在坐在驾驶座上的为二号青年。

一号青年就座，二号青年左打方向盘，逼停了同向行驶的两辆车后，汽车顺利汇入对面的车流，再几次穿插，跟上了那个女人上的那辆车。女人的车也很快察觉这一情况，这大概也在车内人意料之内，因此他们并没有表现出进一步的激烈情绪，就算想要表达，繁忙的路况也不允许。就这样，两辆车在六车道上款款相随，脉脉含情。镜头切换并不多，偶尔拉开，出现两车一前一后的身影，更多的时候还是对着一号青年，他那张普通的面孔在逼仄的车厢内有些变形，衬得皱眉深思的表情颇为阴晴难测。

"估计又是兜兜圈子就回去了。"二号青年说。这是电影到现在出现的第二句人声。

"连着三天了。不是兜圈子这么简单。"一号青年说，费解与深思仍旧紧锁他的眉头，"前两天开车载她的人都直接被我们请过去了，现在还在。三组的背景调查证实，那两个家伙与他们夫妇并无太多交情，只是接到一个无名电话，让他们在确定的时间确定的地点接一下她。"

"他们不知道她丈夫的处境吗？这么随随便便地帮助她？就冲这个也应该给他们点教训。"二号青年有些气愤地说，不过这气愤似乎也不能怎么当真。

一号青年深看了二号青年一眼，嘴角牵了牵，勉强笑了笑。这个笑的含义含糊暧昧，也许是嘲笑，也许是同情的理解。"他们当然知道。说不定因此还对自己的举动充满道德满足感呢。私下里这还是足可以对朋友说起的谈资。当然，他们不会这么对我们说，他们被请进来之后，一个劲地嚷嚷不知情。你也知道，咱们怎么可能向他们说这夫妻俩受到的严密监视，国内也没有公开的宣判与报道，他们不知情从逻辑上也说得通。"

"今天这个司机估计又是这样了。"二号青年叹了口气。

"肯定的。三组也知道是白忙活，又不能不忙活。我认为问题不在车上，具体在哪里还没有想清楚。"

"会不会就是没目的，她只是出来活动一下。和我们恶作剧，甚至是恶心我们？丈夫不许出门，就用能出门的妻子带着我们兜圈子，算是宣示某种自由？"二号青年说完，试探地看了一号青年一眼，正对上一号青年的目光，慌忙转头看路。

"有这个可能。"二号青年错开头，没有看到一号青年眼里的赞赏，"虽然可恶，这倒是最让我们省心的动机。不过咱们不能放松。"

接下来两个人都没有再说话，各自陷入沉思。车里气氛微微透出点儿压抑。

我不知道这样乏味的内容是该称为电影还是纪录片，反正这段公路上的两车相随的戏码让我兴味索然，我站起来看了一眼，江教授还在。难以置信的是，电影院里居然又多了一个人，难道是我看电影太投入了？这个结论我不能容忍。这样的内容如何投入？何况我自信这段时间的监视江教授与察访匮乏社会的经历已经培养出了我的基本职业素养，即使投入电影中，也不会忽视电影院里的变化。难道我进来的时候他就在电影院里？我更无法接受。所幸，这个多出来的人坐在第四排右侧，从哪方面看与江教授的距离都不近，两人似乎没有任何交流来往。就算这样，我还是告诉自己，提高警惕。

电影上的画面已经转为黄昏，两辆车驶到一个小区门口，先后停下来。还是后面这辆车里驾驶室的视角，一号青年和二号青年沉默地看着女人走下车，只是和司机挥了挥手，转身进入小区。一号青年和二号青年的疲惫尽显脸上，两人一句话都懒得说，眼看女人快要走出视野范围，一号青年调整了一下耳畔的微型麦克风，说："一组一号呼叫七组，B38回到小区，请留意，请留意。"

"七组收到。七组收到。辛苦。"传来一个磁性十足的男音，效果很像画外音。

一号青年倦怠地扯下耳麦，说了一声"你回去吧，我下去走走"，不等二号青年回话，就拉开车门迈了出来。身后的车迟疑了几秒钟，发动离去。

镜头一直跟随一号青年，让我从这里开始——再次恢复他普通青年的称呼，大概用了手持，画面有些晃动，色彩调得有些冷，让普通青年步行路上见到的景象遥远而有隔膜。不远处，刚才载女人的那辆车被几个身着制服的人拦下，他们的举止让人相信他们随身携带着轻武器，车里高举双手走出来的中年男人温顺地趴在车上，等待身着制服者上前搜身。几个身着校服的孩子追赶着跑过普通青年身边，他们显得尤其遥远。镜头停下来，普通青年出神地望着这些孩子，良久，掏出一支烟点上，深吸一口，再次动起来。

一些街景被扫进来，不外乎是忙碌的大声吆喝招徕顾客的商家，挤在店面里挑选商品的顾客，紧紧搂住闭上眼睛在大街上肆无忌惮深吻的男女，牵着孩子在街上散步的苍苍白发老人……诸如此类在绝大多数旧文明时期电影里都能见到的场景，更多的则是迎面而来或者从后面赶上的上班族，每个人都步履匆忙，急着赶赴下一个站或者回家坐在沙发上舒舒服服喘口气。这些场景与画面进行了简单的处理，延续刚才的冷色调外，还消了音，那些多肉的脸、闪烁的霓虹、暧昧的灯光、空洞的眼神，都像被浸入水中，没有声响，却在想象中升起随时破裂的透明泡泡，震荡出孤独的嗡嗡声。

画面就这样冷暗无声地裹着普通青年，走入地铁口，下扶梯，过安检，进闸口，挤上车。普通青年那张普通的脸混入地铁车厢里，镜头也像一下在人群中把他搞丢了，东摇西晃地挨过一张张特征不明确的脸，画面上让人受不了地打出了西九十六区旧文明时期诗人埃兹拉·庞德的一句诗"湿漉漉的面孔"。

镜头不厌其烦地从一张张脸上过去，一节车厢一节车厢过去。

列车一站一站停靠，窗外浮动的夜色与灯光提醒我，地铁已经钻出地面，在城市皮肤上飞驰。人群上上下下，镜头下的脸没有变化地繁多重复，我好奇这些挤成一袋面粉状的人，刚才大街上闪现的人，他们是随机拍摄而来还是群众演员。如果是随机，怎么可能有这么多人面对无礼的镜头表现得如此专业的麻木？如果是群众演员，这么一部莫名其妙的电影，怎么会获批如此庞大的花销？难怪人类社会必须以丰裕社会与匮乏社会的两分法来保存有限资源，以求在宇宙空间发现新的基础资源之前延续文明火种，旧文明时期真是浪费成性无可救药。①

地铁暂停摇晃，又到一站，镜头毫无逻辑地再次回到普通青年身上，跟着他舍弃扶梯，一步步上台阶，来到站厅，拐进车站厕所。厕所空间狭小，两个站位、两个隔间分列两侧，一扇窗户推开窒闷的包裹。普通青年走到窗户边，向外张望，外面低伏一条高速路，打着灯的车辆在上面穿梭。普通青年站上窗台，像是一根人形柱子撑住窗户上下，我以为他要跳下去，他却解开裤子，任它堆积在脚踝处。

接下来的画面使用吊车从外面向里拍摄，因此能从正面看到普通青年还算肌肉结实皮肤紧绷的两条腿，能从他身侧与叉开的双

---

①　指导员：必须对这句判断表示赞扬与肯定。到目前为止，报告者对丰裕社会的复杂感情尽现。

腿间看到他身后的厕所，当然，最醒目的是他毅然勃起的阴茎，以及没有什么情感地抚弄它的右手。普通青年开始自渎的时候，压抑不住的呻吟响起，这呻吟与画面节奏并不吻合，而且自足地自相呼应，这削弱了我在大银幕上见到男性生殖器与手淫动作的恶心感。过程中，有两个男人从画面背景，差不多普通青年胯间走进厕所，他们第一眼当然就是看见窗台上的普通青年，更准确地说，是他那醒目的两瓣屁股吧？一个男人吃了一惊，后退两步仓皇离开，另一个男人若无其事地继续走到一个站位前，解开裤子准备小解，但是掏出生殖器的瞬间，他犹豫了，随即狼狈地系上裤子离开。

　　镜头拉近，开始特写。普通青年那昂扬的阴茎已经意志十足，像是占据了鹰巢，吞食完鹰卵，支撑起身体怒向空中的一条蛇，随时准备张开大口，吐出芯子，发动攻击。那只右手，则像归来发现子嗣成了他人腹中美味的雄鹰，悲恸化作满腔愤恨，低空盘旋，瞅准机会就扑下去予以猛啄狠撕，誓要将对方的斗志撩到极致才发动最后一击。这样力度与幅度的搏击，没有谁能受得了。这时切入了今天普通青年监视的那个女人赤身的画面，她拥有与本人并不相称的丰硕乳房，脸上笑容更是难以想象的妩媚迎合。这提示普通青年孤独性爱的源头与终点的画面一闪而过，视线仍旧落回他的器官。镜头快速向后退，捕捉到了他射向夜空的液体所划过的微弱弧线，也让这一射在拉开的空间里显得无力寂寥，无足轻重。

普通青年没有任何善后就提起裤子，跳下窗台，镜头对准他的脸，依然普普通通，没有什么特别的表情。他走出厕所，触电一样突然顿住，然后若有所悟地拿出手机，接通之后，电影院的简陋音响传来他没有情感的声音，"一组一号呼叫六组，请严查今天B38女人去的'冷浪漫咖啡馆'，B38这几天的活动，最终目的可能正是咖啡店。"

普通青年走出地铁站，背影消失在夜晚中，这时候还有满足的高调的重奏的呻吟声传出，我恍然地回了下头，那两个男人果然紧紧挨在一起忙碌着。普通青年的自慰过程并没有配音，听到的只是他们的声音。不知为什么，我蓦地对眼前这部电影有了一丝好感。

电影后续的内容像是这一天的重复，普通青年先后更换了不同的监视地点与对象，但都无碍于他的尽职尽责，也无碍于他在暮色四合、霓虹四起的夜晚，在那座城市的不同地方安慰自己的身体。不过，后面对这些过程的拍摄没有投入那么大精力，估计导演也认为这样的过程有一次纤毫毕现就可以了。也有可能导演是想用这些过程的简略来表现普通青年奔忙的无谓，以机械而持续时间不超过十分之一秒钟的快感来展现他的某种情绪？那些不同的总是能从某个角度观看这座城市的自渎地点，那些必然射向不确定方向的液体，也许提问，问观看者：普通青年是在和一座城市做爱？是在和他白天的工作做爱？还是仅仅在和他自己做爱？至少我产生了这样的疑问。

但我要说，仅此而已。看到那个时候，仅此而已。江教授还在，还很沉浸地仰望银幕，我就不能走。我也不能上前打断他，问他这样的时刻，为什么会带我来看这样一部电影。——没错，我明白了带我来看这部电影是他的目的，甚至可能是他对我所做一切安排的终极目的。为什么？我不明白。

电影里又是一次夜晚来临，又一次孤独性爱来临的前奏，普通青年走在路上，天空突降大雨。我有关这是一部拙劣纪录片的疑虑，总算因为雨的拍摄消除了一点。狂暴的雨在镜头里极有层次与力量，那些如注而下的雨水拓宽了画面的纵深，一道道清晰的雨线又赋予画面古典电影的庄严感。普通青年走在这样的雨水中，几乎一瞬间全身尽湿，他的动作与步子没有受到雨水的丝毫影响，雨水淋过他的身体，顺着他的头发流过他的眉眼鼻嘴，都仿佛柔和的光线流过一样，没有改变什么。他上了一座立交桥的人行道，走到桥中间，没有征兆地停下来。

我预感到电影要出现变化。变化它就出现了。普通青年站在桥中间，利索又不慌张地开始脱去身上的衣服，脱得一丝不挂。这是他第一次完全裸露，他的身体拥有对得起镜头的人体美——我当时想，如果是一具松弛的身体，大概更能表达导演的主题，想完我就笑：谁知道导演是什么主题？——普通青年在狂虐雨中再次操练起他的身体，与他的生殖器进行沉默的对话。经过他身边的行人与车辆都急惶惶躲避大雨，因此没有什么人有时间表达讶异。大雨滂沱，要想成功自渎不容易，雨水泼溅在他皮肤上的质感，皮肤的轻微战栗都被镜头捕捉到。但这些都只是延迟，而不能阻断，普通青年的手像是从仇恨时空伸过来，不管不顾地蹂躏，它们常常并肩而上的样子，也不是要释放快感，宣泄压抑，而是要解放死亡。

果然，快感呼之欲出的时刻，普通青年张开双臂，纵身向天桥下一跃。画面一下变为慢镜头，他的四肢伸展，他的身体舒展，大大小小的雨水一滴滴打在他的皮肤上，敲出小小的坑，溅开四散的花。普通青年像是在雨中游泳，全身迎着必然的地面而上。接下来，是必然的砰的一声。

我等待这砰的一声，江教授猛地站起来，向放映厅左前方出口冲去。离得这么远，他出去后我极有可能再也找不到，怀着这种恐惧，我顾不得电影里必然要发生的事情，一跃而起，在每一排座椅间跳跃，蹿出左前方出口。跑了几步我就松了一口气，这个出口是个封闭通道，通道里只有厕所。

江教授站在厕所的便池前小便，看见我有点惊讶，"哎，你怎么出来了，接下来才是电影的精华。"然后他回过神来，理解地笑了，"你放心好了，我怎么会不打招呼就走。"

我没有兴趣说话，便站到另一个小便池前，解开裤子小便。江

273

教授已经系好裤子往外走，还开了个玩笑，"你不会尿到一半追出来吧？！"我当然不会，我一上午的紧张，我这么多天紧绷的神经都随这泡尿松弛下来。尿完我站在那里，看着黄渍斑斑的小便池，看着尿液残余的泡沫，再看看我手指间的生殖器，我强烈地渴望像普通青年那样给它一次释放，可是我不能，我必须回到放映厅。就算不是为了江教授，也是为了那个迎向必然的普通青年。

普通青年没有死，他在一个大泡泡里，也许是水泡，也许是气泡，也许是其他材质的泡泡，在电影情境里，那个泡泡的韧性很好。普通青年所在的地方也看不出来是哪里，那里的荒凉前所未见，没有城市、没有乡村、没有自然、没有人工、没有植物、没有动物、没有色彩、没有声音、没有人迹、没有神迹，就像是荒凉这个词本身，就像是一个否定词。有的，只是下面的灰，没法定义颜色的灰，灰不浅却完全没有飘浮，似乎在说，那里也绝对不会有风。

普通青年站在泡沫里，他也有些茫然，不知身在何处，不知所为何来。他先是屈着身体团成一团，如母腹中的婴儿，这泡沫贴着他包裹成一团。他站起来伸开双手双脚，这泡沫就贴着他的双手双脚，成一个完满的圆。镜头跟着普通青年的目光打量这个地方，远处苍茫，土地缓慢起伏成一道道山坡，那没法定义的灰是举目仅见。更远处的天际，月亮湛蓝高悬，比平常大了不少，月亮周围隐约似有一圈白色飘带。看到这里，我的大脑卡壳死机，重新启动后，我意识到自己颠倒了，那湛蓝的星球不是月亮，是我此刻所在的地球。而普通青年的所在，才是我以为的月亮。他在月球上。

普通青年也意识到自己在月球上，他前后左右看了一圈，只有他。这局面完全超出了一个人能够应付的限度，普通青年的第一反应不是惊慌与恐惧，是小心地触摸手上的泡沫，那个泡沫像是智能的，它并不时刻粘在他手上，也不因为他腾出手来往里收缩，而是一动不动等他触摸，一副完全清楚他意图的样子。普通青年的触摸极其小心，超现实情境也没有让他忘却恐惧——假如泡沫破裂，后果真是难以预料。他或许没有忘记不久前他还在寻死，可他也确实和所有人一样，不想死在月球上。

一番触摸后，普通青年对泡沫的担忧减少很多，出于寂寞或者出于好玩，他翻滚起来。这时泡沫通灵地紧紧粘住他的四肢，让他能够像杂技演员翻动火圈一样滚动起泡沫，月球的引力与泡沫的弹性交互作用下，普通青年带动泡沫向前弹跳飞驰，风中的气球那样轻盈飘逸，又有充分的自主性。泡沫几乎没有什么阻力地顺着山坡跳过一道道山坡，没多久就几乎是离开地面在空中自由飞翔。

泡沫连续翻过几道山坡后，来到一个大坑边缘，说是大坑，不如说是抽空水的大海，海岸在肉眼里笔直看不出任何弧度，只有镜头一直往前才能看到地平线那样的微微弯曲。大坑并没有让普通青年踌躇犹豫，确实，这样的空间还能有什么地方让人畏惧？！他轻轻一用力，泡沫就弹起来悠然往下坠落。这一次坠落我无论如何都不想错过。

我也的确没有错过，泡沫坠落的身影似乎和缓，速度却好像一点都不低，大坑两壁迅疾向上退去。不一会儿，泡沫就落在坑底。坑里的景象更加超乎人的想象，只见不可胜数的泡沫无边无际地堆积在里面。

镜头这次没有挨个扫过坑里堆积的泡沫，一方面是重复同样的事情让人生厌，另一方面这样的镜头可远比在地铁上读取一张张呆滞的脸难度高，耗资巨大不说，一不小心还容易穿帮，让人看出影棚搭景与电脑技术的纰漏。不过一个浩瀚的远景足以调动观者的想象力。普通青年掉进坑里引起了泡沫堆的变化，经过一系列繁复又快捷的调整，他的泡沫被一堆相互粘连的泡沫接纳，那些泡沫与普通青年的泡沫共同张开吸盘一样，紧紧吸附在一起。每一个泡沫里面都居住或者围困了一个人，从普通青年与他们彼此透过泡沫显露的表情来看，这个泡沫团里的人互相认识，有所关联。他们还传达问候，那是一种地球上无法体会的声音，因而意思不明，好在银幕上及时给出了字幕。

"你还活着？"这是普通青年对泡沫里面的每一位熟人的标准问候，他的表情也是我们见到了确定已经故去的熟人在人世出现的标准表情，少半喜悦、少半恐惧、多半困惑。

"你怎么也来了？"这是熟人们对普通青年的标准问候，他们的表情则是例行公事的招呼，在此之前，他们一定迎接了太多的熟识者到来。

电影到此，有些震撼我，也有些困扰我，谁知道它会如何结束呢？导演好像也不知道，接下来他又花了不少的时间和篇幅介绍这些泡沫寄居者的生活——实际上不多，估计不超过二十分钟，但在电影里面像是几天几个月乃至几年——他们其实没有什么生活，在所有时间里挤在一起，迎接比地球上强大得多的阳光短暂的照射，遥望蓝色的地球，简单地进行交谈。泡沫如子宫，完全提供他们所需的养分与庇护，也禁闭他们，让他们对泡沫之外的世界没有太多的好奇心与欲望。

终究会有反抗者出现，尤其是在一部时长必须加以限制的电影里。普通青年理所当然地承担起这一角色，电影似乎没有给出足够的说服力，说明他为什么要这样做。电影只给了两个场景，一个是他在泡沫没多久就厌倦与紧张起来，他再次选择自渎来释放——当然，他完全可能只是出于惯性这么做——在彼此透明的泡沫堆里，在完全被熟人注视的条件下这么做，需要的不是急需发泄的欲望，是强大的疯狂。他的手以人手能达到的极致快速动作，不惜左右齐上阵，那充血的器官仍然只是保持昂扬与愤怒，完全没有什么东西要吐露。他较劲地坚持，坚持到周围的人都乏味地闭上眼睛假寐或者真正睡着，还是只有勃起，没有射出。他终于颓然地放弃，仍凭自己蜷缩成子宫内婴儿模样，被泡沫壁包起来。第二个场景是普通青年在不停地说，他面向周围的熟人说，面向被他的喋喋不休吸引过来的其他泡沫团说，他说的话语照样听不明白，也没有字幕——大概导演认为他的表情与动作已能说明，大概导演也知道，此情此景能说出的和之前那些电影里鼓动性十足的战前动员或面对危机的鼓励性话语大同小异。

反正，他的话语起了作用，就像往每个人心中揉入了酵母粉，希望在他们心里膨大，透过他们眼神表现出来。于是，不少泡沫行动起来，行动的泡沫又鼓舞了周边的泡沫，不到一天时间，整个大坑里的泡沫都动了起来。他们的动作很简单，如同拍皮球一样，按照一个节奏统一往上跳统一往下落，于是整个泡沫军团越跳越高，最终离开了大坑。

电影这时候采用了非常诗意的画面语言，它拉出足够的距离，呈现出了一大堆泡沫升腾而起的景象，你可以想象一整片海洋里的每一滴水化作一个泡沫升腾而起。雄壮的音乐声起（让我想起《现代启示录》著名的《女武神》片段），升腾的画面掉转方向，改为向下坠落，向着地球坠落。这群体的泡沫组成的天使军团坠落的速度胜过一切人类航天器，在进入大气层的时候，泡沫纷纷挤破，缩小成一颗颗分明的雨滴，往下飘落。

普通青年夹在雨滴中间，落在最前面，辽阔的地球足以接纳这些来自月球的雨滴，每一滴雨水也都不再彼此拥抱，而是落向各自的地方。来自月球的雨滴和地球上空原本的雨滴混在一起，继续向下落。我已经猜出结局。

果然，越落越近，普通青年的雨滴在倾盆而下的水中，到达他之前纵身跃出的立交桥，"砰"的一声，普通青年舒展的身体撞上桥下的沥青车道，四溅而起的是水花，是血液，是月球的短暂寄居客。①

────────────

　　① 指导员注：花费巨大篇幅描述的这部电影究竟寓意何在？和发生在报告者身上的事件到底有什么关系？百思不得其解。

　　审查员注：这同样是我的疑问。回过头去看本报告的第一句话，困惑更甚。

5

电影到此结束，银幕一片漆黑，演职员表、片尾音乐统统没有，仿佛觉得这些赘余会减轻刚才那"砰"一下的声效与视觉冲击。我坐在椅子上，愣愣怔怔，心还在月球上飘，还在月球上往下跌落的过程中。这么一部风格难以辨认的电影，很多细节显得刻意因而可疑的电影，甚至最后结局都会提前被准确猜中的电影，还是击中了我。丰裕社会当然提供足够我们一生看之不尽的电影——只要我们努力让自己有价值，能被某个女人看中，留在其中——可是我之前看到的电影都不可疑，它们的电影语言与美学价值统一融洽，一目了然，观看的过程极为熨帖舒服。

正是这种之前没有遇见的可疑与不舒服感击中了我？我自问。似乎又不尽然。是它对我的情境戏拟把我带了进去，让我充分移情其中？也有可能，不然我怎么会在那"砰"一声响起的瞬间，那雨水与血液四溅开来的一刹，身体一颤，好像自己被摔离了身体？！还是要说，最后这一下突然的黑暗够狠，完全不给我留缓冲余地，以致我郁积在胸无法排解，只能坐在椅子上不得动弹。

"怎么，还在回味？"江教授温和的声音。我一下子站起来，意识在现实世界缓慢着陆。

江教授转身向外面走去，我紧上两步。到了过道，我回头望了一下，那两个黑色的人影仍旧坐在那里，仿佛还有下一部电影。

江教授在外面狭窄的巷子里等着我，"你肯定有很多问题要问，不着急，我先带你去一个地方看看，然后我们再聊。"说完，他继续走，我们走出巷子，来到"互助公社"，街边停着一辆老旧的小汽车，小钱恭敬地站在车门边，一见到我们走近，他就拉开车门，始终保持弯腰的恭敬姿态。

"小钱，我得说多少遍你才能去掉这个老派的动作？"江教授半是无奈半是戏谑地说。

小钱只是等我们都上了车后鞠了一躬，没有说什么就回到驾驶位上，发动了车。

"江教授，刚才那是部什么电影？"有言在先，我不便问与匮乏社会以及我自己有关的问题，不过谈谈电影总还可以吧，我确实希望了解到更多信息。

"噢，牟森导演的《来自月球的黏稠雨液》，真是他一贯的风格。"江教授靠在座椅背上，轻声答道。

"那个年轻人怎么到月球上去的？"

我的问题让江教授笑了一笑，笑完了他说："我说你损失了最精华的部分吧。你认为呢？"

"我觉得月球上那一段都是臆想，那么去月球上也就是一个想象了。可真要是这样，我又觉得不满意。"这是我的真实想法，我隐约觉得这个想法里面有自己某种意识的流露，又想不清楚。想清楚又怎么样？我还是会照实说吧。此刻面对江教授，我不愿意说谎。

"如果只是想象，那就太可惜了。我也不剧透，有机会你应该完整地再看一遍，多几遍也无妨。"江教授卖了关子，随后就闭上眼睛休息了。

我只好也不作声。本来我还想问问他，电影最后的戛然而止与黑暗，是导演原本的手法呢，还是丰裕社会洁净制度的某种处理。——江教授提到"牟森"这个我一无所知的名字时的尊敬神色让我想到，丰裕社会既然会把他的名字过滤掉，也难保不会对他留下的影片进行处理。尽管这部片子也不像经过正规渠道进入匮乏社会的。[1]

---

[1]　指导员注：现有资料库中，查不到导演牟森与《来自月球的黏稠雨液》一片的任何信息。协会既然决定将这些信息屏蔽，说明这位导演这部片子对丰裕社会的确没有任何促进作用与价值。违禁品在匮乏社会如此大行其道，难以想象。提请协会早日采取行动，进行清理。

审查员注：后台数据库里有关牟森的内容也不多，他执导过《大神布朗》《零档案》《上海奥德赛》等片子，导演风格"愤怒、晦涩、肌理分明"——这几个词搁在一起真是"晦涩"。就报告提及的《来自月球的黏稠雨液》一片而言，牟森作品显然不适宜丰裕社会。这样的片子在匮乏社会广为流布显然也有百害无一利。提请协会考虑相关清理行动。

小汽车驶过两条街道后，进入更为荒凉的地区，道路两旁不再有鳞次栉比的房屋，而只是零星趴着一些干枯仙人掌搭建的棚屋，也没有精神爽朗的男人步履匆忙，而只有坐在棚屋前无聊地望向道路的老年男人，他们都是匮乏社会不愿整容的少数派。看的角度常常改变看的对象，我坐在小汽车里，仿佛行驶在丰裕社会较为贫穷的地带。

再差再匮乏的社会，都会在自己身上切割出一部分来，以其更差更匮乏来自我区隔与确证，沿途所见不过是匮乏社会的等而下之。这让那个跟随了我近五年时间的噩梦不可阻遏地在白日浮现——C阶段的时候，我们参观过一次旧文明时期遗迹，一帮同学坐在车里，缓慢穿过旧文明时期的街道。大街上积满厚厚的灰尘，街道两旁林立的楼房与店铺也墙面斑驳，屋内破败，可近百年前人类生活的痕迹依旧明显，日常行为遗留的暗影仍伸手可触，如果不是特制的防毒车提醒我，外面的污染与毒化早已完全不适宜人类生存，我真担心空无一人的大街上随时可能有孩子跑过，行动不便的老人也会从窗户里探出身子来，看上好一会儿后冲我们挥手。

那原本是一堂历史课与教育课，结果却成了我的噩梦土壤，里面每一天晚上都会生长出不一样的东西伸入我的睡眠。就像此刻，原本是一趟前往未知之地的路程，却不期而遇地驶向了难以忘却的过往。幸好还有小钱，他一定是看出了我的恍惚，因而没多久便吹起了口哨，在不擅自与我交谈的前提下，给我飘忽的思绪系上一根实在的线，用现实若即若离牵扯住它。也因此，当小钱用一个咏叹的调子提醒我到了时，我没有费什么劲就从噩梦里挣脱出来。

这是一片区域较小的建筑群，能从车上轻易看清它仅由可数的两层小楼组成，这些楼房过于衰败的面貌给人留下的印象不是沧桑，而是匮乏社会少见的颓废，以及一丝诡异。楼群周围一蓬蓬高大的芨芨草提醒我，这是一个特殊的所在。江教授下车之前，深深地呼吸了一口，给了我足够的联想空间。我没有多嘴，只是亦步亦趋地走在他身后。小钱在留守车上还是跟随我们上有所犹豫，我们都快走进离得最近的一栋楼里时，他才下定决心，关上车门跑两步跟上来。

"几位，有什么需要？"这声音并不让我吃惊，因为一走进大门我就看到坐在一把椅子上的秃头男人，大概从汽车驶近，他就望住我们。这句话让我有点儿惊讶，招徕顾客的标准话语，是我第一次在匮乏社会听到。

"来到这里，当然不会有其他需要。"江教授没有停下脚步的意思，直向里面挂着帘子的门内闯。秃头男子也不拦我们，似乎目送我们就是他的职责。

走进里面的房间，迎面而来的就是绝对挥之不散的消毒水味，我猛然想起"整容产业"几个字。然后一架手术台，一些手术器械也初步证实了我的想法。不过里面没有人，没有病人没有医生。江教授仍然没有停留，带着我们走向房间的另一侧的一扇门。我跟在他身后，看他忽然停下来，我身边的小钱明显紧张起来。

然后江教授往回退了两步，衣服也遮不住的肚腩先露出来，然后是壮硕的双脚双腿，然后才是一张原本狭长，但生生被颤动的肥肉撑满了的脸。这是我在匮乏社会唯一见到的胖子，胖得像是要用一身的囊肉向我们证明什么。

"您有什么需要？"胖子皱皱眉头，说着和秃子一模一样的话。

"根本需要。"江教授不动声色。

"谁需要？"胖子不紧不慢地问。

"男人。"江教授说完，和胖子对视起来。

对视十来秒钟，胖子忽然放松地笑起来，江教授仍旧不动声色地看着他。胖子大概自己也觉得没趣，很快住口，他这才仔细地打量起我和小钱。他看我看得尤其仔细，那目光就像极细密的筛子，任何可疑都会被拣选出来。

"这么好的宝贝，您在哪里找来的？"胖子又问，我感到他说的是我。江教授没有吱声，他抬了抬手，小钱立即变戏法一样从身上掏出一叠钱，走上前递给胖子。

胖子接过钱，点了点，很是满意，神色比刚才更为放松。"规矩我知道，不过这么嫩，像是实习生，我当然得问一问。您也知道，这是底线。破坏底线损害的就不是你我了，整个社会瓦解了，大家都只有完蛋。"

"我刚到前站，我不想在那里一待就是三年。"我觉得自己应该说点什么，就说了出来。江教授和小钱像倾听事实一样平常地听我说，可是我站在江教授后面，能感觉到他的背紧了紧。

"噢，自愿的，那我就理解了。这点违规消化得了。"胖子放心了，转身走出那道门。

"先看看样本，然后再做决定。"江教授说。

"当然。不过我要先提醒诸位，做好心理准备，否则容易激动致死。尤其是您，估计几十年都没有见过女人了吧。"胖子的话有几分淫猥，如果他知道江教授的身份，是否会如此肆无忌惮？！

门后是一条走廊，我们跟在胖子的身后，绕过一丛丛仙人掌、针茅、沙蒿，来到一个院子，院子里居然有两座假山，形状奇巧，山顶潺潺向下流水，洗在山体上，透出全然的湿润与清新。绕过假山，我们进入一道拱门，拱门边垂手站着一个人，看见胖子，看见胖子身后的我们，那个人迎上来，温柔地垂首致意。

胖子站住，脸上滚出烂熟的笑容，我顺着他的目光看向迎候我们的那个人，心中骇异不已。那身条纤细、曲线毕露的，是个女人。她站在那里，挺胸收腹，承受着我们四个人放肆、审视、疑虑、慌乱、紧促、干燥的目光，一动不动，身姿形容都十足的优雅从容又妩媚开放。

"向客人们问声好吧。"留出足够的时间让我们情绪平复后，胖子才说道。在这个女人面前，他说起话来也都温柔了几分。

"诸位好。"那个女人抬起头来，微微一笑，说道。她的一泓秋水倾注，我心头一阵颤动，竟有些盛不下，翻卷的目光也只能勉强停在她锁骨上。

"这就是样本吗？"江教授冷静地问。这句话我理解不了。

"这只是经过一个月调教的初级样本，待会儿你们见到三级样本，就知道什么是魅惑和女人味了。"胖子说着继续往里走。我辨析不了他语气里面得意与鄙夷以及其他成分的比例，因为那女人微微侧身让我们过去，那彪悍起伏的曲线让我完全不知道自己是怎么走过她身边的。

"小兄弟，这么快就进入状态了？！"胖子这番话的语气倒是完全的善意。

"你们也调教顾客吗？"江教授问。

"只要有需要，顾客就是会长嘛！"——这话让我大为震惊，他怎么能说出如此亵渎的话来？但是江教授和小钱都没有反应，我也只好装作没有听见——"我们先行一步，提前满足顾客的需要。这项附加服务也是刚刚升级，价格不菲，但绝对物超所值。等到预想的六级样本实现，那绝对是丰裕社会也找不到的完美。可惜，目前还没有顾客订购这项服务。也可以理解，先要满足初期的功能性需求，之后才会有服务升级的愿望。"

又过了一道拱门，我们来到另一座院子，这院子里的假山比那座高大雄伟得多，厚重密实的水从山顶倾泻而下，瀑布如闸，落在山脚的水潭里。神奇的是，也许借用了某种原理，也许使用了某种机械，如此气势非凡的水，居然没有发出丝毫声响，只有飞溅而起的水沫自证真实。两个健硕机敏的男人坐在椅子上，各据一角，像是守着假山与水潭。看见胖子，他们同样站起来，点点头，目光锐利地扫过我们。

"三位预约顾客。"胖子说。

两个男人再次点点头，其中一个俯身从椅子旁的箱子里拿出四件黑色的雨衣递给胖子，胖子再将其中三件分发给我们。我们披上雨衣，跟在胖子身后来到假山瀑布前，只见他轻轻拍了拍手，水潭里面缓缓升起一道铁桥，直通瀑布深处。胖子先上了铁桥，示意我们跟在他身后，不要有丝毫惊慌地走进瀑布里面。

瀑布里面是电梯，坐上去下降了许久，才在"叮"的一声之后停下来。电梯门打开，门口又站了两个男人，粉红的灯光已经不容人看清他们的面目。胖子就送我们到此，我们跟在其中一个男人身后，走过一条过道来到一座铁门前。那个男人往门上的密码锁输入了一串数字，门无声地上升。门刚刚露出一条缝，潮湿燠热的喧腾就挤了出来。

是一座热闹的大厅。大厅正中是一座舞台，舞台上分成四个区域，每个区域各站了一位表演者，我从未听过但是一听就让人血往上冲的音乐声中，这些表演者正在脱去身上本就少得可怜的衣衫。面对我们的一位表演者，此刻正摇动曼妙的舞姿，双手抚摸过文胸下丰硕的胸部，手指纤巧地抹在两罩之间的挂钩，一副没有下定决心是否解开的娇羞样。靠近舞台的地方，摆了十来张桌子，每张桌子旁都坐了四五个人，这些人居然穿着得极其正式，像是前来参加典礼。桌子后面则站着不少人，这些人的穿着虽然没有那么正式，但都不像是看脱衣舞的穿着。共同的是，无论或坐或站，所有男人都没有吱声，仿佛眼前展现的是脆弱到极点的稀世珍宝，不要说一句话，就是粗重一点的呼吸，都会击碎它，让它消失于无形，届时连可以后悔可以感叹的对象都没有。只有他们的眼神透露了真实，透露出他们快要强忍到燃点，出卖了有一些人已经不堪忍受、自行解决的事实。

"三位是散客还是包间？"一个伶俐的男人站在旁边，让我们看了一会儿才问道。

"有预订。"小钱报出了预订的房间号。

"请跟我来。"伶俐的男人带我们绕过舞台后面站立的人群，来到另一座电梯旁，乘坐电梯到了二楼，他把我们交给了前台一个女人。那女人向小钱核对后，又让另一个男人带领我们走进一间幽暗的房间，他给我们一人倒了一杯饮料，就走了出去，并关上了门。

我喝了一口饮料，火辣辣的刺激感遍布整条喉咙，江教授说那是酒，旧文明时期最为常见的刺激品。

然后。然后房间的顶部突然打开，哗啦啦链子搅动声中，一座庞大的方形物体降下来，落在房间正中。幽暗的灯光变了变，变得更加暧昧，变得更加朦胧。一声铃响，遮着物体的帷幔上升，露出下面的笼子。笼子里像一头狮子那样蹲伏着一个女人，一个赤身的女人。音乐声响起，女人开始起舞。

那是一种隐秘的，散发阳光与召唤的音乐，仪式感强烈。女人不像是女人，而像是众兽之母，像是万物的处女，在笼子里进行一场仪式，一场纯粹赞扬的仪式。她用手指，用舌头，用嘴唇，用眼睛，用一切可以调动的器官与部位，对她的身体，尤其是那些象征性别的地方，一一赞美，一一膜拜。她的乳房，她的腹部，她的腰肢，她的双腿，都没有大厅里那个女人那样一目了然的性感，那种不留余地的奔放，而是有着某种柔弱某种坚韧，又在柔弱与坚韧中吐露蓬勃的生长劲头。

仪式之后，又是一阵铃响，哗啦啦链子搅动声响起，笼子上升，女人留在原处。灯光和音乐再度变换，变得像刚刚入口的仙人掌酒一样嚣张，难以拒绝。女人似乎默默地打量了我们一会儿，然后不知道是否得到了江教授与小钱的暗示，她款步向我走来。她的身躯随着每一个步子都在匀称地颤动，那些关键地方都被这颤动鼓动，向我叫嚣。我原本斜坐在房间里的皮沙发上，紧张之下便正了正身体。女人就趁我这一动，猎豹一样扑过来，以要撕碎我的气势骑在我身上，开始第二阶段的表演。

那真是一场难以消受的表演，如果只是自己，最多接受引导，一次宣泄掉。可是江教授与小钱坐在一旁，观赏一样盯着我们，让我没有办法放纵地投入，而缠在身上的女人张弛有度地掌控所有节奏，也不允许我的身体完全游离。既然做不到不管他人炯炯的目光而放纵地投入与享受，也不愿意闭上眼睛表现坐怀不乱的懦弱，我就只好垂下目光，以一种低醉沉湎的姿态，把目光放在女人的胸部与腰肢上，看着如蜜一样逐渐沁出的汗水，在高低不同的地方纵横汇聚，看着它们涂抹在女人似乎有些粗糙的皮肤上，散发出湿润的诱惑。

这才只是序幕和热身，或许是注意到了我低垂的目光，而这种反应被视为挫折不获允许，女人开始俯下身来缠绕我，她低伏在我身上，用牙齿一颗一颗地解我的纽扣，她的鼻子和嘴巴都紧贴着我，热烈的气息像一根根钉子一样钉进我的身体，她还发出母狮的哼哼声，以强烈的征服味道与被征服的渴望呻吟，把这些钉子固定的区域扩散，再连成一片。纽扣全部解开后，女人张开双手，沿着我的两臂，挤进来，双手穿上了我的衬衣两袖。我们连体了。音乐与灯光的剂量加得更大，女人冲刺一样波动身体，她的汗水滴落在我身上，她的波动带着我起伏。我已经情难自禁，我决定不顾一切，我抬起头来，我要找到她的嘴唇，我要找她的双眼，我要在她的目光中高密度燃烧。

我的目光攀登，我的目光滑翔，她仿佛回避我，她仿佛引诱我，向后仰身，亮出她的脖子，召唤我恩准我去咬开她的喉管吮吸她的血液，我让自己的嘴巴靠近，我让自己一口噙住她的喉咙，可是我马上触电一般头向后仰。我的嘴唇和舌头接触到一团光溜溜的东西，牙齿也隐约咬到一点坚硬之物，再借灯光一看，尽管灯光朦胧，还是能看见喉咙上一块小小的疤痕，疤痕下似乎还有残余的喉结在滚动。这时她——请原谅，我不知道是否该用"他"，可我也不想自我折磨得如此严重——她的头部又俯过来，不知道是否是心理作用，我居然看见她的上唇有一层隐约可见的茸毛。这茸毛放大了我的感受，加剧了我的不知所措，我唯一能做的只是在和她对视之前，闭上自己的眼睛，同时闭上自己的嘴巴。当她浑然未觉，而在我耳边呼呼喘气时，我终于忍不住全身起栗，鸡皮疙瘩汹涌不止。

　　因为我的闭眼，因为我的鸡皮疙瘩，接下来的表演完全草草收场。虽然女人还是离开我，在场地中央完成了第三阶段的表演——把从我身上穿到她身上的衬衣脱下来，完成"脱衣舞"的本义。如果不是刚才的所见把我降到了冰点，我得说，那件刚好长及她臀部的衬衣让她的性感无与伦比，而她脱下衬衣的过程也会让所有人把持不住。但是没有，我只是坐在那里，动用一切能力让自己不吐出来。①

---

　　①　指导员注：这一部分的描述如此纤毫毕现、如此淫猥难堪，报告者是在享受吗？这些都不考虑，仅凭那一句亵渎的话，这个场所及其中所有人员，都应该遭受完全的毁灭。

　　审查员注：报告者此次跟随江教授进入匮乏社会里层后，种种细节都说明，报告者的见闻经历真实性毋庸置疑。匮乏社会已经到了崩溃与失控边缘，提请协会根据《丰裕社会维持原则》，启动一级预案，对于匮乏社会的溃烂之处，予以外科手术式清除。整个匮乏社会似都有此必要。

6

"教授，你知道刚才跳舞的女人，她实际上是个男人吗？"从那里离开后，我们三个人坐在车里都没有说话。江教授显然是在等待我问，可我眼前总是晃动那个脱衣舞者的身影，最终我决定用问题让自己脱敏。

"当然，你今天见到的所有女人都是男人。不过也不能这么说，准确地说，他们曾经是男人，现在都做了手术，拥有了女人的身体。他们唯一的男性印记，可能就是刚才吓着你的喉结残余了。"江教授说，他拍了拍小钱驾驶座的靠椅，汽车驶离道路，向沙漠深处驶去。

"那你为什么要这么做？"我有些愤怒，我其实是想说"你为什么要这么对我"。

"带你去看看。你不会以为我有闲心和时间安排你去享受吧。不过，那些人也不会以为你是去享受，他们以为咱们是顾客。什么顾客？带你去做手术的顾客。那里不只是脱衣舞场，或者说主要不是脱衣舞场，那里原来是匮乏社会进行整容的主要地方之一，现在成了变性手术重地。咱们看到的那些女人，迎接咱们的，跳舞的，都是手术的成果，是展示。脱衣舞是单独的表演，更是证明，证明手术的能力。"江教授越说越冷酷。

难怪。离开之前，我们还去了一个房间，一个穿白衣服的男人足足打量了我有两分钟，还问江教授"你们的定义是什么？共有、私有？自用、运营？单向、双向？"当时我还大脑空白，装下了这些词语却做不出反应，这么说，所谓"定义"是指手术的定义，是对一具可能变成女人的男人身体的规划。可是，我不会真的要做手术吧？！

"可是为什么？"我只问得出这句话。

江教授没有说话，他又拍了拍小钱的座椅，小钱踩下刹车。汽车停下，江教授让小钱留在车里，然后示意我和他下去走走。车外是广阔的沙漠，猛烈的正午阳光下，远处的居住区域有些渺小得微不足道。我们往前走了一会儿，踩着松软的沙子，我想坐下来。

"坐吧。"江教授仿佛看出了我的心思，先坐了下来。

"你知道为什么会有丰裕社会与匮乏社会的区分吗？"看我坐下，他问。

"为了人类的存续。"我说，这是我们从小接受的教育，我一直深信不疑，"人类已经几乎将地球上的资源消耗殆尽，为了把有限资源的用处尽可能最大化，丰裕社会作为人类文明的火种，必须保留，或者到发现新的资源与居住地的那一天，或者最终薪尽火灭，完全毁掉。"

"没错。旧文明时期的人们过于乐观，认为地球足够他们消耗，他们更是自视过高，相信在消耗完现有资源以前，就能找到新的替代资源，就能带领人类移居其他星球。他们的确找到了，核能一度被视为最佳替代，可是连番地震引起的核电站泄漏，因为对人类生存范围的大量侵蚀，反而加剧了资源的萎缩。他们的贪婪不可逆转地损害了水源与土壤，于是真正适合人类居住的地方，微乎其微。这些地方就成了后来的丰裕社会。"

这些我都知道，大体也是常识，江教授重头讲起也许是需要建立一条完整的逻辑链条，可是我不能静等这链条最终通向我想知道的事情。我需要加快进程。

"教授，为什么你会在匮乏社会？并且受到协会的严密监视？"我问。

"我被流放了呀。三十五岁而娶不到妻子，对于人类的延续已经失去价值。"

"为什么过了三十五岁娶不到妻就要流放，既然是整个人类造成的资源匮乏，就应该整体承担。这样做未免太不公平了。"我似乎有点儿明白江教授为什么要建立逻辑链条了。

"资源可能穷尽的问题出现同时，人类还面临另一个大问题：男女比例失调。男人严重过剩，为了解决或者缓解两大问题造成的焦虑，联合国经过一整年的会议磋商，拿出了新的约章。你知道联合国吧？”

"知道。旧文明时期的政治联合体，它的最后一次磋商决定解散国家，成立人类文明延续协会，由东方文明延续协会与西方文明延续协会组成，管理人类文明延续的相关事宜。这才有了现在的新文明。"

"没错，面对人类的存续，政治已经不重要，至少政治的重心早已转移，当时达成的一致是面对资源枯竭与比例失调，动员所有年过三十五岁的未婚男子，前往不断扩大的沙漠定居，一方面阻遏沙漠化的速度，另一方面他们也许能集中精力进行更有突破性的研究，为人类文明做出重大贡献。这原本是自愿，后来在协会的有意引导下，成为约定俗成，再演变，就成了强制措施。没多久，人们就称这种强制为'流放'，协会原本认为这个称呼会强化其压制意义，激起反抗而禁止这一说法，但是很快发现，因为放大了惩罚意义，'流放'反而有效地建构了丰裕社会中人们的恐惧意识，逼得每个人，尤其是男人让自己的行为与生活更符合协会要求，因而主动使用这一词语，并通过宣传丰富其内涵，使'流放'成了新文明最核心的概念之一。"

"这像是背叛。对最初自愿来到沙漠的人的背叛，对男性意识的背叛。"我说完望了望头顶正上方的太阳。①

"也不能这么简单化。在人类存续面前,尤其是作为人类整体的存续面前,过于道德化没有意义。只不过,'流放'的建构的确有了一个最糟糕的结果:来到匮乏社会的男人背负失败者与被抛弃的压力,完全失去动力,不再认定自己能为新文明做出贡献,因此浑浑噩噩度日,大多数男人根本熬不过前面三年就黯然死去。"

"您的工作就是要重新激起匮乏社会的荣誉感,让这些男人发动起来吗?"我问。"您"这个字我生平第一次说得如此由衷,如此充满敬佩。

"我的确想在这方面尽一份力。丰裕社会宣称,每个男人都应该努力娶上妻子,让自己的基因延续下去,等到资源问题解决,新的居住地发现,这些留存下来的基因将成为新人类的伟大始祖,这是最根本的荣耀。可是,匮乏社会的男人不是更应该赞扬吗?为了整个人类而自动放弃,让千万年的血脉与基因在自己身上断绝。"

"如果是这样,协会为什么要监视您,要控制您的行动?您的想法对丰裕社会没有任何威胁,对人类整体只有好处。"

---

① 指导员注:请原谅。面对上述不适宜的内容,想到下面可能有大量不该接触的内容,我必须申请就此停止我的工作。我对于本报告的阅读与回应到此结束,如果协会因为我放弃完整阅读与辩护,而加大加重我原本应得的惩罚,我接受。

审查员注:同意指导员 97101020 就此停止。

"由于人类的惰性。既然现世安稳，为什么还要尝试回到最初？惰性作用下，丰裕社会已经逐步违背最初的自愿精神，它的目的已经调整成让匮乏社会的男人，这些失败者，成批地稳定地死亡，主动消灭会受到文明社会的谴责，消极地让其自生自灭总是可以的。何况，匮乏社会的悲惨景象还对留在丰裕社会的人起到激励。"这番话江教授说得很沉痛，接下来的一番话则说得很悲痛，"他们担心我们唤醒这批失败者，让他们产生反抗意识。虽然双方的力量完全不成比例，丰裕社会可以轻易地完全毁灭匮乏社会，但是那种情况谁都不愿意承担。因此，要消灭反抗意识的萌芽。也因此，协会才会花掉大量的人力与财力，来监控匮乏社会，监控每一种反抗意识的苗头。"

"您不能和协会进行沟通吗？协会应该明白压制只会催化反抗。"我并不认为自己的提问天真，虽然事后我想到，近百年的历史，可能的方法一定已经尝试，我这么短时间内想到的一定都已宣告无效。但是，我仍然认为，沟通是最佳方式，如果双方都清楚对方的意图，减少误判后，就能让事情有效运转，问题才可能得到解决。人类已经没有时间白白耗费在这些事情上面，当然，协会不这么认为。

"没有用。丰裕社会和匮乏社会从来都是单向流通，虽然协会对匮乏社会大体的情况尤其是思想动向掌握得很清楚，但协会只信任自己的渠道了解到的。他们不认为失败者能够提供有价值的信息，更不认为失败者还能产生对人类存续有价值的思想。直到后来，第五任会长出于培养精英的意识，挑选少量年轻人进入匮乏社会实习，才算开辟了双向流通的渠道，尽管这个渠道只存在试管中。"

听了这话，我一下子躺倒在沙漠上，沙子已经被晒得发烫，头顶的天空仍然湛蓝，太阳依旧刺眼灼人，在丰裕社会的中午如此，在匮乏社会的中午同样如此。

"您是要我作沟通的工具？把您的想法传达给协会？"

"没错。根据我们了解到的情况，你们回去后都会写一份报告，这是对匮乏社会的第一手观察，也是协会对你们的考察。如果赶上，甚至参与了一些轰动性的事件，协会一定会让你提交特别报告，这样你就能带话，把我们的想法传递给协会。"

"您要我怎么说？"

"我不要求你，我只是让你看，让你听，让你想，让你判断，然后你自己决定说些什么，怎么说。不过，我要纠正你，不是我，是我们。"江教授索性盘腿坐着。

"你们？你们是谁？"

"我们当然就是洁净小组，我们致力于恢复匮乏社会的尊严，重塑男人的荣誉感，我们旨在净化'流放'给大家造成的伤害与阴影。小钱带你看过不少地方，是不是让你看到一些希望？"

"是。所以你们才花费这么长时间，以这么大的耐心，等待我自己产生疑问，产生追问的动力。"我佩服他们的耐心，但也感到沮丧，原来一切都是设计好的。

"是。但其实这一切都不是我们能够安排的，是你自己心中先有了疑问，后续的一切才有可能。"江教授再一次看透我的心。

"可是教授，您可能失算了，现在我只怕已经被视为协助您逃跑的犯人，《实习手册》严令禁止同情匮乏社会及其成员，更别说帮助了，违反者可以不经审判而直接处罚。只怕我回去之后就会被直接关终身禁闭，那样我不但没法成为你们期望的沟通工具，我的一生也全毁了，毫无价值地毁掉。"

"没错。事情的发展总是超过计划，想到你可能毫无价值地毁掉一生，是最让我痛苦的。可是时间紧迫，我只能冒险一试了，或者我们共同赌一下，赌匮乏社会是不是注定要毁于一旦。"

我坐了起来，看着江教授，他盘腿坐在那里，垂目低眉，像是入定像是忏悔。我大脑迅速转动，开始寻找线索。

"您是指今天的脱衣舞场？"我直觉自己抓住了核心，如此紧要关头，他们还有别的理由安排我去看这样一场演出吗？！

"脱衣舞是表面，要害是变性手术。匮乏社会的本质是男人社会，没有女人存在的空间，这也是丰裕社会与匮乏社会最初达成协

议的原则之一。协会的本意是不允许真正的女人出现在匮乏社会，
也就是不允许我们犯罪，不允许我们僭越。如果发现这边有了女
人，协会不会进行核查，不会花精力证明她们是由男人改造而来，
他们会毫不留情地对匮乏社会进行清洗、净化。很可笑是不是？我
们用的词都是一样的。——这大概说明，丰裕社会也好，匮乏社会
也罢，大家都是旧文明社会的后裔。"

"等一等，我不明白您的意思。如果这边有女人，丰裕社会有
了清洗的借口，他们怎么会接受您让我传递的信息，他们装作不相
信，不知道就可以了。"江教授的逻辑让我困惑。

"实习生的报告归为一级档案，只要你写出实际情况，它就
会作为证词永远存在，协会做决定时必然会有所忌惮，谁都会考虑
历史的审判，尤其是将来人类解决了存续问题，德行再次成为最高
追求时。"说到这里，江教授犹豫起来，我第一次感到他对我有所
隐瞒，我等他开口，等着看他是否能够做到真正的坦诚。他那入定
的身影在阳光下微微颤抖起来，随着一声长叹，我知道，他还是决
定说了。我知道，他要说的未必适合我听，可他决定说还是让我
高兴。

"其实我也有自己的目的，我希望通过你，向协会求助。变
性人群的出现，是匮乏社会最大的堕落，它对我们的洁净运动会形
成致命的冲击。有了如此简便易得的女性，轻易就能够获得与丰裕

社会平等的幻觉，人们会完全抛弃自我提升的努力，永远堕入滋生的无必要的性爱。这将动摇匮乏社会的根本，你相信匮乏社会消失之后，丰裕社会还会存在吗？有了幻觉，就会有人希望幻觉成为真实，一旦普遍的敌意在匮乏社会植根、旺盛生长，丰裕社会不可能不受到影响，寻找新的存续机会的时间与精力有限，人类不能再耽搁在内耗上。"

"您希望协会帮您解决掉变性手术背后的力量？您希望协会怎么做？"

"协会有很多办法。"江教授的头垂得更低，他的声音很低，可是无比坚决。

"也许您想借助协会的力量，铲除洁净小组的异己？"我沉默很久吐出的这句话，同样很低，冰冷得让我自己都受不了。

"如果你这样想，我也没有话可以辩解。我要说的都已经说出，我希望你根据自己的判断做出选择。"江教授抬起头，直视着我，耀眼阳光下，我们不可能看清对方的眼睛，更不可能读出对方眼神中的含义。可是我们就这样对视了很长时间。

最终，我先站起来，转身向小钱停车的地方走去。这一次，沙子异常柔软，我每迈出一步，双脚都陷入沙子里，被鞋底挤开的沙粒浪花一样迅速掩回来，没过我的脚背，以致每一步都走得很艰难。

小钱站在车旁，仍旧恭敬地等着我们，他的右手拿着一个什么东西，黑乎乎一团，看不清楚。走到车门边，我也站住，转身看江教授一步步跟上来，我还有一个问题要问，我必须问完这个问题才能做出决定。其实想到这个问题的时候，我就知道了答案，但是我必须问出来，必须从另外一个人嘴里听到这个答案。

"江教授，你告诉我，是不是协会控制了男女婴的出生比例，让女人越来越少？"

江教授停住脚步，站在那里，许久许久，都没有说出那个字。①

报告人：实习生 赵一

NC98年6月21日

---

① 审查员注：本部分内容的判断与处理同样不是区区一个审查员能够、应该应对的。提请协会着重对本部分的分析。

"江教授失踪事件"调查报告

本人受委派调查"江教授失踪事件",经查阅相关文件、视频、资料,通过问询相关人员,现将该事件的调查结果报告如下:

新文明历98年6月1日,匮乏社会东区精神领袖江教授于上午7时31分29秒从监控视野里消失,至午后3时17分30秒再次出现,总计失踪7小时46分1秒。

由于江教授使用了自己日常在房间内的视频制造假象,第二监视小组直到上午9时15分18秒才察觉有异。因江教授有上午7时30分开始散步的习惯,虽然通常散步时间为20分钟,但鉴于第一监视小组的实习生赵一也同时消失,而在此之前,第一监视小组的工作人员(无级别会员,工号13593023)始终在监视工作间内睡觉,因此他们推测江教授散步途中出现了突发事件,比如身体不适等,而有赵一的陪伴不至于出现大的差错,故而没有及时报告。直到上午10时13分37秒,赵一与江教授仍旧没有归来,寻找也毫无结果之后,他们才将此事报告给实习指导组。

实习指导组得到报告后,立即将此消息报告给匮乏社会管理委员会。这是新文明时期以来,匮乏社会第一次发生此等变故,匮乏社会管理委员会缺乏应对预案，只能盲目地动用所有九个前站的工作人员寻找江教授行踪，并启用了所有匮乏社会本站的特殊工作人员，让他们不惜一切代价确定江教授是否前往本站。与此同时，管理委员向协会理事会议报告了此次变故。但是直到午后3时17分30秒，江教授主动回到三号前站为止，无论是江教授监视小组、实习指导组还是管理委员会，都没有获得任何相关信息。他们更是错误估计形势，没有认真考虑赵一可能已被蛊惑或者招降而协助江教授的可能性。

关于江教授失踪期间前往何处、所为何事，目前只有赵一提交的事件报告（亦为其实习报告），根据本报告，赵一是在江教授有意识安排下，激起了丰裕社会禁止的好奇心，从而为其提供了协助。而江教授做此安排，是因为匮乏社会发生了巨大变故，这一变故不仅威胁匮乏社会的根基，还能影响丰裕社会的发展乃至存在。因此，他安排这一事件旨在借助赵一的报告向协会传递信息，详情见赵一报告《来自月球的黏稠雨液》。根据《丰裕社会维持原则》，赵一的报告没有丝毫删减，指导员（八级会员，工号97101020）与本审查员的评估意见，仅以批注方式体现。

对于此次"江教授失踪事件"中，各相关人员与机构的具体责任认定及处罚建议如下：

1. 赵一。作为丰裕社会未来精英，派遣入匮乏社会的实习生，赵一没有遵照《实习守则》要求，在过于强烈的好奇心引导下，被江教授及其领导的洁净小组成功洗脑，在对方的巧妙安排下，赵一混淆了丰裕社会与匮乏社会的关系，对丰裕社会的运转，对协会的领导方式产生怀疑。其对江教授失踪一事的协助，客观上完成了匮乏社会对丰裕社会的逆向交流，如报告中所提及匮乏社会变故为实，也算是为丰裕社会的维持做出了重大贡献。但从他在报告中提及与江教授的最后对话来看，赵一的思想已经被完全污染，不符合丰裕社会的要求，也不满足匮乏社会的条件。建议对赵一予以终身禁闭，以免其错误认识与思想流布，污染其他社会成员。

2．江教授监视组其他工作人员。工号13593023、13593024、13593025、13593026，此四人都为无级别会员，原本就属流放至匮乏社会，以服役换取父母养老待遇上调一级，根据调查，在监视江教授期间，此四人按部就班、安守职分，但也仅限于此，缺乏必要的警觉，更缺乏应有之积极与主动，甚至偶有懈怠，走神、睡觉也难以免除。因工号13593023与赵一同组，于"江教授失踪事件"连带责任难免，建议其父母养老待遇降低一级，以示警诫，其余三人提出口头警告。

3．王参、张耳、李执。三个实习生与赵一同为一组，却并未给予足够关注与关心，致使其为江教授蛊惑。张耳、李执二人甚至随同赵一在三号前站闲逛，进一步刺激其好奇心的增长，对于闲逛过程中的赵一异常的精神现象（如第一次公交车上的壁画幻觉），亦未报告给实习指导小组，实为渎职。因实习生的培养耗费丰裕社会大量资源，且三人同样条件下并未受江教授蛊惑，而三人的报告也足证其品性纯良，因此建议对三人不予处罚。

4．指导员97101020（八级会员）。该人员负责此次实习生中第一分队的指导工作，包括赵一、王参、张耳、李执在内的二十人。根据调查，尤其是赵一报告中的评估意见，可知其没有对实习生赵一进行任何反丰裕社会的教导与指引，在"江教授失踪事件"中也不承担任何责任，建议不予处罚，亦不对其此段经历做任何记录。

5．实习指导组与匮乏社会管理委员会。如前所述，此次事件实为新文明时期第一次突发事件，两个机构相关人员获悉变故后，启动了规定应对措施，履行了上报职责。因而可以明确，两机构及相关人员在"江教授失踪事件"中，并不承担任何责任。但此次事件仍然显示协会对匮乏社会内部可能出现的骚动与变化估计不足，建议对相关环节重新检讨，制订新的预案。

6．赵一报告中涉及的匮乏社会危机。相关内容仅见于赵一报告，江教授失踪前后，匮乏社会九个前站的工作人员与本站的特殊工作人员对此都没有报告，但其翔实的细节很难凭空想象，江教授制造此次失踪事件唯一合理的解释，确乎只有如赵一报告所言方能解释，因此判断为真，核实及后续措施，还提请理事会议裁决。

专此报告。

报告人　审查员：梅哲士

五级会员　（工号85556）

NC98年8月14日

"江教授失踪事件"相关责任裁决

新文明历98年6月1日，匮乏社会发生东区精神领袖江教授失踪事件，历时7小时46分1秒。此事件虽未对丰裕社会的维持造成任何显见威胁，但暴露时至今日，匮乏社会现有管理机制部分失效的事实。事件发生后，根据《丰裕社会维持原则》，本理事会议于98年6月5日，委派审查组五级会员梅哲士（工号85556）进行详尽调查，并做出报告。该会员历时71天，提交了《"江教授失踪事件"调查报告》（编号RN98-341），并分类整理提交了相关资料。

理事会议以该报告为基础，并经核对相关资料，现对"江教授失踪事件"相关责任做出如下裁决：

1. 赵一。裁定赵一终身禁闭于丰裕社会，不得与外界人员有实质性接触，如其有兴趣对旧文明时期进行研究，应予支持。同时，鉴于其实习生身份，以及在题为《来自月球的黏稠雨液》的实习兼事件报告中传递的匮乏社会内部溃烂信息，提升其父母养老待遇一级。

2. 江教授监视组其他工作人员。同意调查员建议：工号13593023（无级别会员）父母养老待遇降低一级，以示警诫。工号分别为13593024、13593025、13593026的三位无级别会员，提出口头警告。

3．实习生王参、张耳、李执。不予处罚。鉴于三人经历此次事件，且在报告中透露的对匮乏社会的认知，裁定三人在实习期满后，终止A阶段实习，进入匮乏社会管理委员会工作。

4．指导员97101020（八级会员）。该会员不承担实质性责任，不对其此段经历做任何记录，但鉴于其在赵一报告批注中体现出的轻浮与矛盾，将其调整出教育体系，并延缓其升为七级会员的时间一年。

5．实习指导组及相关人员。赵一报告的措辞、表达方式，均与《丰裕社会维持原则》严重相悖，现行教育体系严格训导下的学生，居然出现此等情况，剥夺其十二年教育过程中主要负责人的居住权，以离异的方式，将他们全部流放匮乏社会。同时，建议教育部门检视现行教育方案，并予进一步净化。

6．匮乏社会管理委员会。相关人员不承担此次事件责任，但必须检视匮乏社会管理的所有环节，更新管理方案，尤须细化突发事件应对预案。

7．匮乏社会内部危机，尤其是变性手术，理事会议同时启动了特别调查，已经证实（具体见《匮乏社会变性产业调查报告》，编号RN98-345）。根据两份报告，议定两套方案。A方案：根据《丰

裕社会维持原则》第十三条第一款，对匮乏社会进行根治性净化；B
方案：根据《丰裕社会维持原则》第十四条第六款，清除报告提及
的变性手术地，杜绝此类现象再度发生。（两份方案请见《匮乏社
会危机清理方案》（编号BP98-27)

　　上述裁决意见，呈交会长办公处，请会长批复。匮乏社会内部
危机处理方案，请会长定夺。

裁决人 理事会议轮值主持人：*游索本*

二级会员 （工号11）

NC 98年8月25日

"江教授失踪事件"相关责任裁决 批复

"江教授失踪事件"相关资料归为绝密级。赵一报告《来自月球的黏稠雨液》只有二级会员及以上可以查阅，其他资料只有三级会员及以上可以查阅。

为赵一设定新身份，让其留在丰裕社会，过正常生活。在不同阶段，为赵一安排不同层次与角度的爱情经历，必须刻骨铭心。俟赵一年满三十五岁，流放至匮乏社会。

匮乏社会内部危机，执行B方案予以清理。

其余各项裁决批准实行。

东方文明延续协会会长：江振华 教授

一级会员 （工号8）

NC 98年8月28日

第三部　月球隐士

A

"叔叔最干净。"

赵勺走出校门，一眼看见叔叔赵一平，心里浮现的是这句话。叔叔站在人群后面，双手插在兜里，望着旁的什么地方，似乎比几个月前赵勺见他时又瘦一点。叔叔望着某处出神的样子赵勺特别仰慕，用爸爸的话说，那是"从在做的事或连续的行为中不经意地停顿"，是"灵魂的清洁完成"。叔叔在停顿的瞬间，整个人会从大人特有的紧绷、昂扬状态出离，如同弓弦松弛，如同木叶摇落，有一些委顿，有一点颓靡，无论隔着多远，都能猛地一下将他那张瘦瘦的，带着一缕若有若无愁容的脸，推到赵勺眼前。

赵勺穿过翘首望或伸手接的家长，走到离叔叔几步开外，停住。叔叔上身是灰色的T恤，下身是洗得发白的蓝色牛仔裤，脚下的黑色运动皮鞋是新的，整个人仍旧那么的干净清爽，和赵勺见惯的那些人不一样。叔叔眉头微皱，目光专注又失神。赵勺偏过头，想捕捉叔叔目光的去向，但没有什么异于日常的东西。转过头来，叔叔正盯着他。

"看看，看看，这是谁家的大小伙子。"叔叔脸上已是由里向外透出的纯然的微笑，他等到赵勺回报以咧嘴大笑，才上前两步，伸出右手，在胸前握成拳头。赵勺上前一步，右手握拳举起，在叔叔的拳头上敲打三下。然后叔叔弯下腰，双手卡住赵勺的两肋，举起他往上抛，在下落时接住，再往上抛，如是三次。放下赵勺时，叔叔有点带喘。

"叔叔，没以前高。"赵勺笑嘻嘻地说。

"能抛起来就不错啦！"叔叔摇摇头，"小伙子，你这半年可没少长。咱们下次见面，就不玩这个游戏了。我想想该举行什么样的见面仪式，说不定这几天就告诉你，说不定下次见面再说。"

"可是，叔叔，咱们每次——"

后面的话被打断了——"赵勺，还没走呢。"——是指导员。赵勺马上转过身，正对着她，恭敬行礼，"指导员好！"

"你好。你好——"指导员向叔叔伸过手去，"是赵勺的……家人吧？"

"你好，我是赵勺的叔叔，赵一平。"叔叔几乎在手握住的瞬间就松开。

"哦——我知道。"指导员停顿一下，然后点头，"赵勺那次讲述很不错，还在全校示范过。'我的叔叔最干净''那些时刻，我的叔叔像是刚刚从童话里走出来，还没有适应外部世界的……忧郁王子'……不少人记得其中的句子。你是在做——"

"处理工。"叔叔说得爽朗，"19号舌头——哦不，19号污染区那边，有一天的路程。"

赵匀注意到，指导员的脸红了起来，她不自禁地看一眼叔叔的右手，再看一眼刚刚被叔叔碰了一下的她自己的右手。"不要说你的叔叔'忧郁'，更不要用'忧郁王子'这个词。"那次确定赵匀做全校讲述示范时，她特意和赵匀交代。在台上，有点口误又有点存心地说出"忧郁"时，赵匀紧张地看过去，指导员正是这番模样。只不过，那一次她红着脸看赵匀一眼，目光就垂了下去。

"是回来休假吧？"指导员继续说，"可以好好陪陪孩子，陪陪赵匀。"

赵匀感到"孩子"两个字正强行把他从叔叔身边拉开，仰头抗议，"指导员，叔叔没有孩子，他还没结婚呢。"

"啊，是吗？"指导员脸更红，"不着急，你看你叔叔这么帅气——"

赵匀摇头，"着急——我妈妈特别着急——说他马上就三十五岁，再不——"他住口，妈妈后面的话不能和指导员说。他暗暗掐一下右腿，就不该插话。

"是回来休假。"叔叔接指导员刚才的话，然后冲她点点头，"我们先走了，再见。"

"再见——"指导员犹豫一下，又咳嗽一声，说，"祝你独立日顺利！"

"叔叔，独立日是什么？"赵匀往后看，指导员往另一个方向去了，肯定听不见，这才问道，"你要去参加吗？"

"独立日嘛，就是独立到来的日子，一群年轻人聚在一起，庆祝一下。庆祝完就独立了，要么这么独立，要么那么独立，主动或被动，实际上是一样的。"叔叔伸手挡住赵匀，让好几辆自行车过去，"独立日又叫告别日，告别一个地方，或者告别一种状态，这才是这一天的实质。不管告别什么，不再依赖别的人或事，自己决定，自己承担，才是独立。"

两个人走到车站，赵匀平常回家乘坐的那班车正好在站上，但叔叔拉住他。

"咱们先不回家，去自由购物区。"

赵匀听过自由购物区，没去过，但他现在没那么高兴——叔叔的话，他没听懂，就捡起话头，"独立日在哪儿？我能去吗？"

"能啊！带你去见识见识——"叔叔说着，又一辆公交车靠站，他拉赵匀一下，两个人紧一步上车。车上人不少，不要说座位，立脚的地方都不好找。赵匀跟着叔叔，往后面挤过去。后门旁边有个小高台，大人需要弯着腰，因此只有一个小女孩站在那儿。赵匀挤过去，和叔叔把着同一根铁柱。叔叔答应带他参加独立日，削弱了赵匀问下去的急迫感，他有别的问题。

“叔叔，什么叫舌头？”

“什么？”叔叔一愣，随即反应过来，“哦——舌头是我们每天进出污染区的闸口，还有一排房屋。我们早上在那里换上防辐射服，坐运送车到达处理的地点，下午再坐车回来，脱下防辐射服，洗澡、清洁……”

“对不起——”叔叔旁边的女人打断他，“你是在污染区工作吗？”

她的声音并不大，却有强大的消音、降温功能，让周围一下子冷寂下来，其他人脸上原本躲闪的表情随之明朗，他们一同看向叔叔。

“我在19号污染区工作，是处理工。”叔叔没看她，回答得很平静。

女人也没理叔叔，她伸手拽住小高台上的小女孩，将她拉到身边，往前面挤去。被她动作吓住的小女孩，一声不吭，乖乖地贴着她。得到号令般，原本挤在周围的人都往前拥去。毕竟没有多少空间，只能留出一米多的距离。另有个女人也带着个女孩，坐在后面，见大家这样，犹豫一下，慌慌张张地抱起女孩，也往前面挤去。赵匀脸腾地红了，愤怒、羞愧交加，烧得他握不住柱子。他瞟一眼叔叔，叔叔脸上平静如铁，仿佛没注意到这些纷扰。赵匀低下头。

这时，公交车到站。叔叔松开手，示意赵匀下车，没等他俩动，一圈人忙不迭地从后门下去。有的还在车下面招手、呼喊，又叫下去几个人。有些还不清楚发生了什么的人还在犹豫，后车门就关上了。叔叔见状，冲赵匀摇摇头，让他继续站着。但车没来得及启动，后车门又打开。一个健硕的女人右手抓住车门上的横梁，迈步上来，她留着短发，头发灰中夹白。跟在她身后的，是个伛背缩肩的男子，他的神态兼具幼稚与衰老。两人上车，女人看一眼，就要往车后来。旁边一人拉住她，低声说句什么。

"这有啥——"女人嗓门大得惊人，她径直走过来，坐在那对母女离开的空椅子上。那个男人正犹豫着，女人一声吼，"你还怕这个？！过两个月都不知道在哪儿，现在惜命起来？"

男人赶紧走过去，挨她坐下。坐下之后，他的肩背打开一些，人显得年轻不少。女人的话可没打住，"你就这出息，什么狗屁事都怕。你要真怕，就长点本事，找个女人！光跟我赖有什么用，我造孽，生下你来就得管你！你去了……那边，谁管你？我死了谁管？"

刚才拉住女人说话的人不乐意了，"大姐，你怎么说话呢？我好心提醒你……"他看看叔叔，没再说下去。

"你是好心，我谢谢你！你要是能再好点心，帮我找个儿媳妇，把我这……这窝囊废救下来，别说感谢，天天把你供着都成！

你晚上睡觉，踩着我的头上床都成！不但让你踩着，我还捧着你的脚，往上举！"女人话如连珠，说着还举起右手，在左手上猛力一拍，像是给自己鼓掌。

那个男人还要反驳，被旁边的人拉住。"大姐，孩子多大了？你这么焦急。"

"我才不急呢，再有一个月，他就滚去沙漠，死在那边，我再不用操心。"女人双手又拍一下，"不知道谁定的这种王八蛋规矩？三十五岁没老婆就得流放。没老婆，又不是杀人。我当妈的都不嫌弃他，协会他们凭什么？去沙漠，不如直接要他命……"

"大姐——"刚才拉住那个男人的人反而没忍住，"话不能这么说。协会制定这样的条例，还不是为咱们好，还不是为文明延续？要是都赖着，哪儿还有什么丰裕社会，早炸锅了！"

"就是！谁不是这么过来的？谁不是兢兢业业工作、踏踏实实做人，才能娶上老婆，留下来？没能力把孩子教育好，没本事给他娶老婆，就不要生嘛！"终于轮到男人还击。

"对啊，这么说协会就不对，这么多年，全靠协会带领咱们前进。"

"不是这么说协会不对，是这么说本身就不对。都说这是流放，谁还记得最开始是自愿的？否认这一点，就是枉顾先辈们的牺牲，更对不住还在匮乏社会生活的那么多人。那里面的，哪一个不是有家庭，不是有父亲，有母亲的？"

众人七嘴八舌，越说越激愤，公交车进站出站，乘客上上下下都没消停。人员变化加讨论热烈，没人再顾忌或注意到赵匀和他叔叔，很快人又挤到后面。口舌纷纭中，忽然有异样的声音夹杂，先还抑制着低回着，只在声浪下落时显出来，但放量时间短促，不一会儿就与众人的嘈切等量，然后再迅速攀爬，占据上风。这时，大家反应过来。毕竟是临时纠集的议论，谁都无心争胜，于是溃退，彻底噤声。

赵匀一直盯着那儿子，众人说话间，他非常恐惧也非常依赖地，双手抱着女人的右胳膊。每当她要开口还击，他就战栗似的晃一晃，女人的怒火随即平息。但没多久，他自己就支撑不住。现在，他不只是张着嘴，悠扬地递出声音，他的两只眼如同泉源成熟，大颗大颗的眼泪涌出，他的声音正在往上扬，随时都可能失控，随时都会爆裂。他已不再是哽咽，而是号啕。与之相应的，被他拽住右胳膊的女人，他那上车后短暂展现彪悍气息的妈妈，早就面如死灰，手足无措。

赵匀被这一幕吓住，但他又无法将目光从那对母子身上移开，仿佛他们身负强大的吸纳器。不过，叔叔伸出手来，他抓住赵匀，"下车。"叔侄两人挤开门口的人，跳下车。

"叔叔，对不起。"赵匀非常沮丧。

"对不起什么？"

"我不该在车上说你的工作、污染区什么的。"

"赵匀，不用说对不起——不是你的错。"

"可是——"

叔叔转过来，正对着赵匀，看着他，"这不是你的错，不是我的错。我是在污染区工作，但现在的护理、清洁工作很好，我不会沾染污染物，更不会让自己成为污染源，威胁别人的生命健康。那些人……他们也没错，谁都会有恐惧，都想保护好自己。"

"可是——"

"可是，他们有躲避的权利，我也不会为了他们的躲避，遮掩自己的工作，在你问到时不回答你。"

赵匀被叔叔的话和语气鼓舞，慢慢高兴起来。叔叔也拍拍他的肩，两个人继续往前。天早黑下来，街上的灯光并不比赵匀去过的地方亮多少，人同样不见多多少，甚至和他们的居住区差不多。

"这就是自由购物区吗？"赵匀不敢相信自己的眼睛。

"当然——不是！"叔叔说着话，拐进一条暗巷子，赵匀赶紧跟上。

"叔叔，污染区是什么样？"赵匀得小跑着。

"各个污染区情况不同。"叔叔存心似的，越走越快，"有的地方就是纯粹的电厂，有的地方是大片的生活区，还有的地方是养殖场、林场什么的。不管是什么地儿，一律都把边界标识得非常清楚，沿边界的大多数地方都竖着铁丝网。有些过于险要或者不方便的地方没铁丝网，个别的地方年深日久，铁丝网断裂、脱落，有大大小小的洞。无论如何，不是由学校组织，没有穿上防护服，都不要试图穿过边界，进入污染区。那只有一个结果，就是加速死亡，而且死得异常痛苦。"

赵勾被叔叔最后一句话吓得一哆嗦，他紧紧盯着这暗黑的巷子，仿佛只要他一眨眼，它就会变成污染区。那会是什么样？是不是一瞬间，所有人离去，只留下新鲜的物品，菜啊肉啊水果啊烂成一摊，干成一片，贴在地上，再然后变成一块印迹。猫和狗，蛇和鼠，蚂蚁和蚯蚓，还自在地活着，只是变成他再也认不出来的样子。然后无穷无尽的灰尘从天上落下来，分叉不已的裂纹在地上密布、蔓延，两者相应相撞相唱和，这巷子以及它通达的地方，在最细小的罅隙都写着两个字：作废。

没完，还有奇形怪状的死亡。肿成一大块的，拉成一长条的，碎成一粒粒的，搅成一丝丝的，卷成一团团的，流成一注注，散成一圈圈的……各种各样的死亡，贴在见过的东西上面，附在没听过的东西里面，一股脑儿全涌进来，把整条巷子堵得水泄不通，把灰尘卷成旋涡，填满每一条裂纹的同时又将它撕裂得更深、更广。每一种死亡都长着一张浮肿的脸，上面露出尖牙齿的笑容，笑容背后藏着烧焦的翅膀……

　　赵勺越想越害怕，越害怕被落得越远，终于他扛不住死亡的拥挤，大叫一声，双腿发力跑起来。叔叔被他的叫声和脚步催动，也跑起来。两个人跑过这条巷子，穿过一个十字路口，跑进一条长长的地下通道，到尽头，泥浆中贪求新鲜空气似的冲出地面。

　　地上仿佛是个全新的世界，他们站在灯火通明所在的入口。左侧是一条宽阔的车水马龙的沥青路，右侧是一大片高楼与橱窗，灯光炫亮，霓虹点缀，已经熙熙攘攘，但如织的人流还在不断往里涌动。街道足有三十米宽，两旁摆积木一样，立起高低错落、大大小小的建筑，形状有圆有方有不规则，不一而足。每两三栋楼之间，夹出一条小巷来。不管是面对街道，还是朝着小巷，这些建筑的一楼都门户敞开，堆满各式各样的物品，吃的、穿的、用的，满目皆是。店里还有各种颜色鲜艳的招贴或者广告画，立着的、贴着的，有的店员双手举着，有的干脆穿在身上。尽管店员们满脸都是亲切的招徕人的微笑，却并没有一个高声嚷嚷，叫卖自家货品的出色、价格的适中，更没有谁强拉过路的人进去，硬要卖成什么。

　　随着夜晚的行进，来到自由购物区的人就像撒在地上的豆子，滚动着一个挨一个、一个挤一个，又像是被分了群组，每个人都目的明确，直接奔赴摆放不同货品的店面。因此，场面看起来拥挤不堪，却并不混乱。每个到店里的人，并不直奔货物，而是在收银台前面，排队一样，确立着某种秩序。等和收银员们一番问答甚至耳语之后，才放心地去找其他店员咨询，请他们带领自己去具体的货物前面。

"叔叔，他们在说什么？"赵匀指着离他们最近的一家鞋店，那里的收银台前，站着一个神色惊慌的女人。看她的表情，是压低了声音，可从她不时忍不住要起势的手部动作来看，她非常激动，恨不得高声嚷嚷。

"可能她想要的鞋子已经没了，或者，她看中的鞋子没资格买。"叔叔见惯不惊的样子。

"没有资格？买鞋子还需要资格吗？"赵匀大为惊讶，"那些店里的人，他们都是在和店员确认自己的资格吗？"

"小伙子，反应很快嘛！"叔叔并没停下来，他直往前走，"他们是在确认资格。每个人在不同阶段，都对应着可以买的东西，需要和店员确认。至于这个资格怎么认定、如何变化，很复杂，一时半会儿没法跟你说明白。"

赵匀站住，"叔叔，你不说这是自由购物区吗？怎么还这么多限制？"

"你以为自由购物区是什么？"叔叔拽住赵匀的胳膊，让他停不下来，"是想买什么就买什么吗？不对，那是最低级的自由。自由购物区是你在这里明确自己的等级，可以买到相应的东西。自由购物区不是你可以自由地购物，而是你可以通过购物，证明自己是自由的。懂了吗？"

说完，叔叔走得更快，同时他嘴里发出一长串不可抑制的笑，"哈哈哈哈哈——"

赵勺不懂叔叔的话，更不明白他为什么要笑。努力回想，他也只记起指导员曾经说过"幸福"之类的词语，从未提过"自由"，有些老师既提到"幸福"又提到"自由"，可他们从来没有深入解释过"自由"的意思，连叔叔刚才这句话那样的深入都没有过。可叔叔的步履如此急促，赵勺跌跌撞撞才能跟上，根本没时间再问下去。他们路过的那些店面，和之前的一样，人挨人，人挤人，人们又很克制地找人、询问人。赵勺无法从那些通过购买确证自由的人的动作、神态上判断他们身处什么样的秩序，他们来自哪个等级的生活区。他只能匆匆忙忙瞥上一眼，就赶紧跟上叔叔。

越往里走，人越多。有些人较为悠闲，走着、张望着，似乎没有确定该买什么，要不要买。更多人则像他俩一样，往前赶或者迎面而来，匆忙，甚至带点慌张。到后来，赵勺干脆被挤在中间，往前看，往左右看，都是人头、肩膀、后背，偶尔才能从人缝里看到漏出来的店面的光，店内的景致。再抬头，还能望见远近一些建筑高层的灯光，可是他也不能总仰着头。

深陷人潮，快要首先从视觉上窒息时，赵勺失去了叔叔的身影，赵一平不知道去了哪儿。"叔叔——"赵勺喊了一声，想要站住，却根本停不下来。他还要再喊，忽然一只手伸过来，紧紧拽住他的右手，往右侧拽去。赵勺一点都不慌张，他认定那是叔叔的手，由它拽住，像是一条鱼突然在激流中发现一道斜着的缓流，几乎是欣悦地游过去。

叔叔一声不吭地把赵勺拽出人潮。或者说，顺着向右斜去的人潮，他们来到一座高楼面前。

a

　　月球隐士一身尘埃，开始旋转。

　　是从地下。毫无来由，没有征兆。如同一只手倏然出现，一根手指伸过去，在钟面上轻轻一拨，嘀嗒嘀嗒，嘀嗒。时针、分针、秒针，同在一条竖线上的三者动起来，步伐不一。月球隐士缓慢地，以肉眼无法辨认的速度开始旋转。顺着时针的方向，头带动肩，肩带动腰，腰带动双脚，转动。或者，以腰为轴，头与脚发力，转动。无论如何，速度之低，甚至不足以迎来阻力。可一旦开始，就没什么再能阻拦，或者喊停——和以往每次一样。

　　仍旧一片阒寂。仍旧有物体从天外飞来，再从天边掠过，曳出一抹红色或者白色的光。仍旧有东西径直砸在月面上，砸出一圈礼花般抛向四周的尘埃，砸出一个足可以积出一座湖的坑。月球隐士不为所动，仍旧原地旋转。在他旋转之前，所有砸来之物的落点都已避开他藏身之处；当他动起来，哪怕是无从分辨地仅仅由语言启动仍在言语之中地动起来，它们都被那只拨动钟面的手同样拨动着，避让得更远——如果不能说，砸的力度也大为减轻的话。

　　由这一片月面的扰动可以见到速度了。波纹般的，不是由一滴雨落在湖面而起的扰动，不是由谁在拍打湖的边缘，传递至湖心而生的涌动。是自生的苏醒的波动。先是在这一片月面的一点，如针尖一刺，漏出麦芒般细小的一颤。继而那麦芒涡动着，内陷着，转起来。速度并不惊人，但有的是时间。在尺度拉长的时间内，缓慢速度带动的变化仍旧惊人。这几十米范围内也不规整的月面颤动着，由转动的波纹自内向外传递抚摸的力量，耙地似的抚平差异，取得大致的均匀。留下垄沟一样的痕迹，不过是作为动起来的表征。

这动是加速的，即或加速的频率迟缓，即或起始速度如同针尖麦芒，细小、锐利不可分辨，但经过时间尺度的度量，到现在，起了势，节奏频密，鼓点骤急。内陷的涡动越发急切，于是覆盖在月球隐士身上的尘埃由上及下，绕着中心那一点转动的同时，脱离月球表面，向上飘动，如同一股弥漫的慢镜头放送的龙卷风，幼年的咿呀学语的龙卷风，稚嫩的蹒跚学步的龙卷风。龙卷风茁壮成长，无须太过耗费时间，裹挟之力已然见长，中心的旋涡迅速扩大边界，尘埃的漏斗不断下陷。深入二十余米，总算触及力量的源泉，露出月球隐士那毫无遮掩的仅仅一瞥也足以窥见力量内蕴的躯体。

是躯体的极其细微的一部分，一小块肌肤，也可以说是一小块组织，一部分结构。太阳刚好照射过来，沿着漏斗的边缘，顺着龙卷风的触须，将一点集中在月球隐士的躯体上。阳光的力量灌注而入，突破表皮的限制，去除内外的隔阂，两股力量融汇而一，在月球隐士体内滋生，奔腾。这才符合词义地真正转动起来，齿轮与扇叶的协调一致，力量与线条的完美结合。尘埃进一步被搅动，之前那弥漫的可能被收束，加以整饬，均匀、密实地盘旋，像是一只毫不退让地倒着往里种植的牛角。

时间推移，旋转之力不断增强，种植的力量亦是拔出的作用。二十余米深入的坑内，月球隐士的躯体逐渐被拂拭干净。露出得越多，转动得越快，阳光不需要偏移，就见到完整的躯体。这时可以认清，他面朝下，身体平直，双腿伸展，双臂自然垂在两侧。他那金属与纤维合成的头发，在过去这段漫长的时间，又按照设定，自然拉伸或者说生长了至少五分之一，即使没有风，也显见地呈飘浮状。依托旋转的力量，头发没有分散没有下垂，一接触到阳光，即开始工作，有条不紊地接受能量。受能量的驱赶，头发上沾染的尘埃纷纷避退，但依据惯性，仍在小范围形成追逐的雾状。还是在能量的作用下，丛生的虬结的已见褪色的头发开始舒展，根根直立，相互挨挤，每一根都逐渐泛发哑黑粗糙的暗光。

头发完全舒展开时，月球隐士依靠他的转动，摆脱尘埃的掩埋，从二十余米的坑内上升至与月面齐平。转动的力量如此之大，不再仅仅将他身边的尘埃带动着成为旋风的躯壳——还不是破壳而出，作用于旋风之外范围近百米的月面，像是点射的子弹，激起一股股升腾的尘埃之烟。顺理成章地，一切都没有停止，因为他尚未睁开眼睛，尚未确知这一次醒来的缘由。于是由月面继续旋转上升，速度越来越快，力量越来越强，搅动的尘埃层次越来越复杂。一直往上。当尘埃由敞口式分成几股，再由几股合拢，力量汇聚于一点时，这一点所托的月球隐士，已经升至千米，只要他苏醒过来，集中意念与力量，在那一点上轻轻一撅，仿佛就可以脱离月球而去。至少，也可以在低空，绕着月球飞行数周，和他以前玩过很多次的一样。

是醒了。在提及的瞬间，在这样描述的时刻，月球隐士睁开眼睛，醒过来。如果定格，他就是一棵横向生长在空中的低矮的树木，被蓬勃的倒披瀑布般的树冠映衬得低矮。与醒来同步的，是那树冠般茂密、交错、直立的头发，开始下垂。当然，下垂缓慢，不会挡住月球隐士那睁开的双眼，更留出足够的时间，让他先动起来，双脚下探，转换成直立的姿势，开始降落。这降落迅疾却并不张扬，如同一支稳重的礼节性的箭，带着一种刻意的略显夸张的姿势，旁逸斜出地避开不久前那个坑，向下落去。这一落中却包含着后发先至的要义，因为他的双腿以超过躯体的速度弹射，带着与躯体的牵连，先行落在月面上，随后躯体再回收一样，向它们靠拢。稳稳地站在月面上时，因为双脚所占面积的窄小，因为躯体抵达时间的悠长，没有激起另一股尘埃。

月球隐士长身而立，在此期间，每一根头发早就行动起来，接收着来自广袤宇宙的各样信息，再配以长久以来的储存、筛选、分类、合并，描绘出上一次沉睡以来，整个世界的变化轴线，标识出其中需要重点关注的几个区间。完成这一初步动作，所有的头发才垂下来，披散在他两肩。因为这些信息的汇总，睁开的眼睛由空蒙聚敛精神，恢复原初的光亮。再定一定神，它们才掀开第二层眼皮似的，成为他整个身体最为光彩的外显部分。双眼由脚下的月面，由置身的空间，扫描触及的一切，以它们为现状的索引，对照头发分析的结果，给出他现在的时空样态。没花费多少时间，月球隐士就完全确认周遭的所有。尽管如此，他仍旧疑惑，为什么会在此时此刻醒来？

当然，只是轻微的疑惑，他并没有调出以往醒来时的数据做进一步分析，更没有丝毫怀疑这次醒来所经受感应的正当性——即使他是个隐士，无须依据经验，也有完全的确信。可能只是需要他比以往更加耐心地等待，可能只是要求他比以往更加主动地寻找。不管怎么样，作为一名隐士，既然醒了，就行动起来吧。但月球隐士仍旧站立许久，等着因他而起的尘埃落下来——它们并没有完全落回因旋转而出的坑中，可也不离那附近，因而在坑的周边制造出了沙丘的效果——然后，他才真正行动起来。

并没有想象中那么强烈的目的性。不过是矮下身子，借用双腿的弹性，运用上半身的力量，把自己像颗从容的炮弹，往前射出，巡航那样沿途观察掠过的景致。说景致并不准确，但总不能说是风光吧？反正就是留神沿途所见。因为有记忆做对比，更有数据为依据，沿途的变化很容易判断出来。并没什么值得特别关注的。无非是大大小小的陨石落下来，砸出几个坑，这么长的时间里，这是最常见的事。甚至前前后后有三颗陨石落在同一个坑里，位置完全重叠，就像是使足力气往同一个洞里打进三颗球，仍旧没什么好惊奇的。上上次醒来，他还见过前后五颗陨石砸中同一个坑。有什么呢？只要时间足够，任何事情的概率都无限大。话虽如此，他还是会在一些陨石坑前停下，捡起那些沉甸甸的太空来客或风化后的残余，在手里掂掂，摸摸它的纹路，猜想它来自何处、沿途的见识。兴之所至，他也会弯腰使力，将它们往前后左右随便什么方向掷出去，再看着那升腾的尘埃，估算掷出的距离。

那几串脚印也还在。它们是他每次醒来都会有意识去核实的东西，看着它们深深浅浅地印在那里，证明自己上一次施加的力量仍旧有效，保护它们不让太空来客袭击、破坏，月球隐士就会心生愉悦。有一天，新的人来到这里，见到这些脚印，肯定会大吃一惊。他们当然知道它们是什么，他们也完全能判断出这些是什么时候留下的，但他们必然惊诧于它们的完好无损。想到这一点，想到那时候自己可能就隐身在他们周围，即使他们仍旧戴着头罩，他也看得

清楚他们脸上的惊讶，月球隐士忍不住就嘴角上翘。要不是知道笑
声会在出口的同时就消失在空中，他想必还会让喉头蠕动，笑出
声来。

　　也只是想想，还有更重要的事。月球隐士从设想的情境中抽出
身来，再次伸手在每一个脚印上面施加能量，然后再在整个这一片
有脚印的区域施加能量。完毕，他正要拍一拍手，垂在左颊的一缕
头发动了动，一波信息传过来。信号很弱，勉强能被他接收，毫无
办法进一步分析。会是什么呢？月球隐士抬起头，头发四散——没
有其他异乎寻常的信息，此前此后也不会有陌生访客，刚刚降临的
那颗陨石在两千个小时之前，将要来临的那颗则在三百五十八个小
时之后，它们砸中的地方离他都有上千公里。但那信息仍在，只是
信号越发微弱。月球隐士快速确定信息的大致方位后，让所有的头
发都朝向那个方向飘浮，像群蛇的舞动，然后矮身使力，向信号源
弹射而去。

　　足足在中途停留三次，连番搜寻，月球隐士才准确找到发出信
息的地方，是在那块巨大的岩石后面，难怪信号如此微弱。很多年
以前，他巡游时曾经见过它，不知道怎么的，见到岩石那斜长的边
角，运作系统里浮现7这个数字，因此7就成为这方圆几千米巨石的
名字。信息的来源是在7的左侧，也就是朝向那串脚印所在的方位被
遮住三分之一的地方，大概也是因此，信息才没完全受到岩石的阻

隔，能够断断续续被他接收。到了这里，信息仍旧微弱，可终于顺畅起来，接收与解析都毫无障碍。那是一串求助信号，内容并不复杂，但用了八种不同的语言循环播送。

"遭遇巨大困难，无法凭借自身力量解决，请收到信息者前来提供帮助。在我们共同拥有的开放空间，这是你的责任，是你必须履行的义务。毫无疑问，你也会得到由衷的谢意，寒冷中必有温暖在前方等候。"

先解析出这段内容，再顺着信号的指引，找到源头。那是一头蓝色的兽，它有着宽敞的身子，细长的脖子，方方的脑袋。稍作扫描与分析，月球隐士就发现这蓝色的兽处境蹇厄，它的身躯在不断缩小，现在已不到正常状态下的百分之一，它身上的蓝色在不断稀释，飘散开来，迅速消失——难怪它如此虚弱。它的脑袋无力地垂下，四条原本粗壮的腿，只能疲软地在空中划水那样一下下蹬着，但是够不着任何可以使力的地方。它的脑袋一动不动，但双眼仍旧在惶急地转动着，向四面八方发出求援的信息。

月球隐士决定先帮助蓝色未兽站起来。他伸出双手，为求稳妥，一只手托住它的脖子，另一只手扶住它的身子，凌空托起它，托离石头，放在旁边平坦的月面上。接着，他双手抚住蓝色未兽的双耳，灌输进去一部分能量。得到援助，蓝色未兽大为振奋，它闭上眼睛，任能量在体内运转，很快它身上蓝色的稀释止住，它像是困顿许久后解除束缚的马驹，绕着月球隐士转了好几个大圈。

当蓝色未兽终于自在一些后，它停下来，郑重其事地走到月球隐士面前，一动不动地看着他，它的双眼闪现让月球隐士极为舒心的蓝色光芒。

"寒冷中必有温暖在前方等候。"蓝色未兽发出信息，"感谢你伸出援手，履行你的义务。"

"你为什么会困在这里？"月球隐士止住它再以其他七种语言重复这一番话，以它刚刚使用的那一种回复道，"你来之前，没有想到会有这样的困难吗？这里显然不是你应该在的地方。"

"我确实不应该出现在这里。"蓝色未兽摇摇头，"我是逃出来的，到这里能量不足，这不是我熟悉的环境。可是你看看我来的地方——"

月球隐士配合地掉过头去，蓝色未兽出来的那颗星球没什么变化，还是蓝色的，和他上一次睡去时差别不大。

"不，你不要被假象迷惑，穿过迷雾才行。"蓝色未兽显然知道月球隐士会首先看到什么，出言提醒。

月球隐士增强探测的能量，发现这蓝色是雾气制造的假象，蓝色下面是浓重的橙色的雾。橙雾后面，上上下下翻腾着成百上千条巨型的以及刚生成的幼小的末兽，主要是绿、紫、金、白、黑几种，颜色有深有浅，模样各异，但都有着和蓝色未兽天然不同的，凶恶。它们在山川湖泊中穿行，更在乡村城市出没，有的只管横行无忌地来去，有的则摧毁遇到的一切，无论是人还是动物，都一口吞下，有时吐出残骸，有时什么都不剩下。不用说，是他这一次沉睡期间的事，可他是因此醒来的吗？

蓝色未兽打断月球隐士的沉思，"看清楚了吧？"

"你们未兽被末兽压制得厉害。你是被围攻，逃出来的？"

"我想寻求宇宙力量的帮助。"蓝色未兽说完，将脑袋转向被橙雾笼罩的星球，全身一动不动，陷入长久的哀悼般的沉默。

"你有什么打算？"月球隐士试探道，他能猜到它的回答，必然是让他头疼的。一般而言，他对来访者持欢迎态度，虽然通常他都在沉睡中，并不会因为有人来访就醒过来，但来访者留下的痕迹会在他醒后提供信息，增添乐趣。他知道蓝色未兽维持不了多久，很担心它提出他必须拒绝的要求。

果然，蓝色未兽回过头，长久注视着月球隐士，显然是在判断接下来的话是否有必要说出口，它评估了许久，眼睛里的蓝色光芒暗淡下去。

"我没有什么打算，看来我的家园必须遭受这番劫难。"蓝色未兽的语气越来越伤感，"早知道这样，还不如……不让我碰见你。你也没必要……"

"对不起。我在这里，并不是为了……"

月球隐士停住，他的头发如愤怒的刺猬，根根岔开，一股强烈的信息流涌过，是单调重复的信息。

"等等——"蓝色末兽显然也收到这股信息，这是它无比熟悉的内容，因而毫不停顿地转换完毕，发送过来。"恶意肆虐，急需平衡。向开放空间呼吁，朝向未来的力量，请来到义务现场。众多种子，即将形成，即将结束，等待被你打开、见证，等待保存在你的责任院落。"

这一次只有四种语言。月球隐士将蓝色末兽发来的信息与自己接收到的做了核对，四种语言没有偏差。可以确定，这是刚刚发送来的，还可以确定，他们确实遇到了巨大的麻烦。他和蓝色末兽停止交流，转向地球。

地球上情势再度变化，几只游动的巨型末兽突然间互相吞食，结果却合并成一体，变得前所未见的庞大，它们更加肆无忌惮，时不时地仰头喷出几股火舌，直扑向天际，如同被同时点燃的焰火。没夸张到热浪向月球隐士袭来的地步，可那蒸腾的势头，燃烧的持久，说明地球上正在经历的变化之剧烈，困难之艰巨。月球隐士让头发尽可能地伸直，占据着尽可能大的空间，以免错过任何信息。他的双眼对准火舌吐露的地方，仔细扫描火舌与其周边，再将它们与他存储的信息一一对比。蓝色末兽等在一旁，它转动着脑袋，却再没接收到任何新的信息，但它非常清楚，此刻不能打扰月球隐士。

"末兽已难阻挡，大多数的生存区都会被它们占领。"月球隐士做出结论，他又往别的地方望了望，"你的同族还在守卫人类，有的地方继续生存的条件仍在，但不知道有多少人能够及时转移过去，更不知道能够维持多久。"

他没看蓝色未兽，也没把话说透，但意思很明白。他最初顺从宇宙的冷热收缩漫游到这里，以月球作为中点，却意外发现地球蕴含着丰富的可能性，并从这可能性的猜想、实现、变化中得到别样的乐趣，决定留下来时，就定义出自我要求——他只是旁观，除非发生影响这颗星球存亡的事，或者导致其可能性迅速枯竭，他绝不插手，更不采用某个具体的群落或者某种抽象力量的立场。对于人类，他不确知他们还能不能像以往那三次，挺过这一次。记得那一次洪水滔天，他都以为他们完了，但蓝色未兽将仅余的三艘船引导至适合的地方，给了人类喘息、延续的机会。更早的一次冰封万里，大多数人被冻得只能挤作一团取暖、坐以待毙，是蓝色未兽找到续断的火焰，分别滋养他们。还有一次……

"你去看看。"蓝色未兽打断月球隐士的回忆，知道这不是该自己决定的事，它有点畏怯，"离得太远，总会有看不清楚的地方。"

"看看？"月球隐士很惊讶，蓝色未兽居然如此幼稚——他当然要去看看，可它怎么能够支使他？

"对，算是替我去看看。"这句话耗尽最后能量似的，蓝色未兽说完，四肢一软趴在地上。月球隐士简单扫描，发现它的能量正在加速流散，而且是它主动驱使的，但他没有阻止，毕竟这不该由他决定，况且就算阻止，不过是能短暂延长。因此，月球隐士看着蓝色未兽的颜色越来越浅，身体越来越小。

月球隐士的头发恢复正常，重新披在肩头，他从内里感受到地球的强烈呼唤。他确知，这是这一次醒来的感应根柢。蓝色未兽的注意力还死死落在他身上，于是他点点头。蓝色未兽欣慰地闭上眼睛，褪尽身上的最后一抹蓝色，它的身体加速收缩，直到变成一粒仿佛浓缩所有蓝而成的种子，像一粒固态的风。

月球隐士上前拾起种子，他知道，蓝色未兽希望他带上它回到地球。

B

　　妈妈在厨房里站着，没有发现赵勾和叔叔从窗外经过，进了家门。真不知道厨房里有什么可忙活的？

　　爸爸靠在客厅沙发上，跷着二郎腿，手里拿着报纸。"哥——"叔叔打个招呼，转身进了卧室。"爸爸——"赵勾打个招呼，也想跟上，等等。"王叔——"他这才看清，爸爸左手边的凳子上，坐着他同一个生活区的同班同学王如海的爸爸，本来就瘦小，又双手撑着膝盖、弯腰低头，所以没一眼看出来。

　　王叔正和爸爸聊着什么，听见喊，停下来，"赵勾回来啦？"

　　"嗯——"赵勾一顿，向沙发走去。王叔一向说话都很逗，他也想问问，晚饭后能不能去找王如海。爸爸见他过去，顺手递来报纸。

　　"后天就是独立日，一平得去啊。"王叔挪一下，让赵勾在旁边坐下，嘴里没停。赵勾正翻开报纸，听见这话，侧耳留神。

　　"去。肯定得去，他就是为这个回来的。"爸爸有点不自在，放下腿。

　　"老赵，你别嫌我们催你。你看——"王叔丝毫没有压低声音，"咱们一直在争取，把生活区从三等变成二等，各方面条件差不多了，就等着九月的重新评估。你又是咱们生活区唯一的五级会员，始终领导着咱们，关键时刻问题可不能出在你家啊。没婚配肯定减分，还得情有可原，一平这条件，一表人才的，收入又不低，就不要那么挑了嘛……"

变成二等生活区？赵匀一愣，随即脑子里一团热。要是能够成真，他和王如海那些畅想，长长的计划清单，就不用等那么久了。嗯，他马上决定，这个惊喜得留着，先不要告诉王如海。但这事……怎么又和叔叔有关？

"成了！这下——绝对没问题。"门口又有人说，听这大嗓门就知道是小苏她爸爸。果然，跟着声音进来的，就是他。别看他嗓门大，体形和王如海他爸差不多。"苏叔——"赵匀喊一声，站起来转到沙发另一边，让小苏她爸和王如海他爸挨着。

"老赵，老王，成了，真的成了。"苏叔说着，还搓了搓手，一脸喜色。他根本不需要人接话搭腔，更不给别人留出反应时间，"我之前跟你们说过，协会在考虑，把邻近的生活区和咱们合并起来。得到消息，决定了！重新评估的时候，一起办。不止咱们，还有好些个生活区都要调整、合并。你们说，人家是二等，咱们是三等，肯定就高不就低啊，这下咱们就算没做之前那么多工作，也没问题。"

　　王叔没多高兴，他摆摆手，"老苏，话不能这么说。该做的工作肯定得做，生活区的条件改善，受益的总归是咱们自己。你不要掉以轻心，什么就高不就低啊，听说这次评估严着呢。硬指标过不去，别说二等，直接降成四等，都不是不可能。这五年，咱们千方百计，手段用尽，除了老陶家那儿子身体实在糟糕，别的没一例流放的。临了儿，砸在一平这儿就太可惜了。对吧？老赵——"

　　"老王，我知道。你放心，你看——"爸爸一脸苦笑，"一平不是回来了嘛。后天，后天肯定让他去独立日，绝不因为我们家的事，耽误整个生活区。"

　　"光去不成啊！得解决问题。你把一平叫出来，我们和他谈谈，你们做哥哥、嫂子的不好说的话，不方便说的，我们来说。都什么时候了？得实际点。一平一表人才，修养又好，肯定招女孩喜欢，可是差不多就得了。现在是新文明时期，旧文明那些爱情啊什么的，可以追求，但要是追求不到，就得放下，别想着完美。毕竟一个人不再是一个人……"

　　"老苏说得对。老赵，不说别的，一平生日不远吧？独立日再不解决，真的就没什么机会了。总不能眼睁睁看着他流放到匮乏社会去，在沙漠里度过余生吧？"

　　"老王，老苏。你们别说了，我们都知道。放心，我……"

　　爸爸没再说下去，苏叔、王叔互相看一眼，起来道别。爸爸还是站起来，把他们送到门口，三个人又低声说了好一会儿。

赵匀没再跟上去，他瞄一眼报纸，这一版没什么新鲜的。各地仍有一些新的灾情发生，会长表示，会动用协会的储备物资，帮当地渡过难关；受灾严重，需要搬迁的生活区，会尽快确定新址。翻到第二版，整版都是一份文件，协会准备通过的《性别确认法案》全文，说是征求意见。什么意思，性别还需要确认？他不明白，抬头看看，爸爸还没回来，叔叔还在卧室，没人可以解惑。看下去，"一个月内意见汇总，由理事会议定，呈交会长批准后生效"，再下面则是第一条、第二条、第三条……有几条下面还分有若干款，不外乎是一些约定和惩罚。惩罚他都能看明白，以"取消配偶资格"为多，还有"以《丰裕社会维持原则》为准绳""参考其他法案（列举了一堆名称）"的，可那些约定他看不太明白，什么L，什么G，还有B和T，并有一堆数字做标识。这些内容，学校还没有教。

"搞得这么复杂——"赵匀看见爸爸过来，随口抱怨道。但他下意识地觉得不能在这方面讨论，便又翻翻，翻到报纸的另一版。"爸爸，到处都是污染区，为什么叔叔他们要去19号舌头那儿工作？而且舌头都建得那么远呢？"

爸爸的目光落在赵匀的脸上，"老师没有告诉你们吗？舌头所在的地方都是新的污染源，周边的污染区要么是时间久远，要么只是被空气啊水啊，甚至还有动植物带过去的东西污染的。"

"老师没说，也不想我们太了解这方面的情况。零零星星有人问，有的老师说不要自寻烦恼，有的老师说有人在治理、控制，反正就是要我们有信心。爸爸，叔叔他们的工作就是治理吗？"赵匀一低头，这一版的报纸一角写着独立日的情况，顿时兴趣浓厚，顾不得爸爸怎么回答。

但报纸被一只手拿走，是妈妈。妈妈右手抓住报纸，左手把一个大盘子放在桌子上，还是一盘子白菜汤，上面漂着肥多瘦少几片肉。

"治理？"爸爸还在刚才的讨论里，"能控制住就不错啦。亏他们想得出'治理'这个词，这种事除了交给时间，还能有什么办法？'控制'也别提了，自求多福吧。"

"你说什么呢？你也是负责整个生活区的五级会员，怎么能这么想？就算真这么想，也不能当着孩子这么说。"妈妈大为不满，"孩子把这些话带到学校去，被老师听见怎么办？就是有邻居听到，往上面一报告，全家都得吃不了兜着走。"

说着，妈妈还冲爸爸一扬手里的报纸。得，这报纸再也看不成了。赵匀明白妈妈的意思，没什么好说的，他起身往厨房去，看看能帮上什么忙。爸爸也明白，他接过报纸，往卧室走去。

"一平回来了，记得叫他。"爸爸走到卧室门口，说了句废话。

"知道。一平去接的赵匀。"妈妈声音拔高，足够叔叔在卧室听见。

厨房里还是一盘子煮好的土豆。土豆加白菜汤，果然没有什么好忙活的。

"又是土豆，又是白菜。"赵匀端起盘子，忍不住抱怨一句。完了，话一出口他赶紧吐吐舌头，瞟妈妈一眼。没办法，她还是听见了。

"有白菜，有肉，你就知足吧！等过些天被赶到五等生活区，连白菜汤都没得喝。那时候，只怕你得自己去挖野菜。"妈妈声音有点尖厉，听得赵匀头皮发麻，他赶忙端着盘子快走几步，去到桌子边，放下盘子。

叔叔正从卧室出来，听到妈妈的话一下子僵在那里，满脸通红。爸爸正从他们的卧室出来，他走到叔叔身边，伸手拍拍叔叔的后背。

"吃饭吧。"爸爸说。叔叔应一声，走到桌子边。

妈妈抱着四个碗走过来，给每个人分了个碗，碗里搁了汤匙。"老王他们真是的，饭都不让人吃安生。"

"我来。"三个大人都面色凝重，让赵匀不由得紧张起来，他说着，站起来给每个碗里都盛上白菜汤，分出几片肉。他最后给自己盛，留的汤也比其他人多一点，但他们没有像以往那样，拿这个和他开玩笑。

"爸爸，我们为什么会被赶到五等生活区？"等了好一会儿，都没有人跟自己说话，赵匀忍不住问。话一出口，三个原本默默用餐的大人都卡了壳。叔叔停下正在撕的土豆皮，爸爸搁下正要伸到嘴边的汤匙，妈妈则对着土豆和白菜汤发了一会儿呆，端起又放下，放下又端起，她要说什么，被爸爸用眼神止住。赵匀知道自己又说错话了，恨不得抽自己一个嘴巴，可他并不知道错在哪儿。更何况，他实在无法分辨妈妈说的"被赶到五等生活区"究竟是真是假，她还说"转到一等生活区"呢。

"哥，嫂子，"还是叔叔打破沉默，"后天独立日，我想带着赵匀一起去。"

"你带他干吗呀？他这么大的孩子，能解决什么问题？与其花这个心思，你还是集中精神，早一点确定下来，才是真的对他好。"妈妈不管爸爸一个劲儿使眼色，吐出一串话来，可说到这里自己又叹口气，语气软下来，"算了，你爱带就带着他吧。让他早点知道将来要面临什么也好。至少哪天有个小唐那样的姑娘示好，他不会像你那样不知道好歹。"

"杏子，你过分了啊！"爸爸出言呵斥。

"我过分？！"妈妈正端起汤碗，猛地往桌上一顿，"究竟是

谁过分？一家人的命运都捏在自己手里，还这么漫不经心。是，就
算被赶到五等生活区，平常只能吃土豆，一年到头，菜汤也没个油
星，这些都能接受。可赵勾马上就要升学，以他的成绩，考到一等
生活区完全没问题，但这件事再不解决，他最好也就是留在三等生
活区。别说他是自家的孩子，就是不相干的人，因为这个他的人生
被锁死，又于心何忍？你们这样，不算过分？"

　　妈妈说着，眼泪夺眶而出，但她任凭眼泪落到碗里、桌上，
"老苏、老王往咱们家跑，你以为我不知道他们来说什么？你整天
在办公室坐着，真的听不见别人在背后议论什么？生活区是三等还
是二等，我可以不管。一平生活在丰裕社会还是匮乏社会，只要他
自己乐意，我也可以不管。赵勾我能不管？他做错了什么，有什么
是他自己决定的？"

　　妈妈再也说不下去，她伸出双手捂住脸，抽噎起来。

　　"赵勾，去卧室。"爸爸轻声说。

　　赵勾想留下来听个究竟，可是看看爸爸的脸色，知道说也白
搭，只好回到他和叔叔共用的卧室。他本来留出一条门缝，坐在叔
叔的下铺，但是爸爸走过来，使劲带上门。没办法，他干脆爬到自
己的上铺，一只手撑着墙，斜着身子从门上面狭长的玻璃窗望出
去。能看到妈妈双手从脸上拿开，配合着嘴巴的开闭，做出一连串
激烈的动作，更与之相应着愤怒、委屈、困惑等诸般表情。爸爸一

直在试图安抚妈妈但并没有效果，因而一脸尴尬，只好时不时瞅瞅叔叔。叔叔沉默地坐着，腰背如弓，越来越弯曲，但他的情绪似乎并无剧烈变化。

撑着墙很快就累了，外面的没完没了又加重了疲累，赵勾终于离开门和门上的玻璃窗，回到床上躺着。妈妈说的小唐是谁呢？他想不起来，印象中唯一来过家里好几次的，是七八年前那位笑起来声音有点像蜜蜂扇动翅膀，嗡嗡作响的阿姨。

"叫我甜甜阿姨。"第一次见面，她的蜜蜂就扇了好几次翅膀，酿了不少的蜜。那之后她又来过几次，每一次都让赵勾管自己叫"甜甜阿姨"，叫完后塞过来两颗糖，让赵勾出去玩。

赵勾不知道甜甜阿姨和叔叔躲在房间说什么、做什么，他有一次远远地从窗户外往房间里望过一眼，只看到他们一个坐在床上，一个坐在凳子上，似乎都没说话。她最后来那次，赵勾在上铺刚午睡醒，正想爬下床拿过糖出去玩，就听见她叹了口气。那口气让他莫名难过，赶紧闭上眼睛装睡，甜甜阿姨和叔叔都没有理他。

"你就这么讨厌我吗？"两个人枯坐良久，甜甜阿姨又叹口气，问道。

"你走吧。"

"你就算不喜欢我，也可以让我留在你身边。你知道，我可以保护你，我愿意。"甜甜阿姨说到这里，有些哽咽。

"你走吧。"叔叔说，他的声音在发颤。

甜甜阿姨没有再说话，她又坐了好一会儿。赵匀不知道过了多久，在他快要再次睡着时，甜甜阿姨才终于站起来走了。

这么说，甜甜阿姨就是小唐了。也难怪，糖总是甜的。赵匀刚想明白这一点，就迷迷糊糊睡着了。他不知道睡了多久，反正醒来时，屋里还是黑的，屋外面有淡淡的白，是月光。窗户边，站着一个人，是叔叔。

"叔叔——"赵匀怀疑自己还在梦里，一声喊，叔叔走过来，站在床头。赵匀看不清叔叔的脸，但能感到他的眼睛，一定像平常那样注视着自己。

"叔叔，甜甜阿姨现在怎么样？"赵匀问，他仿佛在暗夜里，又听到蜜蜂翅膀的声音。

叔叔沉默好一会儿，仿佛在搜索信息，"小唐她，好几年前就结婚了，嫁给一个工程师，搬到离得有些远的另一片居住区，别的消息我不知道。"

"她现在的居住区比咱们的好吗？"

"好像是二等。怎么啦？"

"你是为了让她过上更好的生活，才不跟她在一起的吗？"赵匀又想起"你就这么讨厌我吗？"——甜甜阿姨是不是傻，连他都看得出来，叔叔并不讨厌她。

　　叔叔轻笑一声，仿佛还摇头来着，"赵匀，人生不能这么设计。我当然希望她过上更好的生活，但我不是因为这个才不跟她在一起。"

　　"她说你讨厌她，特别讨厌。"

　　"她说的讨厌不是你理解的那个讨厌。以她理解的方式来说，我并不讨厌她，可也不喜欢她。我只是——"叔叔卡了会儿壳才接着说下去，"我只是不愿意和别人生活在一起，你知道吗？两个人捆绑得紧紧的，甚至还要有孩子。"

　　说完，叔叔又沉默一会儿，他伸出手抚了抚赵匀的头，说："那太紧了。"

　　赵匀听得明白的都在了，他听不懂的也在，因此不知道还能说什么。仿佛那只蜜蜂变成一群，它们都飞进房间，振动着翅膀，占据每一处。他的额头、眼皮、鼻子、嘴唇上，都有翅膀扇动带来的微凉的风。但这扇动和风都消音了，都在黑的房间里，在叔叔的注视下，无声地持续。

　　"叔叔，独立日活动区在哪儿，究竟是什么样的？"赵匀挣扎着，打破沉默。

　　"具体什么样我也不知道。去过的人说那儿最初是一片厂区，后来被人用作艺术区，再后来自发成了每年一度的独立日活动区。都说那儿有大片的樱桃林，所以叫樱桃园。但独立日都有什么流程，究竟是什么样，每个人说起来都不一样，有的特别兴奋，有的特别沮丧，有的想多去几次，还有的人去了之后再也不想听这三个字。这些人的说法可能只有一个共同点，就是独立日这一天的生活绝对和平常不一样。"

"一天？从早上就开始吗？那咱们是不是明天就得出发？"

"不是。其实是一夜，从后天晚上八点，到星期天早上六点。我们到了那附近，找到停车的地方，说不定还要在车里再等一会儿。"

"还有车？"

"对，你妈妈管人借的。"

"可是，叔叔，"赵勾这才想到一个大问题，"别人会搭理我吗？会不会根本就不让我进去？"

"不会。"叔叔笑起来，"那里不查证件，怎么打扮也没人管。你不记得咱们在自由购物区买的装备了？穿戴上谁会知道咱俩多大？你少说话就行。"

"啊？！你买它们就是为在这里用？"

"没什么专门用途，可以用在这里。当时你说他们两个像什么来着？"

"一个是行者，一个是使者。"

b

与以前来时比，地球变化巨大。当然，每一次月球隐士醒来，地球都变化不小，但那都是依据以往情势，可以推测出来的，而且除了他受到感应前来旁观蓝色末兽解决的棘手问题外，变化的大趋势仍旧乐观。这次不一样，距离地球还有不小距离，他的远程探测就确认，即使对他来说，现在下面也不适宜长期逗留。另一方面，他又接收到各种强烈的信息，由各种末兽发来的，它们并不直接对他说话，而是展现出强大的攻击能力、强烈的攻击欲望。

月球隐士对这些信息并不担心，他知道下面不适宜逗留，多半还会受到损伤，但他回到月球后，有的是时间修复。末兽更不必放在心上，如果它们纠集到足够数量，同时发难，他确实有些忌惮，可只要他愿意，随时撤离不成问题。他唯一不确定的，是地球上的人类能否顶得住末兽的肆虐。落地的同时，他做了测算，末兽横行的时间并不会持续太久，但对下面这些人包括很多动物，那都是一个绝望的绝对熬不过去的长度。

哪怕是地球的表面也证实了月球隐士的评估，目力所及与身体发肤能探测到的地方，到处都是废墟，处处都呈现被强力破坏的景象，携带着强大能量的巨型末兽耕耘一般，将能够到达的地方翻了个底儿朝天，即使有小片破坏得不太严重的残余处，风中、水里也都在孕育新的末兽。移动良久，月球隐士最终找到一片蓁蓁丛林。

甫一落足，月球隐士即分析了丛林的构成，这是一片人工的丛林，它足够庞大的面积，层次丰富、互补性强的树木品类，以及过碗口乃至一抱粗细的树身，都说明有人经年累月经营于此。正是板栗成熟的时节，林子里飘逸着新鲜栗子的香味，一股没有炒煮烹饪过的生淀粉的味道，不需要走动，只静静伫立，就能听到外壳爆裂，栗子落在地上的啪啪轻响。月球隐士全身心接收来自栗子的味道与声响，这画面将储存在他的记忆里，成为这一次地球之行的慰藉。

"人类这一可能性会不会就此彻底消失？"结束静立，月球隐士沿着林中小道向前，他已扫描得知，这是一条缓坡，下行八公里，才能走出这片果林，进入一望无际的种植区域。一路行来，月球隐士都在琢磨这个问题。人类必须在蓝色末兽的庇护下，自行与末兽搏斗，他不能干涉更不能阻止——现在结果都摆在这里，他就算有心，也已无法倒流时光。他没必要善后，这满目疮痍、死亡窥伺的现场，不需要他来归置、整饬，在歼灭至少击退末兽前，这也没有意义。如果是以往，可以断定，蓝色末兽可以保存人类、延续下这方面的可能性，这一次真不好说。抛开自我要求，做一次单纯的推演，他并没有把握，能够护佑整个群体挺过末兽的连锁式进击。难道是……月球隐士压下涌起的念头，那可太费周章，搞不好会打散他之所是。

算了，暂时不去推算，月球隐士做出决定。在末兽到来之前，这条道确实值得一走，两旁的栗子树枝条摇曳、果实累累，在风的轻抚下一派祥和丰收景象，长久无人照顾的结果，是树木间夹杂着一蓬蓬水分已失、面目枯黄的野草，土块、石头也崚嶒起伏，东一堆西一堆，但这些反而抹去了林子表面的人为痕迹，更见野生的活力。走不远，开始听到水声，是一条和小路几乎平行向前的小溪。月球隐士并不急于走到溪边，他关闭所有扫描与探测的功能，仅仅留下普通肉体的感官，以便能够完全投入地体验林中微风拂过身体，水声、虫鸣、鸟啼进入耳畔，沉甸甸的浓到极致、开始发黄的绿映入眼帘，还有无处不在的环绕式的层次丰富又分明的味道充盈鼻孔——这是他每一次重返地球后必然的功课，当他在月球上沉睡时，它们都是构成他在时间河流里不断回返的美梦的重要元素。

如果我初次来到地球，就主动介入，施行管理……沉浸式体验中，这个念头再度冒出来，和以往一样。当然，月球隐士只是让这个念头在脑海里闪烁几下，燃烧想象的乐趣，就熄灭它。他的乐趣是对照可能性的分蘖情况，不定时观察，而非管理，更不是主宰。就算他接手，地球一定会发展得比现在丰富吗？人类一定能做得更好吗？真不好说。想到这里，月球隐士退出沉浸，重启身体发肤的功能，然后，他探知到异动，微弱的气息起伏交错，是三个人，一男一女的成年人加上一个男孩，距离他左前侧五公里。对，是沿着那条小溪的流向往前，在它与前方那条河交汇处。

赶到时，只剩两个人的气息。交汇处的右下方，是一块兀立的尖角巨石，横在水里，如同一叶不沉的扁舟——现在，它的旁边真的横着一只独木舟。独木舟是从上游而来，撞在巨石上，前半侧已然破碎，水涌了进来。下冲之力巨大，舟首搭在巨石棱上，因而没有沉没，也没有倾覆。舟上三个人。男子在前仰着面，上半身斜靠着石头，一只脚搭在船舷的碎木上，另一只脚搁在水里。女子朝下趴在男子搭着的脚上，右手杵在石头上，正汩汩流血。离两人稍远的舟尾，坐着十岁出头的男孩，大概是变故来得太快，他还在发愣，看见月球隐士，也只是目光扫了扫，别无反应。

离他们十来米远的河滩上，趴着一条幼小的绿色末兽，上半截身子在卵石上，下半截在水里如同水藻漂荡。这是成形没多久的幼兽，看见独木舟，忍不住顺流而下，推波助澜，与之嬉戏，迅速耗光能量，还在就地复原。月球隐士走到绿色的幼小末兽面前，伸出右手，取走它的性命，将它化作雾气。随后，他蹚水来到男孩面前，先将他抱到岸边，再拖着船将男女二人挪到河滩上。没有气息的是男人，他也最不成样子，双手、脸、脖子等能看到的地方都已溃烂，左手背的皮肤掉了一大块。女人好些，但也不过是保持了完整的样貌，皮肤上的斑点、疮口预示了将来，连右手流出的血颜色都不那么鲜艳。略寻思下，月球隐士将女人抱起，放在河滩近岸处的野草丛里，从小溪里鞠来水，灌一点进女人嘴里。男孩也恢复灵醒，过来抱着女人，嘴里喊着"妈妈——妈妈——"，一会儿见女人仍旧昏迷，又伸右手，在她人中掐下去。

女人身体微微抽动，有了反应，接着她睁开眼，又闭上，再次睁开时就紧紧地盯着月球隐士，盯上一阵，她翻身想要行礼，却只是从男孩怀里滑在地上。男孩赶紧抱扶起女人，嘴里焦急地喊着，让她保持坐在地上的姿势。

女人嘴里吐出的话音微弱，内容倒是清楚的，"先生，救救我的孩子。"她一迭声地说着，很快变成呢喃，似乎不耗尽最后一点力气决不休止。

月球隐士不忍听她继续下去，他走上前，伸右手抬起女人的左手，输送过去少许能量。女人脸上有一块被绿色幼兽尾巴抽中的印迹没有消除，水淹的迹象确实在消失，气色慢慢好了不少，她右手的伤处止住了血，呼吸逐渐平缓，眼里一点点浮现神采。随后，她挣脱男孩的怀抱，站起来。站起来的女人仿若刚刚见到月球隐士，上下打量一番，这才双手合十，悲伤、欢喜、庄严夹杂地行礼。

"可惜，孩子的父亲我无能为力。"面对女人行礼，月球隐士有点不安，他知道自己没说实话。但不安转瞬即逝，他知道自己终究对此不承担义务。

女人顺着月球隐士的话，看看河滩上的男人，目光中平静胜过悲伤，转过头来，只余下平和。"先生，他已经这样，我也这样，我们都没办法可想。但是他，我的孩子，他受伤不重，没有问题。求你救救他，救救我的孩子。"

说着，女人准备跪下行礼。月球隐士急忙拦住女人，并让她带着男孩在岸边倾倒的条石上坐下。在此期间，他回溯时间，发现这一家人的过往呈加密状态，无法查看。唯一能确定的是，加密由一位行脚僧施与。查看行脚僧的踪迹，发现他大多数时间都是敞开的，偶尔才会加密经过的时间以及牵涉其中的人的时间。月球隐士并非第一次遭遇类似情况，以往在地球上游历时，他也遇到过人甚至动物甚至一棵树封闭某个空间里的一段时间，但他都遵行当初留下来的自我约定，恪守隐士的法则，不强行清晰一切。事情的发展证明这是明智的，因为极少数时间段落的加密，并不影响可能性的通达。

现在，女人的话将他引向那位行脚僧，他不介意这条线上溯到行脚僧为止。月球隐士四周探看，从离河岸最近的栗子树上摘下一根枝条，再将枝条上的叶子摘在手里，沿小溪汇入河流的口子往上走几步。叶子放入溪水中的瞬间，旋转着构成一个绿色的杯子，捧起来时，装着满满的水。

女人捧着绿叶杯子，让男孩喝。男孩喝了两口，让给女人，女人又喝好几口，再把杯子递给男孩，示意他喝完。男孩喝完水，叶子还是杯子的模样，他小心翼翼蹲下，放在地上，杯子一下散成一把叶子。整个过程，母子二人都没对此品评一句，但女人神情的自然、男孩目光里的神奇，一清二楚。

"大和尚说得没错。"女人吁了口气，以此起了个话头。

"那个行脚僧，说了什么？"月球隐士强调一句，女人明白他的意思，她又看看河滩上的丈夫。

"大和尚说了两句话。第一句话是让我们一家三口乘小舟顺河而下，第二句话是说我在绝望的时候看到的第一个人带来希望，会救走我们的孩子。"

以前那些锁闭时间的力量并不和月球隐士发生关系，它们仿佛只是提醒他，这个世界上有他无法解决，至少是无法轻易解决的部分。有时，月球隐士会把那些锁闭的时间当成迹象，表征着除他之外，还有别的力量存在，或者只是观察，或者是受命前来。现在行脚僧的话让月球隐士犹豫，可他不需要测算就知道，最好的办法就是让女人说下去。因此，他冲看着自己的女人点点头。

"先生，这么说起来太突兀，我还是说一下我们怎么会在这里吧。"女人说，她的语气异于常人，像是在讲将要发生的事。

"沿河往上，走路大概两天，坐船下来不到一天，两座山间有一片小小的平地，那儿建有一个监测站。监测站的工作正好需要两个人，这两个人还得一天忙到晚，在河边与两座山的山头间上上下下好多次。那时孩子小，我们想着去艰苦的地区奉献些时日，等他大了能有个机会搬到更适宜居住，有点前途的地方，申请后就被分配到监测站。忙是忙些，那儿的日子过得可真像世外桃源。重要的物质有供应，菜蔬可以自己种植。空气中的迹象在不断增强，邻近地区末兽出没的频率在不断增加，威胁越来越大，这些都是事实，可也并不比我们原来的住处更厉害。何况，监测站建有不算小的掩蔽所，至少一时半会儿安全无虞。就这样几年过去，我们已经把监测站当成理想居住地，甚至有调动机会也放弃了。"

女人说到这里，闭上眼睛，不是疲累，而是痛苦乃至悔恨。月球隐士等着，等着她睁开眼睛，等着她伤痛地凝视河滩上的男人，等着她收回目光，继续讲下去。

"长话短说。我们意识到风向、植被都在吸引末兽向监测站逼近，想要离开时，可以去的地方已经越来越少。何况，我们总觉得在监测站还有一份职责。何况，没有正式调动，我们擅自离开也进入不了居住点。就这样一拖再拖，拖到大雨数十天倾盆而下，离得最近的抵御点终于出了问题，巨型末兽的嘶吼再也无法忽视。这时候，我们想离开也难，向下的路全被冲毁，向上的路倒还都在，但都是山路，车走不了，步行又不知得走多久，能走到哪里。掩蔽所里有只独木舟，可这么小，我们又没经验，根本没信心能划着它顺利离开这一带。这时，和尚顺着山路走下来，他看出我们的犹豫不决，就说只有坐船才有希望。"

月球隐士听到这里，再次向时间深处望去，一眼便望见一身旧布僧袍，打着光脚的行脚僧。行脚僧正走在一座垮了一半的石桥上，仿佛有了感应，忽然停下来，冲月球隐士查看的方向望过来，脸上似悲似喜，似庄严似怜悯，目光深邃，让月球隐士内心有所波动，又含义不明，便退回来。

女人的讲述并没有遗漏什么，她说着："和尚也说了，希望是孩子的，我们两个大人见到你就结束了。"

"先生——"说着，女人站起来，一揖到底，"孩子的爸爸已经结束，我也在这里结束，孩子就托付给你了。"

"妈妈——妈妈——"男孩被女人的话吓住，拽拽她的衣角，怯怯地喊了两声。

"儿子，别怕。和尚说过，这位叔叔会救你，带你脱离这，脱离这一切。"女人摸摸男孩的头，再次期盼地望着月球隐士。

月球隐士正在全速运算，能将男孩带到哪里安置，附近查找到的都是暂时的避难所，不过是延缓男孩必然的命运，延缓的时间并不足以被称为"获救"，他相信也不是和尚的意思。除非……他得到一个可能，随即又将这个可能去掉。他不相信和尚能远见到这个程度，他也不相信这在感应醒来的缘由之内，那超出了可能性给予的乐趣范围。

"你希望我带他去哪儿？"

"听说有一些保护点……"女人说着，点点头给自己鼓劲，"我们来监测站前就听说了，那里远离末兽，保有正常的人的生活。我们也听说，能进去的条件非常高，要是……"

"是有，离这里不算太远就有一处。是没有末兽……一时半会儿还不会有，不知道那算不算正常的人的生活，现在又怎么知道什么是正常呢？进入的条件的确高，不过……"月球隐士很快找到进入那个保护点的捷径，一条未曾有人察觉的地道，只要进入就能让男孩留下，"你确定要让我把孩子送到那儿去吗？"

"不去那儿，还能去哪儿？"

也是。月球隐士点点头，"好，我答应你。"

"他到那儿就获救了吗？"女人得到承诺，欣喜在脸上飘过，随即想起问题的核心。

"他在那儿会过得很好。踏实，没有末兽的袭扰，死亡也不可能随时随地扑上来。食物的供应还不错。还有人真诚地上前，和他交朋友，给他足够的关心，也需要他的友爱。恐惧慢慢偏移，让位给求知欲、好奇心，它们将得到恰如其分的滋补与满足。这每一部分，都构成你说的正常的人的生活，你就放心吧。"月球隐士说着，话锋一转，"你留在这里，能行吗？"

"不，我不要。"男孩尖叫一声，"我要和妈妈在一起，她在哪儿我就在哪儿。"

"儿子——听我说。你看，爸爸留在了这里，妈妈必须陪着他，找个好地方把他埋下。妈妈这段时间的疼痛，这几天受的伤，你都知道，你跟着我，我也活不了多久，又有什么必要？不要说和爸爸、妈妈死在一起的话，你活下去，活得好好的，这样你想起爸爸妈妈的时候，我们就又活过来了，又能陪着你，听你说话听你笑。说不定还有特别重要的事，等着你完成——你还记得和尚专门对你说的这句话吗？"

女人一边笑着说，男孩的眼泪一边沿着脸颊往下淌，流进他的衣服里或者掉在脚下的石头上。女人说完，男孩点点头，眼泪也甩了下去。女人仍旧笑着，摸摸男孩的头，这才又掉过头，以湿润的双眼看着月球隐士。

"先生，一切就拜托了。"说完，她又深深弯下腰，"孩子跟着你一定会得救，谢谢你。"

"我会把他安置好的。"月球隐士说完，他就拉住男孩的右手，再也不看女人一眼，沿着河岸往下走去。男孩号啕大哭，却也没有挣扎。到后面，为了跟上月球隐士急促的步子，号啕变为抽泣，抽泣变为哽咽。等到终于走出这片丛林，站在一条尽管破烂而宽阔不改的大道旁时，男孩脸色红润，哭泣完全止歇。只是急速的奔走、大口的喘气，再加离别的伤痛，所有这些让他有点发蔫。

月球隐士让男孩面朝自己站定，双手持着男孩的左右手，默默地将他全身彻底检查一番。结果出乎意料的好，男孩几乎没有受到绿色幼兽的伤害，里里外外都没有器质性损伤，可见他的双亲花了多大的精力，以多么细腻的心思保护住他——这个结果让月球隐士的情绪略有跳动，他迅速愈合男孩身上的伤口，并花了一番心思，在他身上构建好短期的保护机制。

"咱们走吧。"松开男孩的手，月球隐士拍拍他的肩。以男孩的正常速度，到最近的那个保护点时，天会黑下来。

男孩没动，他站着，等月球隐士带着疑问看过来，才说："到了那个保护点，我也不算得救，对吗？"

月球隐士一惊，还是不想骗他，"你怎么知道？"

"你没有明确答应我妈妈。"男孩说着，自己迈腿走起来，"没有关系，我知道这也不是你答应就能做到的。"

月球隐士还没来得及回答，男孩忽然跑起来，跑了没几步，就从大路上一跃，跳进路旁的麦地里。那些无人收割的麦子早就长疯了，它们高高矮矮，绿绿黄黄，那些畸变的茎、叶，残余的粒，在一阵阵风的吹掠下，如同梦幻的波浪，翻滚、连绵。在里面奔窜的男孩，就像一只游泳的兔子，脑袋时而窜出，时而没入，带起一根浑圆的水线，向前而去。

等男孩停下，等月球隐士赶到，有两个高大的稻草人或者说麦草人，正张开他们的双手，站在小坡的这头。似乎立起得并不算旧，至少他们的衣服只有些褪色，而尚未破烂。它们那形状奇怪得如同面具的帽子，还稳稳当当地罩在脸上，掩护着面容的不可窥视。

"咱们替他们去保护点吧？"男孩静立着，好一会儿才说。

"怎么去，穿上他们的衣服吗？"一瞬间，月球隐士感到前所未有的美妙的恍惚。

"对。穿上他们的衣服。"男孩肯定道。

"要有名字。"

"你来取。"

月球隐士望着两个麦草人，他们意识到有人站在身旁，有些羞涩有些期盼地迎风动了动身体，给出麦草人的承诺。这时，月球隐士望见了那个一身灰衣的行脚僧，他还在看着他。

"他们，一个是行者，一个是使者。"

C

"咣当"，铁门在身后关上，一阵铁链横挂、铁锁上锁的声响后，世界陷入消声的寂静，幽晦弥漫开来，充塞所有的感官。行者与使者站在通道里，黑暗在眼前翻滚如浸骨河水，又如流沙涌动，以漫溢而柔韧的力要将他们带走，片刻前那些喧嚷，那些挤挤挨挨的冷然的旁观的脸，全部退隐进而消散。他们就那样站着，静立如枯松如生锈的钟，等待必然到来的开场。

"两位好，请跟我来。"声音响起，语调平和、音量适中，难以分辨性别、年龄，但并不机械，没有职业化的假腔假调。并无别的事物伴随声音出现，至少没有光，让人可以辨认出伴随之物。那声音的主人没有等待，走动起来。足音轻微，如同光脚踩在沙滩上，细碎、潮湿，可以作为引导。

使者与行者循着声音，蹑踪而行。那声音又起，"两位不必惊讶，樱桃园虽小，没人引导、陪伴，短时间内总是难以完全领略其美妙。不过请放心，我不是你们在此的引导者，我只是你们的引路人、守望者，在你们需要时，提供必要的资讯、帮助。"

"引路人——"行者提出第一个问题，"每个来到樱桃园的人，你们都会安排人跟随吗？"

"并非如此。樱桃园有自己的规则，会挑选、认定需要引路人或守望者的人。请别误会，没有'你们'，我和二位前后脚来到樱桃园。二位肯定知道，每个人一生都只有一次机会来到樱桃园。没有任何预兆，当我进入樱桃园，就对这里一清二楚，感受到使命——需要做二位的引路人，无须任何委派。结束时，我会和你们一样，离开。"引路人这番话和方才说的一样，仿佛其中毫无离奇之处。

行者和使者听完，再无多余的话，继续往前。行经的空间似乎在逐渐开阔，有奔腾的声音作为背景，在远处回荡，一如浩瀚江面由上及下，挤过一两处狭窄的咽喉要冲，惊涛拍岸；又如纯粹的无主次的人声，在议论在述说在独白在吟唱，汇总成声浪、密密麻麻、窸窸窣窣，编织成锦、过滤成风，不在乎听者作何感想，只管一股脑地释放。这声音回荡，漫漶地无可阻挡无法挽回地，开拓着他们行进的空间，仿佛黑暗中大面积的更见深沉的另一种黑暗。

但终究有竟时。无论是短促的前奏，还是无有始终的绵延，都必然要行进至下一阶段，这才是安排的要义。黑暗中，行者和使者并无丝毫的不耐，他们跟在引路人身后，做好了永堕此催眠境地的准备，甚至摒弃准备本身，只剩下继续往前。但终究有竟时。不是光，不是声音，在某个无法标注的地方，一阵风掠过，无来源无去处，如同意念所引发。风拂在他们脸上、身上，他们的头发、汗毛被它微微梳动，他们的毛孔、鼻孔因之轻轻翕张，于是他们慢下脚步。是一阵风，可同时有温煦与舒爽，让他们沐浴其中。行者率先停下，随后是使者。引路人因之察觉，他也停下。

"引路人——"行者提出第二个问题，"咱们到了。可以就此停下吧？"

"可以，"引路人说，又说，"应该就此停下。"

于是他们停下。没了脚步声，黑暗仿佛瞬间向后退去，留出无边的空阔。再有一阵风起，拂过的瞬间即消失。然后光出现，针尖般微茫一粒，麦芒般锋锐一线，出现即炸裂即膨胀即如花绽放即如席铺卷，原本他们站立如在一点，依据光的到来，那一点被触动，如同生长亦如同被赋形，樱桃园随之显现。是古老的园区，他们站立的地方正是小广场，从这里望去，四周都是红砖、黑瓦、木门搭配落地窗的三层建筑，只不过，有的房屋顶上竖着尖尖的烟囱，有的上面插着彩色的旗帜——既辨认不出那些烟囱是纯粹的装饰，还是具备实用性，也看不清楚褪色大半的旗帜上究竟是些什么图案。建筑不是连续的，它们独立三五栋连成一片，人为地将目力所及的空间切得有些细碎。换而言之，增加了整个空间的复杂性。以至于他们站在那里，无法确定这个空间有始或者有终，也无从判断它究竟有多大。

　　光早已不再是一点一线，不再拘泥特定的角落，不再专属特定的人物。甫一出现，它就如常地充溢整个空间，只是过了一阵，空间里的人才反应过来，仿佛光落在身上启动他们需要一个间隔。不，光启动这整个世界都有一个过程。现在，以站立的点望出去而言，可以认为整个樱桃园以行者和使者为中心，发动起来。音乐处处，雅致、从容中含着一点振奋，钢琴、小提琴的潺湲中埋伏着小号的沙石。人的身影聚集又散去，在不同的建筑间闪动，或者停驻在落地窗前，出神凝望，或者和别的人密语窃笑。楼群之间，道路两侧，目光所及，都是枝叶并不繁茂的樱桃树。正是樱桃成熟的季节，树上的果子红嫩，如点点少女之唇，叶子似一张张慵懒的小小的面孔，有的恣意地奔放地绿着，有的已然瑟瑟蜷缩，边缘发焦，为坠落做好了储备。樱桃树如此这般地布满空间，渲染出极其蓬勃的葳蕤感，仿佛随时可以把它们一把攥住，拧出绿色的未必稠密却一定醉心明目的汁液来。

　　行者和使者等待这一切的层次显明，等待这个空间从光照那儿获得足够的活力。引路人默默地陪立一旁，并无一句絮语赘言。有了光，看得出引路人的寻常，并没有被先前的黑暗罩上神秘外袍。一身深色的略显复古的长衣罩住引路人，透过长衣，仍旧看得出修长得近乎瘦弱的身体，因此而难辨性别。那张脸很有几分非现实感，可以确定那不是面具，也没有化上厚厚的妆容，可它带着某种夏天的生机而凝固，也许用沉静的雾气氤氲的水面形容更为恰当。一眼看去，它是一成不变的微笑表情里带着一缕哀愁，再一错眼，那哀愁又遮住微笑，或者微笑又驱散哀愁。无论何如，你相信看到的是同一张脸，却又认为每一眼看到的，都不是同一个人。

　　好在行者和使者并没有多看引路人，因而不会在一张脸上纠缠。等待的节点已到，引路人扬扬右手，示意他们跟从自己走向右侧最近的一栋楼。动起来明确了另一些事物，比如光照下行走，才发现这不是阳光，而是模拟黄昏柔和的灯光，尽管作为来源的灯盏无可觅见。在他们身后，随着他们的离开，喷泉凭空出现。喷口的分布并不规律，喷水的节奏也不整齐，可它们组合到一起，完美吻合他们连成一线的身影，完全踩上他们离开的步幅，让从一旁经过的人停下来观赏的目光都显得恰到好处。

　　楼门随着他们的进入自动打开。门开的刹那，欢乐的快要被遗忘的人的气息扑面而来，行者和使者在门口站立五秒，随引路人迈步而入。上面是玻璃的楼顶，中间天井，周围一圈建筑环绕。两道楼梯以螺旋状，盘在建筑的朝内这一侧，将整个空间连接成为一体，让天井下的世界很有一点儿拥挤。这一定是刻意的，热情不需要那么多空间。从下至上，三层建筑每一层的楼道里都站着人，或者三五成群，或者独自一个。有的望下来，有的不知看着什么地方。这些男男女女，如同室内的一棵棵树。

"你们可以从这里——"引路人指着楼梯起点对应的房间，"挨个看下去，看完一圈。然后这样上去，看二楼，转上一圈。再上去，看三楼。再下来。"

随着这些话，引路人的手指转着小圈，或者停下来，在空中点一点，仿佛点在一颗小小的豆子上。最后停下，又说："也不一定转完。樱桃园里，你随时都可以停下，只要你和另一个人合榫。你们同时停住脚步，对视一下，听到咔嗒一声。接下来，可以甜蜜，也可以纵情。"

"去吧。我在这里等你们。"引路人说。

行者和使者并没有走向引路人指示的房间，他们往旁边去，走向它隔壁的隔壁。当然，对于环形空间来说，从哪儿开始并不重要。这个房间门口站着好几个女人，她们身材高挑，目光冷峻，明明是分散开来，却呈现出某种防备的队形，仿佛要阻挡特定或所有的来人。没有人阻拦。她们任随行者在前，使者随后，任随他俩意图不明地走向房间，任凭行者走进去。那是冷的房间，灰色的调子，地板、墙壁、天花板……墙角、墙缝……都是灰烬的颜色，到处堆积、凝固着灰烬，沙状的灰烬，颗粒明显，质量轻浮，却也没有风来扬起——这一切都营造出绝无人至的迹象。房间里确实没有人影，也没有谁跟着行者走进来，至少说明，门口站立的女人，宁愿继续等待。

灰烬随着行者的抬脚放脚，扬起一圈圈的尘埃，后来更随着他脚步的加快，绕着他周围盘旋，形成小小的尘埃屏障。再后来，行者来到每一堆灰烬前，都伸脚从灰烬的正中一脚插进去，从中间踢起来。这玩耍的动作，加大灰烬扬起的高度与范围，让房间里很快长出一棵棵纺锤状的灰烬之树，或者是一团团缓慢转动的灰烬旋风。这强烈的笼罩般的弥漫模糊了空间感，慢慢融化边角的界限，消除房间的稳定，让它像是一颗独立存在的星球，在使者的眼前飘荡，上升又降落。踢散所有的灰烬堆，行者仍旧不管不顾地忙活，那偏执的专注，如有重任在肩。终于，行者停下来，灰烬随之渐次落下。

等灰烬落定，行者忙活的结果显现出来——地板上的灰烬铺开，像是由力道均匀、计算精准的手抛撒而成。地板静止，平铺的灰烬将它抬升几厘米，更新了它的颜色。可是平静的地板不是孤立的，墙壁与天花板上凝固着的灰烬堆仿佛绕着地板，或者以之为参照，获得新的能量，随时可以运行起来。行者没有拖延，他于站立处起身，向门外走来。随着他的移动，地板上的灰烬忽然散发出白色的辉光，照亮整个房间，更给予最初的推动力。那些灰烬堆在白色光线的作用下，以不同的速度在天花板与墙壁上游动，是一幅足以象征整个宇宙的星空图。

整个过程，使者都站在门口，没有进入房间，更没有帮助或者劝阻行者。使者像是观望，又像是守护。没有其他人来，那些女人仍旧站成防备的队形，像是配合着使者，更像是互不干涉。行者走出房间，两人互相不出一言，不向女人们招呼、道别，径直走向下一个房间。

房间里有一张沙发、一把竹椅、一个圆凳，三个女人分别就座。她们面前各自排着一个队列，五六人、七八人不等，都是面色紧张、神态谦恭的男人。排在最前面的男人一律弯着腰，低声说着什么，有汗水从额头流下，或者浸湿后背。三个女人各有各的疲惫与厌倦。沙发上那位拿着指甲剪，表演性地修理着左手的指甲，不时抬起持着指甲剪的右手，捋一捋垂下来遮住额头的长发。竹椅上的那位努力睁着一双并不大的眼睛，目光落在面前不停说话的男人的脸上，却一片空茫，是否真的听进去，很值得怀疑。圆凳上的女人则手里端着一个玻璃杯，里面盛着琥珀色的液体，她一会儿转转杯子，一会儿将它举到唇边，喝上一口，一会儿又打断面前男人的话，问上一句，点评一二。

行者带着使者从这个房间的前门进去，经过等候的男人和三个女人，从后门出来。没人对他俩有兴趣，更没人拦住他们，说上几句。下一个房间小了很多，里面的一男一女牵着手，谈得极为热烈、契合，同样没有谁搭理经过的行者和使者。开始这一圈之前，如果行者或使者还考虑过，真有突发情况，该如何应对。走上多半圈证明，这纯属多虑。各个房间里的女人，要么已经和某个人互生爱慕，要么正疲于应付围拥在面前的男人，没有谁还有多余的精力、兴趣，分给匆匆经过的人。

有一个房间的情景稍有不同。只有一个女人站在窗户边，衬得房间格外阔大。房间里的灯光昏暗，外面的灯光又从窗外照在女人的后背，因此根本看不清她的模样，只知道留着男式短发。女人的声音很悦耳，一开口，就让人觉得，房间里是明亮的。可她说出的话，让这明亮阴冷起来。

"别啰唆，你俩都进来。靠墙站着，靠墙，背贴着墙。就这样。我会冲你俩各开两枪。简单的算术，一次进来几人，就冲每人开几枪。不管是否命中，子弹都会在墙上留下痕迹，咱们据此判断是否应该在一起。"

不需说明，行者和使者也知道女人举起的手里，那被窗外灯光映照出幽幽光亮的是什么。随后，"啪啪——啪啪"，四声响过。子弹自然没有命中，行者拽着使者奔了出去，留下墙上的弹孔等待女人验看。

一圈下来，行者与使者没有得到任何人的青睐，引路人对此没有予以评论，只是等他们到面前，伸手示意后，就率先走上螺旋楼梯。

只在两个房间门口望望，就知道二楼的情境不同于一楼。第一个房间的气氛热烈、甜蜜，一对对男女拉着手、把着臂，拥抱着、亲吻着，旁若无人，沉浸其中，连空气都是黏稠的。这样的黏稠既是怂恿，也是保护，因而引路人带着行者与使者进入房间后，还不断有人到来。就像有个故事说的，盛器里面装满石头后可以装入沙子，装满沙子后可以装入水，不断到来的人总能在房间里找到立足的空隙。本就举止亲密的他们，一旦进入这个房间，就连体婴儿般，如胶似漆地亲热起来。个别单身一人的，进入这个房间时，怀着入虎穴的坚决，挨挨挤挤走上一段，明白自己在众人的眼中隐了形，没人多看他一眼。但房间里的气息如此让人贪恋，他索性真的隐形起来，将自己代入某一对缠绵的人中的一位，抵御着时间的流淌。

引路人努力分开人群，让行者和使者跟上自己。在不少地方，在最亲密的人面前，引路人都停下来，以便行者和使者可以自行其便。没有，行者和使者明确传递出继续的意思。快要从另一道门挤出去时，使者听见两个人在讨论，他们的语气如此冷静，与说出的话语完全不相称，更像是愈发稠腻如油的房间里，两滴一不小心滴落其中的水。

一个说："出去我们就在一起。"

另一个说："在一起干吗？出去就各走各路。"

先前那一个说："那就不出去。就这里，就现在。"

后来的话再没听清，使者无法从身边那么多迷醉的脸庞中，辨认出这几句话究竟出自何人。挤出门外很久，那房间里的气息仍旧萦绕在他们周围，经久不散。唯有偷听来的几句话，漏进一点点别样的感受。

连续经过几个房间，行者和使者都拒绝引路人的示意，没有往里去。每一个门口，都能感受到房间内里的气息，未必那么黏稠、炽热，未必人挨着人、人贴着人，却一样的必须由忘却孤独、抛开寂寞的成双成对的人才能产生，才能将其凝聚，散发出来，是诱惑又是拒绝，是垂怜又是指责。

直到一个房间传出来的不是气息，而是声音，乐器的声音。行者和使者在引路人例行的示意后，停在门口。是弦乐器，琴弓在弦上滑过，仿佛试探或者试音，音声短促，又在短促的限度内，强力到极致，因而需要注意力集中到发挥想象的程度。与此同时，键盘乐器始终跟随，力度不大，音量不高，但主导着节奏。进去，是一男一女，衣着简朴，站在房间前端，操弄乐器。都长发披散，遮挡住小半张脸。看得清汗水在额头、鼻尖、脸颊蠕动，辨认不出脸上的表情。

男人左手持小提琴，搭在左肩，右手持琴弓，仍旧在试探。不是在试探音声，是在试探房间里的气氛、女人的反应，仿若颉颃翻趱的两只鸟中，时时要向上、刻刻想引导的那只，因了这欲念而活泼，又因了不确知另一只的回应而畏缩。这恰好给了提琴声婉转、幽怨的余地，连男人的动作都那么的欲说还休，令人掬泪。女人坐在钢琴前，并不看向男人，也没专注于面前的黑白键，她处于某种失神状态，也可以说处于一种倾注状态，她的人和整个房间融为一体，她就是这个容纳了大家的房间。

只是在某个间歇，女人的手指会落在琴键上，按下一个或一串白色，间或也有黑色羼入。她每一次动作，都将男人手下指尖那即将狂热的声音拽回来，赋予其沉稳与次序，可是她旋拽旋止，并不构成滞碍——只是如是往复多次，男人未免有些焦躁，提琴的声音有了突破的意欲，耳听得渐渐流露出一丝尖厉。女人仿佛没有意识到，仍旧按照先前的方式，给予自出机杼的节奏。

原本站在几米开外的行者忽然上前几步，来到女人身旁。提琴声结束试探，因为不断被抑制而积累的沮丧显露无遗，起的调子很是高扬，随后由此进入，一路向上并以炫技的指法、速度，以连续的颤音，开始强行的引领。女人右手扬起，指尖下垂，却犹豫该在哪个节点进入。没有继续等待，行者的手指完全即兴的，在钢琴上远离女人的地方弹奏起来，这是一首和男人的提琴行进无关的乐曲，它匀称、完满，如同一条溆溆向前的自有线路与痕迹的小溪，但它又毫不封闭，在任何地方都是敞开的，能接受另一条溪水或者一股泉水的汇入，哪怕是雾气、露水，一律不拒来者。

女人是敏锐的，她感知到行者弹奏的邀请，号到这邀请的脉——无主次无主从，无须引导无须跟随，于是她的手指落下。因为这四手联弹，钢琴不再是一架固定的琴键有限的乐器，而成为打开的空间，因打开而能与原本封锁在外的空间联为一体，女人顺势破除将自己等同这个空间的幻象，变得不再固定、拘泥。在这一瞬间，似乎盈满的钢琴声忽然倾空，提琴声再度进入，不再带着颉颃的羽翼，而是和钢琴声融合成一体，成为翩跹本身。

行者从弹奏中脱身顺理成章，男人、女人的神情证明，他们明了这离开并不算撤出，没有远离也没有缺漏。是行者走在前面，使者跟着，最后才是引路人。

没有再在二楼停留，就这样上到三楼，仍旧是行者在前。三楼一片静谧，没人在楼道张望，房间里也没有传出任何声响。向着楼道这一面，每个房间都是大大的落地窗，是为展示，也是为证明。房间里并无特别，依旧有男有女，人数有多有少，可他们都如同雕塑，站立着、倚靠着，坐着、卧着，互相凝视、互相护持。从哪个角度，在任何时间，望过去，看到的都是这样宁静的永恒的画面，不因有人走过而能被扰动，也不因停在其间而变化，可又绝无死亡的僵冷在其间，能感受到的，就是无声的澎湃的涌动的宁馨的充沛的流淌的爱意，是恰如其分的得其所哉的爱，是与自身之外的他人天长地久的爱。

行者和使者在三楼的爱意间徜徉、流连，引路人自然又回到前面，没有话语，没有示意，就来到下楼的螺旋楼梯口。行者与使者在那一刹那醒过来似的，带着一点点羞涩，紧紧跟上引路人的步伐，顺着楼梯一阶一阶地向下走去。同样的路径，下降和上升已将其修改，所见和不久前大相径庭，一切都散发出速成的现已朽烂的气息，不忍卒视。引路人对此熟稔于胸，步子越来越快，要不是仅有三楼，只怕很快就会变成直线下坠。

到了一楼，不久前围观的那些人已然视行经的引路人、行者、使者一行为无物，仿佛时间已跨越遗忘的界限。这一行也无意停留，引路人亦无须动用光的闪现与闭合，只需要带着行者、使者穿过人群，走到一扇区别于其他房屋的铁门前，等待着它打开并走进去。

铁门背后是向下的阶梯，类似高楼的救生通道。不同的是它四面封闭，没有护栏、扶手之类的存在，而且它前后左右呈均匀的半透明，其程度恰好既保证人行走在其中享有足够的采光，又无法完全看清半透明的内里或者另一边是何等情状——不妨说，这是一个阶梯状的洞。引路人没做介绍，没留出空闲让行者与使者观察，直沿阶梯下行。尽管半透明自带不稳定感，让人以为每一步都无法踩在实处，但落脚的感受还是很快让行者与使者踏实下来。这踏实喂养出足够的耐心，当阶梯开始变换陡峭、拐弯、直行、爬升、分岔诸般游戏时，行者与使者都不紧不慢地跟上，无有烦言。

仿佛兜完一大圈，回到一道与出发时不差分毫的铁门前时，引路人示意目的地到了，待行者与使者在身后停下脚步时，才又推开铁门。门后不是新的阶梯，是一座令人失重的大厅。失重不以其宏大阔深，也不以其布置烦琐，仅仅由光线造成。这大厅陈旧如仓库，没有一根柱子切割空间，划分区域，而是依赖不同颜色与亮度的灯光。灯的装设位置、照射角度很巧妙，将大厅分隔成中间一周边四，共五个空间。空间的大小并不均匀，相互之间的界限可以分辨却也并不分明。可以明确的是，每个空间里面都有人。

引路人并不迈进铁门内，只是伸伸手。行者与使者毫无踌躇，跨出一步，走进去。这个空间现有一男一女，两人都各拿一把剪刀，随手拾起地上散落的纸张，剪下去。纸有大有小，颜色有别，两人剪速快慢不一，可不用多久，就看得出他们的动作有着独特的一致性。一个人速度略快，完成手里的动作，扔下剪好的纸，再稍作选择，从地上拾起又一张纸后，另一人亦完成手里的剪纸，必然会拾起一张颜色、大小完全一致的纸，再追随先动剪的人，剪起同样的画面、物品来。两个人的动作、神态相差无几，只是前后稍有延宕，如同同样的画面播放两次。更为特别的是，无论一方动作幅度如何，另一方都会跟上，可两个人的时间差始终一致，犹如被先行设置。

　　行者与使者等着两只绿色的长颈鹿从二人手中掉到地上时，顺时针走到下一个灯光略红的暗色空间。里面有十二把椅子，一对男女分坐其中两把。他们互相望着，目光在凶狠、鄙夷、漠视、讥诮等各种强烈而负面的情绪间切换，却也一刻不相分离。毫无间隔规律地，其中一人或两人就会站起来，换一把椅子坐下，整个过程目光并不转移。他们的距离随每一次调整而变化，情绪却总在那可数的几种间切换。有一次两个人甚至接近到脸对脸、鼻子挨鼻子，目光中的情绪仍没有变化分毫。只是在行者与使者看来，那个距离反而消解了情绪，让两个人变得极其陌生。

　　下面一个空间，粗粗一看以为是一个人，等那身影转到离强烈至炫目的灯光稍远处，才看得清楚是两个人，像两条纠缠为一体的蛇。从背影来看，这是两具赤身的裸体，可无法分辨他们的性别。两人完全融合在一起，搂抱的手臂已长进对方的身体，严丝合缝吻合在一起的口腔互为呼吸的器官，相接触的皮肤互为表里。他们一刻不停的动作，就是占据全部空间的蠕动的风，或者风中的蛇与树，不留出丝毫的缝隙与缝隙的可能。这密集的密不透风的空间直接将行者与使者赶到下一处，可是刚刚迈入其界限，就有几样东西飞过来。

　　那同样是密实的空间，密实肉眼可见。各处都塞满东西，从上到下，堆积木一样，满满当当、摇摇欲坠。没有一样是完整的，也没有一样是稳定的，奇就奇在，整体的不稳定构成在每一个时间断面上都可以求得的平衡。方才迎着行者与使者而来的，是一把刀子和两个碟子，刀子没了刀把，碟子各缺一大角。没有砸着行者和使者，也没人过来解释，更没人道歉。不需要解释与道歉，那对男女还在互相投掷，动作极其危险，力量都用到极致，决心要解决掉对方似的。可这外显的狠劲，让他们的投掷与躲藏又带着儿童游戏般的超凡的轻松，让行者与使者既没法劝和又无法离开，只得在各样物品间闪转腾挪，寻找落脚处。

　　到面前发现，尽管两个男女互相瞪视，根本不考虑手边是什么，抄起来就扔，可扔出的刹那，两人脸上都浮现出流淌的蜂蜜般的甜美，这甜美如此相似如此动人心魂，以致他们恨意足以夺命的动作看起来如预定的共舞。

　　还能去哪儿？当然是被四个空间环绕，居于中心的那一个。使者率先走出堆积如迷宫的物件，可一进入那个空间，就呆住了，直到行者也走进来，直到空间里的目光锁定行者，使者才又恢复行动的力量。是一个灯光由上至下，平行射在每一寸地板上的均匀空间，中间垒起四方的台阶状的平台，平台上端没入天花板上方。但平台是透明的，也可以说是透明而能投影的，因而在每一级台阶上，都能看见一张脸的一部分，那梯状的脸正从四个方向对着行者和使者，目光一番游弋后，锁定行者。

　　随后那脸上绽放粲然的笑容，无邪的事物原初的笑容，一个声音随后传来，怨怼、炽热、魅惑、自尊……这等情景下能够想起的意味能够予以理解的况味，都在那声音里。那无性别的声音说："带我走吧。"停了停，又说："或者上来，到我这儿来。"

　　"无论如何，"再说，"都和我在一起。"

　　听到这里，行者转身就走，使者赶紧跟上。没有引路人的提示，行者和使者的脚步是慌乱的，他们先走进男女互相望着的空间。这一次，那个男人一下放松，他掉过头去，转身跑向中间的空间，迅速爬上台阶，消失在上面的平台，或者也趴下来，让自己的脸与说话的人的脸重合，让自己的眼睛并进眼睛。在他离开的空间里，女人也放松下来，她没有看行者和使者，而是哼起一首歌。行者和使者往回退，退到还在剪纸的空间里，女人见到他们，放下已剪出雏形的苹果树，挥挥手。男人依依不舍地放下手里的苹果树，同样跑向中间的空间，爬上台阶，在平台上趴下。

　　密集空间里的男女手里各拿着一把餐刀和叉子，行者与使者的出现也如下达命令，让他们停下。男人冲女人鞠躬后，走上前，餐刀交到女人手里，转身走向台阶。女人则仪态大方地放下餐刀、叉子，顺手从地上捡起一面镜子，整理了一下头发。从镜子里，行者和使者瞥见旁边空间里仍旧融为一体的只看得到后背的两个人，以蛇与树的动作，踩着梯形的脸，迅速上了台阶。

　　行者愣了愣，看着使者，两人面面相觑。随即，共同下了决心，同时点点头，向着中间的空间奔去。台阶上那五合一的脸更加明确地朝着二人，目光在行者与使者间流转。行者与使者的四只脚轮番踩着梯形的脸向上攀爬，一阶阶抬起二人的身体。是在向上攀爬，可又像是踩到了某个关键的按钮，平台在往下陷落，这一个动作带出的双向链条让二人恐慌，脚下的动作更加快速。再漫长的陷落也有到尽头的时候，不用等到攀上最后一级台阶，平台上的一切尽收眼底。

　　并没有人在那里趴着，平台两端，相对而立着两个人，静默如山。光从上面照下来，白晃晃、直统统，让两人从额头到嘴唇再到脚底，亮度几何级数降低，整个人明暗不等、面目全非。辨认不出他们的肤色、年龄，但无可忽视的性征宣示，这是一男一女。行者与使者踏上平台的刹那，灯光熄灭，世界顿时熄灭。在忍耐之弦即将崩断的瞬间，灯光亮起，世界一如方才。男女站立，行者与使者观望。刚够看清的瞬间，灯光熄灭。这次没那么久，视网膜上还留有物象的影子，就又亮了。光亮时间恒定，光灭时间不定，空间如是开启它的延时摄像，并以光为声音为节奏。一帧帧延时得来的画面中，男女在对望，在凝视。身体在燃烧在反应。男人在勃起，女人在喘息。他们动起来。男人跑向女人，女人奔向男人。一定是迅捷的，只是被光的切换定格，仿佛迅捷在延缓。男人速度更快，跑过中线，那里有透明的游丝般的利器，切过他的咽喉。被割下的脑袋滚过平台，翻下台阶。断头的躯体喷出血液，血腥被光的明灭放大又抹去。躯体受惯性的驱使，继续跑动，女人奔到面前，双手搭在男人肩上，向上跃起，将男人的阴茎纳入体内。

最后一次明灭。男人进入女人，头颅从肩上长出。随即灯光熄灭，倒数结束后，灯光恢复如初。并无男人，并无女人。只有一个人站在平台的中间，就是引路人。引路人正面对着行者和使者，不等二人提出任何问题，即伸手止住，又向上指。平台在加速降落，很快就和行者与使者之前置身的空间平行，但已望不见空间里的三个女人。望上去，就看到周遭变化中最剧烈的部分。置身的空间正在一起下降，就像拽着一个平面的一点，让整个平面呈漏斗状下跌。

下跌停止时，平面对着漏斗尖，行者、使者、引路人正以三角形的站位，承接着漏斗的倾斜。晨曦已经展露，旭日尚未得见，漏斗的聚焦仍旧让平台的顶端极为喧亮。一阵阵喧哗让使者低下头，看到脚下一级级台阶上站立着一圈圈的男人，每个人的脸上都布满迷茫的渴望。使者想要说点什么，再次被引路人上举的手指止住，光线忽然变得彤红，整个空间丰盈、性感起来。再抬头，只见如同巨鸟垂翼，樱桃罗列而成的云朵压满天空，每一粒都是紧抿的红唇，每一粒都由内向外洋溢吹弹可破的光。那不是一朵云，是一团，是轻盈如雪花似飞絮，是堆垒如山峦似荒岭，团团围拢的云层。

　　没有任何等待与缓冲，云朵翻卷，罗列松散，带着露水的鲜艳欲滴的红色樱桃密布倾落，从中间到漏斗的四边，干脆雨滴与雹子一般，噼啪而下，似乎要把这个下坠的空间淹没。

　　低头避让樱桃时，使者忽然看见引路人痴痴地望着行者，眼睛一瞬不瞬的两个眼窝直往下滚淌泪水。

d

旭日与朝霞映染下，半个天空如堆叠一张织锦，色彩的丰富与褶皱的牵连，有着失真般的迷人心魂的力量。男孩坐在门前不远的树桩上，久久凝望着半个迷幻的天空，目光偶尔不舍与胆怯地望向紧挨着的另一半长空，那里只有被过分用力刷过的接近死寂的浅橙。无论那绚丽织锦令他多么眩迷，那死寂浅橙令他多么畏惧，男孩都只将目光上举，身体都背朝着昨晚入住的铁皮屋。

"你出去，不管走多远，不管在哪儿，都不要回头看。我不叫你，不要回到屋里来。"这是不久前月球隐士对男孩说的话。男孩几次都想回头，看看月球隐士究竟在房屋里面做什么，每每都被月球隐士说那番话时的严肃语气给阻止。越是这样，自然越是好奇，以至于为抑制这一意愿，脖颈越来越痒，身体越来越颤抖。

身后世界的一切都被放大，虫子鸣唱、跳跃的响动，风拂过草与树，摇得铁皮晃动，甚至随着温度的升高，世界开始缓慢地舒展发出的声响，统统没有逃过男孩的双耳。但并没有别的声响，没有来自月球隐士的声响。天空望得越久，耳朵听得越深，越感到身后什么都没有，是空是寂静。在某个瞬间，男孩身体一颤，感觉自己和屁股下的树桩向前滑去，像是在那条他现在搞不清楚离开了多久的河里，没有别的依靠，只能在一只孤零零的独木舟中，向前漂，向下越去越远，速度越来越快。

男孩"啊"的一声，再也顾不上别的，猛地转过身去。铁皮屋还在原地，像伏在那里的一只蜗牛，一动不动。旁边的草、树，那条小路，都和昨天他们被安置下时一样，和他不久前走出来，一眼看到的没有什么区别。又是一阵微风起，草偃树动，铁皮作响，别的没什么异常。

"他去哪儿了？"男孩有点疑惑，他站起来。这时，他察觉，铁皮屋里似乎比外面更加明亮。铁皮屋上方在一侧开了两个不大的口子，用透明胶布粘上两块玻璃，采光并不好。装了一盏吊灯，但五个灯位上只有两盏，男孩记得出门时，关掉了灯。但现在，房间里布满柔和的白光，比室外还要明亮，衬得铁皮屋仿佛一个发光体。

男孩不敢相信地揉揉眼睛，不是眼花，铁皮屋的白光持续而稳定。可揉眼之下，他发现别的变化。原本蓝色的铁皮屋上，有一些地方油漆剥落，露出灰色的底子，甚至有的地方还在风吹雨淋下，生出铁红色的锈迹。他记得很清楚，朝向他这面的墙上，有两大块灰色，像是两只眼睛，又都在门的一侧，让这座铁皮屋更像一只比目鱼。现在，那灰色正在消失，两只眼睛正在闭上。

犹豫一下，男孩还是跑过去，站在灰色斑块前。是的，灰色正以肉眼可见的速度消失，它周围的蓝仿佛一摊水，向灰色漫过去，填平它与墙体之间那一点点的凹陷。也可以说，蓝色活了过来，一点点地毫不留情地吞食着灰色。无论是漫溢还是吞食，都进行得悄无声息，不留余地，让看着的人反而无法相信。男孩伸出右手，拇指向左侧的灰色摁去，那里刚好还有一个指头的空余。蓝色没有退缩，走到男孩的手指上，是微凉的蓝色的感受。眼看着蓝色沿着手指上移，男孩惊恐地退后一步，指头回缩，蓝色如黏稠的液体，一端连着墙壁，一端跟随他手指的拔出，还在向前漫溢。

"不要动。"是月球隐士的声音，话音未落，男孩手指上蓝色的微凉开始消失。他听话地站在原地，手指也一动不动。那蓝色不再蠕动，慢慢地干燥起来，男孩的拇指因这干燥而有点紧绷。

"可以走了。"男孩听从月球隐士的吩咐，慢慢腾腾地先后退一步，再往外拽手指，如同从插入的纸张里拔出，有清脆的声响。笋壳或者蝉蜕般的蓝漆从墙上突出来，留在原地。男孩有点畏惧地退出好几步，确信蓝漆不会扑上来，才把手指上已经干燥的漆剥落。拇指上没留下漆的痕迹，不痛不痒，左手捏捏它，也没任何异常。男孩又对墙上突出的那一截蓝漆生了兴趣，回去几步，食指试探着碰碰，蓝漆已然干透，没了生命。右手拇指食指成钳状，捏住它，左右晃动，那截蓝漆应声脱落，在手里如一截松枝。不等男孩看仔细或者拿它玩耍，那截漆化为齑粉，散落地上。再看墙上，那只眼睛留下一根拇指大小的空隙。

"我能进来吗？"男孩不知道是否犯了错误，如果是错误又有多大，便以大声作问来试探，月球隐士没有回答。男孩等等，还是没得到回应，又想想，终于走进去。

铁皮屋很小，就一个单独的房间，房间中央是一张小几，几上搁着一个空空的破损的花瓶。两扇粘着玻璃勉强做成的窗户，一扇窗户下面放着一张桌子，桌子上面是煤气灶，灶上是口小锅，锅的旁边是碗和筷子，桌子下面放着一个塑料桶；另一扇窗户旁边放着上下铺的铁床，床上的用品也很简单。月球隐士没在房间里，房间却始终有柔和的白光，和在外面看来是一样的。

"什么东西在发光呢？"男孩很疑惑地把房间里的所有东西都看上一遍，找不到光源。莫非，是房子本身在发光？照着这个意思，仔细查看四面墙壁、房顶、地面，仍旧看不到发光体。

"出来。"月球隐士的声音在外面，男孩听话地跑出来，房门咣当自动关上。男孩张望一圈，看不见人，抬起头来，往房顶上望，房顶上没有。等等，男孩觉得房顶上有什么东西闪了一下，丝丝缕缕，定睛细看，是阳光，是蜘蛛网一样的阳光。房顶上方似有一张细密的蛛网，此刻正晃动着反射旭日那红嫩的光芒。那网很大张得很宽，离铁皮屋还有几米，完全覆盖了铁皮屋的范围。网上面是什么呢？男孩仰头看上去。

网上闪闪烁烁的阳光一大片，往上面很高的地方，若有若无飘散着一圈黑色的东西，猛一看以为是乌云，稍留神，乌云里星星点点闪着光，再细看，那黑色的光泽、柔韧，都不像云的样子，反而有点像……男孩寻思一会儿，才敢肯定，有点像头发。认定后越看越像，只是比头发的光泽多一点金属感。谁的头发，为什么会飘在天上？男孩这么想着，下面的网开始变化，网上的线越来越密，迅速在空中织成无色的布，聚拢阳光，悬在那里。这光之布既像个平面，又像个流荡的立体，不给男孩更多疑惑的时间，就开始在上面隐隐约约呈现被光明晰的五官。与此同时，黑色的云也开始往光之布上收拢。

男孩正看得入神，忽然听见脚下传来"让一下"的声音，正是月球隐士。一低头，并没有看见月球隐士，却有无数股银色的液体在他脚下涌出，吓得男孩急忙退开。那银色的液体表面反光，涌出的部分速速聚拢，并且不断向上，眼见得形成了一个柱状。"转过去——"又是月球隐士的声音，男孩转身的瞬间，感觉有白光从后面逼近。得到"好了"的命令再转过来，月球隐士完完整整地站在他面前。

男孩不由得看向地下、天上和铁皮屋里，银色的液体、光织就的布、头发质料的云，都消失了，铁皮屋里也没了柔和的白色光芒。

"没有吓着你吧？"月球隐士伸手，摸摸男孩的头，男孩下意识地闭闭眼，"让你不要回身嘛。"

"我……"男孩刚开口，月球隐士止住他。

"有人来了。"月球隐士说，说完收回手，整个身体像一棵顶风的树。

铁皮屋建在小山顶的平地上，只有一条小路从山脚下的聚居区通往这里。现在，两个人正顺着小路往上来，一前一后。前面的人不时侧着身，看看后面的人，可能正在交代或者介绍什么。后面的人则不时抬起头，向山顶望来。月球隐士和男孩站在原地，看着两人走过路旁那一排干枯的樱桃树，又走进那棵巨大的枝叶繁茂的樱桃树，间或有阳光从枝叶间漏出，印在他们身上，像是缀上一个个补丁。男孩偶尔瞥一眼月球隐士，脸上浮现出如在梦中的迷瞪。

等两个人上得坡，来到铁皮屋的一侧，才看清楚前面那个蛮精神的年轻人正是昨天接待他们的小方，后面那人显见年岁不小，头发已由铁灰大面积向灰白过渡，发量倒还是充足，收拾得也很利索。走到十几步开外，小方慢下来，逐渐让出半个身位，跟随着年岁不小的人，来到月球隐士和男孩面前。

"二位早上好，这是我们保护点的负责人，程老师。"小方向年岁不小的人伸伸手，介绍道。

"别客气，叫我程远就好。"程老师点点头，目光在月球隐士与男孩脸上扫过，"昨晚睡得好吗？很抱歉，聚居区正在加固，只能让你们暂时住在这里。不过小方会负责提供食物和饮水，谈不上丰足，但不至于饿着。"

"你太客气了！这里地势高，空气清爽不少，望得也远。"月球隐士说得很正式，"非常感谢你们的收留，尤其得替这个孩子，替他的父母感谢你们。"

"言重了。"程远收回望向远处的目光，再次看着男孩，"来到这里的每个人都不容易。这里每个人都是家人，你们慢慢会发现这一点。"

他再次看向远处，指指点点，"这里本来是瞭望点，观察风向，留意紫色末兽的出没，特别是它的变化，当它开始变红时，向聚居区发出警告。后来，一是因为紫色末兽很少在这一带出现，即使出现，也不是奔着这一片而来，仅仅是波及性的伤害，一是因为金色末兽肆虐，损害严重，大家防范的精力完全转移，瞭望点就没再使用。"

"瞭望点不应该荒废，别忘了，末兽不止紫色和金色两种。"月球隐士插嘴道。

"这是真的吗？"小方颤声道，"我们一直为金色末兽所苦，偶尔被紫色末兽所伤，逃到保护点来的人里，有不少也说起过别的末兽，但是并没有谁亲眼见过，久而久之，大家都当成传说，有时还彼此取笑。”

“一点不假。除了紫色和金色，至少还有绿色、黑色、黄色几种末兽，有时它们独自出行，有时联合行动，没有见到仅仅是这个保护点的幸运。”

月球隐士这番话让程远眉头紧锁，沉默许久。再开口时，程远的语气有些迷惘，“照你这么说，我们加固聚居区毫无用处……”

说着，程远一直紧绷的身体如同去了骨，整个软下去，多亏小方扶住。月球隐士不忍心直视程远，对着小方回答道：“也不是毫无用处——末兽只是经过，捎带性的损伤多少能阻挡一些，等到人口密集的地方被毁坏殆尽，更显眼的目标灰飞烟灭，它们会掉过头来，积蓄力量，毁灭这里。那时，现在的加固起不了什么作用。”

“你说的这些末兽，你都见过吗？”小方问。

“我都知道——”月球隐士说完，于心不忍，只好提前揭晓自己隐藏的秘密，“这个铁皮屋子，末兽来袭时，可以作为临时的庇护。”

程远与小方听了这话，一脸的不可思议，小方更是走进去这里敲敲，哪里摸摸。好一会儿，小方才走出来，他冲满脸期盼地望着自己的程远摇摇头。程远的沮丧显而易见，不过他发现什么似的，偏过头来，盯着男孩。

"你相信——你知道，对吗？"他问。

男孩听见月球隐士说铁皮屋可以做庇护所时，眼睛亮了亮，不过他的目光随着小方进去出来的一脸失落而陷入迷惑，没想到这些都被程远看在眼里，陡然被这么一问，吓了他一跳，"我相信，我看见，我什么都不知道。"

"他不太明白。"月球隐士解了围，"我给这座铁皮屋做了隐蔽，加上保护层，末兽来袭时，只要你们所有人躲在里面，它将看不见、嗅不到铁皮屋的存在，只会把它当成一块普通的巨石，就算它想搬动这块石头，也无能为力。不过，不过这些是针对末兽分头来的，如果它们一起来，合力一处，铁皮屋也很艰难。但这种情况短时间内很难出现，就算真的有那一天，想必……"

月球隐士打住。程远与小方对视一眼，目光苦涩，还是说出口，"请直言相告，还有什么我们承受不了的？"

"就算真的有那一天，想必这个保护点上的人，都已不在人世。"

"这些……是你的推测……还是……还是实际上将要发生的？"程远问。

"是你的经历吗？"小方慌不择言。

"都不是，我只是知道，根据现有的信息，根据大地的变动，天空的旋转，知道必然会这样。不管怎么说，你们都不算孤单吧，和这么多人在一起。"安慰不是月球隐士的强项，何况是安慰这些到现在他都还没有怎么搞明白的人类。

"你既然都知道，为什么还要到我们的保护点来呢？就是为了告诉我们这个噩耗吗？你既然清楚，能不能想个办法，把末兽都干掉？"程远恳求道。

"很抱歉。"月球隐士不知道怎么说，他真希望有谁能够传输一套说辞给他，只需要通过他的嘴，搬过来就好，但没有。没有就只好自己斟酌词句，往下说，"很抱歉我做不到。诚实地说，就算能做到，也不会这样做，这不是我来到这里的目的。"

说到这里，月球隐士又看着男孩，男孩正以前所未有的专注盯着他，"我来这里，是想把他托付给你们，这是我答应他妈妈的事。"

"这么说，你要离开这里？"程远对此倒不怎么吃惊。

月球隐士没有回答，他站在那里，专注得如同一段枯木。不一会儿，程远等人感觉到异常，立体的但以空气为主导的颤动，一波波传来。大地如鼓，被人播动，声音沉闷但颤动强劲，地上诸般事物，都随之摇撼，仿佛要带着根基跃起，小块的石头开始翻滚。空中则如有无数双巨手，挤压气球般从四面八方涌来，无形而柔软，柔软而席卷，席卷而绵绵不绝，如同汪洋波涛。

"去铁皮屋。"月球隐士忽然苏醒般，声音平静、坚毅，他又挺了挺身子，程远他们感受到的压力缓解不少。

接着，他直接说出程远的心事，"保护点的人都没事，放心。"

三人不再啰唆，搀扶着躲进铁皮屋，出于保险，关上门。男孩叫着小方，使劲将上下铺的铁床拖到窗户下，爬到上铺望出去。小方和程远在地上转了几圈，还是没敢爬上铁床，索性在下铺坐下。铁皮屋里一片平静，听不到声响，感受不到颤动，这熄灭般的寂静，让他俩极度不安。好在，小男孩明白这点，他在上铺不时说两句看到的情形，以作宽慰。

月球隐士已背朝铁皮屋，站在小山顶，从他周围树与草的剧烈摆动，再看叶子不断从树枝上被撕扯下，绕着树冠起旋，可知他面临多么强烈的冲击。但月球隐士安稳如山，仿佛与男孩看不见的什么对峙着。看不见迅速切换成，逐渐显现。空气不再是透明，至少月球隐士正面相对的部分是这样。类似清晨或者黄昏，柔软的光芒落在粼粼水波上，空气中出现一枚枚钱币大小的金色光芒，并在晃眼间，连成片。那成片的金光如同鱼龙之鳞，彼此遮盖、衔接，又取消构成稳定立体的意欲，于是互相缠绕、彼此周旋，使得它没有首尾、主次之分。

几乎在相同的瞬间，金光周围出现绿色、黑色、黄色的物质，因为不断变化而无法确定性质的物质，一会儿是在空中互相流淌、渗透的液体状，一会儿是绞成一股、混成一团的气体状，一会儿各自成为有躯体、四肢、头颅的生物，而各部位的外形又在古典、现代、自然、人造、生物、机械等不同风格间切换与混搭，无一刻定型。月球隐士的静与颜色纷异、形态变化之物的动，在小山顶上构成男孩从未见过的对立，像一把剑指向旋转的星空。

不等男孩看得更仔细，月球隐士向前迈出三步，他每走一步，对面的变形物就集体往后退一步，第三步之后，又是一段时间的停滞。没有任何预兆，像铁拳击碎流水，颜色分明的变形物哗啦在对面散开，一顿漫无头绪地窜走后，冲着铁皮屋而来。男孩来不及在上铺坐下，铁皮屋就被撞击得咣咣作响，但也就十数秒即安静下来。

"没事了。"月球隐士的声音在门外响起，程远和小方、男孩出去时，外面阳光热烈，月球隐士就站在阳光下，"它们走了，一时半会儿不会再回来。"

"它们怎么突然出现在这里？"男孩抢先问。

"因为我在。"月球隐士毫不避讳，"这些末兽，天性残暴，但它们一般不同时行动。因为不清楚我的意图，所以联袂而来。我清楚它们的力量，它们不清楚我的，刚才一番试探，现在清楚了。短时间之内，它们不会再来，铁皮屋也会让它们有所忌惮。"

月球隐士说到这里，冲大家点点头，"各位，我得离开了，保重。"

"你要去哪里？"小方显然没料到月球隐士这么快又回到之前的话题，还这么坚决，"如果一定要走，能不能带着他？何必留他在这里受苦呢？"

"回到我来的地方。我没法带着他——"月球隐士这句话是对着男孩说的，语气里有着明显属于人类的歉疚，"这里已是他最合适的去处。那些末兽会在这个世界游荡、肆虐很多年，随着时间推移，有的会衰老、死去，有的会蛰伏起来，等到合适的机会复苏，但形单影只，不足为患。"

"那时候还有人类吗？"男孩问得突兀。

"什么？"月球隐士一时没有反应过来，随即摇摇头，"我没法回答这个问题，这么漫长，无法确知会发生什么。但一定会有生命，末兽与生命是共生的，没有生命，末兽的威力缺乏见证，没有末兽，生命的活动留不下痕迹。"

"就得有人行不行？"男孩又问。

"这需要有人能够熬过那段时间，末兽控制地球的时间，这完全不可能。大多数末兽的寿命，都是以万年为计算单位，如果末兽和人类友好相处，各行其是，还有一线可能。现在，它们的兽性被完全激发出来，非要找到所有的人类，逐一消灭才罢休。"

"你怎么确定是人类激怒末兽？这不过是私下流传的说法。末兽是什么？是兽！它威力再巨大，体形再庞大，变化再多端，都是兽。是兽就由兽性主导，就没法像人这样，理性又重情义——"程远本来激情饱满，声调里都是赞颂，说到这儿，却忽然低沉，"可惜这样理性又重情义的人类，万物的灵长，就要这样在末兽的爪牙之下，完全灭亡。"

想起自己的目的是什么似的，程远陡然转折，附议月球隐士，"末兽的搜寻、屠杀下，没人能熬得下来，不是说人的寿命短暂，而是没有那么一群人熬得过来。如果不能成群，人会完全灭绝。"

"真的不行吗？一个人都不行吗？"男孩仿佛没有听见程远的话，执拗地问月球隐士。

月球隐士忽然伸出双手，止住程远和小方继续说下去，他走到男孩面前，双手捧着他的头，四目相对，以近乎扫描的凝视，久久望着男孩。小方和程远面面相觑，觉得异样又不知道该怎么办，男孩也感到不自在，但还强忍着与他对视。

D

旭日红嫩光芒下的樱桃雨，让赵匀眼前始终有红点在滚动、下坠，每一粒果实上面沾染的露水，又放大樱桃局部的圆面，加深它让人不安的色彩，再与折射的阳光相结合，使得赵匀的双眼被填塞得过于饱餍，以至于所有感官的各个层面，都处于懒怠的半瘫痪状态。一路上，他都靠在副驾驶座位的椅背上，没和叔叔说一句话。

当路况偶有变化，车子颠簸或者拐弯的瞬间，被绵软缤纷填得满满当当的思绪中出现一两个缝隙时，赵匀会想起该问问叔叔，过去十二个小时左右，究竟发生了什么，哪些是真实的，哪些是他自己的幻觉与幻想——至少，该和叔叔确认一下，引路人为什么会望着他，引路人流下的眼泪又是怎么回事？——可这些念头都无法停驻，仿佛在他想起、醒悟的瞬间，它们就跟着大量的樱桃翻滚而去。

快到家时，樱桃的迷雾才被心头越来越强烈的畏惧驱散。独立日去了，现在又回来，妈妈的希望不要说解决，连解决的机会都没有见到，她本来就让赵匀不敢直视的脸色，会变成什么样？霜雪只怕都不足以形容。那不是针对赵匀的，可更让他不安——尽管尚未厘清其中的因果，可他完全明白，妈妈是为他才这么对待叔叔。到家门口，车停好那一下，赵勾禁不住身体一颤，伸出左手，搭在叔叔的手上。

"叔叔——"赵勾咽咽唾沫，防止声音变得更加干瘪、粗嘎，"一会儿见到妈妈，你就说，就说是我把事情搞砸了。"

叔叔轻笑一声，左手拍拍搭在自己右手上的赵勾的手，"傻小子，你妈妈怎么会相信这样的话，她要问你怎么搞砸的，怎么说？就算咱们有的说，她也相信，我怎么说得出口，怎么可能推到你身上？"

赵勾顺着这番话想了又想，知道叔叔已打定主意，这让他对即将见到妈妈更加害怕，几乎哭出来，"要不，你干脆出去躲着吧。不，咱俩一起离开，躲起来。妈妈看不到我们，就没那么生气了。"

叔叔望着车前地上的阳光，许久没有说话。然后，他转过头看赵勾一眼，"躲终究不是办法，又能往哪儿躲呢？无论如何，都不能再让你妈妈伤心。"

说完，叔叔轻轻拿开赵勾的手，下车，等赵勾走到他身边。叔侄两人仿佛同时在心里数着"一——二——三"，迈着节奏一致的步子，叔叔在前，赵勾在后，向家里走去。

离门口还有十来米，赵勾看见王如海的爸爸和小苏的爸爸从他家里出来，满脸堆笑。他不知道他们在笑什么，不知道爸爸为什么没送出来，但他知道不能让他们见到叔叔。他拉住叔叔要避开，来不及了。

"赵勺——"苏叔叔喊，招着手。

赵勺绕两步，挡在叔叔前面。他盯着四只挪过来的脚，它们都在黑色皮鞋里，两只拥挤，两只有余。

"一平，恭喜。"苏叔叔说。

"这下踏实了。"王叔叔说。

赵勺抬头。苏叔叔和王叔叔都没看他，更没和他说话的意思。叔叔没搭腔，他俩像被沉默抓了个现行。苏叔叔还要说什么，王叔叔拉他一下，两人一个拍拍赵勺的肩膀，一个摸摸他的头，走了。

他们知道独立日的结果了？那不是该……赵勺没想明白，和叔叔走进屋里，注意力就被一股扑鼻而来的浓烈香气吸引。香气成分复杂，赵勺分辨不出其构成，可这香味挨上身体的瞬间，他的口腔里就像捏爆一粒青涩的葡萄，口水四溢，整个人精神一振，紧张得以释放。再往里走，听见一阵哼唱，赵勺顿时有点恍惚。妈妈喜欢唱歌，唱得也好，在他六岁以前的记忆里，那清越的歌声，特别是有些地方蜿蜒如丝帛的吟唱，始终萦绕着妈妈的身影。那时他们还在四等生活区，条件比现在艰苦，但那时妈妈很快乐。后来因为爸爸工作出色，他们搬迁到三等生活区，妈妈的歌声就少了，偶尔她一个人不被打扰时，还能有两句。再后来，再也没听见。

今天这是怎么啦？赵勾看看叔叔，叔叔也满脸茫然，但他指指客厅，让赵勾先过去，自己转身进了卧室。爸爸还坐在客厅沙发上，换了身衣服，头发和脸收拾得清清爽爽，比平常精神不少。看着爸爸那么正经地坐着，赵勾有一点新鲜有一点别扭，可他的目光并没在爸爸身上停留多久，而是落向餐桌上一只花瓶。花瓶长肚宽口，白色瓷底上是瓣、叶、茎都呈对称状的一丛花，花旁边站着一个瘦癯的男子，赵勾不知道那丛蓝色的花是什么、男人是谁，可花与人的色调，二者的形态都让他望一眼心神安宁，再看两眼，又若有所失。花瓶不是空的，插着一束生活区常见的红色小花，几根绿得墨汁般浓烈、稳重，节节分明的骨节草，在它们中间是两枝花瓣如襟般层积、堆叠的白花。

香气是白花散发的。赵勾走到跟前，吸鼻子闻两下，顿时如在仙境，有点飘忽，白花那仿佛永葆鲜嫩又仿佛下一秒就枯萎的花瓣上沾染着露珠般的小水滴，既让他想起不久前填满双眼的樱桃，又让他判定，那哗啦啦而下的樱桃雨是一场不可追认不可信任的梦。赵勾看了又看，伸出手去。

"别摸。"爸爸这一声才真的将赵勾从恍惚中唤回，再看眼前的花瓶与花，还是那么让他喜欢，甚至不真实，但这喜欢和不真实都是伸手摸得着的。赵勾想起花瓶不是家里的，白花也从未见过。

他更记起叔叔与独立日的事，这事将会让歌声碎裂、让花香荡然。

赵勾伸手贴着花瓶，摸两下，是通透的浸凉。他问："哪儿来的花瓶？什么花，这么香？"

爸爸的目光在花瓶上，赵勾发现那目光有点飘忽，"玫瑰，白玫瑰。我也很多年没见。花瓶嘛，你一会儿就知道怎么来的了。你叔叔呢？没跟你一块儿回来？"

"回来了——"

"赵勾回来啦！"妈妈的声音十分自然，搭配着脸上的轻松，掩藏不住也并不努力掩饰的喜悦，十分的亲切、细润，让赵勾提着的心放下来。妈妈手里端着那只赵勾在厨房见过却很少用到的条盘，走过来放在桌上，条盘里是一条清蒸鱼。

"不许偷吃！"妈妈嘱咐正咽口水的赵勾，又问，"你叔叔呢？"

"在——房间里。"赵勾好不容易从鱼上挪开目光，回答道，他看看爸爸，爸爸没有说什么，指指房间。

"去请你叔叔出来吧，准备吃饭。"妈妈说，她用了"请"。

叔叔站在窗前，望着窗外。时间过午，天空一片澄蓝，外面的世界如同静止了。也许他听脚步声，他知道是赵勾，却没有回头，没有动。叔叔的身体和窗户和外面的世界一体静止，于蝉噪中透出寒凉，让赵勾不敢开口，他站在那里，看着叔叔，心想，自己什么时候能像叔叔这么干净就好了。

"赵匀——"叔叔轻唤一声，回过身看着赵匀，世界继续流动，"赵匀，原谅我。"

叔叔的目光让赵匀有点害怕有点想哭，这样的目光下，他听不懂叔叔的话，甚至听不清。赵匀脑子里一片模糊，只记得爸爸妈妈的话，"叔叔，吃饭。"

饭桌旁，三个人已经就座。没错，是三个人，那个额外出现的人让赵匀更加如在梦中，可他知道，是三个人。在妈妈的右手边，坐着一个长发、大眼，脸有一点方的阿姨，身着一件白色衬衣。那个阿姨很大方，看见叔叔和赵匀，站了起来，爸爸妈妈就跟着站起来。她等叔叔快走到跟前，伸出右手。

"一平你好，我是徐粒。粒子的粒，不是力量的力。"说完，她浅笑一下。

叔叔伸手和她握上。赵匀觉得，两只手握上的瞬间，叔叔有点不自在，像是双脚离地，往上飘浮了一点儿。叔叔的反应莫名让赵匀对徐粒有了好感，他发现，这个阿姨也很干净，和叔叔站在一起，相差无几。而且……而且……这个阿姨的干净比叔叔多了点什么。是什么呢？大家依妈妈的话坐下来时，赵匀明白了，是多了点力量。

"一平，小徐是我同事大徐的妹妹。大徐知道咱家的情况，无意间和小徐提起，小徐主动提出来咱家看看，说不定能帮上忙。"
妈妈让叔叔挨着徐阿姨坐下，伸出筷子先在鱼的腹部拨出一大片
肉，夹到徐阿姨碗里，"这鱼是小徐动手做的，这花瓶是小徐带过
来，送给你的——还有，这些花是小徐买的或者采的，亲手插进
去的。"

说到这里，妈妈停下筷子，看着叔叔，非常郑重地说："一
平，小徐这么好的姑娘，你可得对她好。"

叔叔没说话，倒是徐阿姨看着妈妈，用脸上的笑宽慰了她，
让她也笑起来。然后，徐阿姨看看叔叔，说："我和一平早就认
识。这么多年，我一直都想知道他的消息，没想到这么巧。放
心吧——"

最后这句话是特意看着妈妈说的。妈妈的脸色正在诧异与恍然
间转换，这下全然放松，嘴角忍不住带出笑。爸爸始终以不动声色
掩藏着些微的惊讶，他沉稳地劝菜，偶尔说几句配合性的话，看向
赵匀的目光里提醒着"别多嘴"。再看叔叔，自与徐阿姨握手后，
平静的脸上也忍不住挂出笑意，听了这番话没有接茬，算是默认
"早就认识"。听到"放心吧"，他忍不住多看徐阿姨两眼，可在
四目相对时，垂下了目光。

赵匀瞧着桌上的情形，脑子里的迷糊并没有减轻，不过没时间
去澄澈它。他的注意力实实在在被这一桌子的饭菜吸引，除了鱼，

还有烧鸡翅、卤牛肉、五香兔腿、清炒空心菜、丝瓜汤，每一样都让他忍不住多看两眼、多拣两筷子，他没注意到爸爸妈妈看过来的目光，那里面的心疼与喝止；他也没注意到徐阿姨偶尔看过来的目光里，全然的心疼；他更没注意到，叔叔看过来的目光里，是一片意味无法明确的黯然——但赵勾并没有狼吞虎咽，不管怎么说，桌上有一位陌生的，挺好看的阿姨，让他不好意思。

　　这顿丰盛的午餐就这样稀里糊涂地结束。吃完饭，爸爸收拾餐桌，准备洗碗，叔叔和徐阿姨想要帮忙，被爸爸拦住。

　　"别管了，我们分工明确，一人做饭一人收拾。今天一平沾你的光，也不用出力。"妈妈笑着止住徐阿姨，"一平，车还停在外面吧？带小徐出去兜兜风，去什么地方转转吧。"

　　"好。咱们——去游乐场那边吧？"叔叔问徐阿姨。

　　"我也要去！"一听游乐场，赵勾忍不住。

　　"你瞎凑什么热闹！"妈妈呵斥道，声音倒是没那么严厉。

　　"让他去吧，难得去一趟。"叔叔说。

　　拉开车门，赵勾就钻进后座，徐阿姨大大方方在副驾驶坐下。妈妈叮嘱赵勾"别太调皮"，赵勾"嗯嗯"点头。但车还没驶出居住区，就在一个路口被人拦住。是两个年轻人，一男一女，二十出头的样子。他们走到驾驶座这一侧的窗户边，等叔叔摇下车窗，男子递过来一张彩色的纸，他发现徐阿姨，马上又递过来一张。

赵勺摇下车窗，冲着女子喊，"姐姐，我也要。"女子笑了，给他一张。两面都有字，正对着这面三个红色大字特别醒目——要平等。

"先生——"男子弯腰，脑袋和叔叔齐平的姿势。

"你等等，我下来。"叔叔止住他，推开车门。徐阿姨从另一边下车，赵勺也赶紧下去。

"谢谢。"男女二人同声致谢，女子又冲赵勺笑一下，还是男子来说，"先生、女士、小朋友，我们在推动'要平等'，希望能得到你们的联署支持。"

徐阿姨马上问："哪方面的平等？"

"各方面。首当其冲的，是两个巨大的不平等。第一是居住区的不平等，为什么要把大家居住的地方划分成五等，再据此分配不同层级的生活资源？这不是完全违背了人人生而平等的基本原则吗？第二是男女的不平等，表面上，新文明时期女性地位发生了翻转，她们是否愿意和一个男人结婚、生活，直接决定他的存亡，至少是他的生活质量，但这实际上是更大的不平等。女性不但被物化，更降低成冰冷的数字，婚配、生育的机器。"

男子接下来的话赵勺更听不懂，里面好多词语、人名他都没听过，但叔叔和徐阿姨都耐心听男子说完。

"你们想要什么？推翻这两项吗？"叔叔问。

"这是我们的最终目标。现阶段，我们要废除社区等级的划分，停止九月的评估。再争取男女更大的平等，实质性的平等。"

"需要我们做什么？"

"我们有个宣言，需要大家签名支持。"男子说话间，女子从随身的背包里，拿出打印、装订好的册子，递给徐阿姨。叔叔和徐阿姨看的时候，赵匀也过去，最上面仍旧是"要平等"三个字，黑白的。接着是两页内容，然后就是签名，已有三十多页名字，徐阿姨翻了好一会儿，才到最后空白处。

"大家的签名是民众的呼声，是民意的证明，更是我们持续奋斗的动力。"男子的声音有些激动。

叔叔摇摇头，"对不起，我不能签。我对你们的行为充满敬意，但我也不能欺骗自己。男女平等的事更复杂，就拿生活区等级划分来说，它的实质是资源的匮乏，不可能满足所有人一样的需求。就算废除明面上的划分，执行时仍旧会倾斜。"

两个人不解地望着叔叔，男子眼中甚至有怒火，但他忍住了。女子微微低头，"打扰了——"

"等一等。"徐阿姨叫住他们，"请给我笔，我签。"

赵匀看看叔叔，再看看徐阿姨，"我能签吗？"

青年男女离开后，三个人回到车上，车又过了两个岔路口，上了和去樱桃园不同的一条道，但路上的风光差别不大。赵匀的心思不在车窗外，他的注意力全在叔叔和徐阿姨身上，他怕他们吵起来，怕叔叔会责怪他为什么要凑热闹。但并没有，他们虽然沉默着，但这种沉默很奇特，有种他未曾见过的气息在流动。

"算是物归原主。"车驶入那个长豆荚般的大弯道时，徐阿姨开了口。

"什么？什么物？"叔叔禁不住侧看一眼。

"花瓶。"

"哦——花瓶啊——那可不算物归原主，是赠予。"

"你忘了——"

"记得。花瓶上的图案是我画的嘛，那天从你们手工坊路过，你那么为难，不知道该往瓶子上画什么，我又忍不住手痒。别说，当时画完不满意，你不让改，现在看，还真的挺漂亮。原本担心人人都能想起陶渊明的那句诗，搞得场景雅俗雅俗的，放这么些年，没了刚出来的鲜丽劲儿，反而压得住，沉得下了。"叔叔的几句话，赵匀没听懂。

"这么多年，什么都压得住，沉得下了。你怎么——"

"对，这么多年。你怎么样，在做什么？"

"我啊——"徐阿姨看叔叔一眼，"我在一家生产公司做模型设计，离原来学的和自己的兴趣，也不算远，虽然实际上主要是和机器打交道。"

"你在二等生活区？"

"是。"徐阿姨又看叔叔一眼，"二等生活区跟这边差别不大，也就东西丰富一些，购买方便一点。对了，酒的供应比这儿便利，品种还算多。我现在也喜欢喝几杯，每到休息日的前一天晚上，约上朋友，找个地方，踏踏实实坐下，等着他们端上啤酒，看着啤酒沫从杯子边缘滑落到桌上，非常宁静。"

叔叔沉默好一会儿，才说："我不喝酒了。浪费，太浪费。"

听见"二等生活区"几个字后，赵匀下意识地看看他放在旁边座位上那张纸，他对折一下，挡住"要平等"三个字。可想象好一会儿，他也不知道二等生活区究竟是什么样，也许是前几天叔叔带他去的自由购物区那样？他不关心徐阿姨说的酒，更不关心叔叔的"浪费"究竟是什么意思，他现在只想知道——

"徐阿姨，二等生活区有游乐场吧？肯定比咱们这个大吧？关键是，它肯定在运转，有很多人去玩吧？"

车刚好进了隧道。隧道里影影绰绰有几盏灯，相距足够远，让隧道里有点阴恻恻的，徐阿姨究竟有没有回答自己的话，赵匀都不清楚。出了隧道，来到阳光下，赵匀马上又把刚才的话重问一遍。

"有啊，游乐场很大，设施很全。每个休息日、节假日，都有很多家长带着孩子来，也有自己去玩的年轻人，他们在每个区域排出长长的队列，发出高声的尖叫。找时间，你过来，我们去玩。"

　　赵匀迄今最美妙的梦想，就是游乐场再次通上电，同学、伙伴和他一起，像蛾子扑火、浪涛拍岸，拥上前去，疯玩个遍，徐阿姨说的比他的想象更美妙，这不禁让他羡慕地沉默。他的沉默传染开去，让徐阿姨、叔叔也沉默下来，似乎该说的话都已说完，或者大家的心思各自飞去了二等生活区的游乐场。

　　好在，他们的游乐场也到了。这里比三年前赵匀来的时候还要破败，茂盛的野草连天接地，夹杂着颜色不一的野花，除了摩天轮、过山车、海盗船、大摆锤之类有高架的项目，大多数设施都像是隐藏在野花野草之中。有的已经倾圮，砖、混凝土、木条、钢筋露出来，或者干脆歪倒在地上，一眼望去就知道无法运转。更甚的几处，要么设备朽坏，内里的链条、脱漆的钢圈赤裸裸地展露在外，要么完全坍塌，设备的关键部位已有半截埋在土里。到处都是衰败，到处都能看见锈迹，让人无法轻易从中辨认出早先的模样，只有仿佛朽坏的风从未止歇片刻。

　　尽管如此，赵匀却没有丝毫的失望，再衰败的游乐场都能提供无穷的乐趣。车停稳的那一刻，赵匀听见徐阿姨对叔叔说"幸亏没有听你的，改成力量的力"，感到了她声音里的情绪，那情绪里的悲伤，但他没有停留，而是径直打开车门，向最近的旋转木马跑去。

　　旋转木马的顶棚早坏了，裂开的口子漏下几条剑般阳光，棚子顶部彩漆剥落，绘就的人物面目不全，但整个结构完好，由上至下贯穿的十二根钢铁柱子定海神针般，每一根柱子都穿过一匹神态固定、跃然欲出的马中神骏。赵勾拽拽离得最近的那匹马的尾巴，拍拍它的头，捏捏脖子、身子，像是在检验是否安全，又像是在和马亲昵沟通。这些动作做完，他左脚踩蹬，翻身一跃，跨到马背上。

"嘚儿——驾——"嘴里吆喝着，双腿不时夹紧不时放松，身子起伏、摇晃，赵勾相信自己正在一群骏马间奔驰，前方有辽阔的风吹草低的原野。马的奔驰鼓动起飞翔的心，赵勾神游一般从马背上站起来，纵身一跃，双手抓住前面的柱子，双脚牢牢踩在这匹马的背上。

"好！"徐阿姨及时喝彩。这是鼓励，更是怂恿，配合着嘴里的"嘚儿——驾——驾——驾——"赵勾向下一匹马跃去，并像猴子那样，在踩到的一瞬间，再次使力、起步，不断地向又一匹马跃去。兔起鹘落间，赵勾的身形在木马之间跃动，其迅捷、连续，如痴如醉又险象环生，仿佛以一己之力驱动旋转木马，复活十二匹天骥。当他转完两圈，满头大汗地跃起，启动第三圈时，叔叔伸手从空中将他的身体抄下来，抱在怀里。

"别一上来就这么疯，还有别的可玩儿呢。"叔叔说完，将他放下。

跟在叔叔、徐阿姨后面，赵勾走得有点没精打采，刚才那番神魂颠倒的跳跃也让他有点气喘，索性便更慢些，落在了后面。下午的阳光很是猛烈，明晃晃照下来，让人眼晕，但因为地势开阔，风也一阵阵卷过，并没有那么热。沿着小型赛车道往下走，赵勾发现，整个游乐场并没有他以前认为的那么大，更不像他一度想象的那样，可以让他没完没了，一直玩下去。

"我不同意。"叔叔的声音陡然提高，将赵勾从失落中震醒。赵勾一激灵，以为叔叔是不同意自己"一直玩下去"。

"你为什么要犯傻？当务之急是什么，你不知道吗？"徐阿姨很生气，干脆站住。

"我知道，但不能因为病急就乱投医。"叔叔也站住，他的声音倒是柔和起来，"徐粒，告诉我，你是不是有爱的人？"

"你——说什么？"叔叔的话像一阵风，摇动徐阿姨这棵挺立的松树，但风过之后，树更坚毅，"是，我有爱的人。我爱那凝视着我，让我知道自己是谁的女孩，她也爱我。这个决定是我俩共同做出的，又符合法律的规定。其实，是委屈你，要承担和我生活的形式。"

"不是我委屈的事。爱不是权宜之计，不是非必要的妥协。就算《性别确认法案》通过，也还没到这一步。"

"当然没到，就算到了，我们，我和她会承受一应后果。但这和我们现在说的是两回事！"徐阿姨真的急了，"就算你接受流放，去沙漠地带，你哥哥一家怎么办？赵匀怎么办？就这么被你拖累？”

徐阿姨说到“赵匀”时压低声音，这让赵匀很难过，他低下头，避开回头看过来的徐阿姨的目光。

“不，我们说的是一回事。人可以做自己不想做的事情，只要他愿意也能承受全部的后果。赵匀他们我有办法，你放心。”说完，叔叔看着徐阿姨，过了许久，又说，“徐粒，你是有力量的粒子。”

徐阿姨几次想要接话，都不知道该接什么，神色怆然。三个人就默默往前走，走到一个大的转盘面前。圆形的转盘被转环托住，外围是一圈一人多高的金属栅栏，栅栏上留出可供一个人进出的开口，挂上金属链条就形成保护。叔叔握住一根栅栏，转动一下，转盘嘎嘎吱吱一阵响，磨损着转环，转动起来。这响声和栅栏与转盘上的锈迹结合，有着非常熨帖的，属于整个游乐场的粗犷气息。

赵匀抓住栅栏，停住转盘，从开口走去。徐阿姨挂上链条，叔叔说声“抓稳”，就把着栅栏猛力地转动。整个世界在赵匀眼前旋转起来，以两张变形的脸标识着一圈又一圈。

“快点——快点——快点——快点——快快快——”赵匀急不可耐地催促，叔叔应声不断加力。转盘越转越快，像是做好了准备，随时可以从游乐场飞走。

　　终于，在某个点上，赵匀松开双手，让自己更加自由地飞起来。在将要飞到地面的那一刻，他和转盘平行了，天空正徐徐飞过他的头顶，那里面有两张匀速的脸。

e

"你真的准备好了吗？"月球隐士问。

"你真的准备好了吗？这个决定意味着，你将要经受的超过人的限度。时间在你身上流淌，每一刻每一秒你都知觉，落下的每一滴都滴在你皮肤上。你孤悬在一个固定的点，能理解与不能理解的空间都在你面前展开、收缩、扩张，空间里的每一次变动都不容你错过。没有任何类别的同伴，没有人和你说话，没有任何生命向你示现。你在地球上生活过的场景、画面，将一帧帧在你意识的深层与表层，不断映现，而你只能反复独享。你可以听，可以看，可以闻，可以触感，词语从你大脑、你的心脏，喷涌而出，源源不断，流向你的舌尖，但是在将要出口的瞬间，分崩离析、灰飞烟灭，无人可说，更无处可说。除了经受无可估量的经受，你什么都做不了。"月球隐士问。

"你真的准备好了吗？越过前面这个阶段，你会发现它是美好的，因为你必须跨到门槛的这一边。你必须离开固有的死寂、安全的保护，回到曾经心心念念的家园。家园早已毁坏，看不出半点熟悉的模样，但你必须由此开始。不是唤醒，不是重建，是开始。

启动按钮，设置参数，凭借现有的残余，开始。是殚精竭虑，照顾每一个角落，考虑每一个因素，让已然开始的进程不出现任何重大的纰漏，不能中途卡壳，更不能毁坏进程。每时每刻你都会怀念前一阶段的舒坦。是重任在肩，你是提着全部悬念与可能的那一根纤细的发丝，发丝是你，悬念是你，可能还是你。你还不是单纯的设计师，你是完全的参与者、承受人，你要找到种子的另一半，将开始与她分享，将生机向她转移。她的护持者将验证你的契约，她的胚芽将为你托底，你们各自延宕的无限，才有机会向着有限，得以完成。经过如此漫长的旅程，你妈妈的嘱托才告终结。"月球隐士问。

问题第一次提出时，小方与程远兴致勃勃，看着男孩，好奇他会如何回答。问题第二次提出时，小方与程远面面相觑，困惑消退，被戏弄的羞恼陡然上升。问题第三次提出时，小方与程远仓皇而逃，他们踏在小径上的步子如此无力，他们的双手恨不得捂住耳朵。男孩根本没有关注小方与程远的反应，他就像早已倾空的玉瓶，承受着月球隐士目光的倾注，容纳下三个问题携带的全部信息。

三个问题全部提出，意蕴完整显现后，男孩仍然长久地等待。以等待延续问题，以等待扩充问题，然后，他的意念在"妈妈"二字上面盘桓许久，才终结询问。男孩点点头，以玉瓶刚好被注满的语气，说：“我准备好了。”

月球隐士没有再说什么，他拿出那粒像固态的风、浓缩所有蓝而成的种子，交给男孩，男孩紧紧将它攥在手里。月球隐士的身体开始分解，不是分解，是无限绵延地扩充，是生长。男孩看见月球隐士就像抽丝，身体的各个部分向外逸散。那逸散出去的部分放出强烈的光芒，随着离开他的身体越来越远，光芒变得越来越淡，最终无形无相，仿佛溶解在空气里。随着逸散速度与规模的增加，月球隐士看起来像是整个人在变薄变细，如同味道消失在味蕾上那样，溶化在空气里。当月球隐士完全不可见时，男孩站在那里，注视着他消失的地方，有点愣神有点怅惘，有点想做什么又不知道如何去做，恍若自起初就如此的孤儿。

但男孩并没有慌张，也没有行动，他也无须行动。因为他发现自己双脚离地，飘浮起来。飘浮的高度很低，刚好保证他双脚完全离开地面，不与地上的任何东西有碍。这不是完全的悬空，是仿佛踩在实处，只不过眼睛看不到踩踏的东西而已，但这种踏实感让男孩放下心来，他确定，月球隐士和他同在，就像那粒种子和他同在。

“不要害怕，等我收集完这个世界的消息——你将来用得上的消息，咱们就离开。”月球隐士的声音响起。

男孩飘浮在空中，起先还瞪大双眼，留神身边的声响，留意阳光的移动、风的起止，以此判断时间的流速。但这样的状态持续的时间并不太长，换句话说，这样的状态持续到越出他的感觉范围，周遭的世界开始消融界限，世界里的一切以别样的方式向他显现。并不是万物混一，是万物更清晰，以至于在清晰的层面上，让他看明白，它们是一回事。

可不是嘛。男孩在看清楚每一样东西原来的模样时，还能看到它们与外在接触的那个层面，不管是一条线、一个面，还是无法简单描述的形体，都放射出柔软的暖意的光芒，这光芒既让他能看到这样东西的内里，又照亮它的表面，端赖他的注意力当时在哪个念头上停留。这一晃神的工夫，男孩洞彻另一层秘密：他的注意力滑动起来，或者说扩散开来，可以同时在两个念头上停留，他能同时看到一样东西的内里与表面——这里的"同时"并非完全比喻意义上的。

意识到这一点，就超越这一点，男孩不再区分外面的东西和自己。他的感官进一步扩散，周围的物品，所在世界的构成，他的眼睛能看全，鼻子能嗅透，触感能贴合，自我能融汇，完全达到物我两观，物我两忘。这让他喜悦，让他恐惧，因为他无法确定，自己是否正在消失，这消失是否拥有尽头。因这喜悦、恐惧，男孩隐隐知道还有自己不能控制的地方，他的感官就像岩浆，还在漫流。无须辨认迟早，它们与一团无法深入的混沌短兵相接，只有青色、绿色、红色、紫色、黄色、金色、黑色、蓝色等色彩搅在一起，反弹所有的触碰。

男孩的感官往回退缩，对方却趁势而入，寻找着他的缝隙。这时，男孩醒悟过来，发现还在原时原处，只不过他的双脚不再是有着踏实感的飘浮，而是实实在在落在具体之物上。那是一团白色的物质，由一根根丝线般的东西织就，看得再细一点，就能发现在他的脚下，由远至近汇聚一般，光线拢过来，离白色物质越近，越是耀眼，然后在某个无法分割的临界点，固化下来——就像是月球隐士之前逸散时的逆转。只不过，其结果不是月球隐士再出现，而成为白色物质的不断生成。

当脚下的白色物质足够容纳双脚且还在增长时，男孩动动脚，是自由的毫无阻碍的感受。男孩天然地知道，双脚并不能穿过白色物质，可是他喜欢这感觉，于是任随这白色物质不断生长，直到它以茧状，将他包裹起来。和之前意识与外界相融时一样，男孩的感官能透过茧状物看到、感受到外面的世界，又能够停留在茧状物的柔软白色上。

"可以了。"是月球隐士的声音，来自茧状物体，无须分辨具体部位，亦无从分辨。

"好的。"这是男孩现在唯一能说出的话。

话音刚落，茧状物体飘浮起来。它慢慢悠悠，基本沿垂直线，却并不僵硬地，向上飘浮。男孩不知道自己算是站着，还是坐着、躺着，甚至倒立着，他的感受前所未有，是和茧状物体、外面世界的整体以及每一个具体之物一体化的无隔，又是在其中随时可以独立出自己的明朗。因此，随着上升，掠过的屋顶、树梢，吹在身上的风，飞过身边的鸟，男孩都知晓，它们带给他的新鲜的即时的感受，不是可以用概括代替的。

速度不算快，开始男孩看到的世界并没有太多超过他已知的。山的浑莽，丘的秀丽，江河的交叉，湖泊的自持，随着他的上升一点点退得更远，更加袖珍。就连浓烈的独立或交错的色块，征兆他离开缘由的末兽出没的迹象，也不过是更艳丽一些。随着他进入云团之中，偶尔还穿过电闪雷鸣，最终上升到风云全失，只有静与寂的境地时，再看下去，之前那些细碎的印象完全成为一团，不同的颜色拼接无缝，不同的形貌抽象成线与团，就仿佛一切就应该如此并置，没有任何罅隙、冲突存留其间。即使从这里，也能看出，下面完全不是静止的，可任何一丝动一声响，都像是其本身应然的节奏。

"末兽不见了？"男孩问。

"从这里看，末兽就是其中的一部分。也可以说，一切都是末兽。"比起在下面，月球隐士的声音干燥了不少。

"那我们为什么要离开？他们为什么还有危险？"

"他们还不能生活在这里，你也无法一直生活在下面。等末兽安息，至少隐退时，你才可以回去。"月球隐士稍作停顿，"你再看看，我们就该离开了。"

男孩选定方向后，径直看下去。目光先是穿过云雾，不断拉近、放大，来到一条河边，以河边的一座石桥为圆心，不断向周围扫描，范围内共有三个潜在目标。一一看过去，其中两个是久无人居住的空房子，余下一座草房子，最近有所修葺，房门上的大洞新用绳子绑住几根木棍，做成栅栏一般遮挡住。三个房间都扫描一遍，仍旧没有找到人。男孩并不心慌，他扩大范围，很快在房子左边的树林里找到活动的迹象。

那是一片梨树林，树上的梨子已掉落大半，但还有几个残存。在一棵低矮的梨树下，他找到那个女人，她正踮起脚尖，够离自己最近的梨。

眼泪从男孩的双眼流出来，它们没有顺着脸颊向下，而是在茧状物里飘散，如同一粒粒形状毫无规律的不规整的细小珠子。茧状物外面，仿佛有什么力量在对它们进行召唤或者吸纳，飘散的小珠子就那样分散着从茧状物的白色壁上渗出去。男孩肆意地任随眼泪又流了一会儿，看着最后一粒钻出去，消失在寂静的空间里。

女人已经摘下那个梨子，放在嘴里，咬了一口，她的表情说明味道没有那么美妙，但她只是毫不停顿，继续咀嚼，慢慢地咽下去。

男孩终究没有开口，他盯着女人，直到她把一个梨子都吃下去，才道别似的，收缩目光，再次以先前的全景的方式看着下面的地球。

"我们走吧。"男孩说。

茧状物沉默许久，动起来，月球隐士的声音响起："你知道我们要去哪儿吗？"

"月球。"

"对。"月球隐士说，"你在月球上会面对什么，已经说过。到了月球，我就会睡去，按照你们的意思，说死去也行。你会被我保护得很好，也就是，你会被自己保护得很好，因为这白色的生命壳就是我，也会是你。当属于你的时间真正到来，需要你回去，继续按照地球的节奏生长，启动按钮时，生命壳才会和你融为一体，我才会完全是你。"

"在那之前，我只能等待？"

"余下全部的只有等待。"月球隐士说，"就这样吧。"

月球隐士的声音既像是在男孩之外，由那个茧状物发出，又像是来自男孩体内，由他的胸腔、咽喉、唇舌合作而来。说完，那声音消失在茧状物内，消失在空茫的星空中。

在声音消失的那一刻，茧状物加快速度，向月球飞去。男孩明白，从现在开始，他就是月球隐士。

下一个月球隐士，定义开始滋生。

E

从游乐场回来，徐阿姨和妈妈在家门口说完几句话，走了。她没再进屋，更没让叔叔送。晚霞辉映下，看着她的背影在街道上远去，再转过街角完全消失，赵勾再次心生畏惧，不知道妈妈会怎样发作。

但妈妈并没发作，她将中午的剩菜和一些白菜、土豆炖成一锅，烧熟后让赵勾去叫叔叔吃饭时，语气甚至比平常还要轻柔。只是这句话外，妈妈全程沉默，连给赵勾夹菜时，都没有往常那句叮嘱——"好好吃。"叔叔一直低着头，吃得很慢，等大家都吃好后，默默地去厨房，收拾起来。爸爸几次想说什么，都只是张张嘴就又闭上，他甚至反常地把鱼头夹给赵勾，一个劲儿地告诉赵勾"鱼头最有营养"。

赵勾一会儿看看这个，一会儿看看那个，他想问叔叔，徐阿姨是不是和"甜甜阿姨"一样，再不会来家里做客了，终究没敢问出口。于是，他陪着叔叔去厨房，看他过分细致地清洗干净餐具、厨具。

走出厨房，妈妈不在客厅，爸爸还坐在桌旁，翻着报纸。叔侄俩正要回卧室，爸爸叫住他们，"一平，下周五晚上别安排事，咱们一家子好好聚聚。"

叔叔愣了愣，点头答应。

爸爸说："是杏子的意思。你别怪她——"

"嗯——没怪——哥——"叔叔顿了顿，才似乎找到准确的词语，又说，"从来没有怪过。"

说完，叔叔转身进了卧室。赵勾跟进去时，只看到叔叔站在窗前的背影。天光早已收束，窗外一片漆黑。

接下来这一周是考试周。事关升学，并有可能跨入更高的生活区，学校、老师、家长、学生，乃至整个生活区，都非常紧张。爸爸、妈妈整天装出一副若无其事的样子，实际上却像超速运转的探测器，试图从赵勾回家时的表情，窥见当天结束的科目发挥得如何。想必他们晚上更难踏实，有两个晚上，赵勾中途起夜，都听见他们卧室里应激一样，有人坐起来。第二次起夜的第二天晚上，妈妈驳回爸爸烧个汤的提议，说"喝汤容易起夜"，无意间证实赵勾的猜测。

这些琐碎和考场上唰唰的写字声外，赵勾再没记住别的，时间就像阳光，在他心里的白石头上流过，透彻、明丽，却什么也没留下。走神结束的瞬间，他会记起，周五就是叔叔生日。他听人说过，周六早上，会有人登门，将叔叔带走，带到老师和家人都不愿对他提起，同学偶尔吐露偷听来的只言片语都会脸色惨白的地方。那是个什么样的地儿呢？如果只是他听到的"沙漠"，为什么大家那样恐惧？是地狱吗？有人等在那里，把新去的人统统吃掉的地狱？

总算到周五，考完最后一门，是下午五点半。每个人的成绩与去向，都会由具体的办事机构直接和家长联系，所以这实际上是大家在校的最后一天，说不定还是很多同学此生相见的最后一面。但学校并没有举行任何仪式，赶来接孩子并带走他们放在学校里的物品的家长们，更是没有这个心思。只有孩子们，会拉着同学的手，或者几个人围在一起，说些道别、不舍的话，多半还流下几行热泪。

赵匀没和任何人道别。东西早就收拾妥当，能装在书包里的，就装在书包里，装不下的统统放在爸爸带去的布袋里。赵匀坚持背上压得他腰下沉一大截的书包，低头走在前面，爸爸拎着两个大袋子，跟在后面。这次在校门外，赵匀没看见叔叔，倒是看见王如海的爸爸，他赶紧低头走开。

赵匀一直低着头，看都没往公交车站看，更没有张望是否有下一班车迎面而来，就迈步往家的方向走。爸爸摇摇头，跟上来，想要接过书包，被赵匀拒绝。父子俩就这样沉默地负重，一步一步走着。直到走进小区，快到家门口，看见厨房灯光下，叔叔和妈妈忙活的身影，爸爸才找到缝隙，说了句话。

爸爸说："你叔叔要一展厨艺，菜都是他买的。"

叔叔不仅买了菜，还拿出一瓶酒来——赵匀印象中，只有过年时，家里才会去买那种用小塑料杯装着的酒，给每个人匀一点，表示庆祝与祝福。现在这瓶身纯白色圆形，没有一个字的酒放在那里，有种不可思议的庄重感，又增加了房间里的压抑。妈妈什么都没说，接过酒，将它打开，倒在准备好的四个平常喝水也喝点碎茶的陶瓷杯里。

"赵匀也来一点——"妈妈给最后一个杯子倒一半，"不管怎么说，考试结束，九月就该开始新的学业。"

倒好酒，叔叔先端着杯子站起来，"哥、嫂子，爸爸妈妈走得早，这么多年，没少让你们操心。虽说一家人不说两家话，但还是必须说一声，谢谢。今后你们照顾好自己，赵匀肯定有他的福气，你们放心。"

爸爸站起来，"一平，到那边千万保重身体，不要自暴自弃，说不定什么时候形势变化，就又回来了。那时候……"

"你说什么呢——"妈妈截住爸爸，"听说那边的生活和这边差不多，最多苦一点。吃苦嘛，在哪里不吃苦。一平，有些事有些话我也是为了赵匀，你多担待。"

"嫂子，哪里的话。赵匀——赵匀一切都会好的——"

　　这顿饭就这么开始。起初是完全机械的压抑，人人想避免它，却只是搞得更压抑。三个大人以叔叔与爸爸、叔叔与妈妈、叔叔与爸爸妈妈，这三种方式，相互碰着杯，说几句彼此都尴尬的话。为缓解尴尬，偶尔他们还和赵勾碰杯。有那么一次，爸爸试图和妈妈碰杯，被妈妈看一眼又放下酒杯。

　　随着杯中酒干，第二轮倒上，桌子上的气氛欢快起来。开始大家都强努着劲儿地说话、欢笑，后来慢慢地，话语里的做作味儿衰减，每个人都真正兴奋起来。爸爸和叔叔说起他们小时候的事，特别是四处弄食物的事，叔叔经常拖后腿又嘴馋的样子，不禁哈哈笑起来。妈妈念叨着，她原本以为嫁过来条件会好很多，没想到和她自己家里差不多。说完，妈妈还安慰爸爸，"老赵，你还是不错的。"然后两个人居然干了杯中酒。

　　赵勾默默地看着，桌上的菜、杯子里的酒，都丧失了准确的滋味，仿佛被口腔给统一成木屑，只能塞满嘴巴，再沿着食道勉强滚下去，不能带给他丝毫喜悦。他知道明天就要和叔叔分别，但不知道究竟怎么分别，是眼睁睁看着他被人抓住双手、架着肩膀离开，还是叔叔像去上班那样，随随便便挥一挥手就走了？或者，在他熟睡时，有人走进来，拍拍叔叔的肩膀，叫一声"赵一平"，叔叔就跟着他们走了？

　　想到这里，赵勾决定，晚上一定不能睡着。

"一平，我不行了，得去睡了。"爸爸说着，站起来，举起酒杯，还没和叔叔碰着，就一口倒进嘴里。赵匀看见爸爸举起酒杯的手在嘴边停留好一会儿，担心他会往地上一摔。没有，爸爸轻轻地放下酒杯。

"我对不起爸爸、妈妈，他们交代的事我没有办好。"爸爸说着话，没看任何人，转身向卧室趔趄而去，嘴里嘟囔着"没有办好，没有办好"。

叔叔注视着爸爸离去的背影，眼中有赵匀不敢看的温润的光，然后端起酒杯默默地抿上一口。

"一平——"妈妈开口。

"一平——"爸爸的声音又冒出来，堵住妈妈的话。爸爸摇摇晃晃走出来，手里举着一个纸袋子，走到桌旁，递给叔叔。"杏子给你买的新衣服，明天……明天……"

叔叔接过纸袋，也接过爸爸的话，"明天出发时我换上。"

"嫂子，谢谢你！"叔叔举起酒杯，向妈妈致意。

妈妈站起来，一口干掉杯子里的酒。她止住又要转身离开的爸爸，"老赵，等等。我要给你唱首歌，等我唱完。"

说完，妈妈放下杯子，往旁边跨出两步，就唱起来。她唱："幸福的花儿心中开放/爱情的歌儿随风飘荡/我们的心儿飞向远方/憧憬那美好的丰裕理想/啊，亲爱的人啊，携手前进，携手前进/我们的生活充满阳光……"

妈妈一直唱着，她站在那里，脸上有着吊灯无法遮掩的光芒，像是直接来自太阳。爸爸沉醉地听着，不时闭上眼睛，当他终于发现妈妈的声音始终在"我们的生活充满阳光/充满阳光"这两句上来回时，摇晃着走上去，抓住妈妈的手。没有看叔叔，没有看赵勺，他们牵着手走回卧室。

"赵勺——"过了很长时间，叔叔轻声唤道，"来，干完杯中酒。你也去睡吧，让我坐一会儿。"

赵勺躺在床上，努力不让自己睡过去。这并不容易，现在不早了，加上酒的作用，让他需要不停地命令自己，才能睁开双眼。即使睁开双眼，仍感觉到身体下无限柔软，如在水中，如在云里。"不行，不能这样。"赵勺用力对自己说，他勉强支撑着身体，坐起来，晃晃脑袋，爬下床，坐在叔叔的下铺，拉开一条门缝，盯着客厅里。

叔叔正拿着酒瓶，底朝天地将余下的酒全部倒进杯子里。酒不多，叔叔喝得并不急，品尝好几口菜，才来一口酒。他的动作和体态都很从容，仿佛在等待谁似的，看得赵勺一阵阵着急，一阵阵眩晕。

总算喝完酒，又从卫生间出来，叔叔拿过纸袋，打开，里面是件白衬衣。叔叔站起来，赵勺以为他要回卧室，也站起来，准备爬回上铺，却见叔叔脱下身上的T恤，将它放进布袋里，穿上衬衣。叔叔一粒粒扣上扣子，抚了抚衣角，静静地站着，站在房间里，灯光下。

"叔叔最干净。"赵匀禁不住又念叨一句，随后看见叔叔转身，向门口走去。不知道他要做什么，赵匀等了等，听见开门的响动，赶紧跑到窗户边。叔叔手里拿着纸袋，走了出去，他没有回头，没有张望，径直走到房角那儿，向右一拐。来不及多想，赵匀赶紧出门，紧跑几步，看见叔叔后，蹑手蹑脚地跟着。

叔叔离开生活区，沿着前面的大道向右走，过第三个红绿灯，仍旧往右。赵匀身上的睡意与酒意本已不多，这一下全部散去，他不知道叔叔为什么要在这里右拐。他知道，这里右拐往前，通往的是曾经的电厂，现在的禁区。它如此有名，以至于周围的铁丝网只是为防止小孩子误入，而虚张声势地简单围着。往前走上两百米，就没了路灯，再往回看，仿佛两个世界。不过月亮还可以，照清了所有事物的轮廓，虽然让叔叔的白衬衣反而相对模糊，却足够赵匀盯住目标。现在，赵匀不需要再掩藏自己，动作和平常一样，只要不踢着什么就行。

越往前走，月光越明亮。沿途到处都是那个标志，黑色圆核周围，张着三片电扇叶子似的扇状物。标志的时间已很久远，不但大多数已褪色、破败，极个别的还贴了一层又一层，就连贴、系、撑标志的物体本身，都已飘摇不堪。叔叔没有理会这些，他就沿着道一直往前走，他的衬衣仿若月光的一部分。赵匀没有叫住他，更没有阻拦，他就这么跟着。叔侄俩一前一后，走在月光下。又走出去几公里，身后的城市只有点点光芒，再也看不出来形状，在他们前方，电厂那些标志性建筑浮现在月光里，仿佛守候的巨人。

赵匀几次想要叫住叔叔，说点什么，可是一想到天亮后会发生的事情，就无法开口。他们走过这段过于宽阔的道路，走过多年废弃不用，时间在它上面留下的坑坑洼洼，叔叔下了大道，下到一条用河沙与卵石铺就的小道。河沙早就若有若无，赵匀踩上去，只感到卵石硌脚。他知道，小道通往电厂的生活区。

小路缓缓向下，一侧是蓬勃的野草，一侧是干枯的树，听说原本计划在那里建成一座公园。历来柔和的月亮似乎变得暴烈，月光简直要照透地上的一切。沿途再没有那些标志，只有赵匀从未听过的虫鸣，伴着他走过这一公里多，跟着叔叔来到那个著名的雕塑前。雕塑上那些如天体运行的圆球、如运行轨迹的钢线条，都被月光镀上一层浅浅的银。

叔叔忽然停住，等了赵匀出生以来那么久似的，随后他举起右手，并不转过身来地挥了挥。赵匀在那一瞬间感到窒息，他知道叔叔是在向自己道别，他不希望自己再跟着。叔叔又向前走去，赵匀喘过气来后，走到雕塑前，它的钢线条恰似可以攀援的阶梯，那些圆球正可以双手抱着。

　　爬到雕塑顶端，赵匀看见身着白衣的叔叔走到铁丝网围着的厂区，也许那儿根本就不严实，也许日晒雨淋风吹撕开了口子，也许有奇迹发生，反正叔叔就那样穿过去。他的身影在厂区越走越远，越走越小，终于在走到一片开阔地带时，消失在赵匀的视线里。

　　那一刻，月光如水，干净整个大地。

图书在版编目 (CIP) 数据

引路人 / 李宏伟著. —— 北京：北京十月文艺出版社，2021.9
ISBN 978-7-5302-2147-1

Ⅰ . ①引… Ⅱ . ①李… Ⅲ . ①长篇小说—中国—当代 Ⅳ. ① I247.5

中国版本图书馆 CIP 数据核字 (2021) 第 078320 号

引路人
YINLUREN
李宏伟　著

出　　版	北 京 出 版 集 团	
	北京十月文艺出版社	
地　　址	北京北三环中路 6 号	
邮　　编	100120	
网　　址	www.bph.com.cn	
发　　行	新经典发行有限公司	
	电话（010）68423599	
经　　销	新华书店	
印　　刷	河北鹏润印刷有限公司	
版　　次	2021 年 9 月第 1 版	
	2021 年 9 月第 1 次印刷	
开　　本	850 毫米 ×1168 毫米　1/32	
印　　张	14	
字　　数	260 千字	
书　　号	ISBN 978-7-5302-2147-1	
定　　价	59.80 元	

质量监督电话　010-58572393
如有印装质量问题，由本社负责调换。